做 一 个 温 暖 而 有 力 量 的 人

微光成阳

朱春鸽 著

长江出版传媒 | 长江文艺出版社

北京长江新世纪文化传媒有限公司
www.cjxinshiji.com
出品

关于本书

本书作者朱春鸽有着多重标签：计算机博士 / 高级工程师 / 科技企业高管 / 写作者 / 歌者 / 驴友 /……本书中，她分享了自己的思考和感悟：

关于尊重：尊重自己的工作，尊重自己的生活，尊重自己做的事情。不要妄自菲薄，做一个内心高贵的人，起码是尊重自己的人。

关于梦想：梦想不能靠父母，不能靠伴侣，不能靠孩子，要靠自己去实现，而且要即刻去做。

关于生活：不要为生活做准备，而是应该直达生活本身。（毛姆）

关于人品：一个人不管在位的时候做过什么事情，过后可能大家都不太记得了；但你的为人大家心里一定会有个评价，所以你能留下的只有“德行”。“有多大胸怀，成多大事业”。

关于放弃：当事情做得不好的时候，不要立即选择离开，最好再坚持一下，看看能不能努力把它做好。做好了，再考虑离开。“只有精彩时的选择，才会选择更加精彩”。

关于失败：人不是因为没有信念而失败，而是因为不能把信念化成行动，并且坚持到底。

关于改变：任何要改变别人的想法都是根本不可能的，你只能改变自己；别人顶多因为你的改变受到些许影响。

关于幸福：古希腊哲学家修昔底德说：幸福的秘密是自由，自由的秘密是勇气。

如果您和她有共鸣，欢迎您翻阅本书，获得更多启发和力量。

目录 CONTENTS

看见自己

以人为镜

滴水人生

他山之石

后　记

这只鸽子……

本书作者鸽子，是老夫的得意门生，也是少有的奇葩弟子。几乎每次久别重逢，她都会吓我一跳，当然，用文青的话来说，那叫刮目相看。

这不，最近一次，刚分别年余，她就“啪唧”扔来一部《微光成阳》。于是，我这位教龄三十余年的计算机博导，就跟着“啪唧”吓了一跟头：天，太阳从西边出来了！计算机女博士朱春鸽同学，啥时进军文艺界了？待仔细品完书稿，“啪唧”，我又吓了一跟头：这位朱春鸽，是俺的那位学生吗？是当初撰写云计算调度算法博士论文的作者吗？莫非琼瑶不曾封笔！莫非北邮计算机学院改文学院了！待到鸽子请我为她写序，“啪唧”，你肯定已猜到，老夫又吓了第三跟头，而且这次摔得还不轻：妈呀，啥叫赶鸭子上架，啥叫老黄瓜刷嫩漆！让年近花甲的油腻大叔，让一辈子只会 0 和 1 比特思维的糟老头子，为这本文青读物写序；神呀，吓死读者，我可不负责哟，别说事先没申明。

我一边揉着摔肿的额头，一边回忆遇见鸽子的历历微薇事。

鸽子于 2004 年 9 月拜入老夫门下。当时的第一印象，好像似曾相识又面生。她到底是谁呢？肯定不是贵妃，没那么牡丹；也不是西施，没那么雪莲；还不是貂蝉，没那么玫瑰；哦，大概是昭君，塞外蔷薇之昭君吧。

待到开始写论文、做科研时，在老夫眼里，那四大美女又烟消云散了，既无鱼可沉，又没雁能落；既缺月难闭，又何花以羞。但突然，实验室却多了一位年轻时的居里夫人。她勤奋、好学、聪明、能干，更肯干，还特能创新；

分内的事，当仁不让；分外的事，能上就上。于是，“信息与通信工程一级学科”的硕士服，她穿上了；“计算机科学与技术一级学科”的博士帽，她戴上了；就差居里夫人那两份诺贝尔奖金了。

2007年，鸽子还没毕业，就因太过优秀而被中央某部抢去，提前进了某核心机关。从此，见她的机会就不多了；而且，每见一次，老夫就越来越震惊了。刚开始，她还只是一个花木兰，在男博士成堆的技术支撑单位中做一个很不起眼的小兵；到见第二次时，哇，花木兰升任副处级的秦良玉了，许多程序猿也得听她指挥，而且还是心甘情愿地听指挥，因为这位秦良玉的智商和情商都很高，大家口服心服；待到第三次相见时，同时承担某国家重大专项子课题负责人的樊梨花，就已披挂上阵了，甚至多份国家级和省部级重要文件，都由她来参与起草，多位部长都对她连夸带奖，甚至一位女部长见我就赞：“从您学生鸽子身上，好像看见了自己曾经的身影。”再后来，穆桂英就正式挂帅，女强人闪亮登场了：鸽子竟以某大型国企的事业部总经理身份，号令着两百多位精兵强将，在激烈的商战和技术攻关战中，如鱼得水，步步凯歌。

待到2018年，老夫又一次见到她时，那体制内的穆桂英，已宣布辞职，竟要投身一家互联网创业公司了。哇，莫非“胡润女企业家榜”要被刷新了，莫非那穆桂英要变身自己打天下的王聪儿了。

如今，巾帼英雄又突然来了一个华丽大转身，直逼那三毛、冰心、张爱玲、林徽因、李清照、蔡文姬、卓文君等今古文坛巨星。

这一下，老夫彻底懵了，干脆糊涂了：咱家鸽子到底是谁，到底像谁，到底又要做谁呢？搜肠刮肚，一串串各界精英名单，在脑海里奔腾着、奔腾着；突然，世界定格了，一个无比清晰的名字，赫然出现在眼前，它就是字正腔圆的朱—春—鸽；对，鸽子要做的就是鸽子，就是她自己！

恭喜你鸽子，虽然政界将少一位女高干；恭喜你鸽子，虽然学界可能会少一位女院士；但是，人类将诞生一个人，一个真正的人，一个真正做成自己的人！蓝天上将多一只鸽子，一只真正能自由飞翔的鸽子。一只和平鸽，一只心平气和的和平鸽，其作品能让读者平和而安宁的和平鸽。

这只鸽子有家，有自己的小宝贝，也有深爱着的荷西，所以她属于家鸽，她会以家为中心，在广阔的天空中，快乐地旋转、旋转，一边旋转还一边唱歌。

这只鸽子有梦，有真正属于自己的梦，而非外界强加之梦；既有远大理想，也有幸福目标；只要愿意，便可飞越千山万水，克服千难万险，去实现鸿雁传书。

这只鸽子有钱，比富婆有钱，比富婆有更多闲；因为，她只需要粗茶淡饭，不奢望腰缠万贯。难道这不是真正的财务自由吗？难道钱财不已是其奴隶了吗！

这只鸽子有闲，比无业人员还有闲，她有足够的自由时间来干自己想干的任何事情。这不，几把鼻涕几把泪之后，《微光成阳》不就对你破涕为笑了吗！

这只鸽子会生活，比街舞大妈会生活。从心所欲不逾矩，既自由自在，不刻意迎奉他人掌声；又严肃认真，用自己的一片赤诚，来回应忠实粉丝的疯狂点赞。

这只鸽子会工作，比亡命徒会工作。她能干大事，也会干大事；她拿得起，也放得下。她非常清楚，工作是为了生活，生活不该囿于工作；只有幸福的工作，才算是真正的工作。

哦，对了，您也许会问：老头，谁适合阅读此书呀？嗨，这样说吧，黛玉若读此书，葬花将变成一件乐事；熙凤若读此书，肯定不会活得那么心累；宝钗若读此书，也许真能与宝玉白头偕老；就算是刘姥姥，她若知道有此书可读，没准早就报了扫盲班。反正一句话，美女若读此书，养颜、美容又减肥；帅哥若读此书，修身、养性又上档次。至于老头和老太看了此书后会咋样，嘿嘿，后果很严重，责任得自负，你看，老朽这不就已返老还童了嘛！

抱歉，最后这段属广告，请各位自行掐掉，掐掉。

谢谢大家！

杨义先 教授

北京邮电大学信息安全中心主任

（《科学家简史》《安全简史》作者）

2019 年 7 月 28 日 星期日

自　序

愿你在奔腾的生命里只交付自己的欢喜

当长江文艺出版社的编辑朋友第一次把《微光成阳》这本书的设计稿发过来的时候，我心头涌动着难以抑制的激动。

此刻最想说的是感恩。感激出版社的罗小洁和郑曲，是你们的督促和精益求精，才使本书得以问世。感激家人和朋友，一路相伴，给我宽容和支持。同时也要感激自己，勇敢、坚韧，一直没有放弃自我救赎和成长。在磨砺中做更好的自己，像一只贝壳把痛苦的沙砾滋养成圆润的珍珠，再一颗一颗串起来，居然可以呈现出一条看起来还算有点模样的项链。

这本书的内容源自2015年初在丽江病休时的日记，以及2017年初我开始写的微信公众号“林微薇”。受篇幅所限，我将《丽江日记》部分放在了我的博客当中，二维码如下。欢迎感兴趣的朋友前往，近距离感受一场自我意识的觉醒过程。

我用文字承载我的困惑与思考、感悟与成长、痛苦与快乐。这是我与自己和解的方式。没想到不断有认识的、不认识的朋友跟我说，我的文字给了他们启发和力量，他们时常被温暖到，内心呈现安宁与平静。甚至有些朋友等我的公众号更新已成为习惯。

“林微薇”公众号

丽江日记

于是我想，是否可以集结成册，在一个更大的平台上帮到更多的人？更重要的是，这也是我对自己既往岁月的一种总结和纪念。所以，我并没做太多的改动，只是让那些文字呈现出来。诚实地记录一个自我救赎的灵魂如何跋涉过苦难的河流，一点一点看到自己，越来越有力量感。微光也成阳，从而温暖了自己，也照亮了别人。

我曾是“别人家的孩子”，各种优秀，是高中校长请回学校做演讲的“榜样”。名校计算机博士毕业，从事最热门的云计算、大数据、人工智能等体面而光鲜的工作；年纪轻轻的时候就成为中央国家机关处级干部，同时兼任一家大型国企事业部的总经理，管理着两百多人的团队；在北京有房有车……我把自己活成了别人喜欢的样子，却不是自己喜欢的样子。我每天都很忙碌，越来越忙碌，但内心却越来越无力、越来越惶恐，甚至每天晚上躺下睡觉的时候不知道第二天为了什么而醒来；我对未来没有期待，也不觉得这个世界跟我有什么关系。可是别人都在说，你很好啊、你很优秀啊……而我自己内心的愁苦却如此真实。我也不知道问题出在哪里，只能眼睁睁看着那个无助的自己不停地往下坠、往下坠……也不知道那个洞有多深，什么时候能坠到底。

我不明白，为什么那些显性的目标抵达了一程又一程，博士毕业了、高工评上了、房子买了、车子有了、位子也有了……我一个河南农村的姑娘，凭着自己的努力，一介草根在京立足，所有这光鲜的一切为什么换不来我的快乐，反而越来越痛苦？而且外表越强大，内心那个脆弱的声音好像越不被听到，我就越惶恐。

这种状态一直持续到2014年冬天，我妈妈突发脑溢血，差一点就与我阴阳两隔。突然真切地觉得生命如此脆弱，时间如此紧迫，我开始思考生命的意义。后来在照顾妈妈的过程中，我也病倒了，身心俱疲。2015年春天，我一个人逃到丽江休养，在红蔷薇盛开的三月丽江躺了一个月，写了一个月，哭了一个月，于是有了《丽江日记》。那是自我意识觉醒的开始，我终于开始看见我自己，终于开始问我自己：鸽子，你想要的人生是什么样子？什么才是你自己喜欢的生活？

我一直在思考，但一直没有答案。我一直在寻找，那个可以点亮我生命的光，哪怕微弱也无妨。于是2017年春天，我开始写公众号“林微薇”，像丽江三月里看到的那样，丛林中一株微小的蔷薇，虽然渺小，也自我绽放。由此承载我的困惑与思考，帮助我理清内心的脉络，探寻我内在的声音。

文字确实帮到我很多，让我逐渐洞悉内心的真实想法。2017年底，在我兼任的公司事业部的总结会上，我清晰地看到我的团队这两三年的变化和成长，我的感动和欣慰比任何时候我自己取得荣誉和成绩更能带给我深层次的幸福。我突然意识到，自己此生最想做的事情，就是成为一个温暖而有力量的人。把自己活成一束光，去温暖和照亮更多需要帮助的人。我越来越为这个念头鼓舞和激动，于是我开始慢慢梳理我的身份和正在做的工作，开始坚定地做减法，只要跟这个目标不是很一致的事情，就坚决放手。目标清晰了之后，内心就越来越安宁、越来越轻盈。

现在回首说这些事情，我可以很平静了，好像是在讲别人的故事。其实，曾经的过程非常痛苦，我也曾崩溃到站在路边号啕大哭。这期间，我像溺水的人拼命要抓住任何稻草一样，不停地看书、看经典电影、跟睿智的朋友聊天、从运动中磨砺意志、参加身心灵的课程……我一直在不停地寻找适合自己的、可以自救的方法。还好我一直没放弃，还好我慢慢地走出来了，内心越来越安宁、越来越有定力、越来越有力量感，而且我相信未来会越来越好。

2018年国庆节过后，我终于自己主动做了一个决定，从体制内离职，接受一家互联网创业公司的邀请出任副总裁。在家人朋友的惊讶和不解中，在领导同事的挽留和惋惜中，我一身轻松地踏上全新的旅途。对于未来，没有恐惧、没有期许，只是安静而踏实地往前走就好了。

初到新公司，温和的老板就告诉我：“鸽子，你来就是创业。除了你不用去融资，不用担心员工发不出工资之外，跟创业是一样的。”是的，我组建了全新的团队，一切从零开始。感谢优秀又有趣的各位小伙伴，一路走来，收获满满，大家的成绩还算不错。

我终于慢慢看清一些事情的真相，那些疑惑也逐渐有了大致的答案。

如果没看清自己内心的想法，不明晰自己此生所爱，那么凭借勤奋和努力，在这个时代谋得一份生活还是没问题的；当那些显性的目标抵达了一程又一程，你也会有开心，可那些开心来得短暂而浅薄。如果你听到自己内心的声音，看到了你想去的地方，全世界都会为你让路；你会感受到持久而深刻的幸福，你会清晰地觉知到生命的鲜活和美好，每一天都是你想要的，都是热气腾腾的，都是你自己的，都是欢喜的。

我不敢说我已经达到那个美妙的境界，但至少我已经在追寻的路上了，而且我相信会越来越靠近。我已经感受到内心的爱与喜悦越来越丰盈，越来越温柔而坚定，越来越温暖而有力量。

袒露一个人的内在是需要勇气的。今天我选择这样的方式，也是靠近我想做的事，趋向我想去的方向。我想用自己的亲身经历和周边的所见所感，去给需要的朋友一些参考和力量。告诉大家，你，每一个可爱的生命，都是可以的！你，值得一个更丰盛而美好的人生。

这就是我出版这本书的初心：微光成阳——做一个温暖而有力量的人。希望可以温暖到你，可以给到你力量。愿你也能在自己奔腾的生命里只交付自己的欢喜。

再次感恩！感谢自己，感谢生命中遇见的每一位生命！真心感激！

朱春鸽

2019 年 7 月 18 日

看见自己

为什么是“林微薇”

在这样一个三月的春日，我决定开始写公众号“林微薇”。

为什么是“林微薇”？

2015年，也是这样一个三月的春日，我独自一人带着一箱子书、一背包药，身心俱疲，抵达丽江一家安静的客栈，开始我的休养之旅。我在红蔷薇盛开的丽江安安静静地躺了一个月，每天就是睡觉、吃药、吃饭，看书、写字、听音乐。当生命褪去那些所谓繁华的五光十色，而只剩下吃喝拉撒睡最初的三原色，我突然觉得，一切其实都应该是它原本那样简单的样子。那段时间我温和地跟自己相处，真诚地倾听自己内心的声音。第一次认认真真地关注自己，第一次觉得有点喜欢自己。

我的自我认知的觉醒由此开始。

时间或疾或徐地流逝，两年过去了。这期间我自己还有我周边发生了很多事，带给我很多困惑，同时也让我思考。心路历程一路走来，有艰辛，更有收获。终于看见自己可以像春日里普普通通一株微小的红蔷薇，沐浴春光、仰望蓝天，绽放自己，也成就春色。是的，我愿意做丛林中那样的一株微小的蔷薇，而不再是要么迎风而立要么蜷缩角落的玫瑰。

但这不是终点，恰恰是起点。我之所以想用一个平台来承载，不是因为我的困顿和迷惑有了答案，只是想找个地方把困顿和迷惑抛出来，并且尝试着去探索答案。

越来越觉得好像哪里不对，但又说不好哪儿不对。我们物质越来越丰富，步伐越来越快，视野越来越大，能做的事情越来越多，但我们却越来越不快乐。我们的人生貌似是我们的，但好像又不是自己的。这个世界越来越跟之前我们认知的不一样，尤其是我们这一群七零后、八零后，经历了物质贫乏的童年却要在中年面对物质的极大丰富，接受了强调集体意识的传统教育却要在张扬个性的现代职场拼杀，到了要成为不管是家庭还是事业上的中流砥柱的时候却感受到了前所未有的压力、危机和彷徨…… 我们越来越发现那些以前我们一直坚信特别对的东西，跟现实是有碰撞和冲突的；我们被表面的光鲜繁华和内心的疮痍苍白拉扯得越来越扭曲变形；我们内心是恐惧和无力的……

我看到自己还有周围的人都或多或少存在这样那样的困惑，仿佛是这个时代的通病，一种集体焦虑。我们怎么了？越来越觉得哪里不对，好像也知道一点哪儿不对，但又该如何破局？怎样才能获得我们想要的“幸福”？

正如前面所说的，我也不知道答案。但我愿意去探索，我愿意去认知自己，我愿意去追求自己的渺小却又伟大的幸福。

顾城说过：“人生不能有目的，因为目的是空的；人生不能没目的，因为人生是空的。”经过长长的思索和尝试，我终于找到了自己空空人生的一个目的，让我的生命有了质量和支点。仅此，已经值得我欣慰和安心了。所以我决定开始写“林微薇”，开始探索自我认知，开始尝试着弄清楚“我们这群人到底怎么了？”

我的一位心理咨询师朋友告诉我，她会帮我梳理“是什么和为什么”，会帮我理清楚我自己的心理模式，但不会告诉我要怎么做。我想如果我能大概弄明白“是什么和为什么”就已经很不错了，至于如何破局、要怎么做，估计我也不知道，而且我也不想那么功利。我很清楚，目的也是空的，所以，到底“是什么和为什么”，其实也不是那么重要，我在意的是探索过程中的勇气和追求幸福的姿态。

林微薇，丛林中一株微小的蔷薇，微小却是温暖而有力量的。

在此，感谢我身边的诸位好友，精神层面的认同和启发，对我莫大的帮助，我会在后续的文章中慢慢提到，你们在我生命的画卷中浓墨重彩。同时，也深感不安，对我期望甚高，“做些于这个时代温暖而有力量的事情”。微小如我，但我会努力，为你们，更为我自己。

也许你我都是丛林中普普通通一株微小的蔷薇，我的困惑正好你也有，我的想法正好你也想尝试。如此，在这样一个三月的春日，林微薇，我们一起上路吧！

不忘初心，奋然前行！

只能是你自己

偶遇一位老中医，是位阿姨，帮我做肩颈的治疗。我的肩颈问题是老毛病了，阿姨给我按摩了很久。然后嘱咐我每天早晨起床后、穴位都未开时要做的几个动作，很简单，前后也就四五分钟。

我笑着说 :“得嘞，这个容易！”

阿姨也笑了，说 :“小姑娘啊，做一天两天、一周两周还比较容易，你如果坚持做一年两年，就不是那么容易了。关键看你是不是真的上心！如果你自己真的把它当回事儿，把它当作自己的事儿，你就不应该是现在这个样子。”

我一听这个话，满身的不服气啊！虽然我的肩颈问题由来已久，可是我也是很上心的哦！我去看过西医，我也求助过很多中医，我还办了按摩卡…… 我一直走在积极改善的路上好么？！但是都没太大效果，我能有什么办法呢？

可是再细想阿姨的话，我就脸红了。其实我真的没有把它当成是“自己的事”，我觉得那应该是“医生的事”、是“按摩师的事”，我交了钱了、我付出时间了，他们就应该替我的结果负责！可是，医生教我做活动的方法我也没怎么用过，按摩卡倒是办了，但是今天要出差明天要会友总是不能按时去…… 没有效果、没有改善，嗯，我活该！

阿姨依旧徐徐道来 :“其实，医生很多时候都是很无奈的。再牛的医生最多也只能解决百分之三十的问题，其他的百分之七十，都得靠自己。只有你最了解自己的身体，只有你能把握控制自己的生活和饮食习惯，只有你能决定每天起床后的这几分钟要做什么。哪个医生能替你做或者监督你做每个细节？”

末了，阿姨语重心长地说了一句话：“只能是你自己！”

于是，我就牢牢记住了阿姨的话，“只能是你自己”。从那以后，我坚持每天早上起床后按照阿姨教的方法做活动。刚开始的一周两周是没啥效果的，到了一个多月后，我自己都能感觉到肩颈轻松了不少。再去做按摩的时候，那些不通的结节也少一些了。现在我还在每天坚持，这是我唯一坚持得还算是可以的事情。

想起之前在按摩店认识的一位大姐，看起来气色非常好，大家都很羡慕。尤其是后面知道大姐的真实年龄其实已经很大了的时候，大家就争相问她保养方法。大姐说，每个人的体质、周围的环境和条件不一样，适合她的不一定适合其他人，她也是经过很长时间的摸索才找到适合自己的方式。大家就很不高兴啊，觉得这个大姐真是矫情，不就是一点保养秘诀吗？至于吗？说出来又能咋，还怕别人比你美、比你好了？

其实，现在想想，那位大姐绝对是肺腑之言，也是足够真诚和负责任的。真的是每个人的情况不一样，你就是你，别人只是别人。适合别人的真不见得适合你，而你能行的，别人也不见得能行。

一位朋友的母亲每晚上腿都会抽筋，医院确诊为缺钙，可是吃了大量补钙的药品和食物都毫无效果。一位中医给诊治了一下说是脾经堵塞，钙无法吸收。让朋友的母亲每天按摩脾经大都、商丘两穴各三分钟，结果三天后腿抽筋的症状就消失了。

每个人的情况确实是不一样的，即便是症状相同、引发的原因也一样，但处理的方法都有可能是不一样的。就像我办公桌上曾经有一盆绿植，一样地每天浇水，但就是有半边坏掉了，叶子都枯萎了，而另一半却是好好的。水是一样的水，土壤是一样的土壤，问题出在吸收的根不一样。

每个人都是独一无二的，你只能是你。每个人不同的时期也都是不一样的，所处的环境不一样，面临的困惑不一样，想法也不一样。

但就像《蜘蛛侠 3》结尾处的台词：“无论我们面临怎样的处境，也不管我们内心有多么挣扎，我们总可以选择。我的朋友哈里教会了我这些，而他选择了做最好的自己。这些选择成就了我们的人格，我们总可以选择做正确的事情。”

我在丽江休养的时候写过一首歌，歌词的开头：“每个人的心里面/都有一座一座山/只能自己爬/别人最多只是陪伴”是的，其实我很早就知道，“只能是你自己”。再亲的人，也只能陪着你却无法替代你。

我曾经有过一段非常艰难的时期，好像在经历一个生命的断层，往昔的部分已经关闭，但新的一段还不曾开启。我总能看到那个自己在一条泥泞而冰冷的河里艰难地往前走，但我只能远观自己的痛苦，毫无办法，只能任由她走完，直到可以上岸的时候。

我一个学心理学的朋友也曾经跟我讲过，每个人只能对自己的人生负责，任何想要改变别人的想法都是徒劳的；你只能改变你自己，对外界，能有些影响就不错了。

李开复经历了癌症的困惑之后，重新审视生命，满怀敬畏。在《向死而生》一书中说，之前所有的“世界因我而不同”的想法都是可笑的，“改变世界”这句话本身就透着傲慢。

你能改变的，只有自己。可是，其实很多人，很久以来，甚至都没有看见自己。

我一个朋友，金融学硕士毕业，还有海外经历，回国后在一所名牌高校任职。她越来越不喜欢自己的工作，但她却没有勇气离开。她跟我说，“这个工作也还不错呀，那么多人削尖了头想挤进来还挤不进来呢！别人看我什么都好啊，可是我这么不开心是不是我的问题呢？”对自己的评价和认识，还得依托于外界的反馈，依托于“别人”怎么看。我曾经也是这样的。

看见自己，也需要一个过程，为此，我也走过很长一段路。如此，认知自己就先从看见自己开始吧！保持仰望，保持微笑。

“只能是你自己！”

“自知”与“自信”

我常羡慕那些自信的人，尤其是天然有种笃定气质的人。我一直以为有缺憾的童年造成了自己天生自卑，而别人的自信也是天生的。但也时常有人觉得我是一个女强人，觉得我有力量感，觉得我是自信的。

所以也常常被问起，如何自信、如何优秀等等。每每这时，我都只能笑笑，不知该如何回答。是不给自己留情面点破这个假象呢？还是装腔作势一番维系呢？

直到我遇见一个朋友，她说她向来不认同“天生自信”这个说法。她说：“从小到大都自信？胡扯吧？那只能是无知！”细想似乎也是。每当遇到困难，遇见未知的领域，面对不可把控的将来，谁敢说自己没有心虚过、没有畏惧过，而是一直信心满满呢？

站在看向四十岁的人生坐标上，经历过一些事情后，越发有一个认知：自信，绝不是一个给自己打气的口号。当你面对一个让自己束手无策的困难，任凭你站在镜子面前催眠般地喊：“我是自信的！我是最棒的！我是可以的！”但你自己心里最清楚那是没有一点力量的，相反，你更想逃。

带给自己力量的，从来都不是虚喊的自信，而是自知。

自知，会让你知道自己真正想要的是什么。你不再去盲目羡慕别人拥有的，不再把别人当作参照物，不再活在别人的评价体系当中而平添烦恼。你不会放弃努力，追求的过程本身就是快乐。

自知，会让你认清这个世界不是围着你转的，不是所有的人都应该喜欢你，不是所有的事都应该如你所愿。所以你对别人的非议和事情的挫折就有了先期的客观预判，而不会倍感受伤和沮丧。

自知，会让你随时清楚现实和目标之间的距离，而你该如何努力去缩短，从而使自己更加优秀，更加配得上你想要的美好。而那些不断前行的自知和学习，就是成长。

那个朋友说："每一个人，能够用于增加自信的资本唯有学识和能力，而这两者都是没有尽头的。只有无知的人才会无端地认为自己有自信的资本！"知道自己要什么，知道自己想成为什么样的人，知道自己要去什么地方，知道什么会使自己快乐、会让自己的生命有质感。

"知足者富，强行者有志。"自知的人，会勇敢选择自己的路，并用自己所有的努力去证明它是对的。也许正因如此，你成了别人眼中一个非常自信的人。

熙熙攘攘中修行

很多年前就记得顾城有两句像是绕口令的话，一直不太理解，直到最近，越发觉得闪着智慧之光。这两句话是 :“人生不能有目的，因为目的是空的。人生不能没目的，因为人生是空的。”

首先，“目的是空的”。其实真的是这样的。

我有一个朋友，也算是亿万富豪了，事业做得也不错。但一直精神紧张，很不开心。直到他几年前突然爱上了钓鱼，变得越来越开朗。可是有意思的是，他本人其实并不喜欢吃鱼。他就曾经跟我说过，他喜欢的“钓鱼”，根本不在“鱼”这个“目的”，而在“钓”的这个“过程”。因为爱上了钓鱼，他认识了这个圈儿里的一帮朋友。因为爱上了钓鱼，他满世界跑着去钓，由此他熟悉了海洋、水流、气候、地理等知识，他知道什么季节去哪儿可以钓到什么鱼。其实钓到的鱼最后不是给放生就是送给朋友，他很少留给自己，但是他依然乐此不疲。

“鱼”这个“目的”真的是“空的”,而“钓”这个“过程”才是实实在在的。

细想想，其实很多事情都是这样的。当我们渴望做成一件事情的时候，总会想象，“事成”的时候，我们会多么喜悦。但真的当你拥有了那个结果，却发现，也不过如此。比如折磨我程度最深、历时最久的博士毕业之路。当初无数个早起的凌晨痛苦不堪地写论文的时候，总会想，等我答辩通过那天，我一定一定痛痛快快地大哭一场，再痛痛快快大吃一顿。可是真等我历经千辛万苦毕业答辩结束的那天，平静得跟平时的某一天没什么区别。那天下午答辩结束，我安静地填写了几张表格。提交完成后，赶到郊区一个开会的酒店，随便吃点东西就开始写材料了，因为第二天有我要做的技术报告还没完成。是的，那天晚上连个庆祝的仪式都没有，而且还加班写材料到深夜。

人生大多数东西，没得到时以为得到了该有多幸福，可真得到了又觉得也不过如此。很多人都在想要的欲望和得到后的无聊之间不停切换，一生就过完了。如果真的要去追求“结果”这个“目的”,最后,就会发现,这个“目的”真的是“空的”。

再放眼人整个一生,就像一条抛物线。从出生、成长,不管一生多么精彩,不管中间可以飞多高,最后还是要落下来的。所有人的最终归宿,都是坟墓,这就是人生最后的终点、目的地。所以，顾城说，人生也是“空的”。

那么，你还在执念什么呢？也许都只不过是“蕉叶覆鹿”罢了。其实，哪儿有什么“鹿”啊！甚至，连“蕉叶”都是假的。但是，就应该消沉下去了吗？反正结果和目的都是空的。其实也不然。正是因为“人生是空的”，所以才需要设立一个又一个的“目的”，追求的过程才是幸福的意义。

比如那个爱上钓鱼的朋友，他的幸福在于满世界跑着去“钓”。他在这个过程中收获了友谊、收获了知识、收获了健康和开心，这就是意义。他跟我说，爱上钓鱼是偶然的，但爱上某个东西是必然的。其实是这样的，在他很苦闷的那些年他就一直在寻找突破口，他也尝试了其他很多种可能。只是刚刚好那个时候，钓鱼出现在了他的面前。就像也许我们都会找个人结婚，只是那个对的人在对的时间恰好出现了。他也有可能爱上跑步，像他其他几个好友那样满世界去跑马，他甚至去冰岛参加过跑马。他也说，即便真的最后选择了跑马，他的目的也不是在乎跑马的成绩，而会是享受满世界跑马的这个过程。相信他在这个过程中会收获另外一个朋友圈儿、收获另外一种知识。但肯定会收获同样的健康和开心。

所以，人生还是需要“目的”的。但并不是纠结“目的”本身的结果，而是在于追求“目的”的那个充满了未知和精彩的过程。它会给我们养分，滋养我们成长。

红学大师周汝昌有一次讲到通灵宝玉要下凡到人间走一遭，同时还提到吴承恩在《西游记》开篇提到，石猴出生后第一次在山头看到山下熙熙攘攘的人间，便落下泪来。周老师说，他也不清楚吴承恩为什么让石猴看到人间的“熙熙攘攘”就落下泪来，也不清楚曹雪芹为什么要让一块儿有了灵性的宝玉想要到人间走一遭。但他隐隐约约觉得,也许这“熙熙攘攘”、这“走一遭”本身就是我们身为人、我们人活一世的意义。也许这种“存在”，这个过程就是意义本身。

再读这两句像是绕口令一样的话：“人生不能有目的，因为目的是空的。人生不能没目的,因为人生是空的。”越发觉得闪着智慧的光芒。他教会我们，该看重的看重，该看轻的看轻。既拿得起，也放得下。

突然想起另外一个朋友的话：“人生在世，除了修行，别无他路。”生活即修行。既然已经要来“走一遭”了，那就在这“熙熙攘攘”中修行吧！

自己的光明

再一次因病痛躺在床上。上班的上班，上学的上学，而我一个人躺在床上。周围安安静静的空气。打开笔记本，开始写字的那一刻，我的心里就安宁了。

两年前，第一次因为病痛，在丽江休养，我也是这样或躺或趴，敲字，跟自己说话。那时，第一次体会到一种深深的紧迫感。我的腰疼，源自三年前年底妈妈突发脑溢血。北方的冬天，老家没有暖气，冰冷的病房，五天五夜寸步不离的守护。妈妈苏醒后，工作繁忙，我只能周末回去照顾，老家和北京两地跑。周五晚上高铁回去，周日晚上回北京上班。两天两夜，几乎不休息。我的腰不知道是受寒或者是其他原因，总之，就此开始疼痛。

上班坚持了一段时间,后来走路身体都是歪的。感激领导的关心和支持，督促我休假调养。安排好手中的事情，第二年年初，我终于疲惫不堪地躲到一个僻静的丽江一角安安静静地躺了一个月。

第一次，有喘息的时间，可以静静地思考。我这才发现，自从大学毕业到那时，都没怎么休息过。即便研究生期间，做课题都是跟着项目走，没有寒暑假。毕业与工作也是无缝切换，并且从此开上了快车道。我时常感恩这场病痛，迫使我慢下来，可以有时间回忆，有心情思考。

我还记得那天下午接到大姐泣不成声的电话，慌乱与恐惧中，夜里十二点赶到老家县城的医院。昏迷中的妈妈，浑身插满了数不清的管子。我当时浑身颤抖，心如刀绞，却哭不出来，也不敢哭，因为我知道我是大家的依靠。

所幸，妈妈还是抢救过来了。实际上我是多么怕、多么怕，就此，与妈妈天各一方。老爸也说，他一辈子，哪怕当年当兵的时候替战友挡子弹都没有怕过，但这次妈妈的病，他是真怕了。

但妈妈后期的康复并不理想，生活质量大不如以往，所以那时的我突然就有一种深深的紧迫感了。我总觉得假如是一种宿命，我的有效生命估计也就到六十多一点吧。我的外婆也是那样的年龄那样的病而突然去世的。这么掐指一算，也就还剩下二十几年的光景，所以突然就有一种深深的紧迫感了。

“有限的人生，我要怎样度过？”

人生的意义、生命的价值、幸福的秘密，古往今来，从来都不是什么新鲜的话题，可是人们却一直都在热烈地讨论。但对于这些的追求，却在忙忙碌碌中，早已被淹没在日常琐碎的滚滚尘烟里。即便偶尔被某些东西刺痛，沉下心来想那么一下，也会在后续的忙忙碌碌中再次被遗忘。

休养回来，拖着并没有完全好彻底的身体，很快我就再一次被卷入到高负荷的运转中，比之前更加忙碌，那些曾经有的短暂的思考也被搁置了起来。

终于，再一次，我的腰又疼到必须要躺下休息了。反而内心有种窃喜：终于无可奈何，只能休息了。于是，曾经被搁置的思考又鲜活地跳出来与我凝视。也因此有了更深的紧迫感：青春不再，身体也经不起什么折腾了。

“有限的人生，我要怎样度过？”

“人生的意义、生命的价值、幸福的秘密，对于我这样一个个体，它们又具体是什么？什么是我想要的生活？”

我也不知道答案。但，我愿意去探索和尝试，思考的过程也许比思考的结果更有意义。

当我或躺或趴地在床上敲下这些字，内心便更加安宁了，那种紧迫感仿佛也得到了些许的安抚。

有人说，写作是非常好的发现并探索自己的方式；阅读和写作，掮着黑暗的闸门，把人们送到光明的地方去。我也相信，在自我成长的道路上，我会用我特有的方法，遇见一道属于我自己的光明。

是的，我还在寻找，但我相信那个光明是存在的。

你心里的种子发芽了吗

今天被一篇介绍美食的文章给美哭了。虽然病卧在床，过过眼瘾也还是可以有的嘛！

从这篇美食文章里了解到：这家店老板娘叫 Karen，原本是个金融女。文中有句话特别触动我："开一个温暖小店，是 Karen 读书时埋下的种子，走到 30 岁才艰难地发芽。"

Karen 自己的话："有人说 30 岁之后，该把做梦的时间缩短，把做事的时间放长。其实最初的梦想，就是最后的支撑。""再不开始，明年除了徒增年岁，生活跟现在一样，总不能让这点念头变成后半辈子的遗憾吧。""如果真的做不好，失败了，大不了再去找工作。起码我尝试过了，努力过了。"

Karen 真的创造出了一个温暖的角落，给人以美好的慰藉。守着一家温暖的店，日子不疾不徐地流过。有顾客留言："谢谢你，守护生活的美好。" Karen 少时的梦想，如今变成日常。

真好！真好！我再一次被美哭了，是真的哭了。躺在病床上，想起另一个老板娘，宁远。原来是四川卫视的"最美女主播"，2009 年荣获"金话筒奖"。还是大学讲师，是文艺女青年。然而，内心一直有一个"匠人"的梦想。2010 年辞职，创办了自己的服装品牌"远远的阳光房"。自己做设计师，自己做衣服，自己当模特。她倡导朴素、节制的生活方式，东方禅意的审美："在物质的世界里寻找精神的含义。" 她创建了"明月村"，拓展了草木染，举办大型的新装发布会。她还写书、画画儿，甚至用舞蹈来阐释服装与人的关系。

是的，她真的做到了。她真的“把时间浪费在美好的事物上”。“生活不是我们活过的日子，而是我们记住的日子。”

轻轻地问一下自己：“鸽子，你心里的种子发芽了吗？”突然就泪流满面了。因为我心里好像，好像，没有种子，至少没有清晰的种子。可是时间紧迫，眼看要到不惑之年，然而，我还不知道自己该往哪里去。这真是，真是太让人沮丧了！

被 Karen 的话刺痛：“其实最初的梦想，就是最后的支撑。”那么，余生，我拿什么来支撑？不过，我在思考，我在 keep searching。

最后，用《又自在又美丽》里的一句话做憧憬：“去爱、去吃、去活，像植物一样。”

做一个温暖而有力量的人

老毛病犯了，每个月例行一次的“老朋友”来探访。夜半疼到无处可逃，只好蜷缩在沙发一角一杯一杯喝热水。

每当此时都会思考一个问题，倘若活不过天亮，如何？

记得一位我很敬重的长辈曾跟我讲过，他年轻的时候被误诊为一种绝症，在手术前那一晚，他爬到屋顶仰望星空，就是思考这个问题：倘若活不过天亮，如何？

他问我：“你猜当时我在想什么？”我半开玩笑地用很夸张的口气学着他的调调喊：“我还没有结婚，我还没有恋爱，我还没有女朋友！”他没理会我的冒犯，而是很认真地说，他在想，都有谁曾帮到过他而他自己还没来得及报答，还有谁需要他的帮助而他还没来得及伸手。我戏谑的笑容就此凝固，而这位长辈也就此长在我心里。

很巧，最近和子寒聊天，他也说了类似的话，他说他觉得人的一生真正的意义是自己帮了多少人。

这真是一个，真是一个，一个我无法企及的话题，然而它总是时不时地跳出来清晰地呈现在我面前。我非常认可，非常非常认可，然而自己却是一个匮乏感强烈的人，渺小无力如我。但我在努力，在我孱弱单薄的力量所能做到的范围内。

然而回想，一路走来，帮助过我的人太多，而自己的报答却不足以万一；需要我帮助的人，或者是我能帮到的又太有限。这实在是，实在是，让我沮丧。

想起子寒曾说过另一句话："不一定要做一个伟大的人，但可以做一个温暖的人。"也许这个是我可以做的，做一个温暖的人。如同一抹光亮，虽微弱，但也可给人温暖。

每月一次如期而至的疼痛，对于我来说，像是某种提醒。清晰地感知疼痛，清晰地感知苦难，清晰地感知自己还活着。可以有机会在一个又一个难以入眠的夜晚或者凌晨，沉浸在一种生命的纯粹里，思考和感知。那些看重的人，那些看重的事，总是会一遍一遍清晰地呈现。

如此，疼痛也是一种馈赠。然而，疼痛也会让我沮丧，会让我悲伤，会让我无助，会让我放大那些低落的情绪，甚至会莫名地想哭。仿佛一个坚硬的壳儿，撕开一条小小的裂缝，像是灵魂的出口。但不管怎样，还是要自己一点一点挨过去，无人可替。就像曾经那段无比艰难的时光，只能是自己在泥泞的河里跋涉，一步一步自己走下去，直到可以上岸的那一刻。只能是自己，再亲近的人最多也只是陪伴。

当被身体的疼痛、内心的疼痛逼到一个边缘，仿佛看穿生命的真相，那些问题就会冒出来：

倘若活不过天亮，如何？

我该怎样度过这一生？

我快乐吗？如果不快乐，又怎样才能让自己快乐？

虽然别人都说我很好，可是这是我想要的吗？如果不是，那我想要的是什么？

我曾经设想过未来可以做的事情的种种场景，也跟子寒讨论过，子寒说在他心里对我的期望，至少是可以像胡玮炜那样做一些对社会有影响力的温暖而有力量的事情。"温暖而有力量"，这几个字眼像是某种召唤，如同一束光一点一点渗透到我黑暗无边的心境，给我指引。

可是我现在还没有力量，我反而一直在寻找可以给到我力量的一切可能的人和事。那就先做一个温暖的人好了，首先，温暖一下一夜无眠的自己吧。那些还没有来得及做的事，还没有来得及实现的梦，等天亮了，等不疼了，再去做。

海的样子

孙姐姐寄来的明信片到了。来自南太斐济的祝福："愿你一切安好！"我瞬间就被带着海风的热带温度给温暖到了。

孙姐姐说，她去苏瓦的两个多月，慢慢习惯并享受一个人的生活；繁华都市的一切，恍如隔世。

"繁华都市的一切，恍如隔世。"这两天脑袋里总是响起这句话。

孙姐姐是一个特别知道自己想要什么并勇敢去追求的人，是一个非常有自我的人。她是一所名校计算机专业的大学教授，却在将近退休的时候，独自一人，远涉重洋，完全开启另一种人生模式。"鸽子，这就是我想要的生活。"在孙姐姐走之前，她曾经反复跟我说这句话。

孙姐姐于我来说，亦师亦友，更是灵魂深处的大姐姐。她是我一个温暖的存在，甚至是某种安慰。她总是对生活饱含热情，总是对未来充满期待，总是能清晰地听见并忠诚地遵循自己内心的声音。

而我曾经一直是一个看不见自己的人。学的专业是老师建议的热门专业，从事的工作是爸妈觉得体面的工作，所在的城市是爸妈喜欢的城市……

我也曾有一个关于远方的梦想。

大学本科的时候非常想出国留学，那时也有一次绝好的机会去美国。大二那年，全专业排名第一，也过了英语六级，有一个名额去美国一所大学做交换生，二加二，双学位。当时我很想去，可是因为有一部分自己需要承担的费用，对于在农村讨生活的爸妈来说还是太吃力了，他们还担心国外的安全问题，于是不同意，我就放弃了。

研究生的时候，再一次想去留学，这次可以申请到全奖，爸妈倒是不管了，但男友不支持。他问我，为什么要出国呢？是为了追求更好的教育，还是为了回国更好地发展？可是我没有什么特别的理由啊，就是觉得此生就想有一个在外求学的经历，不可以吗？男友不能理解，于是我就再一次放弃了。

我的所有决定都是在考虑别人感受的基础上而做的，却很少顾及自己。我从小就“懂事”,是“传说中的别人家的孩子”。我在家是悄无声息的老二，上面有个优秀的姐姐，下面有可爱的弟弟。爸妈经常说，不知道怎么就养大了，从来不用费心，特别好养。

我最怕别人对我有期待，尤其是我很尊重或者很在意的人。我总是那样在意我所在意的人对我的在意。我总是用自己的努力去够别人的期望，很多时候倒是也能够得到那些期望。于是，世俗意义上来讲，我在外界的评判标准下算是“某种成功”的。可是，只有我自己知道，内心深处，我是那样不快乐。顶着一个特别能干的外壳，外表越光鲜，内心的无力感越不被看到，我就越不快乐。

还好，我遇见了快乐的孙姐姐，看到了身心合一的那种“舒服”是什么样子。于是，我开始慢慢反思自己的人生。

逐一盘点过去，那一刻，突然发现，早已过了而立之年，居然没有一件事情是自己发自内心主动选择的。有些貌似是自己的决定，但实际上也是揣摩着别人的心思去刻意迎合的，不是自己内心喜悦的向往。

比如当初决定来这个大都市，其实爸妈没有开口，只是我知道，早年在这里当兵的爸妈一直都希望我能在这个大都市生活。于是，一向懂事的我选择了符合爸妈的期待。而内心深处,我更希望去慢板的南方小镇生活。可是，装得太久了，自己都以为是真的了，以为本来就是这样子啊！

直到我病了，病了长长的一段时间。突然周围就慢了下来，那些表面的繁华一层一层沉淀、褪去，最后只剩下身心合一的日常。在丽江休养的日子，我终于听到了清晨小鸟的鸣叫，闻到了春天的花香，看到了迎着夕阳叶子上发的光。那一刻，我终于等到了落在身后好远、好远的那个自己。

还记得跟孙姐姐告别的那天，没有雾霾的北京，天空美到不真实。天，是那样醉心的蓝；云，是那样厚重的白。那样的蓝白相依，像是谁深邃而满足的心事似的。

我和孙姐姐坐在一处阳光房聊天。孙姐姐发现了我的一点点变化，说我总是嘴角上扬在微笑，而我自己却没有觉察。其实，那天我们是在谈论一件比较沉重的事情；其实，那一段的工作非常繁重而棘手；其实，那时我的家里正在发生一件灾难性的事情……如果是以前，我应该是一副惯有的灰灰的、懒懒的、一颓到底、无所欲无所求生无可恋的样子；可是此刻，我居然还能保持嘴角上扬的微笑。

我忍不住多讲了一些体会。是的，我自己也感觉到自己的变化，内心越来越富足，越来越淡然，越来越有安全感。那困扰我多年的、甚至是从小就跟随我渗入骨髓的、时不时就铺满心底的、深深的恐惧和不安以及自我否定，不知不觉中,越来越远离了自己。从丽江休完病假回来,我就几乎没有再一个人哭过。

我不由地长长舒了口气：真好！

没想到孙姐姐居然感动到落泪，哽咽到一时无法言语，只能不停地擦拭眼眶。平静下来，她握着我的手说："这么多年，鸽子，这是我见过的你最好的状态，也是最对的状态。"

孙姐姐给我讲了一个故事，大意是一个人试图让没有见过海的人知道海的样子。最后的结果，当然是失败的。所以，人们得出一个结论，你也无法让一个没有体验过爱的人明白那种爱的感觉。

是的，一个从来看不见自己的人，也无法体会，"做自己"是一种怎样美妙的感觉。

"鸽子，你终于看见了海的样子。"孙姐姐哽咽着跟我说。

那一刻，我真的喜极而泣了！

第一次觉得，这个世界跟我是有关系的；第一次觉得，未来是有所期待的；第一次觉得，原来自己是值得被好好爱的。

我看到明信片上，苏瓦的天空，蓝白相依，也像是谁深邃而满足的心事似的。蓝白的天空下，是孙姐姐说的，可以看到海豚的蔚蓝大海。

我也看到了，海的样子，在我心里。

内心强大的小女人

闺蜜炜来京，约我陪她一起住酒店，我们彻夜长谈。每次与炜的深聊，都会给我些许向上的力量，与她的谈话总是很有养分的。炜依然精致、优雅，岁月在她身上只是陈酿出韵味的催化酶。

炜这次来京，一是要辞去在京的高管职位，回省城自己创业；二是要奔赴澳洲，参加她清华 MBA 的毕业典礼。记得她三年前，为了给一出生就有点小瑕疵的孩子治病，毅然决然放弃原本在市里的所有：刚刚上市企业的副总职位、带有花园小桥流水的豪宅、所有安逸舒适的生活和优渥的社会资源，来到北京一切从零开始。租房子、挤地铁，按点到公司上班，抽空回家喂奶，还要安排定期去医院给孩子看病。她自己，脚磨出血泡、腰背疼得晚上睡不着觉，都没有时间停下来休息休息……炜勇敢得像一个斗志昂扬的战士。

三年后，炜又做到了高管，赚了不少钱，买房置地。同时，还在清华修了一个学位，儿子照顾得也不错。这期间还经历了一次生活上的大的创伤，而她都优雅淡然地走过来了。这些都是我知道的，我不知道的，是她早在两年前就开始自己创业的布局。

原来她早就在做准备了，她不仅做了详细的市场调查，还已经进行了一年多的深入实践。这次她看准机会，再一次毅然决然放弃北京已经打下的局面，转身投入下一个征程。炜再一次勇敢得像一个运筹帷幄的将军。我听着炜讲她的战略、她的规划、她的情怀，那些创业中的磨难，就那样在她平静的叙述中过去了。那些未来还会有的挑战和凶险，炜也都做了预计和规划，好像是已经准备好了，在迎接一个又一个虽无善意但亦不可怕的不速之客。但她好像都能掌控，给人一种安宁的力量。真是一个内心强大的女强人！那种胆识、胸襟、气度和力量感，炜在我眼里发着光。

炜跟我聊天的时候，一会儿去贴个面膜，一会儿去修修指甲。她巨大的旅行箱里宝贝应有尽有，连吹风机、夹头发的直板夹、卷头发的工具都一应俱全。炜在做那些事情的时候,可爱得倒像个被宠溺的小女人,被自己宠溺着。

如果说，未来新的一年，我有什么愿望的话，我就希望自己也成为这样的一个人:内心强大的小女人。不惧未来、不念过往、专注当下，安宁踏实、意念坚定、内心强大，但自己要会宠溺着自己，做个优雅精致的小女人。

在一次年底的朋友聚会上，老领导发起一项倡议，每个人都说说这一年里开心的事情和不开心的事情。大家都很真诚，说到动情处，眼角都湿润了。盘点我这过去的一年，开心的事情很多。内心更有定力了，所以我把事情只分作两档：开心的、更开心的。

我开心的事情，最开心的事情，是对自己的接纳。我对自己比任何时候都满意，内心充满了力量感。人都是有气场的，因为我的坦然和安定，也让我周围的人感觉很舒服、很踏实。

我带领的团队在过去的一年里得到了很好的历练，有了长足的发展，不仅完美、圆满地完成了全年的各项工作任务，而且还为明年打下了很好的基础。有战略、有布局，所以我对未来的发展也是内心安定的，因为我知道前景不会差，会越来越好，而且是按照我们既定的规划和路线，越来越好。前几天有一次跟一个中高层干部聊天，听到他充满了自信的谈吐，对未来满满的期待、对过往满满的感恩。他说他自己都能感觉到自己这两年的成长，他的眼界、能力、胆识和信心，他觉得对自己特别满意，非常开心。他真诚地感谢我对他的信任，感谢我带给他的踏实感，说他敢放手去做，是因为他觉得不管怎样我都会给他最强有力的支持，我都可以帮他收拾局面，就是那种“妥妥的”感觉。

我也非常感动，这就是我想要做的事情。我对自己的期望就是做一个有情怀、有温度、有力量感的人。我想给大家提供一个平台，一个温情而有力量的平台，能承载大家的努力和梦想。做什么事情不重要，都只是一个载体，关键是通过这些事情，我们成长为了什么样的人。我希望我们都能成长为自己喜欢的那个样子。

还有一件开心的事情，最最开心的事情，是儿子的成长。幼小衔接，平稳过渡。儿子性情温和、开朗内敛、敦厚友善、专注坚毅，几乎满足了我对“儿子”所有的想象。

年末他们班级举办活动，联欢游园。老师宣布规则，大家去别的班参加每个班里的活动，然后盖一个章，看看谁最先积满小印章回到班里来。很多小朋友早早就回来了，儿子还迟迟未归，把我都给等着急了。我去寻找，发现儿子还在别的班里开开心心玩儿呢。他并没有因为功利而牺牲掉快乐，定力十足，我心甚慰。等回到班里，交了积满印章的小卡片，就安安静静去到班里后面的读书角，拿下自己喜欢的书看了起来。不管外面有多热闹，他也不受打扰。别的小朋友过来跟他一起看书，他也给别人看；没有小朋友过来，他就一个人看。看他专注而又沉醉的样子，我这为娘的心，满满的感动和满足。

2017 年的最后一天，儿子参加围棋考级比赛。第一局就遇到了他们学校的高手，儿子不胆怯不气馁，稳定发挥，仅以微弱差距输掉一局。后面的几局比赛，丝毫没有受到第一局输棋的影响，全部胜出。在前一天学校里跟高手对弈的比赛中，儿子说一共下了三局，第一局他“拼尽全身力气”也输得很惨，根本不是人家的对手。但第二局他又“拼尽了更大的全身力气”，有了很大的进步。第三局，他又“拼尽了更大更大的全身力气”，几乎不差什么，他说老师和对手都说他有很大进步。我明白儿子想要表达的意思，每一次他都用尽全力，每一次都更加地用尽全力。他说他从不害怕输棋，能跟高手对决，他特别开心。他们班其实还有一个棋力不错的同学，甚至还高他一筹，但老师还是推荐了儿子来考级而没有推荐那个小男孩儿，原因就是那个小男孩儿怕输，一旦输棋就不行了。而儿子内心很平静，甚至会遇强则强、愈挫愈勇。这一点也是我这为娘的甚是欣慰的，妥妥地安心。

儿子在班里的成绩，我从来就没有在意过。考 100 分的时候有，考 70 多、80 多、90 多的时候也有。那天班级活动跟一个妈妈聊天，那位妈妈焦虑地说，四次数学考试，他家孩子才考了三次 100 分，而谁谁谁，还有谁谁谁都是四次100分。我听了淡然一笑，我并不焦虑。儿子跟我一样，也并不焦虑。考好了固然好，考不好，看看为什么不好，多半是因为不认识字没读懂题意，下次能理解并提高了就可以了。急什么呢？

总的来说，儿子身体健康，开朗大气，善良勇敢，到哪儿都有好朋友跟他一起玩儿。他学围棋、学橄榄球、学武术都乐在其中，每次都开开心心去上课，我从来没有为他上学、上课外班发愁过。这对于我来说，就是最好的了。

年中的时候，曾为了工作和其他考虑过变动，但考虑到儿子还有家庭等因素，最终还是放弃了。现在看来，这个结果，已是足够让我安慰的了。

过去的一年里发生了很多事情，有坚持的，有妥协的，但不管是坚持的还是妥协的，都源于我对自己的忠诚和真实。有倔强，更有悲悯，但都是善良的一种表达。感恩生命对我不薄，这个世界越来越是我喜欢的样子，我爱的样子他都有，他有的样子我都爱，因为我自己越来越是自己喜欢的样子。我还在寻找，我还没有放弃探索，那个最让自己发光的点。是的，我觉得自己已经很好了，但我相信未来会更好。

如果一个人一开始就明白自己最想要的是什么，那么他真的是非常幸福的。比如有的人很早的时候就想成为一个作家，并且坚定不移地去那么做了；有的人很早的时候就痴迷旅行和探险，并且愉快而坚定地一直走下去了，他们真的都是非常幸福的人。然而更多的人可能是一直懵懵懂懂，偶尔有一束光，就朝着那光亮去走，磕磕绊绊，走了很久才找到那个足以点亮此生的那个自己最想做的事情，也还是幸福的。从另一个意义上讲，追求的过程本身也是一种幸福。我觉得我还在路上，但还好，至少，我已经在路上了。

我对慈善、对传播爱和力量，依然充满了热情。我依然在寻找最恰当的载体，可以是文字、是音乐、是中医、是企业管理、是心理疏导、是传媒平台等等。我也不知道未来会怎样，但我会一直编织通往彼岸的桥，我会尝试各种我认为适合我自己的方式。

面对即将扑面而来的2018，我内心是平静而安宁的。不恐惧也不期待，该来的我都充满欣喜去迎接；不来的，我也不强求。柔软、洁白；欢喜、自在。

踏踏实实、平平静静、欢欢喜喜地过好每一天。对于美好的那一刻，永远充满最真诚的相信，好像那一刻明天就会到来一样；但我也会认真地过好每一个当下，就好像那一刻永远都不会到来一样。

再见，2017！你好，2018！

我依然相信善良的力量，我依然相信爱的力量，我依然渴望幸福的真谛，我依然追求那个自己喜欢的样子。做一个优雅、精致，踏实、舒服，真诚、真实，内心强大的，小女人。

这就是我在岁末年初，最想说给自己的话。

风雨无阻，年华无欺

老家里一个最近没怎么联系过的老同学风突然打电话给我，问我能不能帮个忙。暂时放下手头繁琐的工作，听他一点点讲了事情的经过。原本被各种棘手的事情搅得上下翻腾的内心竟然一点点安静下来，就像一瓶浑浊的水突然被一种安宁的力量安抚，慢慢地沉淀，竟然呈现出晶莹剔透来。

先从我这个老同学传奇的经历说起。风原本学的是管理类的专业，但一直有一个当医生的梦想，而且是中医，却又非祖传。大学毕业后，在北京工作过一段时间，又回到我们省城工作，最后还是觉得家乡好。回到县城里打理过几家连锁店，业绩不菲，据说还有些股份。几年下来，也算小有成绩，有车有房有存款。可是他的梦想还是做一名中医，从根本上治病救人。自学十年，其间也拜师，用工作之外的时间去老中医店里帮忙，学中药、学把脉、学针灸。最近的一年多，他甚至辞去工作、退掉股份，全身心学中医。今年终于考过了中医的医师资格证，而且考了我们全市第二名。拿到了行医的“通行证”，成了一名可以行医的“正规医生”。

就在他刚刚开始他的“医生”生涯，在一个乡里的卫生所中医科上班的时候，偶然路过田间地头看到一起打架事件。上前了解，竟然是一起乡村恶霸欺负农民强买强卖土地的事件。农民不同意出让土地，他们就各种手段殴打、侮辱。大家只是看热闹，但没人敢管。农民也报过警，派出所的民警也来过了。不过显然是有“默契”的，只说是经济纠纷，不予处理。风不顾大家的劝阻还有恶霸的恐吓，冒着巨大的危险，把他们殴打农民的视频录了下来。后来风说服已经被欺负怕了的农民站出来反抗，收集证据，随后又先后找了一些“相关部门”反映情况。但都未果，都说不是自己该管辖的范围。最后连那些被欺负的十几家农户都想放弃了，可是风还是要去争取，要为他们讨公道。

所以，他最后想到了我。抱着一丝希望，看我是否可以帮他，可以帮那些农民。风在电话里说：“那些农民太可怜了！都是空巢老人，带着孩子，地里的庄稼被毁，老人孩子都被惊吓。”风最后笑了笑说：“鸽子，我知道这件事跟你没关系，也知道你的工作跟这些也没太大关系，可是我还是想问问你，试一试。”我也笑了：“说实话，是跟我没关系。可是不也跟你没关系么，你不是也那么热心吗？我的工作是跟这件事情不搭边儿，可是人托人，相信还是能找到一些可以帮忙的资源吧。”

让我感动的是，到了我们这个年龄，一个马上要四十岁的人了，还活得这么清澈纯真。自己想做的事情，就坚持去做了，不管外人的眼光，不管事情难与否，只是觉得“自己应该去做”，以求心安。简单却坚定，有一种宁静的力量，一种可以让浑浊沉淀出清澈的力量。

就近选了个周末，请了能帮上忙的朋友一道专程回了趟老家，见到了许久没见面的风。深聊才知更多、更细节的东西，更是让我越发钦佩起来。比如，这十年间风学中医付出的艰辛、帮过的人、看好的那些病人。再比如，风发起的一个慈善组织，每周六去义诊，为农村那些看不起病、行动不便的孤寡老人上门服务，看病、抓药，都是免费的。后来风说，他做慈善是受我的影响，知道我们的一个公益组织常年在资助一些上不起学的孩子们，他也想力所能及做点什么。而他坚持学中医也说是受我影响，说很多年前我们的一次谈话，我说人总得为梦想活着，我自己的梦想是成为一名作家，读书写字。他回去后就仔细想自己的梦想是什么，后来慢慢发现自己喜欢中医，于是坚持了十多年。他说，有梦想是一件多么幸福的事情！所有你做的事情，都觉得心里特别踏实，安神安心，不慌不乱。我特别诧异，完全没有想到这里面竟然还有自己的影子，更不记得那次谈话，我甚至还问，我当时真的说过我的梦想是当一名作家吗？不过，“读书写字”确实是真爱，这点不假。

在朋友的帮助下，风的问题找到了解决方案，我安心回家陪爸妈过周末。

家乡的山还在，水还在；村头哥哥家的小船还在，河对岸的小树林还在。白云悠悠，清风拂面，落日彩霞，倦鸟归林。生命深处的那些连接被重新一一拾起，伫立水边，深呼吸家乡的空气，那种发自心底的亲切和眷恋，让我几欲泪目。家乡的夜，才是夜应该有的样子。没有喧哗的灯光、嘈杂的声响，只有黑黑的夜幕和明亮的星星，风起的时候，叶子在哗啦哗啦地响着。想起有一年中秋回来，那夜伴着秋虫的鸣叫醒来，起身来到庭院中，被一泻而下的月光银辉惊艳，一时泪如雨下。

清晨从鸡鸣犬吠中醒来，窗外的喜鹊在热热闹闹地欢叫着，让这初冬的晨辉显得不再清冷。陪妈妈在河堤上散步，听妈妈絮絮叨叨那些家乡里的长长短短、是是非非。儿时的炊烟袅袅、田间嬉闹仿佛一下子又环绕周围，清晰如昨。北京的一切反倒像一个遥远的梦境，模糊而虚妄。

突然就不想走了，好想停下来，就这样停下来。停下来好好问问自己，我是谁？从哪里来，又要往哪里去呢？岁月已逝，过去的日子可都是自己欢喜的？年近不惑，可有勇气去追寻自己想要的？

去过的地方越多，越知道自己想回到什么地方去；见过的人越多，越知道自己真正想待在什么人身边；遇到的事越多，越知道自己真正喜欢做的是什么。也许生活最好的样子，无非就是，每一夜都能心安理得、精疲力尽地睡去；每一天都能心平气和、精力充沛地醒来。有位老人曾说，其实每一个人需要的不多，而想要的却太多。

风说感谢我，其实我要感谢他才是。风给了我很好的榜样，他的目光中都是平和与安详，却又透露着坚定和力量。风说他一直被周边的人视为“异类”。确实是，即便是我们同学里也有很多不理解他的。不过风都一笑置之，因为他清楚自己内心真正在意的东西，清楚自己该往哪个方向走。他走了十年，一直走着自己喜欢的路，越来越是自己喜欢的风景。“慢慢来，反而会比较快。”

抬头看家乡的云，听着那些风，想起徐静蕾的话。她说，我们为什么要被教育做“一个讨人喜欢的姑娘”，而不是一个“被自己喜欢的人”？裁缝老徐背着自己亲手缝制的包包、穿着自己亲手裁制的衣服，笑得美好而灿烂，活得自信而通透。“什么‘人生赢家’，都是‘人生过客’，只有心儿里美，风雨无阻，年华无欺，谁也拿不走。”

也许，我还在路上，但至少看见了那一丝光亮。但愿，风雨无阻，年华无欺，内心欢愉，此生不虚。

“优等生”心态

“医不自治”，这句话真是太对了。不少人劝慰别人的时候都是一套一套的，等真落在自己身上一样乏力无助。

有一个朋友，事业一直做得顺风顺水，在关键时机的转型上也很有魄力。从当初的外企高管转向国内的 IT 创业团队，又从 IT 业转向互联网公司。二次转型之后，他遇到了很多困惑。因为一直做得好，一直受领导重视，所以觉得自己就应该做得好、就应该受领导重视、就应该总得到最优质的资源；否则就不开心了、就困惑了、就焦虑睡不着觉了，就觉得这个世界要么别人错了、要么自己错了。

我开玩笑说这病的名字叫“优等生”心态，得治！每次都洋洋洒洒、侃侃而谈，劝慰朋友该如何如何。

好了，那么问题来了。最近就有一件事情发生在自己身上，一样颓了很久……听惯了表扬、习惯了优秀，偶尔一次的批评、偶尔一次的失误，就在自己心里闹腾了好久，这一篇儿怎么都翻不过去啊！等自己想明白了，该总结的总结、该反思的反思、该修正的修正，这一篇儿才终于翻过去了。回头看，不禁哑然失笑。

另一个女汉子朋友曾对我说过一句话：“所谓的成长，就是不断地觉得之前的自己是个傻子的过程。”话虽是糙了点，但说实话，貌似还是有点道理的。

坐在自己身边跟自己说说话吧。问问那时的自己，怎么就那么在意呢？

心里那么多防线怎么就一下子都被攻陷了，让那种失败感妥妥地直达内心？

仔细想想，首先，还是在意对自己评价的那些人。因为是自己敬重的、在意的人，所以就特别在意他们的在意。这一点上，自己内心的力量还是不够坚定，还是会被外界的反应所干扰。说到底，那个天生自卑的自己还在，而后天培养起来的自信还不够强大。

其次,有期望才会有失望。我有意无意地夹杂了一些对事情结果的期望，导致了对事情过程本身不够专注。这一点上，我深刻反思，并坚决改正。做好当下，该砍柴时砍柴、该烧水时烧水、该做饭时做饭。我向来看不上患得患失的人，一直欣赏全心投入的人。是的，我也要做一个纯粹的人。

最后，由于前面两点，还是觉得自己不够好，于是那种失败感就犹如潮水瞬间泛滥，漫过一道又一道防线，直达内心。说到底，还是不能无条件地接纳自己。换句话说，只愿意接纳那个好的自己，那个“优等生”的自己，而不愿意接纳那个不好的自己。但，不管哪一个，都是自己，都是应该被拥抱的。想明白了这些，原来也是“优等生”心态在作祟，也就释然了。说好的“80 分就好”呢？自己不是也教别人“最好是好的敌人”吗？说好的“过程尽心尽力、结果差不多就好”呢？

我听到坐在身边的那个自己叹口气跟我说：“要走心啊！”然后她又拍着我的肩膀说：“亲爱的，你已经很好了！专注地做自己喜欢的事情就好了，其他的，交给时间吧！”我挺直了腰看向远方，又回头笑着对她说：“我会的！”最后终于鼓起勇气去拥抱她，拥抱那个不完美但无比真实的自己，深情地说了一句：“我爱你！”

保持柔韧

在进入一个重要的会场之前，我涂了一点红润的唇彩。看着镜子中一袭利落的职业裙装,冲着镜中的自己笑了笑,明白“没有什么是不可能改变的”。

妈妈是军人出身，对我们姐妹管教严格，从来不喜欢让姐姐和我留长发、着长裙，就更别提化妆了。我长到很大都没什么性别的概念，到高中都跟个假小子一样，跟我们班男生称兄道弟。直到工作后最初的几年也没有本质上的改观，而我本人对“装扮”这件事可能是发自内心抵触的。甚至当年担当一台盛大晚会的主持人，上台之前也默默地擦掉一部分口红。

最近两年，因为工作的需要，也因为一个领导的督促和影响，对着装和形象有点要求。一开始觉得有些不习惯，慢慢地，觉得也还挺好。

上次跟一个做投资的女强人闺蜜喝茶聊天，她说她的包里常年备着三支不同颜色的口红。出来见人谈事情，如果来不及化妆，画一个亮色的嘴唇是很提气的。那天我们聊到兴起处，她非要来个自拍的合影。拍好了发过来，果然就感觉闺蜜气色很好，而我的五官模糊，甚至有点苍白。从此，我的包里也开始备上三支不同颜色的口红，办公室里也备上一点正式的裙子、鞋子，以防突如其来的比较正式的场合要应场。我也慢慢习惯这样的方式和节奏，也开始一点点认识到，在合适的场合穿对衣服，是一件很重要的事情。

年轻的时候觉得不可能发生在自己身上的事情，很多也都发生了。倒不是觉得自己变得圆融了，只是在经历了一些事情之后，明白事事皆不容易，也没谁的人生是真正值得羡慕的。就像网上的一句评论："不深究的时候都是神话，深究一下都是笑话。"于是就多了些体谅和同情，多了一点点随性和豁达。仅此而已罢了！对自己、对别人，都有了更多的柔软。

我也还是会遭遇困难、承担压力，只是慢慢学着去柔韧，学着去弯下身子。就像降了一场大雪，有些粗壮坚硬的枝干不堪重负，生生就被压断了；反而有些柔韧的枝条，轻轻弯个腰就把身上的雪给抖落了。

是的，我依然会有困顿和磨难，也有即便是弯了身子也卸不干净的大雪。但就像我很喜欢的阿多尼斯的那句话："生活让我遍体鳞伤，伤口上长出的是翅膀。"于是，我才有勇气去尝试着找平衡。那些能做到的，不管是之前的坚持，还是基于环境的改变，我都接受并欣然践行着。那些做不到的，坦然跟自己说，不勉强，我认怂还不行吗？我并不认为这是一种怯懦，相反，那是一种勇敢。就像顾城所说的，你是一棵橘子却要憧憬长出苹果来，也是不可能的。

一个成熟和诚实的人，必然有着认清现实、认清自己的洞察力，以及延迟满足或者勇于放弃的精神力。作家宁远说："在某种意义上，生活中的最大和最重要问题都是无法解决的。我们无法解决它们，只能在成长中超越它们。"我觉得也是这样的。

不再纠结具体做了什么事儿，而更看重通过这些事儿使我们成为了什么样的人。在历练和穿越的过程中，逐渐获得心灵的深度，长出温柔的力量，也许这些才是我们应该全力以赴的。也正因为那些不容易和不平坦，才更珍惜沿途的风景。任何事物都像硬币的两面、太极的两极，有阴就有阳。敏感和多情容易伤感和痛苦，但也可以听见花开和微风。

柏杨说："直到眼泪流枯，变成笑容，才是人生。"梅姨说："带上一颗破碎的心，使之成为艺术。"是的，磨难从来不仅仅只是磨难，它使我们成为更好的自己。就像宁远说的："保持柔韧的生命活力，在这个不完美的人世间，鲜明地活着。"

文字于我

从开始写公号到现在，转眼已经五个月了。有朋友说，每天等我的更新，已成为日常。也有朋友疑惑，每天累都要累死了，哪里还有时间和力气用来写文字？问我是怎么坚持下来的。

其实，一开始我心里也没底，不知道自己能坚持多久，不知道自己会做成什么样子。但是慢慢地我发现，每天的文字，于我，并不需要特意地、为难地坚持。它不是任务，而是我想做的事情；不是负担，而是福利，这是一条抵达内心静谧之处的幽径。每有困惑、浮躁、伤心抑或喜悦，静静坐下来，将梳理之后的情绪流于指尖，写完了，也就平静了。让情绪从自己的身体流过去，没有存留，这让我非常受益。

这要从我在中医和心理学方面的一些体会谈起。中医和心理学，越来越觉得在很多地方都是相通的。中医的“中”，其实是中庸的“中”，而非中国的“中”。中医讲“八纲”，所谓“阴阳、表里、寒热、虚实”，其实就是“纠偏”，讲究一个平衡。中医认为，任何事情都有一个合适的“度”，而且要讲究动态的平衡。比如任何过度的情绪对身体都是不好的，哪怕是喜悦，“怒伤肝、喜伤心、思伤脾、忧伤肺、恐伤肾”，就是这个道理。中医认为身体最好的状态就是良好的新陈代谢，是全身通畅，吃进去的消化吸收必要的成分后都排掉了，这样人就不会有积压。身体如果有问题，一定都是该吸收的吸收不了、该排的排不掉，哪里堵塞了，不通畅了。

心理学讲，情绪不要在体内滞留，哪怕是高兴。我是开心的，那就开心好了，我体会这种开心，但是要让它慢慢地从身体里流走。我是悲伤的，那就接受我的悲伤好了，我体会这种悲伤，并让它慢慢地从身体里流过去。而不是开心就一直开心，悲伤就一直悲伤；或者另一个极端，不敢开心、否定悲伤。总之，就是完全接纳自己，不管是开心的自己还是悲伤的自己，都应该张开怀抱去拥抱、去接纳，进而共情，认可那个情绪，并让情绪流过去，心理学上有个专门的说法叫“情绪的化解”。如果情绪的疏导不通畅，就如同中医里讲的堵塞是一样的道理，人的身体和心理都会出现问题。

文字于我最重要的意义，便是有这样的功效。喜悦抑或悲伤，文字都是一种疏导的承载，进而帮我抵达内心安静平和的静谧之所。只这一条，就足以让我感激并为之坚持了。

文字还带给我了其他的益处，都是我开始之初所没想到的。最让我感激和意外的是，它帮我省了很多麻烦。我想说的话基本上都在这里了，我的所思所想，我认可、我追求的东西，都在这里了。所谓“知我者谓我心忧，不知我者谓我何求。”是不是同道中人，很快就分别出来了。

有朋友说，从我的文字中汲取了很多的力量；有朋友说，偶尔会从我朴实的描述中明白些许道理；有朋友说，从我像“日记”一样高产的文字中读出了我内心成长的轨迹。对这些，我都心存感激。我只是自说自话，有没有人看，有没有人喜欢，说实话，从一开始我就没有在意过，这只是我一个人跟自己相处的方式，只是我倾诉排解的一个出口。但如果因为这些文字顺便还帮到了谁，那我就太感动而意外了！还有那些关心我的人，愿意偶尔来看看我的朋友，会从文字里感知到我坦诚而真挚的心境。见字如面，那些我们不曾共度的时光会在我的文字中复现。有些朋友，我们未曾谋面，但文字是我们心灵沟通的桥梁，虽不相识，却也相知，甚至成为可以交心的挚友。我感激这些意外的恩赐！

但也有人说，你都那么好了，还写这些叽叽歪歪的东西，纯粹是“无病呻吟”；也有人说，看来还是太闲了，才有时间写那些“靡靡之音”……对于这些，我就只能呵呵了……迅速分类，我也就无须与之多说了，真真省却我很多的麻烦。

文字意外带给我的第二个益处是，记录自己的轨迹。据说有项最新的研究证明，人类的记忆是可以被引导、被修正的。而对于我这个记忆力超级烂的人，根本不需要引导，估计可以直接抹掉并重塑了。所以，偶尔时不时回头看看，自己也觉得挺好的，好像镜头回放，看看曾经的自己是怎么想怎么做的，从而有点存在感。

还有一个意想不到的好处就是，让我爱上了自己。曾经，无暇顾及、无力抚慰内心，身体已经往前走很远了，心却远远地落在了后面。直到出了问题，直到外表的强大跟内心的脆弱撕扯扭曲到临界点，才终于肯慢下来，寻找一种跟自己平和相处的方式。于是，跟自己说说话，把内心的想法呈现。然后，我发现了那个善良真诚、积极热情、成熟天真又才华横溢的自己；同时，也看见了那个胆怯脆弱、有瑕疵有缺憾，那个不完美却真实的自己。从心底接受了自己是值得被爱的，值得被好好爱的，至少自己要先爱上自己。于是我就真的爱上了自己。对于一个天生自卑、认同感极差的人来说，全然接纳自己，那是一种多么美妙的体验啊！现在的我，比过去三十多年任何时候都更满意自己。而且我知道，未来自己会更好、更自由。

所以，我想说，那些文字都是从我的指尖“流”出来的，甚至挡都挡不住，而不是“挤”出来的。我随时随地都可以在写字，公交车上、等人的间隙、飞机上……我也随时随地在准备写文字，一场有意思的谈话、一段入心的文字、一件触动内心的事件…… 都会引发我的思考，然后找一个空闲的片段，把思考的内容整理出来并记录下来。所以，我一直倾诉欲强烈，好像有很多话要说。

不过或许有一天，突然我就不想写了。就像徐静蕾接受董卿的提问：为什么现在不拍文艺片了？她的回答：因为我不纠结了，不思考了，所以没什么好表达的了。那就到时候再说吧。未来交给未来，此刻、当下，该砍柴砍柴、该烧水烧水、该做饭做饭。不拿未来还未发生的事情来影响当下的判断和幸福。

此刻，我能想到的，我想说的，就是这些了。写完了，心里也就舒服了。那就这样吧！我觉得很好，那就好了。哈哈！

站在舞台中央

音乐对于我来说，还是蛮复杂的情愫。如果说，只是喜欢唱歌，好像太淡了；如果说，音乐是梦想，好像又太重了。但不能不说，音乐让我有种天然的归属感。融入其中，总会让我觉得，我应该是属于这里的。

音乐也是最能治愈我的力量，每每听到入心的旋律，就会瞬间泪崩，像是被巨大的怀抱温暖到了。记得在丽江休养的时候，有一次路过一家酒吧。纯净而有穿透力的音乐直击心底，毫无防备。我当场立在路边，泪如雨下，甚至有种匍匐在地痛哭一场的冲动。好像是听到了某种召唤，一种灵魂深处的感动被唤起，生命最本真的苏醒。总会听到有个声音在响：这才是你！这才是你应该在的地方！

可是，农村长大的孩子，仅有的、为数不多的、所谓的音乐课，也不过是教几首当时的流行歌曲罢了。没有受过正规的训练，不懂基本的乐理知识。所以，其实可以说，我根本不懂音乐。像是爱极了的文物，被厚厚的保护罩冷冷隔开，我只能在外面远远地看着，生生看见我与它之间的距离。

我也知道，如果真的想要去做，这些不过是借口，这点儿困难总会被克服。只要花时间花精力，总会学会的。我不否认。所以，复杂情愫的另一点，潜意识里好像并不是特别想要除掉那个距离。

其实是，越爱越不敢靠近。太在意，所以，会顾虑。就像一直放在心底深深暗恋的人，多年后，即便有机会再见面，也不太有勇气面对。你不知道，深入了解后的那个TA，还是不是你一直想象中那个美好的样子。你不知道，真的给你们机会开始，现实中你们会不会爱上彼此。好像不付出就不会有期待，不选择就不会有伤害一样。所以，我还是在门外兜兜转转地观望着。偶尔学学琴，偶尔写写歌，仅此而已。我没有拿出那种非怎样不可的气势去征服，我知道，有我的懒惰和怯懦的成分。

曾经有机会做过一场盛大晚会的主持人，一袭红装，手握话筒，站在舞台中央。当灯光打下来，时时有种错觉，很想轻轻歌唱。甚至有一次带妆彩排，恍惚中走神，居然忘掉了自己写的串词。

是的，我憧憬过，站在舞台中央。唱着自己写的歌，有人在台下轻轻和着；那些对生命的体悟，通过歌声来传送和表达。好美！我甚至还憧憬过，将来有一天，我写的剧本拍成电影，我来唱自己写的主题曲。

不知道，未来，怎样的自己，怎样的音乐。

有时候会警觉，想起《红楼梦》里贾母的人参。在七十二回，贾家败落前夕，王熙凤生病需要上等人参。王夫人已然找不到像样的人参了，就向贾母去借。贾母拿出她屋里珍藏的人参，医生一看，都是上等的皇宫里的极品。只是因为放置了太久，已经没有药效了。有时候说不清楚，太珍贵的东西，到底是因为太爱了不敢开始，还是爱得不够不能开始。总之，多一分或是少一分，就是没有认真开始。

我的想法是，不放弃。动心之爱，不易。怎能轻言放弃？我不会，绝不会放弃。但我现在确实有现实的情况，音乐和文字，与我，还有些距离。

那个站在舞台中央的念头还在，它是我生命的底气。那个声音还在：这才是你！这里才是你应该在的地方！

认真的过客

杨德昌在《一一》中说："电影发明了以后，人类的生命比起以前至少延长了三倍。"不止一个演员曾经表述过热爱表演的原因，是可以在不同的角色中体会不同的人生。也许这就是电影的魅力所在。我们肉身逃脱不了的生老病死，可以通过电影，代入各种角色，以上帝的视角，看我们未曾踏入的分岔路上的景色几许，以及那路的尽头又是怎样的结局。于是，好像过足了三生三世的瘾。

从某个角度上说，电影在一定程度上缓解了我们单行道人生的焦虑感。作家蒋勋曾说过，艺术中的悲剧，让现实中的人在剧情中哭泣，于是代替了现实中悲剧的发生。比如，《罗密欧与朱丽叶》《梁山伯与祝英台》，剧情中的人纯粹地爱、绝望地爱，最后悲情地死。现实中的人去哭泣、去想象、去代入，仿佛自己也爱过了、也死过了，反而避免了现实中真的悲剧发生。

是的，艺术会给灵魂以出口，是对现实的重力克服。电影、音乐和文字，于我是条幽径。人生平淡，乏善可陈，那些光与影、声与乐、笔与墨铺就的幽径，助我逃离寻常日子的捆绑，偶尔进入他者他乡。实乃幸事！

动心之爱，不易。是的，我很心动。每每有机会靠近，便觉心跳加速。我知道，连同眼神都是焕发着神采的。

《那年花开月正圆》里面周莹有句台词："我怕死！但我更怕窝窝囊囊地活着！"是的，我也不想浑浑噩噩地活着。哪怕是疼，我也愿意清醒地感知。

如何过自己的一生？如何做自己喜欢的事？如何才是为自己活过的每一天？

吴聘死后，周莹陷入深深的悲伤中不能自已。周莹的父亲周老四劝她："人生在世，所有的人，夫妻、君臣、父子，都是过客。早晚都得散，只是时间有早有晚。"

是的，人生这个大驿站，每个人都是匆匆过客。短暂而宝贵的旅途，该怎样走才不留遗憾？在"散"的那一刻，才可以释然一笑？也许我可以试试，万一那个梦想成真了呢？

做一个为自己负责的"认真的过客"，一个脚踏实地的理想主义者。

内　观

很久之前跟一位德高望重的老中医聊天，讲到养生之道，他要我多内观、少外看。我一脸茫然，完全不解其意。

老中医进一步解释：如果太注重外在，被外部的事情过多牵扯，精力过多向外输出，人是会被损耗的；只有多内观，多注重内在，这样才能从外部吸收，人才会是被滋养的。我当时依旧只是似懂非懂，但这些充满了禅意的话我是都记在心里了。

有一次参加一个高峰论坛，主题是“产业政策如何与企业良性互动？”受邀嘉宾多是企业界的翘楚和政府部门的相关领导。其中一位企业家谈得特别坦诚而中肯，我在台下听，突然就明白了那位老中医的话，当时真是有种“醍醐灌顶”的感觉。

这位企业家说，虽然今天有政府领导在场，但他还是非常坦诚地讲，他们公司做得最差的时候，就是靠产业政策最近的时候；而做得最好的时候，基本是几乎忘记了还有产业政策存在的时候。他说他们公司有一度跟产业政策跟得特别紧，就想靠产业政策能做点项目，但他们发现越跟越难受，被别人牵着走总是有很多限制和牵绊。到了快要走投无路的时候索性就抛开外界的干扰，深刻地审视自身，关起门来好好修炼内功。有意思的是，等到他们专注地做大做强了之后，成了这个行业里的龙头和实际中的标准的时候，政府反而来找他们，让他们参与、甚至是主导一些产业政策的制定。最后，这位企业家说，任何时候，认知自己、做强自己都是王道，而不要对外界有太多的依赖和幻想。

我突然就顿悟了那位老中医充满禅意的话。是的，做企业和做人做事是一样的，要多内观、少外看。

2016 年乌镇的世界互联网大会带给我很多的触动和思考，深刻感觉到未来生活真的需要更丰富的想象力，而且从想象到实现的周期会越来越短。谁主动、谁积极，谁觉醒得早、谁行动得快，谁就走在前头，否则，有任何的懈怠和傲慢，都会被时代无情抛弃，不管你曾经有多牛。

其中滴滴出行创始人兼 CEO 程维的演讲让我印象深刻。程维，八零后，滴滴用四年的时间成长为全球前三独角兽公司。程维有段话说："很多时候，看到问题，抱怨很容易。但想要推动改变千难万难，一定会受到攻击和压力。最重要的是，如果你有一个梦想，许下一个承诺，就要不断付诸努力。"

我个人觉得不能同意更多。这是一个快速运转的时代，愿意做事的人是没时间抱怨的。遇到问题，先不要急着从外面找原因，谁谁怎样不给力、某某怎样推不动、别人都怎样怎样对不起我、大环境有多恶劣……而要学会尝试着把目光拉回自己身上：

我，在这样的条件下大方向该怎么走?

我，在目前的情况下能做什么?

先对自我有个认知，然后从自己能做的开始做起。不管抓到一副什么样的烂牌，都要尽自己最大努力把它打好，我们得有这样的态度。就像程维说的，看到问题，抱怨很容易，但重要的是你怎样勇敢地许下承诺、怎样积极地推动改变。先要自己动起来，任何"等、靠、要"的思想都只能让你越来越被动、越来越被甩在后面。

大到一个公司、小到一个人，道理都是一样的。像那位论坛上的企业家讲的那样，认知自己、做强自己才是王道。也像老中医所讲的养生之道一样：多内观、少外看。这样才能聚精气、被滋养。

我自己的一个看法，我觉得工作中有三个重要的因素：第一是强烈的责任心和积极的做事态度，第二是冷静的头脑和清晰的思路，第三是娴熟的业务技能。有责任心，积极地去思考问题、推动事情，这是第一重要的。冷静的头脑，遇事不慌，沉着谨慎，做事情有板有眼，思路清晰，分得清轻重缓急，看得准主要矛盾和矛盾的主要方面，这是第二重要的。有前面两个做保障，第三个业务技能，迟早是能学会的。这三条，我想也是“多内观、少外看”的一种体现方式。

后来我渐渐发现“多内观、少外看”这句话在其他的很多地方也都是适用的。心理学上有个说法叫“这个世界上没有别人只有自己”，外界的所有都只是你自己内心的投射。我曾经一度遇到一些困惑，有一次跟我一个学心理学的朋友聊天，她就说，任何要改变别人的想法都是根本不可能的，你只能改变自己；别人顶多因为你的改变而受到些许影响，就算不错了。

李开复原来一直是主张要“改变世界”“世界因我而不同”。而在他自己遭受癌症后，他在《向死而生》一书中又提到“改变世界，这句话本身就透着傲慢，也是不可能的”。

所以，不要期望别人变成自己想要的样子了自己才能是那种对的状态，而是要自己先变成自己想要的样子、自己先找到那种对的状态，然后再慢慢影响外界。

还是那句话，先把目光拉回到自己身上，要“多内观、少外看”。幸福也一样。任何时候都要先具备自己一个人也可以幸福的能力，然后才有可能幸福。自己首先是个发光体、是个热量源，才有可能去照亮别人、温暖别人，才可能吸引来你要的幸福。

警惕：站在自己的对面

公司组织的活动，周末去爬山。我一向体力不错，所以没有跟随大部队去乘坐缆车，而是选择了跟少数几个同事一起爬到山顶。下山的时候，其实我原本还是打算走下来的，但同行一起爬上来的几个同事，大都倾向于坐缆车下山。一则是对膝盖保护的考虑,二则是对团队整体时间一致性上的考虑，所以最后我犹豫了一下，决定跟随大家坐缆车下山。

导游给到缆车票的时候，特意告知前面已经有同事在排队，可以过去找他们。走到缆车地点，看到长长的队伍我就后悔了。内心盘算了一下，等排队的时间，估计跟我自己下山的时间也差不了太多。但是既然都已经来了，我还是跟随着人群往前走。走在前面的几个同事很麻利地翻越栏杆，绕开来来回回长长的队伍，要去跟已经排在最前面的同事会合。一开始，他们招呼我，我是拒绝的，老老实实围着栏杆绕行排队。可是等我走到第二层的时候却动摇了，正好他们就跟我隔个栏杆，跳过去就可以跟他们会合。而如果我要绕长长的人群，要么我就那么排着，还要等很久；要么冲破那么多人过去一个个道歉打招呼，好像也蛮难的。前面的同事不停地喊我，还有同事直接过来要帮我。于是我就在犹豫中，半推半就中，跳了过去……

有人看到我们插队，尽管我们是要找前面的同事，可是他们并不知道原因，只是看到有人插队，所以就效仿，也跳进来插队了。这是对那些老老实实本本分分排队人的伤害，我知道这很不对，我已经开始深深自责了。果然听到周围有人抗议了：你们这么多人这么做合适吗？能不能文明点儿？……

我的脸火辣辣的，恨不得找个地缝钻进去。此时，道歉和解释都显得苍白……我回头看，原本跟在我身后的另一位同事，并没有跟我一样跳过来。随着人群往前挪动，他和我越来越远。我看着那个高高大大的身影淡定地、远远地在人群中伫立。有那么一瞬间，我很想退回去，跟他站在一起，站在我们原本应该站在的地方。可是，最终我还是没勇气那么做。

后来发现，我们跳进来的这拨人冲散了一个特殊的团体，他们是残疾人，大部分是聋哑人，还有些有着其他的残障。他们焦急地跟被隔着的同伴儿们咿咿呀呀地比划着。我的脸更加火辣辣……我被埋在人群里，深深的沮丧把我淹没。

回想整个过程，其实一开始就应该坚定自己的想法。但是我没有坚持，就是过程中若干次的“半推半就”，一步一步导致错误的发生。说实话，我本人是对规则心怀敬畏的，而且非常讨厌，甚至是痛恨蔑视规则的人。可是，一不小心，却站在了自己的对面，做了一件让自己蔑视的事情，成了一个让自己蔑视的人。

我要感谢原本跟在我身后的那个高高大大的同事，感谢他坚持住了，没有跟我学，没有被污染，否则我内心会更加不安。作为一个工作上的前辈，我没有做一个好榜样，没有做本应让年轻同事尊重的事情，我内心充满了愧疚。对那些残障朋友，更是充满了歉意。我一直对弱势群体关爱有加，也一直在做一些力所能及的慈善，想帮到他们，今天却一不小心自己亲手伤害了他们。对自己破坏了规则，充满了厌恶。我要让自己警醒，不管大小，规则都是应该要去遵守的。下不为例！

其实，最让我沮丧的，还要数内心不够坚定，太容易让外部的声音牵着走，哪怕是跟自己内心的原则有冲突的，竟然也这么一步一步将错就错下去了。虽然这是一件不大不小的事，但对我内心的冲击还是巨大的。给我提了个醒，如果你觉得自己应该去做的，请坚持去做！如果你觉得自己不愿意去做的，请坚持拒绝！

亲爱的自己，希望，越来越少地站在自己的对面、在某一刻成为一个让自己鄙视的人，避免那种纠结拧巴的内在损耗。希望，越来越多地跟自己内心达成一致，舒舒心心地做那些让自己成长的事情。越来越成熟，越来越纯净，同时，保有恰到好处的天真。

等一辆温暖的公交车

晚风吹起发丝，撩起衣角。薇听见树叶在头顶沙沙作响，像极了儿时故乡小河边杨树林的欢唱。

一辆公交车进站了，伴随着响亮的喇叭声。下来了一些人，又上去了一些人。又在一阵喇叭声中，驶出了站台。

薇依然站在晚风中，她等的车还没来。

夜潮涨了，淹没了最后一缕晚霞。对面小店的灯光显得越发明亮了，小店的男主人在门口支起了电磁炉，滋滋啦啦地炒起了小菜。女人还在招呼着顾客，时不时爽朗地笑着。

不停地有车来，又有车走。薇要等的车还没来。

她知道它一定会来，只是不知道还有多久。它会打着温暖的灯，载着熙熙攘攘的乘客，停在薇面前。有人下来，然后，她会裹在人流中挤上去。薇知道它一定会来，甚至都想好了它来的时候的样子。也是热热闹闹地响着喇叭，徐徐地驶进车站，然后再热热闹闹地响着喇叭离开。

薇知道它一定会来，所以她会等。

月亮爬上了枝头，在头顶温和地看着她。薇想起侯孝贤的电影，舒淇和张震。两个青涩的少年，在夜色中等公交车的样子。风里都是甜蜜的味道，虽然他们只是站着，看着彼此，笑着，就很美。

而薇，突然就哭了。先是默默流泪，然后越哭越伤心。最后把脸深深埋在掌心，旁若无人地哭起来。谁也不知道她到底怎么了。只是哭声里都是失落和无奈，还有彻彻底底的痛楚。“天堂在左，而我在右。”

薇依然固执地等待着她要等的车。她知道它一定会来，只是不知道还要多久。薇想象着，乘着一辆温暖的公交车，裹在熙熙攘攘的人群里，经过一个又一个车站，然后抵达她想要去的地方。那里有一扇门、一盏灯在等她；那里有温暖的怀抱可以安放她的伤痛和不甘；那里有人在为她滋滋啦啦地炒着菜；那里有抚慰她的人间烟火。

等一辆温暖的公交车。薇知道，它一定会来。所以，她等。只是不知道，还要多久。

我知道我可以

这一天好长！我感觉用尽全身的力气还没有把这一天过完。

一大早，密密麻麻的工作摊了一桌子，不仅是今天，还迅速把未来的几天也都一点一点铺满了。这倒还没什么，事情总归要一件一件做，我知道我可以。中间被一个电话叫去开会，回来我就郁闷了：是有点小麻烦。这倒不在于事情本身，而是不同的人看待事情的角度和眼光。

我陷在座椅里思考了一阵子，依然没有太好的办法。最后还是归结到一点：改变别人很难，只有调整自己。叫来相关的同事，部署安排下一步的推进事宜。我相信事情都是靠做出来的，现在不论我怎么承诺怎么解释，都不如我最后把事情漂漂亮亮做出来。坚持自己认为正确的做法，当下，我能做的也只有这些。

午饭的间隙电话跟踪了一个项目的进度，然后火就冒出来了。合作方能力很强，自己想当然地往前做，也没太跟我们沟通，离我们事先约定的事项偏了不少。我耐着性子了解清楚过程，再商定好下面的推进步骤。各方协调好，我觉得自己累得只想喘气了。这时才意识到，这一天才过了一半。

下午一如既往地开会和被开会。时间差不多时，我赶到医院，家里老人病了，约了下午的号看病。孩子爸爸出差，我心里盘算着这几天还要做的事情：比如送儿子去上课，比如新装修的房子还有好多事情要做。

医院看病，单单是各种检查、缴费的流程，就够遛得我跑吐血了；还有在各个门口漫长又焦虑地等待。我还陪老人守在医生的门口，这一天还没过完。呼吸着浓浓消毒水的空气，心里说不出的沉重。但是我依然深吸一口气，告诉自己，我知道我可以。我只是暂时累了，休息休息便好。

好像在爬一座山，只是急急赶了段路，出了好多汗，累了而已。抬头看看山顶，那个目标我从来没有放弃。我知道，偶尔累了，歇歇脚。等缓过神儿，我还会重新上路。

现在跟之前的最大的不同就是，遇到这种时候，没有了那种灰灰懒懒、一颓到底的无赖情绪，不再想逃避，不再想躲起来。而是能望望山顶，再看看脚下，默默但坚定地告诉自己：我知道我可以。

好了，医生的门终于打开了，我带着老人进去。长吸一口气，告诉自己：不管结果如何，我都能面对。我知道我可以。

那一刻，我，站在门口

1

那一刻，我，站在门口。

即将推开的那扇门里，坐着国内业界顶级又极苛刻的技术专家。我将要讲述一个技术方案，四十分钟，然后被提问一个小时。我在等待上一个答辩人退席，等待那扇门开启。

深呼吸，再深呼吸。我感到沉甸甸的压力！

这是一个很重要的项目，不仅对我，而且对于我的团队。但参加答辩的只能是项目负责人，而且评审会的一项考核内容就是对项目负责人的技术能力打分。“不能因为我一个人而影响了大家。”再一次在心里对自己说。

深呼吸，再深呼吸。“我能将设计思路表达清楚吗？我能将需求分析透彻吗？我能将技术细节讲明白吗？我的语速能慢下来吗？”我在心里默默地一遍一遍盘问着自己。

我，站在门口。深呼吸，再深呼吸。等待着那扇门的开启，然后我将走进去。有那么一瞬间，我很想放弃，很想弃门而逃。

2

那一刻，我，站在门口。

即将推开的那扇门里，话筒还立在那里。而我要把没有唱准的那句再录一遍，已经记不得是第几遍了。

是一首很好听的歌，一个朋友写的曲子，我帮忙写的歌词。我们没有找到合适的人来演绎这首歌，大家突然发现我的声线倒还蛮适合，所以，应邀来录制。虽然以前我也进棚录过歌，不过大都是翻唱别人的歌，而这次是自己写的歌，没有参考。

其实对于音乐，我只是单纯地喜欢，在落后农村长大的经历中并没有受过任何音乐方面正规的教育。对于一个不懂音符、不懂乐理的人，在这么专业的场所、要求这么苛刻的音乐人面前完成录制，是一件多么困难的事情啊！

我的声音一遍一遍回荡，每一个细小的音准被一点一点放大，一遍一遍重复。一首歌录了将近一天，真是要崩溃啊！想起梁静茹提及她录制过程中也有几近绝望的心境，不由感慨，任何事情，不论爱好和职业，若想做好，都不容易。

我站在门口，深呼吸，再深呼吸。有那么一瞬间，我很想放弃。很想跟朋友说，算了吧，就这样吧，我不想再唱了。

3

那一刻，我，站在幕布的后面。

开场舞马上要结束了，等演员们退场、幕布拉开，我还有其他三位主持人将要携手走到台前。我被化着浓妆，粘着长长的假睫毛，一袭大红抹胸拖地长裙礼服，一双让我极为不适应的高跟鞋。

“我会忘词吗？我会讲话打顿吗？我会被别人踩到裙边出丑吗？这可是全国直播的晚会，我会因为哪点没有做好而被大家耻笑吗？主持词是我写的，大家会如何评论呢？”我拿着话筒的手在微微冒汗。

我站在幕布的后面，深呼吸，再深呼吸。有那么一瞬间，我很想放弃。很想就这样脱掉高跟鞋，拎起裙角，快快地逃跑。

生命中，总有那一刻，我站在这样或者那样的门口，等待那扇门的开启。那一刻，不管有多想逃，但我知道我依然会站在那里。

门总会开的，幕布总会拉起，然后我走进去，完成我该做的所有。然后，在下一个那一刻，站在另一扇门的门口。

所谓勇敢，并不是无所畏惧，而是即便心怀恐惧，也会依然坚持往前走。

当爱靠近
——怎样的南迦巴瓦

十年前第一次进藏，我就有幸看到了传说中的南迦巴瓦，那是在去往林芝的途中。

前一天晚上投宿八一镇，第二天一大早我们一行人会路过海拔5017米的米拉山口。同行的藏民司机尼玛师傅说如果我们运气好，有可能会看到山谷对面的南迦巴瓦峰。他说很多驴友进藏多次，南迦巴瓦就在对面，都无缘相见。不过他又补充说，我们见到的可能性也不是很大，因为早上雾气比较重。我也就那么一听，并没有太在意。但同行的几个资深驴友很是兴奋，其中有一个朋友说确实是，因为他自己就已经来了三四次了，都没有见到。

南迦巴瓦在藏语中的意思是“雷电如火燃烧”，海拔7756米，世界第十五高峰，也是世界上七千米级的雪峰中海拔最高的一座。这座刚毅而神秘的山峰，目前很少有人攀顶。珠穆朗玛虽是地球之巅，但也多次有人插标其上。南迦巴瓦却是极神秘的，终年冰雪覆盖、云雾缭绕，不轻易露出真面目。不但没有多少人可以征服，连跟谁见面都是要看缘分的。

可能是前一天太兴奋，睡得比较晚，我第二天在车上一直是晕乎乎的，似睡非睡的。不知道过了多久，突然听到有人在欢呼：“南迦巴瓦！”我这才晃晃悠悠下车，发现车子已经停在了米拉山口，于是我看到了山谷对面的南迦巴瓦。从后来大家拍的图片中看到，玫瑰红的天幕做背景，南迦巴瓦雪峰披着圣洁的白色雪衣被将要升起的朝阳镶了一圈亮丽的金黄。印象中尼玛师傅连连感慨，一直念叨："太美了！我们太幸运了！"他说那是他有生以来见到的最美的一次南迦巴瓦。我仅存的最后一点印象，它仿佛传说中的仙阁闪现，轮廓清晰可见，而且近若触手可及。

当时大家都很兴奋，拿出大大小小的长枪短炮一顿噼里啪啦拍照，只有我淡淡的样子。我那时候甚至还觉得，这有什么呀？不就是这么个山峰镶个金边儿么？然后看了看，还觉得早上风挺大的，就早早上车去睡觉了。嗯，是的，我居然去睡觉了！！再然后，这就成为我唯一一次跟南迦巴瓦的见面了。

那次我们从林芝返回拉萨的途中再一次经过米拉山口，我站在原来站过的地方看对面的山谷。空！无！一！物！真的是什么都没有！别说什么看不清、看不全了，是什么都看不到！我都要惊呆了！好像之前我曾在这里看到的那个镶着金边的庞然大物是个幻觉，从来就不曾存在过一样！

我那时候才有点后悔，后悔当初为什么不认认真真多看几眼？而那个说来了三四次都没有见到过的朋友，特别珍惜，拍了好多照片，我后来看到照片都是从那个朋友那里要来的。再后来我又进藏特意去看过两次，都没有再看到过南迦巴瓦。有一次我从雅鲁藏布大峡谷的方向远远地望过去，也只是远远的、淡淡的、若隐若现的腰身，再也没有像第一次那样看到镶着金边的全貌。它曾经那么美、那么近，可是我没有珍惜。

得到太容易，就不会觉得珍贵。

孩子幼儿园班里有一位在央视工作的妈妈，曾经送过班里小朋友央视节目的票，是全年可以选择一两个节目参加的那种。结果很多人都浪费了，整整一年里都没有找时间去。所以这位妈妈又有了一次让大家参加音乐剧的机会，她就在群里建议大家象征性地分担一部分费用。因为"太容易得到的，就不知道珍惜"，"免费的，大家反而会更倾向于放弃"。

估计很多人都有过那样的经历。当历经磨难，磕磕绊绊，千辛万苦获得的成功或者某个自己特别想要达成的结果，哪怕是百转千回之后、寻她千百度之后蓦然回首的不经意间到达的，都会让我们格外珍惜、倍加感动。

有一种生命的厚度和分量，非历经辛苦而不可达。

即便那个南迦巴瓦早早地出现在你的面前，即便它盛装隆重，但你也不见得能看到它的珍贵，你也不见得会感动至深。所以，反过来想，当你去往某个地方的路途艰辛坎坷、困难重重，其实也大可不必心灰意懒、颓废沮丧，这些路上的磨难恰恰是在加重最后抵达目的地那一刻的分量和感动。

只要你信心坚定，特别清楚要去哪儿，不轻易放弃，就一定是在一点点靠近的。而最终抵达的那一刻，当南迦巴瓦披着圣洁的雪衣、镶着金边、映着玫瑰红的天空，盛装隆重地出现在你面前的时候，你才会懂得它的壮美和珍贵。

磨砺的时候有多痛苦，成长的时候就有多快乐。

即刻启程

我发现自己越来越好看了。更重要的是，我发现自己居然可以越来越好看了。更更重要的是，我发现我开始相信，我是可以越来越好看的。

很关键的一点是，我居然真的瘦了下来，体重重回学生时代，甚至比我生孩子之前还要轻。我再一次穿上了之前想都不敢想的苗条衣服，身体也又轻盈了起来，打球的时候感觉到从未有过的轻松。

于是，我也可以不必像之前那样，衣服的颜色都是首选“显瘦”的黑、灰的深色系，我开始愿意尝试其他浅色系，甚至是缤纷一些的颜色。因为有了衣服的衬托，我也没多做什么，但周围的朋友都说我肤色好看了许多。我也发现好像有了些许的光泽，或者说，我最近才敢、才愿意花一些时间多直视一下自己的脸；而之前的很多、很多年，我都那么忽视了。

今年国庆节回老家，小妹说我眉头变得舒展了。原来她总说我爱眉头紧锁，于是眉心便有了两道痕，而我却是无意识的，时不时眉头便皱了起来，甚至我自己都不曾察觉。如今小妹说那两道痕已经很淡了，甚至是不见了。“面由心生”，古人的话果然是应验的。

我从小自卑，刻进骨子里的自卑。打小就黑黑壮壮的，长得结结实实，从没有人夸过好看，都是说“皮实”。高中的时候，更是因为学业的压力，体重一直居高不下。大学的时候瘦下来了一段时间，后来又不明缘由地胖了回去，从此便一直胖了好多年，减肥成了永恒的主题。生完孩子，体重更是达到历史最高点，自己都看不下去了，下了很大决心减肥，也确实回落了一些，但效果差强人意。好像在我的意识里，瘦下去，是不可能的事情。变得好看，更是不可能的事情，尤其是，年龄越来越大了，代谢也越来越慢了，好像身体所有的机能都要开始走下坡路了。总之，心里有一个声音笃定地认为："那是不可能的。"

我有好友子寒，他是"生活在现实中的我的理想"。他就是我梦想中要活成的那个样子，每当我在现实中遇到挫折或者心生颓意，我都要去见一见子寒，听听他讲述他最近发生的事情，于是我就会觉得，活在这个世界上还是有希望的。子寒是那样随性、诗意、勇敢而智慧。但我只是很羡慕他，却从来都不相信自己会活得像他那样。

子寒是位诗人，他曾出版过一本诗集,《也许，火焰是存在的》；而他本人，真的就像火焰一样，明亮而热烈。他会因为梦到了沈从文先生，"我想离沈先生近一点"，于是就背个背包去凤凰古城小住半月。他会因为在去西藏的路上，不经意抬头看到窗外景色太美，于是半路下了火车，跟当地工地上的工人一起待了十多天，后来他告诉我那个地方叫"塔尔木"。有一次我们俩讨论到日本的一些话题，彼此谁也说服不了谁。他说，鸽子，你又没去过日本，你怎么能如此笃定呢？我说，子寒，你也一样啊，你也没去过日本，不是也一样笃定吗？于是，他就因为这句话，去日本住了四个多月。从日本回来，我们再见面，他用诗意又现实的句子阐述他新的体验和观点，我们彼此对一些认知都又多了些许的敬畏和理性。

玉树地震的时候，子寒发起了一个私募捐款，又委托青海当地的一位诗人把每一笔善款挨个落实给了每一个需要帮助的灾民。当时子寒像一个孩子一样，甚至在小区里也逢人便问："你愿不愿意捐款？如果愿意，你认捐多少，我先帮你垫付。"那个年代还没有移动支付，大家就是那么一说，子寒就都应下来了，包括我。等我后来要还他钱，他都忘记还有这回事儿了。我问那其他人呢，他说他都记不得了。最后善款将近一半实际上都是子寒出的，但他把善举都归于大家。

但另一面，对于社会责任，对于现实的陋弊，子寒的批评从来就不会有半分妥协。小小的身体里面仿佛蕴藏着巨大的能量，不管是面对谁，不管是在什么场合，他的批判都是坚决、彻底而有力的。

子寒就是这样，相信着他的相信，批判着他的批判。他一直都是那样地鲜活。

我特别喜欢他的书房。满满一墙的书，随手抽出一本，上面都有可能是某位名家的亲笔签名，然后还有一个跟子寒相关的有趣的故事。他的社交很广泛，小到小朋友，大到耄耋老者。我们很少提前约，很多时候都是即兴想起对方，拿起电话问是否此时在北京，然后商定一个地方，子寒会开心地在电话里说“鸽子你在那儿别动，我去接你”。所以，我无意间偶遇几次子寒跟他朋友一起的聚会，各式各样的人，风格迥异。有刚从西藏骑行回来准备要进行创作的作家，有正在画一幅作品画到一半的画家，有刚发布了诗集的诗人，有成功的企业家，有体育健将，更多的是有着多重的标签的“斜杠青年”……每次跟大家交流都让我受益匪浅，我发现这个世界如此广博，有这么多学识渊博又丰富有趣的人，发生着这么好玩儿又让人感动的事情。在我看来，他们都活得很“带劲儿”，他们都近乎疯狂地沉浸在自己喜欢的事情当中，在我眼里，他们每个人都发着光。

子寒一直是活在我现实中的理想，我的梦想就是活成他那个样子，是鲜活的，是真实的，是诚恳的，是全力以赴，是即刻启程的。他告诉我毛姆的那句话：“不要为了生活而准备，而是去生活，去直接抵达生活本身。”子寒自己也在践行着这句话。

我也越来越深刻理解这句话，并尝试着去那样做。我发现，好像也没有那么难，原来我也可以。

最近瘦下来，就得益于这样的相信和“即刻启程”。不再想“等我下周过了生日吧”“等我过了这阵子饭局密集期吧”……而是，当下就去做了。订好了实施计划，开始做就好了。一天过去了，又一天过去了，好像也没那么难。然后，一个月过去了，两个月过去了，我真的瘦了下来。

而我想要生活，像子寒那样鲜活而真实的生活，我发现，真的迈出第一步，真的慢慢走起来，好像也没那么难。

前两天跟我远在南太斐济的孙姐姐聊天，明亮的语气里透着她的开心。她那个从小就优秀的女儿就读于国内的一所名校，刚刚保研成功。不过这不是她最开心的，她说让她发自内心开心的，是她最近突然弄明白一件事情：

自己的梦想要自己去实现，而且是“即刻去做”。她一直梦想去美国普林斯顿大学深造，而年轻时候因为这样那样的原因未能如愿，所以她就一直希望自己的女儿可以帮她实现这个梦想。但女儿不愿意离开北京，就愿意待在国内。本科毕业后关于是否去美国读研这件事，大家商量了许久，最后还是尊重了女儿自己的意愿，留在了国内。直到保研结果出来，成了既定事实，靠女儿实现去普林斯顿读书的这个梦想彻底破灭了以后，她突然醒悟：自己的梦想为什么要靠别人去实现？为什么不能自己去实现？

于是，孙姐姐激动地跟我说，从那一刻开始她就兴奋不已，开始着手去收集自己去普林斯顿大学所需要的条件，开始一点点做准备。尽管自己马上要退休的年龄，但孙姐姐的心情却像学生时代的少女一样充满了憧憬和激情。她说她不仅要去普林斯顿读书，她还要考美国当地的教师资格证，她想在美国当老师。她说虽然很难，但不是不可能，而且她已经在做这方面的准备了，为此她感到发自内心的开心，浑身都是干劲儿。

我特别特别为孙姐姐高兴，真的，她一直是我的榜样，她总是一副兴致勃勃的样子，把每一天都过成了节日。她是一个像毛姆说的那样，从不为生活做准备而是直接抵达生活本身的人。

我也希望自己会像子寒、像孙姐姐那样，活得鲜活、活得明亮，全力以赴、即刻启程。我在尝试着去那样做，而且我相信我会越做越好，终有一天，会内化成我性格的一部分。

我真的发现，自己越来越好了，而且我也真的是越来越好了。更重要的是，我开始相信，我会越来越好的。而最最重要的是，我开始相信，我是值得这一切美好的。

真好！发自内心地觉得这个世界越来越是我想要的样子，而最根本的原因是，我自己越来越是我想要的样子。真好！

让过去过去，让未来到来

看到公司邮件关于2019年元旦放假的通知，猝不及防。恍然醒来，或喜或悲，都已步入了2018年的尾声。时间真是过得太快了，而且是越来越快了！

曾看到过这样的一段文字："对一个六岁的孩子来说，一年就是有生以来的六分之一，所以会觉得漫长。等你到了六十岁时，一年不过是你有生的六十分之一，就显得有点微不足道，感觉一年的时间太短了。"所以，当我们逐渐长大，一年在我们的有生中所占的比例越来越小，一年对我们来说就变得越来越短。想想也不无道理。不过我倒觉得，其实本质上是我们的感受力和敏感度越来越不一样，还有越来越不一样的看待世界的眼光。

不管怎样，这一年是真的快要过完了，新的一年也正在迈着步子快要到来了。每年的这个时候，我都会写一篇不算总结的总结，大都是盘算这一年的收获。其实无非就是给自己的过去留下些印记，提醒自己对时间流逝的敏感，不要麻木。

再一次站在这样一个首尾相接的点上，此刻，我最想说的是：让过去过去，让未来到来。

尊重所有的失去

昨天跟友人聊天的时候偶然提及年少时同村里最要好的一个小伙伴。上学的时候我们曾经形影不离，后来我到外面上大学，每年寒假回来，她都会第一时间跑到我家来，我们钻在一个被窝里叽叽喳喳聊到天亮。本科毕业的那年暑假，读研之前，最悠长惬意的一个假期，记忆最深的就是夏日的傍晚，漫天彩霞，我俩划一艘小船停在小河中央，躺在船上，被水天一色的绚烂包裹，开心得像两个落入凡间的仙子。

然而如此要好的伙伴也居然很多、很多年没有联系了，也不曾见过面，甚至她现在在哪儿我都不知道。只是断断续续听说，一直被催着相亲，后来远嫁，至于嫁到了哪里，也没有人说清楚。再后来，大家都陆陆续续搬离了小村庄，就更鲜有消息了。

不过我直觉她应该过得不错，爱笑的人运气都不会差。她笑起来两颗虎牙、两个酒窝，我一直羡慕她那么美，手还那么巧，做得一手漂亮的裁剪，曾是我们县城里最炙手可热的手工。她却也说过羡慕我一身豪气，像男孩子那样大大咧咧、无所顾忌。我们村里只有我一个女孩子敢把船划到河心，就为了躺着融进那水天一色的彩霞；也只有我一个女生敢晚上翻学校围墙出来，满身是伤，就为了听一首好听的歌。

我们曾以为会一直看得到对方，然而不知不觉间，就走散了，甚至连什么时候走散的，都不清楚。龙应台说，人生其实就像一条从宽阔的平原通往森林的路。在平原上，人们可以结伴而行，欢乐地前推后挤、追打嬉戏；一旦进入森林，因为草丛和荆棘挡路，所以各人专心走各人的路，寻找各人的方向。

一位大龄优质剩女闺蜜突然有一天跟我说她终于放下了。那些曾经的刻骨铭心，经过时间的打磨，不知不觉中居然也会在有一天，连想都想不起来了，甚至都不知道是从什么时候开始想不起来的。但她依然感激，曾经给过生命中的那些美好，让她至少轰轰烈烈爱过一次。

庄子云："送君者皆自崖而返，君自此远矣。"在我们生命的每一个阶段，都会告别一些人，有时候甚至连告别的仪式都没有，了无声息地，彼此就走远了。

其实，走远了的，不只是一些人，还有一些事。不过，每个人有每个人的森林，每个人有每个人的路和沿途的风景。一切的发生都是最好的安排，走远了的那些人、那些事，相信也都会各得其所。

海明威说："人生最大的遗憾，是一个人无法同时拥有青春和对青春的感受。"是的，真正的大遗憾，是对自己感受的不忠诚，是拥有青春的时候无法感受到青春，是获得智慧的时候怀念无知。

所以，淡然吧！不是所有的"后会"皆"有期"，不是所有的山海都相逢。尊重那些所有的、所谓的"失去"，愿它们都适得其所。

与时间做朋友

小时候曾想象过长成大人的样子，二十岁的时候也憧憬过三十岁的样子，现在站在三十岁的尾巴上却对四十岁的样子兴趣不大了，因为我发现当现实到来的时候，根本跟自己想象的不一样。

越来越觉得，这个世界上自己所能掌控的事情非常有限，很多结局并不如人意。自己尽力就好了，无须过分苛责自己，不过分强求。很多事情，得不到不是自己不够好，而是，原本就不属于自己。

度过本命年，奔向不惑之年，生命的河流在几经奔腾急湍之后，终于呈现出几分容纳的平和之气来。越来越觉得跟自己和解了，渐渐地能用一种更接纳的眼光去审视时间轴上的自己，过去的、现在的、未来的，似乎都可以与之握手言和、真诚拥抱。"做一个温暖而有力量的人"，这是我对自己此生最大的期许。时间轴上每个刻度点的自己也必将是这一终极目标的投影，所以环境不同、认知能力不同等等也都会呈现出不同的姿态，也就会有不同的温度和力量感。这都是正常的，我现在越来越可以理解，并接纳自己了。

过去的一年里我做了一些决定和选择。想清楚目标是我想去的方向，想象最坏的结果，我可以承受，那就这样吧。选择自己可以承担的，然后就承担自己所选择的。越来越欣喜于自己内心的笃定与安宁，所做的判断和决策越来越多地是出于自己的主动选择而非外界因素使然或者某些"不得不"。清晰自己的目标，并清楚为此付出的代价和风险，更愿意倾尽全力去努力达成。主动做出自己的决定，并坦然承担选择之后的结果。不管是过程还是结果，内心都是笃定的、欢喜的。而这份笃定的欢喜，是时间沉淀给我的礼物。

所谓的成长，就是在接受自己是个平凡人后，在平淡中找到自己快乐的源泉。真正的意义总是慢慢浮现，好的东西总是姗姗来迟。我们有了一点智慧之后才明白，人生重要的不是一味地往前冲，而是懂得在适当的时候停下来，沉住气。

对未来保持好奇心

曾经在巴黎香街的一家奢侈品店里被一位优雅的老人惊艳到。花白的头发，系着发带，一身宝蓝色的蕾丝连衣裙，正在试穿一双细跟的鲜红色的高跟鞋。满是褶皱的手搭在肩上，摆出雅致的姿势，正在顾镜自盼，眼神中流露出自信与高贵。同行的女友定居巴黎多年，看出我的惊讶，却淡淡地说，这在巴黎司空见惯，优雅的巴黎女人满大街都是。

而我脑海中浮现出国内看到的大部分场景是，某个街道尽头，或是村口树下，总会有一位年迈的老者，头发花白，眼神空洞，无所事事地坐在椅子上晒太阳。等太阳下去，再等太阳升起。他们的人生里仿佛只剩下等待，等待一天更比一天的衰老。

而我却不再恐惧衰老，因为我知道变老的方式有很多。如果没有变化，如果没有期待，那就只剩下最廉价的等待了；但也完全可以优雅地老去。感谢时间沉淀给我的智慧与从容，同时，也感谢自己对未来仍抱有好奇心、敏感和热情。

曾问过一位洒脱的女友，即将步入不惑之年，最怕的是什么。她说，最怕的是某个时刻自己觉得人生就此定型了。为了人生“不定型”，就要敢于冒险，敢于折腾，甚至不怕偶尔走所谓的“弯路”。

最近喜遇一位灵魂知己，我们一见如故，她甚至动容地说：“鸽子，遇见你之后，我就只有你一个闺蜜了，以前的闺蜜现在只能算是玩伴儿。”她原本是一名警花，后来从公安系统出来自己创业，创业期间又去清华读了个MBA。公司被并购后，她去了香港做了几年金融，又回到体制内在一家资产雄厚的国企里任高管。比我还小上两岁的年纪，却已经活了我几辈子的人生。而她现在也不觉得人生从此就定型了，未来还有很多的可能性。

所以，没有了自我成长，是比皱纹更恐惧的事情；真正的衰老，是从重复自己开始的。我很欣喜，多么幸运，到了这个年龄，那种随时可以开始新的路途的心情还一直在。而且，更加幸运的是，自己越来越放松了，越来越舒展了，越来越不怕暴露天真了。即便是体会到一些艰涩、看到一些丑恶，也依然心存爱与善意。

一位朋友说："如果活得高贵些，其实更容易，为什么不呢？"我对更高贵的未来，充满好奇心和期待。

最后借用王小波写给新年的寄语："随着新年钟声响起，我们都又长了一岁。这正是回顾和总结的时机。对于过去的一年，还有我们在世上生活的这些年，总要有句结束语：虽然人生在世会有种种不如意，但你仍然可以在幸福与不幸中做选择。"

是的，不管世事如何艰难，总有你可以做，并且能做好的事情。

在奔腾的生命里只交付自己的欢喜
——离开时的告别信

各位亲爱的领导、同事、朋友、家人：

在这个夏未尽而秋欲来的时节，此时，我，百感交集，五味杂陈。

从来没有料想到自己会这么快写这封“告别信”，在我原来的想象里，也是跟别的老同事一样，在退休的时候恋恋不舍地追忆往昔。

从突然动意到形成决定，也就两周时间；再到现在居然真的要离开了，也不过两个月左右。真要面对这一刻，其实我自己也还觉得有些恍惚。想起一位亲切的领导、大姐说她在离开部队的时候，抱着军装哭了一夜，我此刻的心情与她那时如一无二。

最近总会在夜里突然醒来，辗转反侧，久不能寐，过去的种种像电影片段一样在脑海里一幕一幕、一遍一遍……从 2007 年毕业入职到现在，我人生中最美的十年。中心给了我太多，相比我的付出，像大海之于小溪。我总感慨，自己何德何能，与这么多优秀的领导、同事一起经历这么光荣而神圣的事业！农村出身的我，包括我的家人，当初对我最大的期望也就是毕业了能在北京找个工作就已经很好了。所以我总是无比感恩，今天拥有的一切早已远远超出了我的人生预期。对中心给予我的，我都铭记在心并深深感激！

不过每个人终究是要诚实地面对自己的内心的。顾城有一段话：“一个彻底诚实的人是从不面对选择的，那条路永远会清楚无二地呈现在你面前。这和你的憧憬无关，就像你是一棵苹果树，你憧憬结橘子，但是你还是诚实地结出苹果一样。”每个人都不一样，每个人想要的都不一样，每个人想长成的样子也都不一样。总之，慢慢地，总会清楚自己是苹果还是橘子，或是其他。

佛家讲“戒、定、慧”。我肤浅的理解是，所谓“戒”就是人到了一定的年纪就该做减法，要知道哪些是不能做的，比如就不再憧憬长出橘子了。然后才能更清楚地知道要做什么，才能慢慢看清楚自己原来是苹果或是其他，内心会生长出一种定力，一种安静却坚定的力量，不为外界所打扰，是为“定”。定极生慧，“戒、定”了之后才能生出人生的“慧”来，那种不论面对何种境况，都能随时溢满心底的平和与喜悦。

关于未来，我依然没有太多的“规划”，也无憧憬也无恐惧，跟随内心慢慢往前走就好。毛姆说：“不要为了生活做准备，而是应该直接抵达生活本身。”我正在尝试着这样做。如果一定要为自己设定一个目标，“做一个温暖而有力量的人”是我此生对自己唯一的期望。如果一定要对过往做个总结，我对自己总体来说还是满意的，因为我发现那份好奇心、慈悲心还一如当初；而这么多年一路走来，自己一直足够真诚、也足够真实。

今后的日子里，我也依然真诚、真实地对待每一位亲爱的你。

感谢每一位给我宽容、善意和友爱的领导和同事！感谢每一位出现在我生命里的家人、朋友和知己！感谢你们，陪伴我走过人生中最美的十年！感谢你们成全了我人生中最浓墨重彩的一笔！

最后，衷心祝愿中心的事业蒸蒸日上！衷心祝愿每一位亲爱的你身体健康、万事顺意，在奔腾的生命里交付自己的欢喜！

鸽子　敬上

北京　2018 初秋微凉

既有前程可奔赴，又有岁月可回头

题记：

这个国庆长假对于我来说，有点特殊。我在节前的最后一天，完成了从体制内的离职以及新公司的入职手续。这不仅仅是一份工作的变化，对我来说，意味着更多。不过，总的来说，期待多于胆怯，欢喜多于焦虑。

明天开始正式第一天上班，早早醒来，内心涌动着一些话，想对我的团队说。他们每一个人我都很喜欢，他们不仅优秀，而且可爱。他们每一个人都是某一个方面的大牛；同时，每个人又都非常有意思，谈及自己做的事情，眼睛里都有光彩。我想我也是一样的，尤其是谈到他们的时候，我的眼睛里也亮亮的。

我把今天说给他们的话放在这里。有一天走得远了，还能回头看看当初启程的时候，我们此时是怎么想的。不忘初心，奋然前行！

各位亲爱的们：

首先非常非常感谢大家对我的信任！我真的挺感动的，从来没想到有一天我会自己几乎从无到有组团队、“微创业”；也从来没料到还会有人愿意跟我一起做事情，更没奢望会是大家这样优秀的人。当然我也很清楚，这不全是我自己的个人光芒，更多的是咱们优刻得公司本身的平台和领导团队的光芒。不过外因都是次要的，最主要的是来到这里的每一位都有一颗“创业心”，是大家具有相似的价值观，彼此吸引，借助一个好的平台、好的团队，实现自身价值，做些有意义、有意思的事情，从而共谋一个美好未来。即便如此，我依然对大家加入我们这个事业部心怀无限感激！同时也表示最真诚、最热烈的欢迎！

我是上个月底最后一天办的入职，国庆长假结束后，也就是明天我将第一天正式去公司上班。今天是国庆长假的最后一天，早上早早醒来，脑子里像过电影一样盘算着上班之后的各种工作安排。这个国庆长假是我这么多年来觉得过得最慢的一个假期，我总盼着早点结束，特别想早点去公司上班，因为我觉得有好多事想做。真的第一次体会到那句以前觉得是鸡汤现在觉得是真实写照的话："叫醒你的不是闹钟，而是梦想。"说是"梦想"，到了这个年龄，好像是有点"文青"的矫情，但的的确确是很想做事情。或者说是一种"好奇心"，我想试试看，自己全力以赴，会经历什么、能跟团队一起走多远。

对于近期具体要做的事情，我在咱们的工作群里已经跟大家详细地讨论了，就不在此赘述了。相对于具体的事情，其实我更想跟大家说的是一些"虚"的东西，也是我最近一段时间一直在思考的，关于我们小团队的"团队文化"，或者说是"价值观"。不见得对，我先提出来，供大家讨论。

这个国庆长假，我带在身边的书，是三年前就出版的《重新定义公司：谷歌是如何运营的》，我以前大概也翻过，不过那时候没有太大的感觉。这两天我又仔细地看了看，很多观点我都非常认同。结合我们自身的情况，我想谈两个方面。

第一，关于"人"。冯导早就说过，21 世纪什么最贵？是"人才"！而我这么多年的体会也是，什么样的人，才能成就什么样的事。我最看重的也是"人"，而我本人也是特别看重情分和缘分的。关于对现阶段"人才"的定义，我特别认同谷歌在《重新定义公司》一书中的说法："创意精英"。

谷歌在文中对"创意精英"进行了诸多的描述。"有过硬的专业知识、有分析头脑、有商业头脑、有用户头脑、充满好奇心、喜欢冒险、自发自动、心态开放、一丝不苟、善于沟通、创造力及实践经验等等……他们共同的特点是：认真努力、乐于挑战现状、敢于从不同的角度切入问题。"细细对照了一下，我很欣喜地发现，目前我们团队里的每一位成员，都具备这样的特质。而让我思考的是另一句话："如果你无法管理创意精英的想法，就必须学会管理他们进行思考的环境，让他们乐于置身其中。"所以，这跟我一开始跟大家说的我一直秉承的管理方式也是一致的，我会更多地给大家创造条件和环境，具体的事情，需要大家去自发自动去独当一面，我不会一竿子插到底管那么多、那么细。

阿里的曾鸣对"创意精英"的解读,我也非常认同。他认为"创意精英"就是"未来社会最有价值的人，是以创造力、洞察力、对客户的感知力为核心特征的"。曾鸣还对德鲁克关于过去200年组织创新总结的三次革命进行了延伸。德鲁克认为第一次工业革命是机器取代了体力；第二次生产力革命是工作被知识化、可度量；第三次管理革命是管理的重心转向激励，比如期权激励。而曾鸣进行了延伸，他认为我们正在面临的以大数据、云计算、人工智能为未来商业基础的时代大变更是第四次革命，也即"创意革命"。"在创意革命时代，创意者最主要的驱动力是创造带来的成就感和社会价值，自激励是他们的特征。"在这一点上，我觉得我们整体团队都特别符合，甚至包括公司领导层面，都是这样的气质。大家不是单单就为了赚些钱，而是有更高的自我价值实现方面的追求。当然，事情做好了，其他方面合理的回报也是必然的。

那么如何让大家更好地进行自我价值实现？就是我想说的第二点。

第二，关于"事"。一群优秀的创意精英，如何做事？我也想从两个层面来谈一谈。

首先是如何"管"。我同样非常认同曾鸣的说法，在创意革命时代，创意精英们最需要是"赋能"，也就是提供给大家可以更高效创造的环境和工具。"唯有发自内心的志趣，才能激发持续的创造。"曾鸣甚至认为，"是员工使用了组织的公共服务，而不是公司雇用了员工"。根据我对阿里的一些了解，他们的确有这方面的表现。未来，我们团队的管理风格和做事方式，我会往"赋能"这方面努力，给大家创造更好、更高效的环境，给大家提供更多、更大的机会空间，让大家在工作的同时，有更多的满足感。

其次是如何"做"。在这里我想举个谷歌的例子。几个并不直接负责谷歌广告业务的员工，因为偶然看到了拉里·佩奇写的一张"这些广告糟透了"

的字条，牺牲周末时间解决了这个问题，而且还在解决的过程中为公司赢利。这几个员工的做法完美阐释了谷歌的一个企业文化："放手解决任何阻碍谷歌成功的严重问题。"如果他们失败了，没有人会以任何方式斥责他们；如果他们成功了，也没有人（包括广告团队成员）会对他们的成绩起嫉妒之心。我想我们团队未来也应该是这种做事方式：放手去做；包容失败；为奋斗者喝彩；不看身份地位只看实干业绩。我们也会成为一个包容、开放、有激情、有活力、有情怀、有追求的优秀的团队！我特别有信心！

以上就是我想跟大家分享的我最近一段时间的思考，未来我也会往这个方向去努力。"你的头衔可以让你成为管理者，但让你成为领导的，是你的员工。"这是前苹果公司的人力资源主管的一句话，我会时刻谨记、自我鞭策，也跟大家一起共勉。未来，大家也会是各个方向的领导者，我们的事情会越做越多，事业会越做越大，这一点我深信不疑。

当初使我动心加入咱大优[①]的其中一个理由就是公司的价值观和理念。公司使命：用云计算帮助梦想者推动人类进步；公司的愿景：成为一家受人尊敬的云计算公司。我本人是很看重企业文化和价值观的，一个公司所认同的理念，决定着能到达的高度以及能走多远，更重要的是，你为此所一起走过的时光是不是内心舒展而欢喜的。

德鲁克在他最后一本书《21 世纪的管理挑战》中提到："预测未来的最好方法是参与创造。"在此我依然再一次心怀无比感恩地感谢大家的信任，能够跟这么优秀的团队一起参与创造未来的机会！让我们不辜负自己的年华、不辜负这个时代，全力以赴，创造我们共同的美好未来！

祝我们都既有前程可奔赴，又有岁月可回头！

鸽子

2018.10.7 早

① 大优：指优刻得公司，下同。

我在秋日看见春光

新工作开始一周，爸爸给我打了三个长长短短的电话。小心又小心的语气，怕打扰到我，又实在放心不下想要知道我的情况。我一遍又一遍地跟爸爸说，我很开心，从来没有像现在这样开心过。跟以往我报喜不报忧不同，这次都是真心的，是发自内心的欢喜。

国庆长假我特意回了趟老家，当面跟爸爸妈妈说了换工作的事情。好在之前我做过一些铺垫，老爸老妈还算平静——至少是表面平静地接受了这一既成事实。记得姐姐换工作的时候，很是费了一番波折。姐姐原本在我们市里一家部队医院里任职，在爸爸妈妈眼里，稳定、体面、待遇好、受重视，还时不时就有远远近近的亲戚邻居过去找帮忙，让他们觉得很有面子。但姐姐不喜欢她的工作，想去南方发展，爸爸妈妈死活不同意。姐姐跟爸妈的拉锯战僵持了好久，最终还是去了深圳。有了前面姐姐的例子，我这次辞职事先根本没跟爸妈商量，等都办理妥了，才跟他们说了一声。妈妈只是长叹一句：你也老大不小了，自己看吧！完了再补一句：反正保证每个月给够我钱就行。我笑了笑说，没问题！

爸爸的三个电话，问来问去，无非是担心我。“体制内到体制外，有没有不适应，有没有觉得有落差？新的环境里，新同事好不好打交道，新领导给的压力大不大？面对一个没有保障的未来，都快四十了这年龄重新开始，会不会太辛苦？”而对于我来说，上面的问题都不是问题，我从来都没有担心过。对于未来，我内心是坦然而踏实的。

罗素在《怎样变老》里说:“人的一生就应该像一条河,开始是涓涓细流,被狭窄的河岸所束缚，然后，它激烈地奔过巨石，冲越瀑布。渐渐地，河流变宽了，两边的堤岸也远去，河水流动得更加平静。最后，它自然地融入了大海，并毫无痛苦地消失了自我。”对照我当下的心境，确有几分经历了激荡后的平和容纳之相。

新工作的这一周，我的心情就像北京这几天的天气一样清澈明亮。我好像终于脱掉了一件不合身的衣服，好轻松！尽管所有的人都说那件衣服好，贵重、体面、漂亮……但我自己知道它并不适合我。

对自我的认知是漫长而又短暂的。就像佛家里“觉悟”这个词，“悟”是一个漫长的过程，而“觉”是一个瞬间。好像是走过一条长长的隧道，突然眼前出现一道光亮。终于有一天，我把目光收回来放在自己身上，看见了自己，并诚实地做回自己。回想我这三十多年，从来没有像现在这样对自己满意过，那种接纳，那种平和；而且我知道以后会越来越好。

我从小的标签就是“省事、懂事”，是传说中的“别人家的孩子”。上面一个优秀能干的姐姐，下面一个可爱帅气的弟弟，我就是从来没有存在感的“老二”。学习好、不惹事，永远悄无声息地做好一切……不仅听话，而且还会揣摩家人的念头，恰到好处地达成他们的意愿。妈妈说她喜欢北京，于是我就来了北京。爸爸说想体验一下有个博士女儿是什么感觉，我就把自己不喜欢的专业一口气读到博士。爸妈说国外不安全，于是我就放弃了出国留学的机会。大家说家庭里两个人工作要搭配，先生去了企业，于是我就进了安稳的体制内……但是，我好像从来都没有问过自己一句：“鸽子，你自己喜欢吗？”

不过对于过去，我并不否定，相反，也是充满了感恩的。“一切的发生都是最好的安排。”所有的经历都是人生的财富。尤其是过去的十多年，原单位对我的历练和培养才会使我走到今天，领导和同事对我的情意我都铭记于心。

9 月 30 号早上我去原单位拿离职证明，那是我以单位职员的身份最后一次回去。开车去的路上，每拐一个路口，我的心就揪一下，鼻子一酸眼泪就吧嗒吧嗒往下掉，有一次不得不把车停在路边趴在方向盘上低声哭泣。直到我跟同事一起办理最后的手续，我的眼睛一直都是红的。同事说：“既然这样不舍，又何必要走呢？现在后悔还来得及。”我只是勉强笑笑说：“不一样的，这是两码事。”爱，的确是深爱。那里是我成长的第二个家，那里有我的家人、亲人和朋友。

拿到离职证明后我就去新公司办理了入职手续。面对新同事、新办公室，我却有一种莫名的归属感，舒心又安心的感觉。就好像我第一次去西藏，却总觉得自己曾经来过。签入职文件的时候，我内心总有个欢快而激动的声音：“这才是我！”真的，我从来都没有像现在这样开心过。我终于是在做我自己，这就是我想要的人生，每一天都是自己的。

所以，这一次换工作，完全是我自己的意志，不是任何其他人要我怎样，而是我自己要怎样。这是我自己喜欢的事情，是我自己喜欢的方式。这是一件虽不华丽却很舒适的衣服，是一件属于我自己的衣服。

这一周，每天早上早早起来，读书、运动。吃过早饭骑车去上班，清晨的阳光斑驳地洒在身上，盘算着一天即将开始的工作，充满了期待。这一周，见了一些有意思的人，也正在努力做着一些有意思的事，对于我来说，这一切都是新鲜而有趣的。第一次体会到，生命是鲜活而生动的。那种感动，深刻之至，我无法用言语表述其万一。

那是我在一片深秋中却看见的满园春色！

宽容，是一种认知

最近一段时间睡眠出了点问题。总是半夜会醒来，脑子里翻腾出许多想法，理不出头绪。有时天快亮了，会再迷糊睡一会儿。更多的时候是眼看着天色一点点变亮。身体很疲惫，但脑袋就是清醒的，好像身心分了家。

还好，好友提醒，我及时警觉。有一次出差在外早上醒来，看到酒店雪白的枕套上铺了一层掉落的头发，自己都被吓到了。认真反思之后，已调整过来，又能一觉到天明了。现将我的反省记录下来，权当一次思路的梳理。

最大的反省就是“认知不到位”。在从体制内到企业之初，我就已经给自己做过心理建设了。一定会遇到各种问题和困难，只是具体是什么样的问题和困难，还不知道。就像唐僧去西天取经，一开始就知道取经路上会遇到妖怪，但具体是哪些妖怪，还不清楚。尽管已经做了一定程度的心理铺垫，但还是在真的上路后，甚至还不清楚妖怪的真面目的时候，慌了神。

有些事情，看上去好像是机会，真的走近了才发现，根本没有机会。这些倒还好，不是那么复杂，顶多搭上些时间和精力，看清楚了，迅速排除就好了。有些事情，明知道这次是没机会的，但还是要跟进，因为后面有可能有机会。虽然只是“有可能”，但这次不跟进，后面基本上就没机会了。不过依然还看不透后面“有可能的机会”是不是真正的机会，不知道。有些事情，原来以为是比较有把握的，也是想要做的，可真要做起来，困难重重。不知道真的投入下去，一脚踏进去的到底是金矿还是沼泽。有些事情，还仅停留在一个意向和想法，如果要做，后面还需要相当一段时期的培育，而且也不知道最后结的果子是什么味道的，好吃还是不好吃。

上班六周，出差六次。这段时间，我见了很多人，接触了很多事。有来主动找我的，更多的是我上门去找别人。就这样，一条一条的线，或主动、或被动，总之越来越多的线就在我手里了。我应该像一个出色的织女，上下翻飞，穿梭不止，迅速织出一匹绚丽的锦帛。可是我还没能力区分出层次来，哪条线是有用的、哪条线该丢掉？有用的线里面，哪条线该给谁、哪条线该放上面、哪条线该放下面……我真的还看不清楚，只能边做边尝试。

目前，我们的团队还在筹建当中，人手严重不足。何况我自己还在找感觉，我的团队也都还在磨合当中，对公司的熟悉、对产品的熟悉，都需要一个过程。哪些事情现在就能做，哪些事情得努力一下才能做，哪些事情即便是努力了暂时还做不了，哪些事情即便现在做不了但未来一定要做，哪些事情即便现在就可以做也不能去做……也需要一个过程才能有清晰的认识。

是的，都需要过程，都需要时间的沉淀。而我，太！着！急！了！

虽然我也大概知道需要过程、急不来，但依然还是在不知不觉中被外界带乱了节奏。就像孙悟空有火眼金睛，那也需要在太上老君的八卦炉里煅烧七七四十九天，少一天都不行。所以，首先就应该反省自己对自己的苛责，反省对过程认知得不够。潜意识里在要求自己可以跨越或者缩短这个过程，要求自己恨不得一下子就具备业内资深人士的洞察力，可以一眼看透是不是机会、是多大的机会，或者是不是坑、是多大的坑。就像孙悟空那样，立马可以区分出是神是妖，可以一眼看到是神仙头上的祥瑞之云还是妖怪身上的邪恶之气。但我忽略了，孙悟空也是在大闹天宫之后，吃了不少的亏、挨了不少的揍之后，才长的本事，而不是从石头里蹦出来的时候就天然具备的。

是的，我还需要一个过程，我应该对自己宽容。不能绷得太紧，要再放松一点才好。就像打球，放松下来，动作才不会变形，才能更好地打出招式、发出力，才能在关键的时刻，抓住时机，获得制胜分。

由于我对过程认知得不够，由于我的太过着急，确实导致我在一些方面的思考和处理上有点“变形”，我也在此一并反省。

比如对“勤奋”的认知。

互联网创业公司，在很多人的印象当中，就应该是没日没夜没周末没假期，我也是这样认为的。所以我也要求自己要勤奋，日程排得很满。不但脑子里一条一条理着事情，我还随手带个小本本，有想法、有计划的时候随时记录下来。但现在反思之后发现，我这样做，只是陷在一个一个具体的事情上，而没能在一个更高的层面去很好地把握全局。所以就有点“只见树木、不见森林”了，因此才会陷在一些繁杂的事务当中，焦虑不堪。这才伤到了“神”，不能做到“形与神俱”，而是“形神分离”。不能做到专注，所以才会在该睡觉的时候睡不着，该清醒的时候却迷糊。这就是中医讲的“失常”。不仅仅是身体和精神上会如此，世事皆如此，工作上也是一样，更要做到“形与神俱”，才能做好事情。有句话说，“不要用战术上的勤奋来代替战略上的懒惰”。所以，我要警觉这一点。要“真勤奋”见成效，而不能“假勤奋”只是感动自己而已。

再比如对“责任”的认知。

我非常爱我们的团队，我爱他们每一个人。他们都很优秀，也都曾手握诸多选择，最后他们能如此信任我。很多人是降薪甚至还有人是降职，都是做了一定牺牲而选择加入我们团队一起创业，这让我非常感动。一个美好未来的期许，这是我对他们的一份责任。我也非常爱我大优，公司的价值观、企业文化都深深打动我，是我发自内心、全心全意、竭尽全力去为之服务的。公司当初选择我，非常诚恳地邀请我加入，为公司的发展带来价值，我非常清楚公司在战略层面对我们团队的期望。一份完美的交卷成绩，也是我对公司的一份责任。

这两层责任时刻在我心里绷得紧紧的，我把自己压得几乎喘不过气来。儿子每每有考试，我都会跟他讲，专注做好每一道题就好，先不要去担心最后成绩怎样；只要你平时尽心尽力勤勤恳恳、考场上尽心尽力认认真真，最后的结果如何都可以坦然。是的，同样的道理，放在自己身上也是适用的。多想无益，踏踏实实、专注地做好眼前事才是正解。

再比如对“本末”的认知。

有篇关于日本乒乓球手福原爱退役的文章，其中有一句话我非常认同。“不是乒乓球里有人生，而是人生里有乒乓球。”孰本孰末，应是一目了然。换句话说，“不是工作里有人生，而是人生里有工作”。所谓“锦上添花”，自己应该永远是那个“锦”,是那个底色,至于其他的都只是“锦”上的“花”而已，有了更好，没有也不错。

每一个人都应该是立体的、多面的，而不是单薄的平面。撑起生命的支点有很多个,而不是仅仅就某一个。所以,大可不必为了某一方面的事情——尽管它很重要，而把整个局面给弄乱了。对于不同的人来说，不同的时期，那个“最重要的事”都不一样，或者是学业，或者是事业；或者是爱情，或者是孩子……我要提醒自己,任何时候,任何事情,都是“锦”上的那些“花”,而自己才是那个“锦”。“本”与“末”的位置一定要搞清晰了。

理清楚了思路，顿觉心中舒畅了许多。认清了事情的本质，就没有了对自己无休无止的内向攻击，心里的沉重和焦虑也随之淡了许多。

是的，我还需要一个过程，我还需要一点时间，我应该对自己宽容一点。所以，我越来越觉得，宽容，不是一种美德，而是一种认知。当你的认知达到一定的高度，当你看清了事物的本质，你会发现事情本身就是那个样子，你就不会轻易责难，也不会轻易赞美。而幸福，也不是一种感觉，而是一种能力。是一种，不管面对怎样的“花”、有没有“花”，都能安安心心做好一面“锦”的能力。

最精彩的山峰

2019 年新年上班第一天，我收到了一份“特别”的礼物。我还在组建的团队中，一位很得力的干将告诉我，他不来了。

站在他个人的角度，我完全可以理解。就目前来看，对方公司开出的条件是我这边远远不能比的，尤其是“北京户口”这一项，就秒杀我对他所有关于“情怀”和“梦想”的激励。为了孩子,我也是没有任何挽留他的理由。何况我这里才刚起步，前途未卜；而对方那里，已经有一个现成的大舞台。所以，最后，我表达了深深的遗憾，以及我眼下能力不足、平台有限的歉意，并真诚祝福他。

给团队开周例会的时候，我感觉自己一直被深深的无力感拖着往下坠。大家说，新年伊始，鸽子姐你给大家说点什么吧！我强打精神，回首了一下过去打下的基础，展望了新的一年有希望打开局面的几个领域。但我自己都觉得说得语无伦次，因为我还需要分一些精力把不停往下坠的那个自己一次又一次地给捞上来，我甚至在说那些话的时候不敢去看大家的眼睛。快下班的时候，孩子爸爸给我打电话，说家里老人病了，他晚上加班走不开，问我是不是可以去接儿子下课。我只能再一次强打精神说：“好的，我可以。”

再一次，半夜醒来，辗转许久，起身看表，凌晨两点。

说实话，那些时刻，对我来说，有点难。我还没有想好这位同事的离开，缺的这一大块儿，我该怎么补。我也还没想好，该如何跟其他的小伙伴们开口说这个事情。对于一个初创的团队，这个时候的离开，是有些打击的，尤其是刚刚开局的一个项目马上要落地了，正是需要人的时候。还有后面正在酝酿的项目，我又要找谁来接住呢？想想这些，我不由得用被子蒙住头。

想起看央视主持人朱迅的一本自传，说她某年春晚直播，当天早上醒来发现自己嗓子哑了，当时第一反应是赶紧把头缩进被窝里告诉自己这是在梦里。我当时的心态也是这样，是的，我想逃。我把自己蒙在被子里，跟自己说，如果有一天真做不下去了，我就辞职回来，关门即是深山。从此，离群索居，读书写字，看云听雨。

可是，这个时候，我不能逃。这个团队里所有的人都可以拍拍屁股转身而去，唯独我不能，逃无可逃。夜里，哭归哭，叹归叹；等天亮，站在外人面前的依旧得是那个精神抖擞、波澜不惊的朱总。

该面对的局面，是依旧要去面对的；该解决的问题，也是一定要去解决的。虽然艰难，但我始终感恩，感恩大家、感恩周遭的一切。稻盛和夫先生提倡的“六项精进”中有一项就是“活着就要感恩”。是的，至少，我还健康地活着。

我很感激，最近一位挚友推给我一篇关于余秋雨的文章，仔细读后，令我有种醍醐灌顶的开悟感，一扫我心头多日的困顿。这是一篇 2005 年余秋雨先生在台北国际书展上的访谈记录，我把我的感悟摘记在此。

一、关于“缘分”

余秋雨先生认为，在当今信息大爆炸的时代，“开卷有益”是一件十分危险的事情，因为你占有了一本书的同时，这本书也占有了你。所以，他关于阅读的建议有三：第一要读第一流的好书；第二要读得少而精；第三是要在前两条的基础上再选跟自己有缘分的书。他说，古今中外，第一流的好书很多，其中只有极少数与你的生命亲密对应。这样的书，一旦见到如遇故人，不忍释卷，证明你与世界上的某位重要作家有种“同构关系”。因此，余先生说，找书其实是找自己。

余先生这个观点，其实推开来看，也是成立的。这个世界上，很多人、很多事，也是一样的。这一生，你能接触到的人有很多，你能做的事也有很多，但不能强求。哪些人、哪些事可以一起走多远，都是要讲“缘分”的，某种意义上来说，也是在“找自己”。

二、关于“选择”

余秋雨先生一生经历丰富，不说他“文革”前的种种苦难，单说“文革”之后，就先后做过学术研究、行政管理、散文作家、历险考察，后来又无所事事悠闲地待了一段时间。每一次的“转身”都异常坚决，每一次的转型都十分精彩。关于如何“选择”，关于“决断力”，余先生给出他的哲学。

首先是法国哲学家萨特的存在主义：由一次次具体的选择决定了存在，又由存在决定了本质。所以，一次次具体的选择有可能掌握在各人手中，那么，人生的本质也有可能掌握在自己手中。由此，生命的本质、价值、尊卑、高低，完全由自己选择，根本不决定于门第、地域这些外在因素，也不决定于学历这样的半外在因素。同时，萨特的哲学也肯定即时性、偶然性选择的结聚成果，即大量选择的叠加和混杂会导致很惊人的人生差异。余秋雨先生说，他忘记了在哪天，当他终于明白了自己的生命具有不被各种概念事先限定的自由，明白了自己手上每时每刻都紧握着改变生命质量的权利，那他的“决断力”就产生了，他就能从容面对“选择”了。

其次是如何“选择”。余秋雨先生认为，选择的重点不在于专业和职业，而在于态度和境界。不管在任何地方、任何职务，都有可能把事情做得极好，或极差。不过，如果要在专业和职业上重新做选择，当然也可以，但是一定要在“最佳状态”上做重新选择，才是真正有价值的选择。我个人对这一观点是尤其认同的。也许有人会问，既然都已经是“最佳状态”了，既然工作局面都已经这么好了，那我为什么还要重新做选择呢？余秋雨先生的两条回答我觉得特别有道理：第一，只有爬到了顶峰才会看到眼前还有更美丽的山，才会知道自己还有足够的脚力；第二，只有爬到了顶峰才会发现那里的地盘很小，不宜长久安驻。的确，如果完全不知道顶峰在哪里却要不断地换山路，一次次从半坡退回原地，每次都汗流浃背，每次重新选择都暗自沮丧。所以，正面的状态是，每次重新选择都构成积累；负面的状态是，每次重新选择都带着后悔。

为此，余秋雨先生拿自己举例子。他在做行政院长的时候选择在最好的状态、学院名声最大的时候离开，彼此皆大欢喜，前后顺畅连贯。否则，如果他选择在做得不太好的时候离开，新任院长一定会改变之前他定下的体制和规则，这样的话彼此见面都会很尴尬，更谈不上业务上的平稳发展了。这一点我深有体会。我离开上一家公司的时候，也是在我负责的部门各项业绩指标最好的时候离开的。我所在的三年，不仅梳理规范了各项制度，还保证了每年超过 50% 的业务增长。所以，我的离开交接平稳，前后连贯顺畅。我与原单位的关系还一直保持得非常好，确实是皆大欢喜。

所以，我也非常认同余秋雨先生最后给大家的建议：当事情做得不好的时候，不要立即选择离开，最好再坚持一下，看看能不能努力把它做好。做好了，才考虑离开。“只有精彩时的选择，才会选择更加精彩。”

再回首我当天的沮丧，真是有些汗颜了！貌似懂了不少道理，可是那一刻还是抑制不住的伤心，甚至还有一点点想要放弃、想要逃跑的念头。不过还好，允许自己脆弱那么一下下，很快就又重回鸡血状态了。

我坦诚地跟我的团队交换了意见，告诉了大家那位朋友离开的消息，大家共同商量了应对措施，我们发现了更好的解决方案。真心感激每一位小伙伴！他们都很优秀，又足够努力、足够真诚，他们是我对工作所有的底气！也真心感激和祝福离开的小伙伴！我完全理解并尊重每个人在不同的场景下所做的选择，我们还是很好的朋友，还可以在其他方面形成合作，也许对彼此的帮助会更大。我相信，一切的发生都是最好的安排！我和我的团队一定会把事情做起来，并且越做越好，我非常有信心！

所以，既然当初我满心欢喜地选择了这样一份工作，接手了这样的一种“缘分”，又由此接触到了跟我生命有“同构关系”的人和事，我就一定要好好珍惜这个“缘分”。我会尽我全力在我选择的这一段人生旅途中做到我能做到的最好，虽然会有艰难，但我相信我们一定会抵达那个最精彩的山峰！

享受“忐忑”

开车回老家长途跋涉的途中，听了马东和吴晓波 2018 年底跨年谈话。马东说他选择的 2018 年关键词是“忐忑”，他很庆幸自己在将近半百的年纪依然保有好奇心，依然敢于走出舒适区，依然享受“忐忑”、享受“深一脚、浅一脚”的过程。

听到这里，我突然就有点想要泪目的冲动了，很想隔空跟马东握个手。

很难用一个词来描述我的 2018 年，或者说“狗年”。如果一定要找一个词的话，我觉得马东理解的“忐忑”也许是最接近的吧。

2018 年，或者说即将过去的“狗年”，对于我来说，谈不上好更谈不上坏，不过一定是很特别，让我难忘。这一年发生了很多事，我也不想在此一一盘点，只是在这样一个辞旧迎新的特别时刻，我还是很想说点什么，用于纪念。

最想最想说的，是“感恩”。

首先要感谢自己，感谢自己的成长！更加真实，学会内观，真实地面对自己的内心。更加勇敢，看清了自己想要的，勇敢地跨出舒适区，勇敢地面对未知，虽然“忐忑”、虽然“深一脚、浅一脚”，但我还是勇敢地上路了。有人说，真正的勇敢，不是无所畏惧，而是即便心怀恐惧却依然迈步向前。更加勤奋，像稻盛和夫六项精进中所提的第一项“不亚于任何人的努力”，我在用我的全力去奔跑。更加坚韧，更能用宽容和远见来接纳暂时的困境和挫败，所以也更加淡定，更容易快乐了。所以，最应该感谢的，最想要去拥抱的，是那个跋涉过泥泞而更加美好的自己。

谢谢你，亲爱的鸽子！

其次要感谢的是我的团队。我爱他们每一个人！每一个人都很优秀，每一个人都很能干，每一个人都很拼命。我时常在想，我何德何能，有这样一帮优秀、幽默、像家人一样的小伙伴们一起创业，一起去探索一个未知的可能，一起去帮我把自己当初的选择竭尽全力证明是正确的路……感恩遇见！你们是我工作上最大的底气！

还要感谢我生命中的那些贵人！有无条件爱我、包容我的人，有心有怜悯、好意帮我的人，也有惺惺相惜、相互欣赏的人……有德高望重的领导，有朝夕相处的同事，也有仅是一面之缘的朋友……在前行的路上遇见有趣的灵魂，是最美的风景。

我原来曾经一度追求安宁的心境，非常抗拒或者说排斥“忐忑”的不安。现在细想，“安宁”与“忐忑”其实并不矛盾。如果目标是清晰的、是自己想要的，就会在更大的底色上是“安宁”的；而“忐忑”只是对抵达目标的途中会遇到什么的不确定，只是过程中的未知、“深一脚、浅一脚”而已。正如电影《冈仁波齐》所阐释的那样，每个人心里都有一座神山，我们都在朝圣的路上。简单、纯净、安宁、执着，不管过程中遭遇什么，一步一步，总会抵达。

我非常崇拜和尊敬的一位朋友，功成名就，即将退休，在常人眼里要“安享晚年”的时候，“自找”了一项著书的工作，而且给自己规定每天两个小时的写作时间。他说他要写的东西没有任何参考资料，全都在他脑子里，他说出来的话一定是他自己的，而不是任何其他人的。短短几天，他告诉我他已经写了一万多字了，每天两个小时雷打不动。“人不是因为没有信念而失败，而是因为不能把信念化成行动，并且坚持到底。”当我还在为难产了快一年的新书找借口的时候，这位朋友如是说，着实给我上了一课。

还有我亲爱的、像蝴蝶一样美丽的孙姐姐，从斐济回来之后又去了库克。出发之前跟我说，这次离开北京离开家有点不舍，毕竟库克是个新的地方，心里有点没底。她这次回来，把之前在斐济的两年生活记录的点滴出版了两本书，她说“把日子过出了实质”。孙姐姐在我眼里是像三毛那样具有浪漫和勇敢气质的女神，从来不给自己的人生设限，特别知道自己想要什么而且勇敢地追求自己的目标。当年怀着好奇心自己一个人远赴南太斐济，一待就是两年。这次又重新上路，探索另一个新的开始。所以我跟她说，还是会很快好起来的。今天在她的朋友圈看到在库克的新生活，又开始慢慢喜气洋洋起来。在忐忑中偶遇新的惊喜，并一点点爱上新的日子，再把日子过出实质。

此刻，农村老家的天空，繁星点点；远远近近的鞭炮声此起彼伏，婆婆在剁饺子馅，孩子们在嬉笑打闹……年味十足。

站在即将又要辞旧迎新的十字路口，面对未来，从未有过的期待和憧憬。新的一年，我会更用力去奔跑，希望新的工作可以打开局面、站稳脚；新的一年，我会尽力推出我的第一本书，希望自己不要轻易妥协；新的一年，我也会把日子过出实质，“岁月不饶人，我亦不曾饶过岁月”。

凡走过，皆有痕迹。每一步都不容易，但每一步，都算数！在每一个“深一脚、浅一脚”里，享受未知、享受“忐忑”，享受好奇心带来的不同体验！

最后，盗用孙姐姐朋友圈里的一篇鸡汤文作为结尾：“生命如此短暂，就不要为那些愚蠢的事情而伤心吧！保持乐观，保有爱；不用为任何事而遗憾或者悔恨，不要让任何人使你忧伤。”

猪年与诸位共勉之！

“丛林”里的“爱与自由”

离开体制内以后，遇见以前的老同事、老朋友，大家最关心的或是问我最多的大概就是“你觉得跟以前有什么区别？”

这个问题，很难用一两句话来回答，而且随着我离开时间越久、融入真正的“社会”时间越长，我的体会也越复杂。我只能说这是一片“丛林”，每个“丛林”中的一员都要遵守“丛林法则”，不管你愿不愿意。

这个周末我见了一位特殊的朋友，是一家做得还不错的公司里的高管。这家公司的老板跟我很熟，推荐给我让我看看我这边是否有合适的职位给这位朋友，因为他的公司已不再需要这个部门了，整个部门从上到下都要被“战略调整”掉。这个说法已经是比较客气了，其实真正的原因还是自己没做起来，企业对你的期望或者说是容忍度是有限的。血淋淋的现实就是，“丛林法则”，适者生存。你能打来猎物，能养活你的团队，那就继续生存；否则，谁都没有多余的温情和能量陪你一直玩儿下去。因为企业也要生存下去，对一个不优质的小团队的容忍，就是对整个公司、整个大团队的不负责任。

我特别能理解，因为我自己曾经也经营过一个两百六十人左右的大团队，这种全局观我还是可以体会的，但这件事情对我依然触动很大。那个朋友，之前也打过一点交道，但不多。我跟他约见面的时间，他马上就明白了，放下电话很快就把简历发给了我。我们见面聊了很久，我也很想帮忙，只是很抱歉，目前我这边的情况还没有合适的位置和事情给他。

真的还挺感慨的！人到中年，重新被考验、被选择。也曾经辉煌过，旧日的骄傲和自信还在，只是在这一轮的竞争中被出局了。而且因为他没能带领团队“打来猎物”，整个团队都重新被考验、被选择，被“优化调整”……血淋淋的现实就是这样。换个人，也是一样的。是的，换作是我也是一样的。如果有一天，我没能带领团队为公司带来预期的收益，我的下场也是一样的，恭恭敬敬给别人递上简历、坐在对面等待被考验、被选择的那个人将会是我。同样，我的团队也很可能因为我的失败而面临解散的悲惨局面。

这就是真实的现实。如果再有朋友问我体制内和体制外的区别，我会给TA讲这个故事，因为每次我讲到“压力不一样”，好像都比较空洞，而当你面临这样的现实，就生动而真实了。

昨天我们公司一位技术副总谈起一件挺有意思的事情。一家很知名的公司，两年前他们觉得大优会死掉，他们并不看好民营企业做云计算行业。但前两天我们这位技术副总去面试一位候选人，而被面试的就是那家公司的CEO。这位昔日很耀眼的CEO见到他的时候很诧异，觉得不可思议，大优居然没死掉，而他们却死掉了；更想不到的是有一天还会被对方面试到。商场如战场，是“城下之盟”还是“桃园之义”，是完全不一样的，我的体会越来越深刻。

在这片丛林里，每一个目标，每一个猎物，最后的赢家只有一个。我曾经还幼稚地幻想过一些温情的场面，但一次又一次血淋淋的教训是你真的寸步都不能让，因为这次你让了，下一次还是一样的，你让了但别人不会让。甚至是你错过了一次机会，那这个领域后面也就没你啥事儿了。所以，聚焦，认准的目标必须要单单必争，必须要寸步不让，再难都得顶住。而我要带着团队去找方向、找目标，跟大家一起把单子拿下来，并把事情做好，为客户带来价值，实现双赢。

这是一个充满着刺激、不确定性的事情，但如果做成，又是极具成就感的。比如曾被大家刷屏的中国人工智能大赛的开启仪式，底层的赛事平台就是我们的产品和服务能力。经过前期艰苦卓绝的努力，终于呈现出了大家预期的满意效果。那一刻，我的感动深刻之至，非常非常不容易，但我们还是咬牙做到了，把不可能变成了可能。未来，我相信随着合作的机会越来越多，交付的项目越来越多，那种感动也会越来越多地体会到。磨砺的时候有多痛苦，成长的时候就有多快乐。

所以，尽管是在一片野蛮的“丛林”之中，我还是愿意相信“爱与自由”。竞争才会保证优质，才会优胜劣汰，才能更好地维持良性、持久发展。我理解、接受并尊重规则。同时，我更愿意享受这样的过程，对手会让我们更好地成长与强大。并且，也并不妨碍我们心存善意和释放爱意，更不妨碍我们成长为一个温暖而有力量的人。

我的老板季昕华同学，之前只知道他原来是一个鼎鼎有名的黑客，他的百度词条：“中国第一代黑客的典型代表”，只是很早他就看到了云计算的价值从而自己创业跟小伙伴们一起打造了大优这家公司，不过昨天才听他讲起创业的真正动机。

他原来做网络安全的时候，作为腾讯安全的负责人，他开玩笑说他有“三板斧”就能保证腾讯的安全。第一，他自己技术本身就不错，一般的小黑客攻不进来；第二，他人缘好，乐于助人，跟世界各地的黑客大侠关系都不错，大家都给点面子不来给他找麻烦；第三，如果真有厉害角色攻进来，他跟公安部关系也很好，那就把这些人给抓起来。而且他确实做得也还不错，腾讯待遇也很好，所以他之前没想过要自己创业。直到有一次，一个很厉害的黑客因为写了一款影响比较大的病毒给抓起来了，老季到监狱里去看他。老季就问他：“你技术这么好，为什么要去写病毒呢？”那个黑客说他学历不高，去一些公司面试应聘屡屡碰壁，所以后来只好写病毒赚点钱。

这件事情对老季触动很大，他就在想，做一个平台，让有能力写代码、有梦想创业的人都可以合理、合法地赚到钱，而不至于拿着顶尖的技术却沦落到去写病毒赚钱。他希望能让技术创业不再那样沉重，不需要再背负很重的 IT 投资的负担，创业者只要专注于自己的业务就好了。所以，公司创立之初就定位“赋能”，要去成全客户，帮助客户一起成长，并在技术层面精益求精，力求为用户节约成本、提升效能。同时，我们自己的公司，老季从来不看重学历，只要有能力，都可以来，我们自身就是一个为技术人员提供平台的地方。

七年过去了，一家民企一路风雨飘摇，在众多巨头的夹击之下居然慢慢地长大了，“奇迹般”地活了下来，其中的艰辛不足与外人道。我们在这片“丛林”里不断调整自己，磨砺、成长。老季笑笑说，我们一路走来的故事也可以写一本书了。这么多年，他几乎没有节假日、没有周末，每天凌晨两三点睡觉。七年里，我们帮助十万多家企业成长，为他们的发展赋能、助力，想想看，也是一件很开心的事情。

而当初我从体制内出来，加入大优，打动我的也是他们的技术和企业文化，当然更重要的还有以老季为首的公司领导团队的情怀、乐观、清澈和坚韧。当技术沉淀到一定程度,我们有能力向更多的方向去输出,为什么不呢?我们好的技术和产品如果可以服务于社会更多的方面，为什么不呢？让更多有技术、有能力、有梦想的人在更大的平台上做事，为什么不呢？我愿意做这样的事情，虽然会有风险，虽然有很大的不确定性，虽然很艰难甚至会很残酷、很血腥……可是我依然愿意去尝试、去努力。

“丛林”里很现实，但也生机勃勃。有尸首，有黑暗，有粪便，有一切丑的东西；但同时，也有新生，有阳光，有鲜花，有一切美的事物。这只是一片“丛林”而已，真实而鲜活。这里有最彻底的残酷和血腥，也有最朴素的“爱与自由”。理解、接受、尊重并享受，而且你永远有选择的权利，选择“做一个怎样的人”的权利。

你与世界

——写在宝贝四岁生日到来之际

最亲爱的宝贝：

真是难以置信！那个曾经躺在我怀里眯着眼、噘着嘴巴四处找吃的小肉球，已经长成了帅小伙儿；那些我整天掰着指头数着过的日子，怎么也能过得如此之快，我的宝贝马上要迎来你的第四个生日了。

似乎，妈妈还没有做好太多的准备，这一切就已经像那个“木马人”的游戏一样，只在我一转身的工夫，“呼”地一下就在眼前了。真是让我难以置信！

一直以来，妈妈都想给你写封信，留给长大后的你来看。我有很多想跟你说的话，每次都觉得好像还没整理好、还有要说的没想清楚。因为太看重这件事，所以总想把准备工作做好了再开始，但却总是处于一种“我还没有准备好”的状态。后来我渐渐明白了，妈妈不是要就写这一封信给你看，而是要写一系列的信给你看。你在成长，同样，妈妈也在成长，不同的阶段，妈妈的感悟也是不一样的，想对宝宝说的话也会不一样。所以，我不再等了，就在此刻，写下此刻妈妈最想对宝贝说的话，以后妈妈还想对宝贝说的话，妈妈后续会再给宝贝写信。

此刻，我躺在丽江一个安静的客栈一隅，沉浸在一种恬静的幸福中给你写这封信。来丽江休假前，我曾反复动摇过到底要不要来，其中，最为难的就是割舍不下你。我要离开宝贝那么久，离你那么远，就只是一个人静静地躺着？来的那天上午，我特意送你到幼儿园门口，你一直在我怀里，我感觉到你的依恋；我每天晚上给你打视频电话，那短短的几分钟，对我来说弥足珍贵，是我一天当中最盼望的时刻；有一天奶奶说你半夜醒来说想妈妈了，然后一直不睡到天亮，妈妈后面的几天晚上就一直睡不好。

妈妈之所以没有选择在北京、在你身边养病，除了不想给你留一个妈妈整天躺在床上病恹恹的印象之外，其实，还有点私心，妈妈想跟自己静静地独处一段时间整理心情，妈妈有自己的世界需要维护。所以妈妈依然还是坚持离开你一段时间，坚持在这里把自己的身体和心灵调整好，回去再面对你的，是一个健康的、温柔的、美丽的妈妈。宝贝，妈妈这次的远离，是为了以后能更好地、离你更近。

有一对特别喜欢环球旅行的年轻的爸爸妈妈，他们的宝宝跟你年龄差不多，也是三岁多。当有人问他们如何处理孩子和旅行的关系时，这位智慧的妈妈说："孩子，我不想错过你，也不想错过世界。"宝贝，这也是妈妈想对你说的话："你对我来说很重要，但我的世界同样重要；同时，我希望你长大后也成为这样的人，一个有自我的人。"

宝贝，我可能不会像有些妈妈那样，有了孩子之后，孩子就是妈妈的全部，什么都围着孩子转。你的到来是妈妈最珍贵的礼物，宝贝，我无法用语言描述初为人母的那种喜悦、感动和满足。你对于妈妈来说很重要，非常重要，但还不至于是妈妈的全部。妈妈爱你，非常爱你，但妈妈还有其他要爱的人、要爱的事。

还是那句话：妈妈爱你，同样，妈妈也爱世界。该给你的，妈妈自认为都给你了：一个虎虎生气的生命，一个健康强壮的身体、一个阳光开朗的性格。剩下你需要做的，就是成为你自己，长成你自己希望的样子。妈妈不需要你实现什么妈妈此生没实现的愿望，不需要，你只需要成为你自己就可以了。

妈妈想给你讲两个故事。

第一个故事。

两个小孩儿，一个哥哥一个妹妹。哥哥每次都要选那个他最想要的，选那个他自己觉得好的，妹妹总是很懂事地选大人们觉得好的那个。有一次爸爸妈妈带着他们两个去游乐场，出来的时候，允许他们各自选一个自己喜欢的玩具。妹妹很快就选好了，是一个很便宜的、外面到处都可以买到的玩具，早早地就出来了，爸爸妈妈都夸她懂事。哥哥在里面选了又选、挑了又挑，终于选了一个他很喜欢的、但是很贵的玩具。都要付钱的时候，他突然又看到了另一个他更喜欢的、更贵的玩具，爸爸妈妈不同意，他就跟爸爸妈妈讲条件，总之各种努力下，还是买了那个他又看中的玩具。

长大以后，妹妹高中的时候因为学业压力大而不得不休学了一段时间。哥哥成绩还不错，申请了美国的学校出国留学。他申请学校的时候就要申请最好的，他跟爸爸说我要选就选最好的，否则就不要。后来他还真申请到了哥伦比亚大学，去学习影视制作，在校期间拍摄的作品还获得了国际大奖。但是他快要毕业回国的时候却跟爸爸说，想回来开一个影楼拍婚纱摄影。你知道开影楼这样的小事，随便一个摄影技术差不多的人都可以做的，而经历了在美国名校这些年的熏陶，而且还获国际大奖，一般人肯定会觉得应该是做更伟大的事情才对。但是这位伟大的爸爸说，可以啊儿子，只要你开心，只要你觉得做这些是有意义的，只要是你自己选择的，又能够自食其力，爸爸都支持。

妈妈讲这个故事的目的是想告诉宝贝两点：

第一，妈妈希望你像那个哥哥那样清楚自己想要的、坚持自己想要的，选就选那个最好的，并用自己全部的力量去达成。妈妈是不赞成妹妹的做法的，虽然很可心、很懂事，但总是努力去够别人的期望，就会没有自己，就会不开心，就是不爱自己；自己不开心，就不会带给别人开心；不爱自己，不管对别人怎么好都不是真正意义上的爱别人，那种爱都不纯粹，那种爱会有委屈。所以，妈妈希望你像那个哥哥那样做。

第二，妈妈会像那位爸爸一样对宝贝的选择全力支持，不论你选什么，只要是你坚持要做的、并认为有意义的事情，妈妈一定会支持。妈妈决不会用社会上世俗的价值观去横加判断，妈妈只希望你成为自己，那个快乐的自己。妈妈曾在你百天的时候写下对你的期望，就四句话："对自己有信心，对他人有爱心；对社会有担当，对自然有敬畏。"前两句是做人，后两句是做事;先学会做人，再学会做事。只要你做到这四点，你做什么，妈妈都支持。

第二个故事。

有一次，妈妈乘坐一辆出租车外出办事，一开车门，司机叔叔就礼貌而热情地跟妈妈打招呼，我就对这辆车颇有好感。上车后又发现，非常干净，座位上的白色座套都洗得雪亮。更可贵的是车内居然还有装饰，每个空调出风口都别着一个精致的小蝴蝶，车前后的座位挂着香囊，而通常被司机们放大水杯的地方，这位叔叔却在那里搁置了一个小小的绿植，整个车厢内不仅洁净，而且清香四溢、生机盎然。后来我跟这位司机叔叔聊天，得知他之前在日本工作，而且做过很多工作，包括在餐厅洗盘子、汽车修理工，还有出租车司机。

他说，在日本，不管什么工作，所有的人都是用一种敬畏感恩的心情来从事自己的工作，对工作的尊重也是对自己的尊重。回国后他看到国内很多人做事情都是在“混”，很多人对自己做的事情都看不起，都是随便应付。最让我感动的是这位司机叔叔说,虽然很多人都那样“混”,但是他不想那样,他还是坚持做自己，他还是坚持尊重自己的工作，也是在尊重自己。

这件事情对妈妈的触动很大，带给我很多思考。妈妈在这里也想跟你分享两点：

第一，我们应该用那位司机叔叔那样的认真来尊重我们所做的事情、来尊重自己，不要随波逐流，不要妄自菲薄，坚持那种认真、坚持那种尊重，做一个有尊严的人，一个内心高贵的人，一个起码自己尊重自己的人。

第二，你以后一定会接触到历史教育，会对日本这个民族对我们国家的侵略历史有所了解。爱国情怀、勿忘国耻那是当然，爸爸和妈妈到现在也是如此。但是，即便如此，事情也要分两部分来看，历史是历史，优点是优点。曾经做错过事情，那是历史，我们要正视；但这个民族还是有很多优点的，我们也要正视，不仅要能看得到，更要善于学习。这一点，妈妈希望你在对待其他的人、其他的事情的时候也能保持这样的理智和大气，只有能看到别人的优点，自己才会有进步的可能。

妈妈今天讲了许多，但总结一下，其实只讲了一点:做一个有自我的人，做一个有高贵内心的自我的人。妈妈也是基于这一点,想做一个有自我的人，有自己世界的人。所以才说，妈妈爱你，同时，妈妈也爱这个世界。

宝贝，妈妈对你的爱，是纯粹的、无私的，是包容的、无条件的，这一点你不用有任何怀疑，等到你有自己的孩子的时候你也会体会得到。但妈妈并不能因此而放弃自己，我也有我的世界，并且这个世界也同样重要。如果妈妈不能维护好这个世界，就无法成为一个完整的人、一个灵魂高贵的人，就不能把你也培养成为一个完整的人、一个灵魂高贵的人。以后你会逐渐有自己的世界，妈妈同样希望你也要维护好自己的那个世界。

这些就是妈妈此刻想跟你说的。让宝贝知道，妈妈是以这样的方式在深深地爱着你。我们独立而平等。妈妈爱你，同样，也爱这个世界。妈妈希望你也一样，爱着妈妈，同样，也爱着这个世界。要知道，没有谁必须是谁的全部，不可能，也没有必要。虽然我们不是彼此的全部，但我一点都不怀疑这种爱的存在，反而觉得这样的爱才更真实，也更伟大。我是这样认为的，孩子。

这些就是妈妈在你四岁生日到来前想说的了，宝贝。最后，妈妈还是想说：妈妈爱你，深深地爱着你，以前、现在、以后，都是！你永远都在妈妈内心最柔软的那个地方。

永远热泪盈眶
——写在宝贝六岁生日这一天

最亲爱的宝贝：

今天是你六岁生日，妈妈也正式成为一个“母亲”六年整。内心的感动无以言表！感谢我的宝贝让我成为你的妈妈！

每一对母子都是生死之交。从你在妈妈的身体里开始生长的那一刻，我们今生有缘成为母子，在彼此的生命中，成全最珍贵的爱与陪伴。我永远深深地感激这一切！

宝贝，六年来，你的成长和进步让我们欣慰。更感动的是，妈妈从你的成长过程中同样获益良多，我自己也成长和进步了很多。在陪伴你成长的过程中，妈妈重新经验了生命之初的那个状态。有困惑更有思考，有困难更有收获。

“谁不是活着活着就悄然活成了另一个人？”《小王子》说：“所有成年人都曾经是一个孩子。”是宝贝让我有机会把自己拉回生命的起点，以一个童真孩子的视角来审视自己，由此开启一个自我成长、自我修复的历程。这是妈妈特别感恩的地方。

谢谢你！我最亲爱的宝贝！

妈妈在两年前，你四岁生日的时候曾经写信给你。《你与世界》，告诉你，你对妈妈很重要，但妈妈自己的世界也同样重要。妈妈希望你长大后也要做一个有自我世界的人、有完整高贵灵魂的人。那时的妈妈，长期处于外在的强大和内心的脆弱之间的纠结中。也是在面对宝贝的时候，让我意识到，一个不快乐的妈妈，丝毫没有办法在孩子面前装出快乐；一个内在对爱缺失和匮乏的妈妈，丝毫没有力量有多余的爱溢出来给孩子分享。是宝贝让妈妈果断地开始思考，是宝贝让妈妈有勇气开始向内探寻自我实现的生命意义。

谢谢你！我最亲爱的宝贝！

今天是你六岁生日。六岁，从幼儿到儿童，从幼儿园到小学。六岁，是一个很重要的节点，它意味着第一个迈向“成熟”与“现实”的起点。妈妈此刻心情很复杂。有欣慰，宝贝在成长；有担忧，未来的世界渐渐地不再单纯、不再简单。那些磨砺是你必须要去面对和经历的，即便是最亲爱的妈妈，也不能替代，最多只是陪伴。

在写这封信之前，我一遍一遍问自己，到底想要告诉你什么？到底想要对宝贝有怎样的期许和祝福？我发现我有太多想说的话、太多美好的希望，比如勇气、担当；比如善良、热情；比如诚实、纯净；比如，真实地做自己；等等等等。再一点一点沉淀，越来越清晰的一个声音浮了上来。宝贝，妈妈最想告诉你的、最希望你拥有的，是对生命的敏感和热情。

你要知道，生活中只有一种英雄，就是，看透了生活的本质却依然对生活保有赤子之心。

像往常一样，妈妈给你讲两个故事。

第一个故事：屠龙少年。

传说中有一位少年，听闻东方有屠龙之术，便下定决心前往学习。他不惜翻山越岭、披荆斩棘，一去就是十年。回来的时候一身狼狈，村民都笑他：“世上本无龙，何谈屠龙之术，简直荒谬！”昔日的少年早已过了而立之年，低下头不知所言，封了剑下田耕作，不再提及十年往事。

过了三年，村子附近的湖底有一蛟龙作恶，许多担水的壮汉和洗衣的农妇，都喂了它的肚子。少年脱掉斗笠蓑衣，依旧不言不语，拔剑独斗蛟龙，日夜苦战。第六日西边残霞如血，少年取蛟龙首级而归。

这个故事妈妈想告诉你两点：

第一，当初的少年，坚定地“相信”这世上有“屠龙之术”，并勇敢去实践、去追求。不管别人怎样质疑、怎样嘲讽，你相信有，就真的有。你勇敢去做，就一定可以得到，而且是属于你自己的“屠龙之术”。妈妈希望你永远都不要丢掉那个“相信”，永远都不要丢掉那个“下定决心前往学习”。

第二，归来后的少年，即便不被理解，即便所有其他的人都以为少年难抵峥嵘岁月稠，但他实际上一直热血未凉，只是只字不提过往。需要他站出来奋战的时候，少年依然可以脱掉斗笠、拔剑以对，并最终能够“取蛟龙首级而归”。真真一个“屠龙勇士”！妈妈希望未来不管怎样的世态，你都能永远保持“热血未凉”，永远有勇气、有担当，有能力随时“拔剑以对”，并真的可以屠龙而归。

故事中的主人公，从坚信有屠龙之术的热血少年，到最后归于平淡，却在关键时候可以拔剑以对、屠龙而归的屠龙勇士。妈妈最感动的就是那种对待生命的态度，那种始终保有“赤子之心”的纯真和热情：“昨天夜里这个世界让我哭泣和怨恨，但今天清晨醒来，我仍然热爱这个世界。”

第二个故事：怡红公子。

妈妈一直没想明白的一个问题，最近突然有了答案。当初刚刚怀上宝贝的时候，早孕反应强烈，妈妈晚上经常失眠。身体上的疲惫加上精神上的焦虑，常常让我在漫漫长夜中倍感沮丧。唯一可以治愈的，就是看《红楼梦》。起身来到书房，幽静的灯光下，翻开厚厚的《石头记》，我的内心一下子就安静了。

我一直不明白为什么只有《红楼梦》可以让我得到安抚，最近我突然明白了，是宝玉这位怡红公子。他的悲悯、他的温暖、他对青春的呵护，仿佛透过纸张，从三百多年前悠悠地传递给我，让我也沐浴在那一片恩泽之中。妈妈经常为他的一点“癫”、一点“痴”而泪目。即便是现在、此刻，想起他的慈悲，我还是忍不住热泪盈眶。

这位怡红公子贾宝玉是三百多年前一个大贵族家最被大家喜爱的少爷。在那个社会阶级森严的年代，本应该是高高在上的富贵公子哥儿，却对人世间最卑微的生命有着最深切的体恤和悲悯。他自己被雨淋了却不自知，反而着急地提醒一个在地上“画蔷”入迷的戏子赶紧躲雨。丫头玉钏照顾病榻上的宝玉喂他吃粥，不小心洒在他手上，他全然不顾，只是急切地问玉钏有没有被烫到。丫头香菱的裙子不小心被弄脏了，他便让贴身大丫头袭人亲自将裙子送去让香菱换上。王熙凤的丫头平儿受了气挨了打，他帮平儿补妆……

他善良地想呵护所有人，他是真正的佛心，他的慈悲没有分别心。他会对池塘里游过的鱼、天空飞过的雁呢喃自语。他看到花开会喜，看到花落会悲。他和知己黛玉一同葬花，他们对美好的守护、对洁净的坚持，那种对生命、对美好的敏感和热爱，都让我深深感动。他会对一个乡下老妇人刘姥姥信口编出来的美丽故事深信不疑，派他的随从茗烟去找寻、祭奠。他对大丫头晴雯的死久久不能释怀，一个小丫头不忍，就编了个故事，告诉他晴雯托梦给她，让她告知宝玉，晴雯没有死，只是去补了天上一个主管芙蓉花花神的缺。当宝玉忍着巨大的悲伤面对一株盛开的芙蓉花做出饱含深情、字字血泪的《芙蓉女儿诔》来祭奠已去的晴雯、祭奠已逝的青春时，我真的泪流满面，读一次就会哭一次。

这就是妈妈要给你讲的怡红公子，上面的故事只是他诸多故事中的沧海一粟。妈妈希望宝贝也一样对人世间的生命保有最真切的体恤和悲悯，对美好保有一份敏感和热情，还有对洁净和高贵的呵护和坚持。

《红楼梦》对于我的意义不是一句“喜欢”或者“深爱”所能表达的。在我人生的不同阶段，它一直带给我指引和安慰，甚至是治愈、是救赎。每当我在现世中遇到疑惑、受到伤害或者遭遇冰冷，沉浸在《红楼梦》中都可以找到解答、得到安抚、被深深温暖。

曹雪芹在潦倒的晚年，仍能用一颗敏感而细腻的心去回忆过往、回忆青春，用一种最深切的悲悯和忏悔去体恤世事过往，这也是让我特别感动的。曹雪芹“尚未佩妥剑，转眼便江湖”；虽历尽千帆，归来却仍是少年。他并没有被世事的险恶和苦难磨掉善良和热情，反而有着最质朴的赤诚。

上面这些话，是妈妈此刻最想说给你听的。是对你的期许，也是对我自己的期许。

“这是最好的时代，这是最坏的时代。”我们的世界，物质越来越丰富，但很多人精神却越来越贫瘠。生活节奏越来越快，飞机、高铁的速度越来越快，计算机的计算速度越来越快，世界连接越来越多、物理距离越来越近。可是，我们却发现，与内心的距离越来越远，快乐越来越浅，幸福越来越难。我们的心仿佛外面被包裹了一层厚厚的壳儿，壳儿里面装满了构件，计算着得失、计算着功利、计算着效益，然后做出判断。心，不再是靠情感去感动、去体悟，而是靠计算去研判、去决策。妈妈不会这样，当然也不希望你在今后的“成熟”和“现实”里这样。但是，未来的世界，会这样。

心，只有柔软才会敏感，只有敏感才会感动，只有感动才会觉得这个世界是值得活下去的。妈妈希望宝贝能像“屠龙少年”和“怡红公子”那样，一直保有对生命、对美好的敏感和热情，温柔地和这个世界对抗。

虽千万人吾往矣。永远年轻，永远热泪盈眶。妈妈与你一起共勉！

掮着黑暗的闸门，让光进来

从来没想过自己会跳舞，更没有想过会就此爱上舞动和旋律。若不是亲身经历，更决然不会知道，原来有种宁静和喜悦是可以在流动的身体中如如不动、深深驻在内心的。

这是一次怎样神奇的经历和体验？我需要再平静一下内心蓬勃的激动和感恩，才能将我有限的感知缓缓道出十之一二。可是我又该如何开始我的陈述呢？一直自认为是喜欢用文字进行表达的人，此刻依然深感自己表达能力的匮乏，因为我尝试了许久，还是没有找到一种特别能贴近自己心境的方式。

看着时间一点一点流掉，我开始着急，又有点沮丧。我很快觉察到了这一点，立即用木梵老师的方法："转念"。不苛责、不评判，这一刻的当下，我选择跟自己待在一起。看到这样的念头来了，不排斥；又看到这样的念头走了，不跟随。再一次体会到了那种如如不动、安住自己中心的踏实和宁静。眼前仿佛再一次出现了木梵老师带着我舞动的那个画面：眼神笃定地凝视前方，双脚坚定地踏在大地上，任外面千军万马，安住自己的中心如如不动。木梵老师说，那是一种"动中的禅定"。

此刻，离开了木梵老师营造的出世静心的桃花源，重新回归到纷乱复杂的尘世丛林，面对扑面而来的现实，我居然仍可以以这样的方式继续得到滋养，内心生长出智慧和力量，让自己在一念之间就归于平静和喜悦。这一瞬间，我热泪盈眶。为自己重生般的心境，献上我深深的、最真挚而虔诚的感恩！

我知道，我跟以前不一样了，我在成长，有太大、太大的成长！感谢遇见木梵老师的团队带给我神奇的蜕变！更感谢自己，在那条长长的、无比艰辛而阴暗的路上，那个坚韧的自己，虽然曾遍体鳞伤，但一直没有放弃相信，一直没有放弃寻找，一直没有放弃尝试，一直没有放弃努力……我看到自己一直咬牙努力地掮着一道黑暗的闸门，终于等到汲取了足够的力量，一声呐喊，奋力地撑开了那道沉重的黑暗。随着轰然一声巨响，有光进来，将我照耀！一个清晰而笃定的声音在跟我说："亲爱的，你值得这所有的美好！"我是怎样的喜极而泣啊！

就这样吧，就这样开始我的陈述吧！不管它是否完美，这是我的方式，是此刻最贴近我内心的一种方式，真实而真诚，不刻意，不取悦。好，那就继续我的陈述。

在又一个被焦虑叫醒的凌晨，各种尝试入眠失败之后，我无奈地拿起手机开始刷屏，于是就看到张德芬空间里关于"无・生舞"的那段视频，那是我第一次知道木梵。我还不知道她是谁，也不知道所谓的"无・生舞"到底是什么，因为我从来与舞蹈绝缘。但是那段视频里面说的每一句话那一刻都好像是在对我说的，木梵的声音仿佛有种催眠的魔性，让我心安。她说，我们的身体、动作是一面诚实的镜子，照见生活和工作中所有的模式，一清二楚，逃无可逃。而"无・生舞"会带我们看见身体固有的记忆和模式，从而与自己和解，让自己不论身处何处、身处何境，都能闹中静、动中静、用中静、行中静。于是我当时就像一个快要窒息的人抓住一根救命稻草一样，一刻也没迟疑地报了名，然后就安心睡去了。

第二天，尝试着跟先生沟通，我说有个张德芬空间里的课，我想去听听。意料之中，他否定；也一如既往，我沉默。日子一天一天靠近，我自己也开始犹豫起来。工作上有个比较重要的事情，正好是在其中的一天，我有些不安。我最近出差比较多，儿子又临近期末，各个微信群里的任务跳得活跃，我有些愧疚。可是，我还是想去，而且那个想去的声音越来越强烈。终于，我默默地请好年假，默默地安顿好一切，放下所有，我还是来了。

初到的时候，我内心是惶恐的，因为我从来没跳过舞，特别恐惧笨拙而僵硬的身体展露在外人面前。我更是自卑的。第一天早上我正在吃早饭的时候，突然有三位仙气十足的仙女下凡一般落座在我对面，我看得都呆住了，顷刻觉得自己又俗又丑。等开始上课的时候才知道这三位是木梵老师和两位助教老师，真的仙得好似来自另一个仙境，而非尘世凡人。

就这样在我的惶恐和自卑中，开始了一段身心合一的绽放之旅。在一首首直击心灵的音乐中，在一次次酣畅淋漓的舞动中，跟随木梵老师的指引，我慢慢学会放掉控制的执念，放空头脑而归于内心的宁静，相信自己的身体，相信自己的无限可能。我真的开始放弃委屈、放弃不甘、放弃比较、放弃证明、放弃认同、放弃期待、放弃苛责、放弃抗拒，去真诚拥抱和解、拥抱允许、拥抱宽广、拥抱清明、拥抱喜悦，我看见了人性中最深沉的慈悲。

在最初清理情绪的环节，我都是几乎从头哭到尾，没有号啕，也没有声嘶力竭，我只是默默地、不停地流泪。但我也不去理，只是一直跳下去。

记得在那个表达“我想要”的环节，跟我的搭档在对视的时候，我无所适从、惶恐不安。我羞于表达“我想要”，因为我内心一直有个声音“我不配”。小时候被寄养的胆怯还在，那个从眼角溜出去目光去打量别人脸色的小女孩还在，那个“你爸妈不要你”的被遗弃的恐惧还在。再后来，我被送回父母的身边，一直穿姐姐穿旧的衣服。再后来，有了弟弟，我就彻底成了最没有存在感的老二。我像仙人掌一样好养，一点点水、一点点阳光就好。我从小就乖巧，从来不敢提要求，从来不敢大声说话。我默默地做好所有，默默地把成绩考好，默默地按照别人的期待生长，最后长成了外表无比光鲜的“别人家的孩子”。可是只有我自己知道，内心那个黑洞有多深、有多大。我把自己逼到退无可退，却还是不知道该怎么办，还是觉得自己不够好。面对搭档如火的眼光，我像一个做错事的孩子泪流不止，可是即便这样，我依然喊不出那句“我想要”，因为我没有力量。最后，搭档大声喊：“你出来呀！你出来呀！我讨厌你！”她立在原地大哭起来，而我比她更崩溃、哭得更凶。但那个“老好人”的自己，居然还可以鼓起勇气去拥抱她，一遍一遍地跟她说“对不起”。她说那些话其实是喊给自己的，她在我身上看到了那个懦弱的自己，看到了那个胆怯而不知所措的自己，她也向我道歉，我们抱在一起哭成一团。后来才知道，她是一个失独的母亲，七年了，她还在自我治愈的路上。这条路有多艰辛，外人只能想象，真相只有自己知道。但她把伤痛都化为慈悲，她发愿要专为失独父母建一座养老院，让那些失去孩子的老人老有所养。她给了我太多的力量！跟她的伤痛比起来，我那点悲伤真的就算不得什么。我发自内心地敬佩她、感激她、祝福她！

在练习保持倾听的环节，随着木梵老师的声音“打开眼睛”，我睁开眼，一个瘦瘦小小的精致的面孔出现在我面前，戴着一副眼镜，头上一个大大的蝴蝶结的发卡，好可爱。我倾听她的诉说，不评判、不回应，只是倾听。她第一句话就是：“我结婚 16 年，但从没有经历过爱情。”我的心头被重重地一击，酸酸痛痛的窒息感。我忍着去安慰她的冲动，只是去聆听。她继续陈述她的伤痛，她在离婚的路上走了很多年，但依然没办法逃离这一被安排的婚姻。她从小有个强势的妈妈，带给她太多的压抑和伤害。由于妈妈的影响，她一直无法进入正常的亲密关系。然而像轮回一样，因为她和爱人不良的关系，导致她有个不能正常上学的女儿。女儿今年已经 15 岁了，这么多年她带着女儿全国各地跑，找那些可以提供特殊教育的学校。我的惊讶和同情无以复加，但我仍然需要做到不评判、不回应，只是静静地注视着她的眼睛。不过她也学会了用木梵老师教的“转念”，在舞动的旋律中，她觉察到了自己以往所有的抗拒，抗拒不公的命运。她一直在自我治愈、自我拯救，于是她学了萨提亚的心理学，生生把自己逼成了一个心理学的老师。在第二天的分享中，她说她终于在其中的一个环节跟自己和解，她开始臣服于自己的命运，全然接受这样的安排。每个人来到这个世上都是带着特殊使命的，是带着特殊的功课而来，也许这就是她这一世要修的功课。她说她要做家族命运的终结者，从她开始，努力修复关系的创伤，让家族悲剧不再轮回。

还有一个朋友在分享中说她是一个失聪女儿的母亲，在为女儿治疗的过程中她体会到了无以复加的苦难，但她把这份苦难当作是老天给她的指引。所以，她不仅仅治好了女儿的病，女儿以优异的成绩毕业于澳洲一所知名学府，她还由此有了自己的事业，创办了专门为聋哑和失聪儿童开设的学校，还成立了基金组织，帮助更多的失聪家庭。

这里的每一位小伙伴，背后都有一段动人又感人的故事。包括木梵老师，她的经历本身也是一种传奇，请恕我的拙笔无法将每一位的精彩一一呈现。

我的感动真的难以用语言描述，我的敬意、我的悲悯，更是无法描述。

还有，我的反省和谅解。我想起有人说过，当你为自己没有鞋子而哭泣的时候,请擦干眼泪,因为你会看到还有人是连脚都没有的。是的,跟她们比起来,我的那点伤痛真的不算什么。她们都能从悲伤中汲取力量,化为更大的慈悲,在伤口上长出翅膀，去全然接纳，并真诚而奋力地完成自己的人生课题，我为什么不可以呢？突然想起木心的那句话：“不知原谅什么，诚觉世事尽可原谅。”

于是我在一次打坐的过程中，一个一个的念头进来又飘走，我只是观照着它们，不评判、不抗拒，不迎合，不跟随。慢慢地，我看到爸爸的脸清晰起来，妈妈的脸也开始清晰起来。我终于敢、终于肯去面对他们了。我开始小声啜泣，慢慢地，我居然看到他们在冲我笑了，我突然控制不住放声大哭起来。这么多年，从来没有那么酣畅淋漓地哭过，从小我连哭都是隐忍的。

哭了许久，闭着眼睛，我看到很多人，一张张面孔在我面前飘过，他们都在冲我友善地微笑、祝福。我的爸爸妈妈，他们变成了年轻时候的样子，居然也冲我笑了起来。我看到我先生，他有他的艰难，我看到他的努力，他对我的付出和疼爱，只是以他自己的方式而已。我看到我生命里一个又一个重要的、亲爱的人，他们好像是老天派到我身边度化我的使者，给我宽容、爱和友善。

我伸手去抚摸他们的脸，跟他们一个一个不停地说着“对不起、请原谅、我爱你、谢谢你！”我看见自己也笑了起来，那个被遗弃的小女孩，那个从小自卑到骨子里的小女孩，她终于敢、终于肯擦干眼泪站起来往前走了。我过去拥抱她，抚摸她的脸，跟她也说“对不起、请原谅、我爱你、谢谢你！”她也友善地冲着我笑了，那一刻突然觉得我的肩膀一下子轻松了起来，好像卸掉了千斤重担。

我看见自己匍匐在大地上深情地亲吻它，我看见我终于撑开了那道黑暗的闸门，有光进来，将我沐浴在一片光芒的恩泽之中。内心越来越坚定，越来越有力量！我没有被遗弃，我是如此珍贵！我一点都不丑陋，我是如此美丽！在最后的滋养环节，简直太棒了！从来没有觉得跳舞是一件如此美妙的事情，我不停地旋转、舒展，从来、从来不知道自己原来可以跳得这么好！

到后来，只要音乐响起来，我就不由自主地舞动起来，不管别人的眼光如何，当下只有我自己。

我看到自己像一只破茧而出的蝴蝶，迎着光，飞越沧海。即便葬身海浪，也曾五彩斑斓，心中无所畏惧，只是往前飞、往前飞……外面即便千军万马，内心依然如如不动、安住自己中心的那种宁静与笃定，那种“做自己”的踏实和安心，那种体验，真是太美妙了！不是想象，而是看见！我真真切切地体验到了！我发自内心深深地感恩！

在回程的高铁上，我带着无比感恩的心情再一次打开张德芬空间里木梵老师的那段视频，依然觉得每一句话都是为我说的，只是比之前更有力量。

木梵老师在最后说：“我的路途和方向越来越清晰、越来越笃定。我体验到了广阔而无限的空间，原来困扰着我的一切，如同微尘。我的内心越来越有力量，越来越宽广。身在都市，心有禅。”

我清晰地看到自己肩上那道黑暗的闸门已经打开，有光进来，我在一片光芒的恩泽当中也走向宽广而无限的空间，原来困扰着我的一切也越来越渺小，越来越微不足道……我的内心也一样越来越有力量，越来越宽广！

再一次深深地、深深地感恩遇见木梵老师团队！心灵之舞，跨越了语言的藩篱，直接跟灵魂相通，给了我太多的爱与力量！

我深深感恩木梵老师团队、感恩在这里每一位一起舞动、付诸真心的小伙伴！我们一起经历了一场身心合一的绽放之旅，每一场相遇都是命中注定，何等的缘分！

再一次深深祝福每一位勇敢、真诚、努力活出自己的天使！

又前进了一步

上个周末，很开心，参加了“张德芬空间”举办的一场苏菲旋舞的春日静心营。还是由美丽的木梵老师带课，很巧，又见到了去年年底在杭州一起跳舞的几位小伙伴儿，而且这次张德芬老师跟我们一起全程参加旋舞体验。所以这一次的活动有熟悉的味道，又有新鲜的不同，带给我的感动和收获也是多面而丰富的。

活动已经结束了十天左右，我依然还沐浴在它带给我的喜悦和感恩当中。这期间我也试图将我的体会整理成文字传达出去，正如小伙伴们分别在群里由感而发的那些身体和情绪上的美妙的变化，不过我一直没有空出整块的时间来梳理，因为我想说的太多了。

最近工作特别忙，保持着一周出差四天的节奏。现在我在万米高空的航班上，打开笔记本电脑，终于有点时间来认真回顾和整理那些涌动在我心口的感悟。

是的，我想说的特别多。如果一定要找个标题，我想唯一能表达的就是，我清清楚楚看到自己相比以前又往前迈了一大步，方方面面，我看见了自己实实在在的成长。我对自己特别满意，虽然之前已经很满意了，但还是感觉到接纳自己的程度又加深了一点，而且还预感以后也会越来越喜欢自己。这真是让我由衷地开心！

木梵老师通过古老的智慧一点一点引导大家，让我们逐步体会：“神，就是觉醒的自我，不可触摸却无处不在”；“施与者同时也是接受者，我们给予的同时其实也在收获”；最后，“原谅和放下”。

整个体验的过程我都很开心，在分享的时候我也跟木梵老师说，特别感谢去年年底在杭州的那次活动，我觉得对我帮助特别大。杭州那次对我负面情绪的疏导和清理很到位，那次我几乎从头哭到尾，或默默流泪，或小声啜泣，或号啕大哭……我好像把所有的委屈和不甘都清理掉了，剩下的只有轻松和喜悦。

所以，这次活动我几乎没有再哭过，其间我听到有些小伙伴在哭，我的内心一直流淌着平和的喜悦。尤其是最后一个环节，木梵老师柔美的声音引导大家去原谅、去放下，而我发现我已经没有什么好去原谅的了。相反，我特别感恩，被很多人爱着、宠着，我脑袋里浮现出一张张可爱的面孔，他们用他们的方式或是默默地或是很张扬地对我好。甚至我一个好朋友，我跟他蛮不讲理地吵了一架，后来我意识到自己的过分，厚脸皮地发了条微信问他：“不生我气了吧？”一贯骄傲的他居然说：“我就从来没有生气过。”还有如父如兄的李医生，把我捧在掌心，当女儿一样张扬地宠着，他对我的好每每让我觉得上辈子一定是拯救了银河系才修来这一世如此的福报。还有很多很多我生命里重要的人，我爱的人，爱我的人……我特别感恩，觉得自己无比无比地幸运，所以真的没有什么好去“原谅”的，这个世界已经给了我最大的善意。

不过我还是认认真真地按照木梵老师的要求虔诚地唱着关于谅解的“爱语”，在这个环节快要结束的时候，神奇的事情发生了。我脑海里先是一个一个浮现那些我感恩的人，我真诚地过去拥抱他们、对他们说“谢谢！”最后，我清晰地看到了父母的样子，我也很自然很真诚地过去拥抱他们，跟他们真诚地说“谢谢你们！”那一刻，从内心深处升腾出一种强烈的意念：“我会对你们好的！我爱你们！”突然我好像被什么击中了一样，瞬间就泪流满面了。

上次在杭州打坐的时候，进入了一种深度觉知当中，我终于肯正视、肯面对父母了。如果说那次是和解、是原谅，那么这一次，我清晰地看到自己又往前迈了一步，不仅仅是谅解，更有想要对他们好的意愿，完完全全发自内心，充满着自然而然的那种丰盈的爱意。我看到了一个内心更有爱、更有力量感的自己，我真是为她高兴、为她骄傲！

这次还有一个特别开心的收获是张德芬老师的参与和分享。原来心目中那样一个完美而充满了灵性的女神，在现实生活中却是如此真实而可爱。

有一次舞动的时候我和德芬老师是一组，她就站在我的前面。跳着跳着，在一个节奏的间隙，就看她把长长的舞裙给脱了丢到一边，一转身双手握着拳头冲我萌萌地一笑，做了个“加油”的动作。原来是她嫌有着大大裙摆的苏菲裙影响到她的舞步，于是干脆脱了了事，反正里面还有打底裤。想怎样就真实地去做、去表达，并没有去刻意地维系一个怎样怎样的完美形象。

在一个分享环节，德芬老师坦言，这次的活动之所以选在这个周末、之所以选在北京，其实是为了迁就她的需求。因为她昨天需要竞拍一座房子，儿子从美国回来，在北京前前后后恨不得盖了一百多个章，中介也很帮忙，里里外外做了很多很多的工作，只为了昨天上午十点左右的竞拍。这是一座她很心仪的房子，然而她最后却没有拍到。她说到最后只剩她和另外一个买家，只要她加价，对方就会再高出一点。德芬老师这个时候很可爱地耸耸肩，说“那个好斗、好胜的自己就出现了”，虽然已经超出了她的预算一部分了，但她还是咬着牙在往上加价。后来她及时地觉察到了这一点，最后她就“认了”，“我承认我没他有钱；我承认我对这个房子的渴望没他强烈。那就随喜吧！我真诚地恭喜他如愿获得那座房子。换个角度想，假如真的最后我拍到了那座房子，我会开心吗？恐怕也不会，我还得发愁去为多出预算的部分去到处找钱……哎！算了算了，就这样吧，就挺好！”说完还萌萌地冲大家笑了笑。

“保持觉察”，德芬老师说这个很重要。每个人都不一样，每个人需要修炼的功课都不一样，甚至即便同一个人在不同的方面所呈现出来的“强弱”也不一样。比如像她自己就有一些“好胜”“好强”的部分，所以她及时觉察，告诉自己要学会柔软、学会“认”，接纳自己，承认还有自己做不到的事情。而同时她在身体层面就还有欠缺的地方，所以她会有意识地增强这部分。“保持觉察”，发现自己太过“强”的部分就往回收一收；发现自己太过“弱”的部分就有意识地让自己往前冲一冲。中国古老的“阴阳平衡”充满着智慧。

后来德芬老师又分享了一点关于享受当下的部分。这时一个小伙伴问德芬老师，感觉昨天上午有个互动的环节德芬老师好像有点跑神，不是很能享受当下的样子。德芬老师就老老实实地回答，因为在准备竞拍房子的事情，还是有点紧张，毕竟这件事情对她来说还是挺重要的。她说她的头脑和情绪都可以做到不焦虑，但身体还不行。比如第二天要出差，前一天晚上她可能就睡不好了等等。所以，她很喜欢木梵老师的“无·生舞”的课程，希望能在身体的感悟方面有所成长。还坦言年轻的时候是个“戏精”，“爱作”，所以现在身体不是很好。更坦言自己是个“颜值控”，喜欢木梵老师的美丽和灵动。总之，非常真实的一个人，想什么就表达什么，非常自然而然。

从德芬老师那里还学到了一个词叫“第一手幸福”。就是发自内心因为自己而幸福，不是因为孩子考试考了高分、不是因为爸妈的期望、不是因为老公的满意、不是因为领导的赞誉……不是因为任何外界的其他的因素传递过来的“第二手的幸福”，而只是因为自己，“第一手的幸福”。只有这样你才可以把控，而不会随着外界其他而摇摆。尽管这个道理之前自己隐隐约约也知道一些，不过经德芬老师这么一说反而觉得特别清晰易懂又简单可操作。

非常感谢德芬老师，举止言谈中都让我受益匪浅。更开心的是当德芬老师知道我平时偶尔写写文字的时候，又了解到我自身的一些成长经历，就鼓励我说“非常好！”当时就跟 Nancy 老师说让张德芬空间的主编跟我联系，她说非常需要像我这种“接地气儿”的写作者以自身的成长经历来影响和帮助更多的朋友。后来很快蔡主编就联系了我，说后面可以看看大家怎么合作。我非常激动，特别感恩！如果能借助更大的平台、更强的能量场帮助到更多的人，从而向自己“做一个温暖而有力量的人”这一人生目标又前进了一步，那真是太好太好的事情！

而我自己在舞动当中的体会和收获也很深刻。

有一次木梵老师临时编排变换舞蹈的队形，我所处的位置是有变换任务的，我做得很认真，基本上没出什么错。中场休息回来重新站了站位，我所处的位置是全场唯一一个不需要任何变换的。木梵老师还开玩笑说我这么好用的脑袋瓜真不应该放在那个位置上，我自己也觉得会很轻松。可是就在进行到中间的时候，被木梵老师叫停了。是的，全乱了，我也乱了，不知道什么时候自己开始跑神，自己什么时候错的都不知道。木梵老师就乐了，指着我说：“鸽子你是不变的啊，怎么你也没守住？我还指望拿你做参考，来判断其他人的动作呢！你一乱就全乱了！”是的，她们都觉得我跳得还不错，好几个姐妹坦言是拿眼睛的余光跟着我跳的。

我瞬间明白了。没有任何一个位置、没有任何一个角色是不重要的；没有任何一件事情是不集中精力就能圆满完成的。当音乐再一次响起的时候，我重新认认真真地对待每一个节拍、每一个动作，大家齐心协力完成了一场完美的表演，结束的时候我们彼此相拥欢呼庆贺。

而等到体验课的最后一天，我已经可以旋转得很好了，一点都不累也不头晕，我觉得如果音乐不停我都可以一直旋转下去。在旋转中的感觉太奇妙了，我看见世界在“哗哗”地转动，而我安住在自己的中心如如不动。我看见外界的纷纷扰扰，冲着我来了，又从我身边快快地滑走了；看着像是为我而来,但最后实际上又都不是为我而来。皆为幻象。所以真的没什么好去“执念”的，好放不下的。

我就在那欢快的旋律中旋转、旋转……好像是一个滚筒洗衣机，把那些不好的情绪、那些烦恼和忧愁都甩出去了，留下的只有平和的喜悦与安宁的满足。我一直在旋转、一直在旋转……专注于当下的这一刻，放空自己；这个世界是自己的，这个世界同时又不是自己的；可以随时参与进来，又可以随时立马做一个旁观者；既热情而投入地去生活，又冷静而觉知地不让任何外界的事物打扰到自己的心性，“凉薄而热烈地活着”。

当音乐结束的时候，我停下来，睁开眼正好看到木梵老师在我的面前。我忍不住去拥抱她，泪流满面，但我并不知道我为何而流泪，只是抑制不住地一直淌眼泪。我一遍一遍自言自语一样跟木梵老师说：“我很开心！我真的很开心！我觉得自己好幸福、好幸福！谢谢你！谢谢你！”木梵老师抱着我，一直温柔地抱着我，她也眼角红润，她见证了我蜕变成长的每一步。

我也清晰地看见自己又往前迈了一大步，真心感激木梵老师！感激张德芬空间的每一位天使！更感谢那个一直没有放弃、一直在自我成长路上勇敢探索的自己！我知道，我还在往前走，越来越好！

以人为镜

你至少可以面对

一个创业的同学最近遇到了麻烦，可能是她创业以来遇到的最大的麻烦，我听完了她的描述之后都替她倒吸一口凉气。

我问她，下一步打算怎么办？她笑笑说："遇山开路遇河搭桥呗，还能怎么办？"果然，人家说，创业的人都是用特殊材料做成的。事情就是事情，跟情绪无关。

女性创业，这本身就有很多不易。遇到这么大个坎儿，我看不到她一点沮丧的样子。她只是详细跟我一点点剖析问题，让我从一个老同学的角度帮她看看可不可行。

这种面对问题的能力和态度实在让我佩服！一个没有情绪的、冷静理性的女企业家更是让我佩服！聊完了七七八八的工作之后，我一脸虔诚地问："你这刀枪不入的一身铠甲都是怎么练就的？"她笑笑跟我讲了事情的由来。

其实创业的压力超乎想象，带来的各方面的危机也超乎想象。曾经一度，家庭、朋友各方面都出现了这样那样的问题。她也有一段时间有些抑郁，她甚至还看了很多心理学方面的书籍。后来结识了一个心理咨询师，她做了半年的心理咨询，对她帮助非常大。不仅仅解决了家庭等情感方面的问题，对她的工作帮助也非常大，这是她之前没有想到的。

我对心理学也多少有些了解。她说得没错，其实一个人的心理模式会映射到各个方面的关系上，包括亲子、配偶、同事等等。这种"勇敢面对"的"绝活儿"就是得益于心理咨询师教她的一个方法。

在其中的一次心理咨询中，聊到一个她不愿意谈及的话题，她就说不想再谈下去了，我们换一个话题吧。没想到咨询师非常严厉地说：“不行！”她当时吓了一跳，本以为是人之常情啊，我不愿意谈了，为什么不行？咨询师说：“如果这次你不愿意面对，你逃避了，那么下一次你所恐惧的东西一定会以更加猖獗的面目出现。它会带着你这次恐惧的能量，像滚雪球一样越滚越大。但是如果你面对它——即便你现在是悲伤的，那就体会你的悲伤；即便你是恐惧的，体会你的恐惧——像胃一样把这些你不愿意面对的东西先包起来，然后慢慢消化和吸收掉。这在心理学上叫情绪的化解。”

哪怕你觉得这件事情特别特别困难，它像喜马拉雅山一样难以逾越。你在它面前显得那么渺小，你好像毫无办法，你好像什么都做不了，但永远要记住，不管任何时候，你都至少可以做一件事，那就是：面对它！

后来她就按照咨询师的要求，静静地跟那种“不舒服”的状态待着，进入到那种让她“难受”的情绪里细细体会。她说一开始非常非常痛苦，特别特别想找一个地方躲起来，或者背对着痛苦。但神奇的事情发生了。当她看到自己不再四处找寻闪躲的可能，当她看到自己转过脸来面对，她发现原来她惧怕的那个东西也就停止了追赶。她勇敢地去体会那种恐惧，渐渐发现其实也没那么恐惧了。

咨询师半催眠地引导她说出了很多年挤压在心底的话，最后，她竟然看到自己去拥抱那些她原本又恐惧又厌恶的东西。她在咨询室哭了很久，等自己平复下来的时候，她发现原来的那些“不舒服”和“难受”都消失了，而是充满了一种平静的力量。

她说咨询师告诉她，很多人对心理咨询有误解，觉得只是哄开心，只是化解掉负面的情绪，其实不然。心理咨询也像外科手术一样，心理的某个地方长了脓疮，如果只是在表面打个绷带包扎一下，那底下的脓疮依然会越烂越大、越烂越深。要真正地治愈，就必须要直面问题本身，要把“脓疮”挖出来，前提就是，不逃避，勇敢去面对。治疗的过程是痛苦的，“直视”和“面对”的过程也是痛苦的。但再痛苦的感受，只要你不逃避、不抵触，承认这也是你自己的一部分，全然接纳，真实地跟自己的情绪待在一起，细细去体会它，你就会发现，其实也并不是那么可怕，总有解决的办法。

一个很有养分的故事，我深受启发。后来我尝试着用了她的这个方法来处理自己的问题，果然很奏效。

我发现很多人貌似真心说的“接纳自己”,其实都是浮于表面,并不走心。总是特别容易就自我否定、自我怀疑了，已经取得的再大的成绩，都会因为一点困难或者某些方面没有按照自己预期的那样，然后分分钟就觉得“人生一败涂地”。但也只是沉浸在那种空泛的负面情绪里面，而不去正视问题本身，这对问题的解决和事情的推进都毫无益处。

真正地接纳自己,就应该是全然接纳。好的自己、不好的自己,都是自己。

左手是你吗？不是。右手是你吗？也不是。但它们都是你身体的一部分。

开心是你吗？不是。悲伤是你吗？也不是。但它们都是你情绪的一部分。

过去是你吗？不是。未来是你吗？也不是。但它们都是你人生的一部分。

而你的身体、你的情绪、你的人生，共同构建了一个完整的你。

如果右手健全，左手有瑕疵，难道就不要左手了吗？开心的时候可以拥抱自己，悲伤的时候就要否定自己吗？曾经成功过，也曾经失败过，难道那些失败的经历就要从我们的人生中抹去吗？不管怎样，都不得不承认，这些都是你的一部分。愿意的、不愿意的，不抵触、不否定、不逃避，都是要面对和接受的。这才是“接纳自己”，“这就是我，我就是这个样子”。

我跟同学后来聊起心理学，有很多的共鸣。国内目前对心理咨询还有很多的误解，其实在欧美是普遍被接受的。我在法国的一个同学，她就做过很长时间的心理咨询，而且是走医保的。法国人觉得情绪也跟身体一样，会感冒、会发烧，那就去治疗，这很正常。一本很有名的心理学的书《少有人走的路》。作者就说，当一个人走进咨询室的时候，就至少成功了一半。因为，面对问题是解决问题的前提。

我想，推广到别的方方面面，也是一样的。我也记住了那位咨询师的话：“不管任何时候，你都至少可以做一件事情：面对它！”

生如夏花，灿烂绽放

最近一个多年未见的朋友来京办事，很紧凑的行程还是刻意挤出点时间来见我。寒暄，落座，对面的这个朋友却一直哭丧着脸，眉头紧锁，叹气不断。原来，是生意上出现了点问题，生活上也遇到了些麻烦。一句话，朋友在经历一个人生低谷。

朋友说之所以这次来京特别想来见我，是想从我身上沾点“福气”。他说我总是那样笑容灿烂；一路走来，学业、家庭、事业，好像都很顺利；觉得我身上有种让他感到暖暖的或者某种向上的东西；还说我是他见过的最有“福气”的人之一。

首先，我表达了自己的感激。一个人如果在顺境中想到你，分享他的成功或者快乐，这倒没什么；但如果在逆境中想到你，则表示一种信任，会让我感激。多年未见，在低谷的时候想到来找我，想从我这里得到些向上的力量，只这一点，足以让我欣慰和感动。同样，我也有过在艰难的时刻、在灰暗冰凉的心境下试图寻找某种光亮去探路取暖的经历，那种心情我可以体会。

然后，我开始讲述我对“福气”的理解。佛说“有求皆苦，无求乃乐”。有一个人为了得到美丽的蝴蝶，便买来一双跑鞋、一只网子，穿上运动服，追逐奔跑了很久很久，终于在气喘吁吁、满头大汗中抓到几只。可是蝴蝶在网子里恐惧挣扎，丝毫没有美丽可言。一有机会，蝴蝶就会飞走。这就叫“追求”。另一个人也很喜欢蝴蝶，他买来几盆鲜花放在窗台，然后静静地坐在沙发上品着香茗，望着蝴蝶翩翩而来，心情犹如吸蜜的蝴蝶。这就叫“吸引”。

所以，你若盛开，蝴蝶自来；你若精彩，天自安排。故而，我认为，“福气”也是一样，不是求来的，而是靠自己的盛开和绽放吸引而来的。

《易经》里也讲过对“福”的解释，认为，少年时要“惜福”，中年时要“造福”，这样，到老年的时候，才会“享福”，才会有“福”可享。我非常认同这种说法。佛学中讲，“没有对错，只有因果”，万事皆因缘起，这便是“缘起”理论的核心理念。所以，不幸总有不幸的原因，而福气自有福气的来由，要靠自己去“惜”、去“造”。

记得《甄嬛传》里太后对甄嬛有句话，大意是说，古话讲“女子无才便是德”，太后觉得不妥。无才，太过愚昧，女人就不可爱，皇帝也会不喜欢。但太过聪明，免不了就会福薄，所以太后告诫甄嬛要“福慧双修”才好。“福慧双修”，这个词让我印象深刻，倒不是停留在如何争得圣宠的层面，而是对做事的一种态度。这让我想到堪布上师对“随缘”的解释，他说真正的“随缘”并非什么都不做，一味等老天的安排，而是要全心全意地付出，对结果如何却不用太在意，“随缘即可”。所以，我对“福慧双修”的理解是，做事情不要太功利，不用太去算计事情的结果，用自己的才华去努力做事就好，也许事情的结果反而会更随人所愿。

总之，我觉得所谓“福气”，还得靠自己。“你若盛开，蝴蝶自来。”所以，我们所需要做的，就是绽放自己。生如夏花，为何不灿烂绽放？

最后，我给这个朋友讲了我偶像的故事，也是大家觉得很有“福气”的一个人。

我这个偶像叫慧，我研究生同学，也是同乡。慧谈不上有多聪明，但足够勤奋；谈不上有多漂亮，但足够精致；谈不上有高的追求，但足够上进；谈不上有多大气，但足够真诚。慧当年以不错的成绩从一个非常普通的本科考上鼎鼎有名的“信息黄埔”的研究生，也是相当不容易的。研究生毕业后去了华为公司，在那种狼性文化氛围的男人堆里工作三年，居然年年绩效优秀，成长很快。但就在自己事业发展非常顺利的时候，为了当时的男友（现在的老公），毅然决然回到了四线小城的老家。当时我是极力反对她回去的，还记得那天我接到她做了决定的短信，晚上下班冒着大雪深一脚浅一脚地跑到她们公司去骂她。我很多同学看了《致青春》打电话过来说当年的我就是活脱脱的那个傻郑薇，可是我看到的慧更是活脱脱的那个傻阮莞。小城没有什么高新技术的企业，回去能做什么工作？当年那么辛苦考过来，现在北京户口都有了，回去是不是放弃太多？男朋友那么没有诚意，只是慧一味迁就，包括未来的姑姑婆婆都是不好伺候的角色，万一生活也不如意，慧，拿什么来支撑你的未来？可是慧一句“我爱他”还是决定要回去了。记得送她上火车的时候，我还甩下一句狠话：“慧，以后不要在我面前哭，过得不好也别让我知道！”她只是笑着给了我个大大的拥抱。

慧回家后，用三年的积蓄，购了套房、买了辆车，“娶”了个老公。确实没有什么好单位可去啊，最后她去了平安，做起了拉保险的工作。她一开始也总会跟我提到，很多人问她，一个名牌大学计算机系的硕士生跑到小城卖保险，为什么？但很快，慧工作的激情就替代了迷茫，而且成绩不俗。“鸽子，我又拿了 ×× 大奖”；“鸽子，公司奖励我带全家去 ×× 旅游”。年底的时候，慧还发来照片，一袭粉色长裙，在公司的年会上走红地毯，美得晃人眼睛。现在的慧已经是一个小男孩的妈妈，公司的某层面主管，收入不菲。同时，她还供自己的爸妈每月三千块钱的医药费，供自己的弟弟读大学。跟姑姑婆婆的关系居然处得也还挺不错，当年我可见过老太太对待慧的态度。慧依然是把生活和工作都照顾得好好的。

她说，朋友们都说她很有“福气”，做什么好像都挺顺的，连卖保险都能卖得这么好。可是，我知道，她曾经因为讲太多话嗓子哑到发不出声；因为不懂一些规则，被嘲笑差点当场落泪。可是，她从来都不去抱怨，只是努力做事。在她的 QQ 空间上、微信里，看到的永远是积极向上的内容，永远是阳光灿烂的笑容。有一次看到她的朋友圈里说雨夜晚归，老公开车，坐在副驾上的她依然有当年初恋般的甜蜜，她觉得一切的付出都是值得的，这就是她想要的生活。我看到我的慧在移植了之后，在新的土壤里又生根发芽，灿烂绽放。

慧是我的榜样。每当我想懈怠或者想抱怨的时候，我都会想到慧。曾有人评价导演胡玫，说她就像一头大象，性情温和，但能量巨大。我觉得这句话同样适合评价慧。

前段时间听一位前辈讲《论语》里大家都熟知的三句话，很有意思。《论语》的第一章第一则《学而》第一句话：“学而时习之，不亦说乎？”是指，要注重学习，培养“智商”。第二句话：“有朋自远方来，不亦乐乎？”是指人生、事业发展，要有“情商”。第三句话:“人不知而不愠，不亦君子乎？”这是说，即便是不被人理解，也不生气，这是什么？这是“忍商”。最近又听到一种说法叫“逆商”。何为“逆商”？就是指一个人在逆境中触底反弹的能力。纵观这几个“商”，归根结底，还得自己去做、去努力；只是要看我们如何去做、如何去努力，怎样智慧地、积极地去做；怎样智慧地、积极地去努力而已。

不知道我的讲解对朋友有多大帮助，但他的眉头似乎稍稍舒展了些。我只是希望他能明白，所有的事情还得靠自己。靠自己去争取机会，并且机会来了要靠自己的努力去抓住机会。别人只能适时地帮帮你，但永远无法替代你。

我想，不管是工作还是生活，道理都是相通的。只有自己努力去做，积极乐观、充满阳光，只有自己努力绽放，才能引来幸福的蝴蝶。

生如夏花，何不灿烂绽放？共勉。

始终爱得真诚

最近一个朋友乔迁新居，抽空去新家看望。被她极富有个性的各式窗帘吸引，忙问是在哪家店里做的。朋友笑了，说都是她自己做的。先在脑袋里构思好样式，淘宝上买来布料，然后用自家的缝纫机一点一点做出来。朋友还告诉我，不仅是窗帘，她们家的枕头被罩，都是她自己做的。

我一一欣赏，忍不住大加赞誉："想不到你平时工作那么忙，还能做这么多这么好的手工布艺！"朋友笑了笑说，自己的工作兴趣不大，现世的谋生手段罢了；但当谈论起手工，朋友的眼睛里都闪耀着光芒。她还告诉我："我女儿就喜欢妈妈做的被褥！"言语里有一种坚定的骄傲和满足。朋友说：当她认真做手工的时候，沉浸在自己的世界里；被埋在"嗒嗒嗒"忙碌的声响里，就会特别安心;又恍若处在世界最无拘束的一角，欢愉得迷离而真实。

我嗅到了那一份甜蜜和开心。甚至自己也被感染，仿佛日子不疾不徐，绽放着淡淡清香，真心感恩，活着真好!

我问她，既然有这么好的才华，有没有想过好好拿出来发展发展？朋友笑了，说，从来没有那样的"野心"，这只是自己善待自己的方式；仅仅是希望这份小确幸，能一直"小而美好"地存在着。

想起在丽江病休的时候，客栈旁边有一家土鸡米线店。第一次去吃，点了米线后，看着店里的菜单，我又点一份鸡肝，老板告诉我卖完了。我又点一个鸡翅，老板说，不好意思也没有了。老板看我不甘心放弃还要继续点下去的样子，就说只剩下鸡爪子和鸡蛋了，其他鸡肠、鸡胗等等都卖完了。老板娘在旁边解释说他们夫妻两个人，为了保证做好食物，每天只做一定的量，卖完了就卖完了，就好好准备第二天的，不贪多的。这时候其实还没到正午，看来小店生意真的还不错。老板娘端给我米线的时候详细介绍了他们米线的做法，每一个步骤都很用心。老板娘夹杂着方言的描述我没完全听懂，只是听明白了她是自己喜欢吃，所以才开的这家店。那种自信和满足瞬间打动了我。味道确实也很好。我边吃边看他们在忙着准备第二天的食材，夫妻俩言语温和，默契娴熟；孩子在一旁安静地写作业，一副岁月静好的模样。

想起安妮宝贝说，有种简单的幸福就如同仙人掌，一点点阳光、一点点水分就好，很好养。后来我就成了这家夫妻店的常客。即便早已远离，但总时常怀念那家小店，一碗鲜美的米线，在那段特别的日子里，曾经温暖过我。

也许每一个人都曾经历过一个似乎比人生还漫长的黑夜，而在平常的人间烟火前泪流满面。那段散养在丽江的日子里，我开始慢慢懂得村上春树说的那些话：“心灵的苦楚与哀痛，虽然是个人的、孤立的东西，但在更深层面上又是可能与别人分担的东西，是能悄然编织进共通的辽阔风景中的东西。”也许所谓的“孤独”从来都不是用来被治愈的，而是会有某种东西促使它饱满，从而生长出笃定而坚实的力量。而每个人的“某种东西”都不一样，它就像神在每个人的身上都放的那块糖，这块糖兴许不能带来成就，却能使他一生快乐，同时也带给别人快乐。

朋友的那块糖，叫作“布艺”。是她自己的“诗和远方”，帮助她偶尔从现世里逃往温暖的他乡。米线店夫妻的那块糖，叫作“食物”。认真做喜欢的事情，恰好也是现世中养活自己的方式。

仔细审视自己，好像两块糖我都有。一块是“诗和远方”的文字音乐，温暖滋养我的灵魂。另一块，现世中很想做好的工作。有着很大的好奇心，认真去做，我们的团队可以走多远？

好日子也许就是，有想要认真做的事，有想要好好爱的人。

突然觉得内心充满着笃定而坚实的力量。有个声音对自己说：“愿你不论回应，始终爱得真诚！”

内心升起一片高地

在外地出差，频频接到一个小妹妹的微信，问我有没有时间，想找我聊天。好不容易从一堆事情中扒拉出来一条缝儿给她打电话，从接通电话的那一刻就听到小妹妹的叹息，问我："姐，我哪里不好？为什么他不愿意回我的微信？他是不是真的没那么喜欢我？"

我一时语塞，脑回路无法一下子完成切换。

听了半天，终于明白了大意：男朋友这两天回她微信的速度没有以前那么及时了，超过一个小时不回复，就会把她原本很美好的心情毁得一塌糊涂。小妹妹的逻辑是：回复不及时就等于不在乎她、不喜欢她了；不喜欢她了就是因为她自己不够好。我没有找到合适的话来安慰，因为我深知问题的根源并不在于别人是否及时回复微信。

我问她，你在工作中，会不会因为领导的表扬你就开心，领导稍微批评你就难过，而不在于你自己觉得事情做得怎么样？她说，是的是的。

我又问，你的生活中，会不会因为爸妈满意你就开心，爸妈不满意你就痛苦，而不在于你自己是否满意？她说，是的是的。

我再问，你之前的学习中，是不是老师肯定你就开心，老师否定你就怀疑自己，而不在于自己是否真的有进步？她说，是的是的。

其实，内化的心理模式会影响到方方面面的关系，不仅仅是亲密关系，还有同事关系、亲子关系、师生关系等等。这才是问题的症结所在：自己的内心没有力量感，只能靠外界的反馈来证明自己的价值。

就好像风筝一样，没有根儿，只能飘着。外界的评价就像那些风，从不同的方向吹过来，于是对自我的界定就被吹得呼呼啦啦，左一下、右一下。别人认可了，立马觉得，自己还挺不错的；别人不认可了——或者是自己觉得别人不认可了——立马又觉得，自己不够好，甚至一无是处。

以前的我，也是这样的。总是觉得，事儿好了，我才会好。为博士论文发愁的时候总在想，等博士毕业了，我就开心了。可是真到了答辩通过的那一天，也没有我想象到的轻松愉悦，而是迅速又被工作上棘手的事情弄得焦头烂额。儿子刚出生那段时间睡眠不好，特别焦虑，心想等儿子断奶了，我能睡完整觉了，我就开心了。可是等真断奶了，还有无数的其他事情烦心，比如减肥啊，工作啊，买学区房啊，等等。我发现，总有要烦心的事情，只不过是要烦哪一件的区别。暂时的主要矛盾化解了之后，原来的次要矛盾就会重新上升为新的主要矛盾。如此反复，无穷无尽。

我总在等，等忙完了这一阵儿，可是发现"这一阵儿"总也忙不完。我总在找，找能证明自己的方式，可是发现外界的评价根本不受我控制，同样的事情不同人的视角，完全是两种截然不同的结论。所以就茫然了、纠结了，痛苦也就来了。曾经有那么一段时间，感觉自己好像陷入了一片汪洋，我的苦难没有边际，四处张望，却也找不到可以停靠的岸。于是，只能艰难跋涉。兜兜转转，起起伏伏。中间也曾看到过貌似是岸的地方，可等自己奋力划过去才发现，根本不足以支撑自己的站立。于是，继续绝望，继续寻找。

经历过长长的磨难，最终才发现，其实根本不需要四处张望、苦苦寻觅。那个最坚实的岸，它一直在自己的心里。当内心强大到可以升起一片高地，脚下才是真正的坦途，不管你怎么走都是欢喜自在的。

现在的我，更多的是把目光拉回到自己身上，做自己喜欢做的事情，别人爱怎么说怎么说。比如以前我写点东西，别人这样那样地评价，有人说工作不饱满才有时间写文章，也有人说非常受鼓舞等等；然后我就挣扎纠结了，想写又不敢写。现在我只是很想写，我觉得文字可以承载我的思考，让我心生安宁，至于别人怎么看，真的无所谓。不喜欢的就不用看，喜欢的就看几眼。我既不会因为有人不喜欢而不写，也不会因为有人喜欢而写，只会因为我自己喜欢，想写就写，不想写了就不写。

还有其他方方面面的事情，我都是同样的态度，只交付自己的欢喜。慢慢地，我觉得这个世界越来越是我喜欢的样子。终于明白了，不是事儿好了我才好，而是我好了事儿才好。

所有的事情好像都越来越顺了，一切都是越来越像我喜欢的样子。其实只是因为我越来越成为自己喜欢的样子。

心理学上说：这个世界没有别人，只有自己。你所看到的、感知到的，都只是你内心的投射。我终于明白了杨绛先生说的那些话："人生最曼妙的风景，竟是内心的淡定与从容……我们曾如此期盼外界的认可，到最后才知道：世界是自己的，与他人毫无关系。"

是的，世界是自己的，与别人真的是没有一毛钱关系。

我亲爱的小妹妹，希望生活教会你这一切！终于有一天你会明白，你够不够好，不用他喜不喜欢你、不用他回不回你微信来证明。你就是你！

愿你跋涉过艰难，内心升起一片高地。愿你脚下都是坦途，从此自在欢喜。

不能投入的生活

一觉醒来，看到一个闺蜜发来的微信留言。即将去举家旅行，她却觉得没什么意思，提不起丝毫的兴致，也不知道旅行归来对自己的生活有什么改善。末了，她说觉得自己无法投入当下的生活。

这让我想起另外一个好朋友。跟强势的婆婆生活在一起，老公是个准妈宝男，家里的事情她没有什么参与感，她说她从来都没有觉得这个家是她的。

看着窗外灰蒙蒙的天空，我的心里也是灰蒙蒙一片。曾经自己也有过类似的经历和体会，热热闹闹的一群人，我却像个幽灵。悄无声息、按部就班地在一旁做着自己的事情，无法参与那种热闹。时常有种画面感，那些热闹，只是动态的画面，而我置身于外，远远地看着，却与我无关。

年轻的时候看不懂《廊桥遗梦》里开篇的细节，多年后偶尔能体会家庭主妇弗朗西斯卡的诸多苍白和无奈。电影的开头，两个孩子的妈妈弗朗西斯卡，做好饭端上桌。看着丈夫孩子埋头吃饭的样子，自己却不动筷子，只是用手指缠绕着头发，静静地看着这一切，眼神空洞，像梦游一样。弗朗西斯卡少女时代有个做老师教书育人的梦想，只是从意大利远嫁到美国这个小镇以后就做了全职太太，旧时梦想收起来藏在心底从此不再提起。生活安逸，丈夫温和，孩子懂事，连镇上的邻居都很和睦，她实在是找不出什么可以抱怨的。可是，她就是无法投入当下的生活。不温不火，一眼见底，每天都是一样的重复。

这样的日子，用蔡康永的话说就是，人生看似是我们的，可细看又不是自己的。我们好像只是那个角色而已，演好自己的戏份就好了，没有人在意你真实的内心和情绪，甚至连你自己都没有去关照自己的内心。大家好像都只是在既定的轨道上按照既定的程序在运转，没有热气腾腾的生气，没有满心欢喜的期待。像电脑的程序，固定的输入，可预见的输出，仅此而已。

直到有一天，我意识到，这不是我想要的生活；我看到了还有其他很多的可能性。就像电视剧《我的前半生》里男神贺涵说，感觉罗子君的家人虽然困顿，但每个人都在很用力地生活，每一天都是自己的。

“每一天都是自己的。”这是一句有魔法的咒语。它会让你看见彩虹的色彩，可以听见心跳的声音，可以闻到泥土的芬芳；开始欣赏每一个日落，开始期待每一个日出。每一天都是自己想要过的日子，每一天都冒着热气腾腾的生气。

我想告诉我的闺蜜，每一个无法投入当下生活的人，都是还没有看到自我的人。不知道自己要什么，就不知道自己想要怎么过，就无法让每一天都是自己的。当下，现在，先收拾好心情，去体验旅行。至于归来怎样，是否会改善，不急着焦虑呢。

未来留给未来吧！

“他不爱我”

本是一个团圆、祥和的节日，却收到一个妹妹跟男友“再一次”分手的消息，着实为她难过了一番。

自从当了妹妹的“感情听众”，半年多来，反复听到妹妹的表达。“他不爱我，我知道”；“他没那么爱我，我清楚”；“他没有像我爱他那么爱我，我明白”……

每当自己觉得这段感情“坚持不下去”的时候，就提分手。但确实是那么地喜欢对方，又会在下一个“坚持不下去”的时候，求复合。对方年长几岁，相对包容一些，也由着妹妹闹腾。分分合合，许多次了，换作是我，也多少被催眠了，“他不爱我”。

用我三脚猫的心理学知识简单分析了一下，这个妹妹问题的根源还在自己，自我认知太差、自我价值感不够；没有一个强大的内心，总还是把对自我的界定放在别人的反馈上。别人对自己好一点，才会有存在感，就开心。别人稍微回应得慢一点，就觉得对方不够爱自己，就难过。进而再自我怀疑：“我是不是不够好？我是不是哪里做错了？”还是内心没有力量感，没有扎根的感觉，没有定力。对自己的评定就像风筝一样，随便哪边吹来的风就吹得自己呼啦呼啦乱飞，一会儿东、一会儿西。

另外，还有一个原因就是旧有的心理模式。妹妹说她感觉自己“受到了伤害”自己没有被重视，换句话说其实还是她自己那个论断：“他不爱我”“他没那么爱我”“他没像我爱他那样爱我”，而“我却如此投入、如此付出”，所以“我受到了伤害”。

妹妹从小在一个极度缺乏爱的环境中长大，对爱的匮乏，导致对爱的“贪婪”。自己“很用力”地付出，同样也希望对方“很用力”地回应。稍有不如自己想象的那么“多”或者“及时”，就会感到恐慌，甚至是觉得自己没有被重视，自己“受到了伤害”。其实不是的。她的心理模式，习惯了那种“不被爱”的感觉，总会把自己有意无意放在那样的“悲苦”的环境中，造成一种“果真不被爱”的习惯性感觉。其实只是自己的一种臆想而已，而这种“臆想”从另一个意义讲是一种“自我保护”。自己先把自己放在一个“受害者”的位置上，这样别人就不能再“伤害”自己了。“他不爱我，我知道”；“他没那么爱我，我清楚”；“他没有像我爱他那么爱我，我明白”……这大概就是妹妹一贯的心理模式。

真的很心疼她，因为从小没有被好好爱过，长大了也不会好好爱别人。当一个让自己动心的人出现的时候，她是那样紧张，根本不知道该如何安放自己的感情。因为太爱，所以怕受伤害。但越是怕受伤害，反而越会被伤害。

心理学家武志红曾讲述过他经手过的一个案例。有一个非常漂亮的来访者，之前经历过家暴，后来离婚了，又嫁了一个暗恋自己多年的同学。这个同学对她特别好，苦恋多年终于走在了一起，非常珍惜她。可是，奇怪的事情发生了，没多久，这个同学也动手打了她，再一次出现了家暴。武志红就让他们还原了一下事情发生的过程，发现了一个有意思的现象。其实一开始，她的这位同学根本就没有一丁点要动手打她的念想，两个人只是产生了一点争执而已。可是，她反复地说：“你是不是想打我？”“你就是想动手打我！”最后，她的这位同学真的不可思议地打了她，最后，她说：“你看你看，你就是要动手打我！”那一刻，她同学也愣在原地，都不敢相信自己真的动手打了她，然后匍匐在她脚下号啕大哭，请求原谅。这是一个很经典的心理模式不断暗示而最终产生效果的案例。所谓“越怕鬼、越有鬼”，也是类似的道理。自己担心的事情会反复被暗示，然后被不断强化，直到担心的事情发生为止，来“验证”自己最初的判断。

所以，我特别担心妹妹的情况。即便是男友一开始真心爱她，也经不起她这么三番五次的折腾，而每折腾一次，就会强化一次“你不爱我”。时间久了，对方真的有可能被“催眠”：“原来我真的不够爱她”。

我亲爱的小妹妹，虽然年龄也不太小了，但依然没有学会如何去爱，如何享受被爱。在爱情来临的时候，如此的不知所措，只能在一次又一次的“分手”“复合”中体会爱情带来的强烈的冲击感，才会安心地感知自己在爱情当中。但这不是爱情全部的样子，只是爱情世界里很少的一部分，而大部分应该是快乐的、放松的。爱应该是包容、理解、接纳和成全，让彼此都成为那个更好的自己。就像很多人说，婚姻需要经营，其实爱情和婚姻都需要经营，而且需要学习。

我们从小接受的教育里，只学“有用的”东西，我们一直被教育“如何功利”，却从来没被教育“如何幸福”，没有人教育我们什么是爱情、什么是性。但生而为人，这一课迟早是要给补上的。所以，我也要感激妹妹的男友，不管最终两人是否可以走在一起，他陪妹妹走过一段路，教会她如何去爱一个人、如何去爱自己，这已经足够好了。

也许，“如何去爱一个人、如何去爱自己”，是我们每一个人毕生的功课。

被滋养的？被损耗的？

1

多日未见的闺蜜，落座后略带兴奋又迫不及待地说着最近的种种。眼睛里的神采和脸上的光亮是无声的旁白：最近过得很不错。仔细听下来，原来是因为半年前换的新工作，做得还比较开心。

闺蜜信息黄埔研究生毕业后就职于一家全球500强公司，做高大上的预研性质的工作，也做到了一个还不错的职位，但越做越不开心。我们刚毕业合租房子住在一起，是“珠联璧合”的一对搭档——她超级爱做美食，我超级爱吃美食，我每次都能把她做的一桌好菜一扫而光，从而成全她无比的成就感。还记得那时候的她周一到周五上班去的脸跟周六周日泡在厨房里的脸完全是寒冬和盛夏两个季节。还有几次下班后拉着我跑到味多美蛋糕店，说：“鸽儿，咱俩合伙开个蛋糕店行吗？我实在是干不下去了！”

闺蜜在那份外人看来光鲜无比的工作中，慢慢耗尽她的忍耐后，毅然辞职了。

“待遇比原来好么？”“不，没原来拿的多。”

“工作强度比原来轻松吗？”“不，比原来事情多，而且时间还不是很自由。”

“比原来职务高吗？”“不，公司是扁平化的结构，最底层的，直接面向客户。”

那……为什么？眼里的光彩和脸上的光亮，从何而来？

闺蜜的眼睛笑成了月牙："因为我喜欢，因为有存在感。"她说，在之前的那个公司首先所做的工作内容自己不喜欢；其次，公司太大了，她做的方案只是一个大链条中的某一个环节，被层层审核、层层修改，最后都不是她的想法了，仿佛她的声音被层层稀释，最终都听不到了。而在新的这家不大的公司，自己的专业非常受尊重；直接面向客户，自己做的方案经常能得到客户的认可，自己的价值感得到了满足。反射弧比较短，她终于听到了自己的声音发出去并能够反馈回来，而且是肯定的声音。

"鸽儿，那个声音太美妙了！所以，我很开心！"

嗯，我听懂了。闺蜜在前一份工作那里是被损耗的，而在现在的工作中是被滋养的。

我由衷为她高兴！祝福！

不是每个人都这么清醒，清醒了也不一定勇敢，勇敢了也不一定如愿。但只有清醒和勇敢了，才有如愿的可能吧！为我的好闺蜜骄傲、鼓掌！

2

有一次坐飞机遇见一个小姑娘。那段时间像中了邪一样，连续几次出行，次次远机位，而且次次延误。从摆渡车上下来，我心里还在为这样神奇而固执的霉运深深不爽。这时一个明亮的声音响起："姐姐能为我拍张照吗？"

在确认是叫我之后，就更加不爽。

"要照什么？"我没好气地问。

小姑娘灿烂的笑容并没有受到影响，指着身后的飞机说："我要跟这架飞机拍张合影，这是我第一次坐飞机。"

好吧，不忍心破坏那种青涩的兴奋，我勉强在路人侧目的不自在中给她拍完照就匆匆上了飞机，那个小姑娘还在不停地给自己自拍。等过了好一会儿，我身边空位置的主人终于到了，竟然是那个小姑娘。

"姐姐这么巧啊！"我也就微微一笑，心里打定主意，闭口不说话，拿出书看。那时候我在赶一篇论文，看的是无比苦涩的专业书。小姑娘时不时地看看我，看看我的书，好几次，欲言又止。最终还是没忍住，问我是做什么的、哪个学校毕业的等等。我都是简单的陈述句潦草应付一下。后来她又问，姐姐在大学里开心吗？姐姐上班了之后开心吗？我依然应付“还行吧”。

她突然长叹了一口气：“啊！我好羡慕姐姐！”然后又幽幽地说：“我在学校特别不开心！我觉得老天就是觉得我的命太长了，故意要让我在大学里浪费掉四年的时间。”

我终于停下手里的书，把目光放在身边这个像花儿一样的小姑娘脸上。刚才上飞机前自拍时候的青春飞扬都不见了，白白净净的脸上却都是沮丧，让人心疼。

我开始温和地跟她聊起来。了解之后才知道她读的是厦门大学的外语专业，我非常诧异。在中国最美的校园，最受女孩子追捧的专业，为什么一个青春的生命却是要枯萎的样子呢？

小姑娘说，她家在北方，她不愿意离开家乡，那里有她的好朋友。然，妈妈想让她来南方，说女孩子家在南方会变得温婉，以后好嫁人。她不喜欢学外语，她喜欢园艺，最爱跟花花草草待着。然，妈妈想让她学外语，说女孩子家会外语说出去多好听，以后好嫁人。末了，小姑娘又长叹了口气，一副很懂事的样子说：“我知道，我妈都是为我好！只是我自己不争气，就是喜欢不起来。”

我真觉得胸口被堵得生疼，甚至被这种中国式的一贯以爱为名的伤害出离愤怒了！这种“有一种冷叫妈妈觉得我冷”的自以为是的愚蠢要到什么时候才能休呢？真正的爱，是“如你所是”，而非“如我所愿”。另外，在中国，培养女孩子最终的评价指标难道都得以“以后好嫁人”为导向吗？Excuse me，这是21世纪了好么？

毫不客气地讲，如果说没有经过反思的生活不值得过，那么没有反思过的亲情也同样不值得拥有。心理学家曾奇峰老师曾说过，他作为一名心理医生，目睹了太多在亲情框架内的迫害与被害、施虐与受虐；而最令人难过的是，在这样互相拼杀的关系中的当事人，还误以为他们始终相互爱着。

我看着眼前本来这么美好却深深陷在沮丧和自责之中的小姑娘，满是心疼。一个鲜活而明亮的生命，没有得到美好的滋养，而是在一种病态的关系里被损耗着，几近枯萎。

我努力平复自己的情绪，温和地给她讲生命的美好。给她讲“游园惊梦”

为什么那么受人喜欢，因为本来就非常美好的杜丽娘终于在那样的一个春日发现了自己的美好、发现了生命的美好。“不到园林怎知春色如许？”而且那个园林，并不远，它就在你的后花园。有一天，你会勇敢地推开门，你会看到“袅晴丝吹来闲庭院，摇漾春如线”。

姑娘，你本来就很美，只是还不自知。虽然在自拍，但还没有看见自己。有一天，你也会跟我的那位闺蜜姐姐那样，清醒地看见自己，勇敢地做自己，然后，就能如愿，就能过上你想要的生活。

生命，本来就很美。我们都应该是被滋养的，而非被损耗的。

当一个生命被看见

第一次见到这个小女孩儿，对外界充满了敌意。她歪着头，不信任地冲我轻蔑又挑衅地一笑："是我爸妈派你来的吧？"我只是温柔而平静地告诉她，是我自己要来的。不过，其实，确实是听了她爸妈诸多担忧的倾诉，我才自己决定要来的。见到她之前，我有许多种想象，不知道一个割腕若干次的小女孩儿会是什么样子。但不管我怎样想象，一个清晰的感觉是肯定的，就是心疼：花儿一样的年纪，会有多绝望，才让她生无可恋？

我们的谈话进行了整整一个下午。我的真诚终于换来了小女孩将自己的心向我悄悄地打开了一个缝儿。她是那样特别、那样聪慧、那样清醒、那样倔强，她是我在现实中见到的黛玉。对洁净和理想的坚持，没有一丝妥协。

我看到了那份美，真诚地赞美她。然后我看到了她的感动，一个被看见的生命的感动。她说，从小她只是爸妈用来炫耀的资本，所以只能学习好。学习好了，是理所应当；学习不好，就会被批评甚至挨揍。她觉得一直都是为了爸妈的"虚荣"而活，从来没有觉得为自己活过。

她问妈妈："你为什么而活？满是焦虑和痛苦，没有幸福和安宁的感觉。"爸爸和妈妈，就是她对未来所有的憧憬。妈妈也是名牌大学毕业，但又能怎样呢？她觉得妈妈的生活既不优雅也不幸福，这样的未来，对她来说，没有吸引力。所以，她拒绝生长，她只想停留在这一刻。

她跟我说："鸽子阿姨，你千万不要尝试去自杀，否则你会爱上那种感觉，那种全然释放、目空一切的感觉。”她对每种自杀的方式都有研究，都可以讲出怎样又快又准地达到目的，而怎样避开又蠢又无效的“误区”，“不要给任何人抢救你的机会！”我真的很心疼她！这个小女孩心里对这个世界该是有多失望，才会这么决绝呢？

她跟妈妈说：“你跟鸽子阿姨最大的不同，是没有像鸽子阿姨那样温和而平静的目光，没有从那目光中看见我。”是的，我看见了她。我看见了她的美，看见了她的才华，看见了她的与众不同，看见了她貌似倔强的外表下隐藏的渴望被爱的脆弱。是的，我疼惜她。我疼惜她的敏感和清醒，她说她不想活得浑浑噩噩；我疼惜她像黛玉一样对洁净和理想的坚持，疼惜那种不要一丝妥协的决绝。我毫无保留地赞美她，发自内心地疼惜她。我跟她描述未来世界的样子，我看到小女孩儿的眼底流露出憧憬和向往。

我感觉到一个生命在嗅探希望的气息，那种终于打开自己，跟外界相连接的渴望。她不再孤独，不再觉得这个世界跟自己是没有关系的。是的，她感觉到了。我相信爱是可以传导的，我相信爱是有力量的。因为我是那样真诚地爱她、欣赏她，她一定感知到了。当一个生命被看见、被赞美、被疼惜、被尊重，重新拾起生的渴望，未来就向她张开双臂。

后来，听小女孩儿妈妈讲，她最终接受了我的建议，终于肯去进行专业的心理咨询，现在的状态非常好，而且越来越好。成绩依然名列前茅，画儿也越画越好，笑容也越来越多，再也没提过自杀，还说未来还有好多事要做，充满了好奇心。

我很庆幸，一个下午敞开心扉的畅聊，可以让一个敏感而富足的灵魂被看见、被欣赏、被热爱、被鼓励，重新燃起对未来、对生命的渴望。这于我，也是莫大的欣慰和鼓舞。

最近，小女孩儿妈妈打电话给我，小女孩儿说要好好谢谢鸽子阿姨，她自己为鸽子阿姨精心准备了礼物。小女孩儿妈妈也说要好好谢谢我，谢谢我拯救了一个家庭的幸福。其实我也要好好谢谢小女孩儿，她让我看到爱和注视的伟大与力量。

爱是，“如你所是”

在一个美丽的南方小镇偶遇一位美丽的昔日旧友，“他乡遇故知”，倍感亲切欢喜。寻一处静谧的所在，落座之后就迫不及待地问询着彼此是否安好。

这位美丽的姐姐，工作顺意、老公贴心、家境优渥，儿子已经读大学了，应该是大家羡慕的“完美对象”。可是她却时常叹气，精致的妆容遮盖不住深锁的眉头。聊得深了，才知道她所有的不开心原来是来自对儿子的担心，而最直接的原因是儿子不愿意考研。我就笑了，开导她说，“不考就不考呗，都什么年代了，那么多没读研究生的成功人士还不能缓解你的焦虑吗？”没想到这位姐姐一下子激动起来：“那能一样吗？人家都是有本事的，他没任何特长，这年头不考个研究生还不跟半个文盲一样吗？以后怎么找工作、怎么在社会上立足啊？”然后就开始一大段的倒苦水，典型的“中国式老母亲”如何含辛茹苦、如何披荆斩棘、如何小心翼翼……临了，再捶胸顿足一番感慨：“我和他爸爸从小都优秀、上进，怎么就养了这么一个不知道积极进取的儿子？”

仔细问了一下，其实她儿子读的大学已经很好了，北京的一所很不错的外语院校。但是妈妈觉得“不入流”，说都不敢跟同事提起，因为“别人家的孩子”都是清华北大常春藤，自己家的羞于启齿。想让儿子考研，但儿子态度坚决，不愿意考。最近有所松动，表示：“如果你们非得让我去考，那我就考一下试试看，考上考不上就此一次，绝不会再考第二次。”为此，当妈的真是操碎了心，不明白为什么明明是“为你好”，怎么就这么不明事理呢？我劝慰的话在这位焦虑的“中国式老母亲”面前显得异常苍白，同时，我也很是为那个可怜的儿子担心。

易中天曾在一篇关于教育的文章中旗帜鲜明地表示“反对励志、反对培优、反对成功学”。“中国教育和中国文化的问题一样，是弱智化。搞坏的原因是什么？是我们的教育评价目标‘成王败寇’。”“这种‘成王败寇’评价标准的结果是不把学生当人，望子成龙，望子成材，望子成器。龙是什么？怪兽。材是什么？木头。器是什么？东西。”而易中天先生认为培养孩子应该“望子成人”,所谓的“人”用八个字来要求就是“真实、善良、健康、快乐”。

我特别认同，尤其是易中天先生把“真实”放在了第一位。做一个真实的人，不装、不伪，你是什么就是什么。

其实,真正的爱,是“如你所是”,而非“如我所愿”。否则,一切打着“我是为你好”的旗号让对方顺遂的行为，都是一种变相的感情勒索；“以爱的名义”，这种“爱”也是不纯粹的。

想起另一位忘年交，也是我的老领导，儿子很优秀，在国外读完研究生不愿意回来，但“中国式老父亲”各种担忧，最后儿子还是“听从召唤”回到了国内父母身边。但儿子精神和身体状态都出现了些问题，最近一段时间都不太爱出来见人，听说我出差路过才愿意出来一起吃顿家宴。饭桌上，这位老父亲差点老泪纵横，举起酒杯诚恳地跟儿子道歉，自称“为父之前管得太多、要求太高”，交代说“以后你喜欢什么就去做什么吧”。不过，话虽是这么说，转头又跟我讲了七七八八，各种放不下，还是一个意念：“儿子得按我的意愿，那才叫过得下去，否则他可怎么办啊？”末了，还得要求我：“鸽子啊，你得帮帮他，往正道上引，你必须答应我，得帮他！”嗯，自己不放手也就算了，还得再拉上我跟他一起把儿子再攥得紧点。

可是，何为“正道”呢？他儿子喜欢音乐，也在国外做过 DJ，非常出色。曾经自己写的曲子放在网上兜售,收入不菲。儿子跟我讲起这些的时候，眼睛里都是神采，我说你现在依然也可以做这些啊！他就拿眼睛瞥了一眼爸妈，叹口气说：“国内环境不好。”爸妈都高知、高官，在学术领域也都地位显赫，就希望儿子在他们的领域也能有一席之地。我曾劝过这位同样鞠躬尽瘁的“中国式老父亲”，上帝为每一只鸟都准备了一根树枝，无所谓高低贵贱，只要他站在上面健康开心就好了呀。这位老父亲，每一次嘴巴上都说是是是，“我现在都不管他了，他想做什么就做什么”，可是，实际上还是放不下自己心里的条条框框，觉得儿子“我不求他跟我一样，但至少也得怎样怎样吧！”所以，道理都懂，漂亮话也好说，真要放手，太难。

不过，透过问题看本质，要解决这个难题其实也容易。这些鞠躬尽瘁、含辛茹苦的“中国式老母亲”“中国式老父亲”们，对孩子的“期望”，本质上有很大一部分是想满足自己的“私欲”。孩子要按他们的想法去成长，长成他们想要的样子，那才是“对的”，才是“有面子的”，才是“正常的”，否则，就是“错的”，是“不能接受的”。把孩子要走的路跟自己的喜忧捆绑在一起，如果朝着自己希望的方向走，那自己就高兴；跟那个方向有偏差，那立马就不高兴。

所以，解决这个问题的关键就是跟孩子“解耦”。你是你，我是我，我们是两个完全独立的个体，每个人都只能为自己的人生负责。你负责过好你的一生，而我负责过好我的一生。孩子，你想要做的事情，我会尽我所能提供条件，但你要怎样走、能走多远，你自己负责；我还有我想要做的事情，我的事情我自己负责。如果你过得很好，那么非常好，我也会为你高兴；如果你过得不好，我会担心，需要我帮忙我也会帮忙，但并不妨碍我依然过得很好。我不会让孩子成为我的“晴雨表”，他好了，我很好；他不好，我也依然会很好。反过来，也是一样的，我也希望孩子自己是自己的主人，自己是自己的“晴雨表”，我好不好，他都能过得很好。再扩展一下，任何外人，都不足以成为自己的“晴雨表”，不管谁好与不好，自己都可以过得很好。任何时候，都真实地“如你所是”，而不是任何人的“如我所愿”。

有人问米开朗基罗：“您是如何创造出《大卫》这样的巨作的？”他答道：“很简单，我去采石场，看见一块巨大的大理石，我在它身上看到了大卫。我要做的只是凿去多余的石头，去掉那些不该有的大理石，大卫就诞生了。”我想这个故事也许是对“如你所是”最好的注释了。

你本来就很美，你本来就很棒！你只要长成你自己喜欢的样子就已经很好了。

“梯子”的外面

最近听到朋友辉说的一段话，颇有意思。

辉说，我们国人从一生下来，面前仿佛就有一架梯子：上好小学、上好中学、上好大学、找好工作…… 后面的人努力地往上爬，前面的人也告诉后面的人，你应该这么爬。大家都很虔诚，深信不疑，都认为只有“梯子”里的才是大道、才是正道。很少有人去考虑“梯子”外面还有什么，即便是看见有其他的可能性，大多内心也是不愿意去认可的。可是，悲催的是，很多人，一生都在认认真真爬梯子，等爬到了头，却发现“梯子”靠错了墙——等退休了才发现，这根本不是自己想要的生活。

辉本身就是主动从他原来的“梯子”上跳下来，去寻求其他可能性的。他原来是一个国企的职员，一眼望到底的生活让他心生恐惧，朝九晚五规律又死板的工作让他心生厌恶。于是，他三十岁的时候主动从“梯子”上跳下来了。当时，很多人扼腕叹息：这么稳定、这么体面的工作，丢掉了多可惜！

辉从零开始，抓住了互联网时代的机会，做他自己喜欢的事情，而且早已实现了财务自由。用他的话说就是，可以不用再为金钱而不得不出卖自己的时间，而是过着自己想要过的生活。他现在正在用自己的影响力去帮助更多的人去实现自己的梦想。

辉最后有点动容地说，突然发现，这么多年，也许，我们都被“梯子”给骗了。我们接受的教育只是告诉我们如何功利，却从来没有告诉我们，如何幸福。

当然，也有被动从“梯子”上跳下来，或者说，没有能够在“梯子”上爬得很好，而不得不去“梯子”之外寻求机会和可能性的。

倩是一个出生在农村的女孩儿，十二岁的时候爸爸妈妈先后去世了，两个哥哥后来也都娶妻生子，各自有了自己的小家，没精力照顾她。她是跟着姥姥长大的。倩上学的时候虽然很努力，但她的成绩一直很一般，于是倩初中毕业就到了大城市打拼。二十年过去了，目前倩光房产就接近一个亿。倩自己还开了两个养生会所，她从小就对中医非常感兴趣，自己多年来也一直利用各种机会进行学习。最终将自己的个人爱好发展成了事业，现在做得非常好。另外，可能是从小缺少父母的爱，她对孩子有种特别的爱。于是，就办了两所幼儿园，也是有声有色。

倩说她一直都很感恩，总能遇到很好的人，也赶上了一个好时代。她最感激的就是，做的都是自己喜欢的事情。

当然，也有些可能一开始就没太看上“梯子”的人。

旭从小喜欢音乐，又酷爱游戏。一所名不见经传的普通院校毕业后，他没有选择去找工作，而是做他喜欢的事情：游戏音乐。

一开始在一家租来的厂房里开始创业，再后来搬进了北京望京的写字楼，三年前有了自己的艺术基地。旭的游戏配乐做得是国内最好的，没有之一，就是最好的，而且一直都是最好的。大家能说得出来的游戏，基本上都是旭的公司给做的音乐。他们每年都会在全国各大城市进行音乐会巡演。每次看旭在台上释放自己的音乐热情，都让人动容。

露出生在一个北方普通小县城。本科毕业后争取到了去法国留学的机会，在巴黎生活了几年的露对红酒情有独钟。回国后放弃了原来学的专业，放弃了体面工作的机会，而是在上海自己开了一家酒庄。她的酒都是从法国原装引进的，后期的包装和宣传加入了露自己对红酒的理解和热爱。现在露的酒庄越做越大，而露对红酒文化也越来越痴迷。每一款酒都有露的解读和深意，非常高雅而深邃。

相信我们身边有很多“梯子”外面的人，他们并没有像大多数人那样执着地去爬那个“梯子”，而是比较早地洞察到了自己内心的渴望，主动或者被动地选择了“梯子”之外的生活，成全了自己，绽放了生命，五彩缤纷。

当然，“梯子”的外面也有很多不如人意的例子，不是每个勇敢的灵魂都有一个美好的结局。不过，其实这些人里面，大多是没有弄清楚自己到底想要什么。“如果你知道去哪儿,全世界都会为你让路。”这些人,即便在“梯子”上爬着,其实也是一样的不如意。不同的是,如果在“梯子”里面,有“梯子”给支撑着，貌似那条路也是一直向上的，仅此而已。

所以，不得不承认，在“梯子”的外面，还是存在着很多其他的可能性，绝非只有“梯子”这一条途径。 正如辉所说的,我们需要的,不单单是成功,更是幸福。

谁不是又勇敢又怯懦

跟一个许久没见面的闺蜜约会，初碰面时的兴奋很快就过去了，她时常精神恍惚，一副心不在焉的样子。

这跟她一贯走路生风的女汉子画风很不一样。一定是发生了什么，我沉默不语，等着她主动开口。果然，一杯咖啡喝完，闺蜜幽幽地说起，她最近心生退意。

说实话，我还蛮意外的，前一阵儿还听她说着对未来事业的憧憬和规划。我一直感动于她的热情，倒不在于未来真的有什么金山银山，而是她想要去经历、想要去努力的那份儿热气腾腾的对待生命的态度。而且，她已经做到一个相对较高的位置，她的那些憧憬和规划也很有可能在她的努力下，一点一点变成现实。

我依然静默微笑，摆出一个虔诚的聆听者的姿势。平时说话条理清晰、咄咄逼人的闺蜜，此时却慢慢吞吞、语无伦次。或许，她自己的内心真的还没整理好。从她杂乱无序的陈述中，我慢慢梳理出事情的脉络。

不过一时竟然也语塞，不知该如何劝解。也许无须劝解，事情本来就是如此。谁不是又勇敢又怯懦？冲突也是一种美，也许就那样摆着，就挺好。

闺蜜是外人眼中标准的女强人，从小到大都是“别人家的孩子”。工作之后，依然出色，学历、能力、事业等等，闪闪发光。只是，她的软肋——太过坚强，好像从来不需要疼宠一样。直到她遇见一个人，可以卸掉她的全部伪装，那么轻松、那么自在、那么欢喜。她可以跟他在路边摊儿开开心心吃那些小吃，可以讲着一些不是那么好笑的笑话，却也能笑得前仰后合。

上次他们跟朋友一起去吃小龙虾。她正吃得高兴，却打了一个喷嚏，有鼻涕要流出来，她正双手戴着手套，平时精致惯了的她，样子格外狼狈。而坐在身边的他，很自然地拿了纸巾，落落大方、小心翼翼地帮她擦鼻涕。她说当时差点哭出来，真想就那么跟他一起离开眼前的繁华。

“有那么一刻，我觉得，什么所谓的事业、什么所谓的好奇心，我都不想要了。有这么一个愿意当众为我擦鼻涕的人，我只想跟他一起走，随便什么地方，都可以生活，只要是他就好。”

“可是，等清醒一些，内心有些翻腾的梦想还没实现，我貌似还做不到就这样走了。”

这让我想起《芈月传》里有一段剧情。

在燕国落难的芈月，带着作为质子的公子稷，在冰天雪地的北方遭遇了几多苦难,饱受饥寒之困。当她误以为是秦国大公主易后派人来接见的时候，欣然去沐浴更衣，过后她跟丫鬟诉说她在沐浴时候的想法。她说 ：“我适才泡进温暖的热水之中，恍然觉得，能有这么个热水澡洗，就算是即刻死了，我也甘心。”丫鬟不解，她继续说:“做人怯懦，前一刻还跟晋文公重耳相比；后一刻，就能臣服于一顿饱食、一件暖衣、一桶热水之中。”

芈月说得很对。人性，确实如此。谁不是又勇敢又怯懦？前一刻，欲与天公试比高。后一刻，就甘愿臣服于一双温暖的手、一个宽广而安宁的胸怀。

而我之所以语塞，是因为肤浅如我，以我有限的认知和觉悟，也只能看到并理解，至于如何破局，给不出任何有建设性的建议。不过，我想，之于闺蜜，先能看到也挺好。

生活一如修行，或许凡俗的我们还没达到能顿悟的境地，但亲爱的，至少你已走在通往豁达的路上了。

先这样吧！接纳暂时纠结的自己，接纳又勇敢又怯懦的自己。终究会有一天，一缕清风吹来，那条你想走的路清晰呈现眼前。

开启第二次生命

正在热播的电视剧《我的前半生》，让我更深刻地理解了荣格的那句话："每个人的人生都有两次。第一次是活给别人看的，第二次是活给自己的。"男人如此，女人更如此，而且女人更难。

我亲眼见证了身边亲近的一个姐姐蜕变的过程，真的可以用"浴火重生、凤凰涅槃"来形容，一点都不为过。

两年前，她辞去工作全职在家带孩子，大儿子刚上小学，小儿子刚出生不久。那时的她，全靠老公，养尊处优，生活中稍有不如意便甩脸色。曾还一度对老公的生活作风问题捕风捉影，闹得鸡犬不宁。突然有一天，出现了巨大的变故，家里的顶梁柱塌了。一个几乎失去社会生存能力、被老公保护得滴水不漏的温室花朵，突然从温室里被丢出来，不得不接受外面的风雨交加，她的人生该何去何从？是被毁灭得尸骨无存，还是浴火重生？所幸，她不仅活下来了，而且凤凰涅槃，开启了自己的第二次生命。

一开始她是绝望而恐惧的，不停地哭。但终究还是被迫接受了现实，并尝试去改善现状。第一次，她勇敢地迈出那一步，举家搬到了南方。这是她之前一直想做却又一直没勇气做的一件事情，没想到命运以这样的方式来成全。她安排好孩子的学校等棘手的事情，开始一点一点艰难地适应全新的环境。另外，还要照顾公婆几乎要崩溃坍塌的心境和身体。又经过一年多信心重塑和坍塌的反反复复的过程，终于有一天，她决定要走出去，重新工作。投出去简历后，她特别忐忑，总是问我："会不会有人要我？我真的可以吗？"

我总是鼓励她，一定一定没问题！别怕，我陪着你呢！

终于接到了面试的通知。现在还记得她那天的样子，穿着我送她的红裙子，背着双肩包，在即将要进去面试的公司门口自拍了一张照片发给我。她说："属于我的新生活开启了！"我顿时热泪盈眶，为她脸上的那份勇气和光彩！最后她在几家给 offer 的公司里选了一家自己喜欢的。第一次，不用考虑其他人的意见，完全是自己喜欢的决定。她说，那种感觉真是太棒了，无以言表。她开始觉得，她的人生，原来可以按照自己的意愿去过。

她工作出色，另外，还报了韩语班、英语班，完全是出于兴趣，并不为任何的功利，只是喜欢。她还去做义工，去健身，去打球，每天拿出一个小时读书，偶尔一个人出去旅行……一点一点触碰她喜欢的那些边界。

现在，离那场突如其来的变故，两年了。再次见到她，由内而外，完全是另外一个人。现在的她，已然是生活中的超人，由原来的什么都不会，到现在的无所不能。更可贵的是，她思维上的转变。

原来她觉得别人为她做的那些都是应该的，很少有感恩之心。现在觉得，别人任何的帮助都是情分，别人完全可以不搭理你。以前觉得自己怎么这么倒霉，遇到这么多磨难？现在觉得，所有的一切都是最好的安排，发生了就接受，并积极面对、积极解决，说不定反而有更好的结果，老天只是用一种极端的方式来成全。她感激被迫被命运踢出来，才让她有机会来到她喜欢的南方，做她喜欢的工作，结识身边那些喜欢的人；也才让她有机会开启她第二次生命，让她觉得拥有自我的人生是多么精彩！

现在的她，自信、独立、乐观、勇敢，仿佛拥有可以面对一切的力量。虽然她一直说这两年受我的影响很大，感激我对她的帮助。但我清楚，所有的外因都是微不足道的，她的蜕变完全是因为她自身的努力和勇气。

从这位姐姐蜕变的历程中我也越来越深刻体会萨特的那句无比著名的话："他者即地狱。"萨特是法国哲学家波伏娃的情人，波伏娃在她的巨著《第二性》中称，社会集体意识将女性塑造成了"他者"，而将男性塑造成了"主体"。"他者"以"主体"为中心，而不是以自己为中心，也即，女性大多以男性为中心，围绕男性而活。这就如两年前温室里的那个姐姐，以他人为中心，为他人而活。然而，正如"他者即地狱"。当你失去自己的主体感，而让自己沦为了“他者”，这时势必是活在地狱中的，尽管表面上看被照顾得光鲜亮丽。

我对这句话另外的理解是：如果你不是以自我为中心，而是以他人为中心，那么，你不仅自己活在地狱中，也让别人活在地狱中。比如那时被她闹腾得鸡犬不宁的家庭和痛苦不堪的老公。

每个人都只为自己负责，也只能为自己负责，都应该以自己为中心、以自己为“主体”。当你找到了那个自己，生活所赋予我们的磨难，从另一个意义上说，都是我们自我救赎的道路。那条路，通往光明，通往自由，通往彼岸，通往天堂和幸福!

等谁撑伞都不如自己打伞

昨天跟一个姐姐聊天，谈到她最近的状态，她觉得从来没有像现在感觉这么好。其实，刚刚前两天她才从工作的城市赶回老家的小镇，小儿子生病，安顿好了之后，她又自己一个人开车披星戴月赶回单位上班；其实，她现在只是住在一个拥挤的宿舍里；其实，家里还有一些非常棘手的事情要处理……可是姐姐都觉得，自己完全可以搞得定。

她还问了我这边的一些事情，当得知儿子眼睛有点弱视，身为眼科医生的她还主动要给我寄一些帮助恢复训练的物品。不仅有能力搞定自己的事情，还有精力顾及别人。越来越强大的姐姐！真为她高兴！

姐姐谈到最近她也在看热播的电视剧《我的前半生》，觉得简直就是在讲她自己的故事。她的前半生，也是跟罗子君一样，生在温柔富贵乡，还整天作天作地。觉得别人为她做的，都是应该的，拿人家的情分当本分，很少有感激，稍不如她意，便立马拉下脸。而现在，“谢谢”是经常挂嘴边的，而且是发自内心的。她能看到别人为她的一丁点付出，并由衷感恩，而且还试图去帮助别人。她还去参加了义工，她学会了给予，知道了付出比索取更快乐。

姐姐提到，强大之后的罗子君跟前夫说过一句话：“等谁来给你撑伞都不如你自己打伞。”姐姐说，这句话说得太对了，简直就是为她自己说的。“永远都不要指望哪一把伞会一辈子为你遮风挡雨，这是不可能的。只有你自己才是你自己最可靠的指望！”

如果一场灾难，可以换来一个人的重生，那么灾难也就不是灾难，而只是凤凰涅槃的那场助力的大火而已。姐姐的前半生，浑浑噩噩，时常纠结、时常恐惧。而现在，她那么勇敢、那么独立，智慧而且果敢。人，真的是可以蜕变成另外一个人；而潜能，也真的是有无限可能。我看到姐姐勇敢坚毅地自己撑起命运之伞，从容地准备好了走后面的路。

我的另一个闺蜜，炜，是早就觉悟到了这一道理的女强人。表面光鲜靓丽、实则坎坷艰辛的炜让我敬佩、让我心疼。炜给外人的印象永远是微笑的，优雅大方、自信干练，好像做什么都游刃有余。只是，每次跟我独处的时候，她才会跟我诉说那些她的伤痛。

炜的第一次婚姻并不幸福，虽然婆家家境不错，但老公是彻头彻尾的妈宝男。炜要供弟弟读书，还有自己很多的想法想要去实现，但在那样的家庭、有那样的老公显然是不可能的。炜那时候就意识到，这个世界上，谁都指望不上，唯有强大的自己才是自己最大的靠山。离异后的炜在职场大放异彩，精彩程度不输于《我的前半生》里的唐晶。

她的第二任老公就是在她帮助公司上市的时候认识的，在北京一投行工作，高大帅气，小她几岁，对她穷追不舍了很久才最终赢得芳心。那场浪漫盛大的婚礼，是我为数不多赶回老家参加的婚礼之一。后来，炜调理了很久身体才怀了孩子，做过B超，很开心地跟我说是个男孩。我满心欢喜，我真的是满心欢喜！我以为，虽然有之前的种种伤痛，但生活还是厚待炜的，今后应该是洒满阳光了！可是，苦难才刚刚开始。爱情是两个人的事情，而婚姻是两个家庭的事情。再加上年龄和阅历的差距，炜与老公之间有越来越多的隔阂和争吵。而出生后一只耳朵有所残缺的孩子，又加剧了那些隔阂与争吵。两年过去了，最终和第二个老公还是离婚了，炜一个人带着孩子。为了给孩子治病，炜放弃了在老家的高职、高薪，来到北京，一切从零开始。所幸，孩子做了积极的治疗，有了很大成效，炜还咨询到了最新的技术能尽快给儿子做手术。

炜在北京的新工作依然出色，又做到了高管；同时，她还在清华读了EMBA。炜依然精致、优雅，在我心中无比强大。

去年春节，刚刚再一次离异后的炜回老家，父母觉得难堪，怕乡里乡亲们说长道短。炜倒是大方，开着豪车，在村头就主动下车跟大家打招呼，一路缓缓地开过去，笑脸相迎。她后来跟我说：“就是要让那些想看我笑话的人看看，我不仅过得好，我还过得很好！”炜不太忙的时候会把办公室变成花市，用花儿装点每一个角落。她会拍一些好看的照片发给我，她笑起来的样子，真的是太好看了！

炜依然有很多的追求者，她跟我说，不再轻易走进婚姻。没结婚不是找不到人结婚，而是要考虑选什么样的人共度余生，选择权永远要在自己手上。

等谁撑伞都不如自己打伞！姐姐虽然领悟得迟了些，但什么时候都不算晚。在人生这条路上，真的是得自己一步一步走！每一步都不容易，但每一步都算数！

遇见不变的纯真

出差的间隙，见到在南方工作的一个姐姐。姐姐为我的到来感到意外又欢喜，眼角眉梢都是深深的笑意。虽是短暂的相聚，但可以从姐姐的言谈举止中看得出她的自信和热情，像一个时刻发着亮光的小太阳。我终于可以长出一口气，心里都是满满的安慰。两年多的时间，一场灾难反而让一个人蜕变成更好的样子。从某个方面来看，我们都应该感激这场磨难。

一年前，在我的鼓励下，姐姐重新走出来，尝试着去找工作，终于在一个陌生的城市开始了新的人生。渐入佳境的工作慢慢地给了她自信，也开始有了新的朋友，姐姐黯淡了一年多的面容一点一点有了新的光彩。跟经历灾难之前姐姐养尊处优的笑容相比，她现在的神采有了更多的内容，有力量、有感恩、有包容、有体谅，更有经历过风雨后的从容。但我觉得最可贵的，是她还保有不变的纯真，仍然一如少女般的俏皮和纯粹，依然有一颗乐于学习和接受新知的好奇心。

姐姐是一名医生，但脱掉白大褂，她最喜欢的是韩语。于是利用业余时间，她先是自己自学了一段时间，后来决定报个韩语班。姐姐说，每次都盼着去上课，一坐进那个教室里，她就有说不出来的喜悦。学了一段时间后，去年年底自己一个人去了趟济州岛。夜晚降落的航班，凭着一口还不是很熟练的韩语，自己一个人乘坐公交车一路摸黑找到了酒店。我真是太佩服她的勇气了！

因为喜欢韩语，慢慢喜欢上了语言。之前上学的时候没学好的英语，现在也重新捡了起来。语言后面是文化，她又对韩国和英美的文化也产生了兴趣。这次见我，跟我兴奋地聊了好久，那些语言、那些文化，那些相同的、那些不同的，在她眼睛的神采中好像都是无比有趣的宝贝。遇到有些她不明白的，她也像孩子一样纯真地向我咨询，她觉得一个“大博士”，好像能够回答她的任何疑问。不过说实话，她所讲的，有很多都是我不知道的。在她清澈的眼神中，我也毫无负担地坦白告诉她，知道的我说知道，不知道的就是不知道。

医院里的同事也大都知道她在学语言，因为姐姐一丁点工作的空隙都在看、在听、在说、在练。别人跟她开玩笑，她也毫不在意，并没有觉得一个将近四十岁的人着迷这些跟工作无关的事情有什么难为情。反而大大方方地承认，喜欢就是喜欢，就是纯粹的喜欢。慢慢地，医院里如果有外籍病人，其他医生搞不定的，都会来请姐姐帮忙沟通。这次姐姐跟我讲，最近的两次，一次是韩国人，一次是美国人，姐姐用韩语和英语跟他们交流，对方惊讶又感激的表情，姐姐实在是开心坏了。

我们一起去坐地铁，旁边一个大姐在打电话，大声而焦虑地在咨询对方如何去机场，好像最后还是一头雾水。姐姐主动走过去，告诉那个大姐路线、细节。还提醒大姐说，因为台风的缘故，注意地铁站里的一些路线调整的提示信息。我一直微笑地看着她，看她认真而急切的样子，好像比人家还着急。

晚上回来的时候，我们这两个路痴走错了路，姐姐没有一点的懊恼或者抱怨，都是安安静静的，甚至是笑了笑，自嘲了一番取乐。

因为我要赶一大早的动车，早上 5 点多就得起床。姐姐醒来就打开英语广播开始听了，这个习惯真是太强大了。送我去了车站，她回去的时候时间还早。列车开动的时候，我发信息给她，她说已经到医院看了会儿书了。我由衷地为姐姐现在的状态感到欣慰和高兴，并且告知了我的开心。姐姐回复：“真心谢谢你！谢谢你的鼓励和包容！”这样的想法和态度，换作是以前的姐姐，真的是不能想象的。我心里除了温暖，更多的是喜悦和感动。

我发自内心地感激这场灾难！对于姐姐来说，那只是浴火重生的那一场大火，那只是为了帮助她成为涅槃后的凤凰、成为那个更好的自己。甚至我也是受益者，在帮助姐姐的过程中，我自己也在痛苦中思考，在磨砺中成长。

在砥砺前行中，像是一尊雕像，一点点去掉那些不需要的部分，慢慢裸露出我们人生中最主要的形状。让我们一点点看清楚内心，自己最想要的是什么，自己想要成为什么样的人。

而让我无比感恩和庆幸的是，在这个痛苦磨砺的过程中，那份宝贵的纯真一直还在。

就像王家卫的《蓝莓之夜》里的伊丽莎白最后那段告白："这些天，我尝试着不去相信别人。很庆幸，我没有学会。有时候我们以他人做镜子，来界定自我，认识自我，而每一个镜中影都让我喜欢自己多一点。"

是的，那些苦难，并没有让我们失掉"相信"和热情，并且让我们越来越"喜欢自己多一点"。姐姐也信心满满地说，现在已经很好了，未来会越来越好。

最后，我想用诗人余秀华的一段话作为结尾，送给我亲爱的、越来越可爱的姐姐：

"我谢谢那些深深伤害我的人们，也谢谢我自己：为每一次遇见不变的纯真。"

处在喜悦之中

高中老同学丽，北大才女。追寻爱情，远嫁海滨城市，这么多年一直做着跟教育相关的事业。她一向喜欢孩子，满满爱意，倾心教育。但是命运好像故意考验她一样，由于这样那样的原因，虽然很努力、很虔诚，但却一直不曾有个孩子。

虽然多年不见，两个三十多岁的女人，再见面却没有丝毫的生分，我们坐在海边一个酒吧，聊到很晚。丽并不避讳谈孩子的事情，她依然乐观，依然在积极地做着各种准备。她还参加了跑马拉松的跑团，坚持健身。确实，比之前又好看又干练了许多。

丽在谈所有事情的时候，总保持着微笑，偶尔还自嘲，哪怕是一些艰涩的话题。她身上有一种力量，好像不管处于怎样的情形下，她都可以处在喜悦之中。我实在是太喜欢她了。

丽依然笑着说，她觉得来世上一遭就是要来体验生而为人的种种，那么“为人母”是一种人生体验，无子女同样也是一种人生体验；如果此生真的要留这么一个遗憾，那也没什么，就去体验好了。人生的遗憾有许多种，没有孩子只是其中一种，是属于自己的人生体验，别人有别人其他的遗憾，有其他的不同的体验。无所谓好坏，只是不同而已。只在意时刻努力的过程，不去焦虑无法掌控的结果。

这是一份豁达。

她原来在体制内从事一份受人尊重又收入不错的职业，而且刚得到提拔和重用。但是她果断地放弃，从体制内走出来，选择了一个更富有挑战和充满未知的事业。像当初在很多人的不解里,她北大毕业放弃北上广一线城市，来到这个海滨小城一样地果断。

我问她，为什么？她依旧笑着说，只是想去体验不同。她说，辞职之前她也犹豫过。不过，她有一天问自己，假如现在这个年龄、这个位置自己都不敢、不舍得改变的话，那么再过五年、十年，年龄更大、职务更高，自己还敢不敢、还舍不舍得？什么是自己想要的？在哪个地方可以为教育发挥更大的作用、可以帮到更多的孩子？答案是明晰的，于是她就果断提了辞职报告，开开心心地迎接一个新的开始。

我实在是佩服她的果敢，又实在是喜欢她那种总可以处在喜悦之中的智慧和大气。有一次在丽的朋友圈里看她发了一条消息，大意是要听一个很重要的课，但路上各种意外，肯定是没有办法按时赶到了。丽俏皮地说，这么重要的课怎么能迟到呢？那就索性翘课吧！于是她就调转车头去了海边，吹吹风、看看书、听听音乐，不疾不徐、舒舒服服地待到太阳下山，还顺道享受一下海边的日落。

萨古鲁上师说，人都要修炼的内在工程就是："无论处在任何情况之下，都能够处在喜悦之中。"张德芬希望自己能够达到的境界是："无论处在何种状况，我们依然可以享受生命本身的欢愉。"我在丽的身上仿佛看到了相似的气质。这也是我所向往的。

我在努力往前走，而且我看到自己已经进步很多。至少此刻，我也在喜悦之中。

因为相信，所以看见

最近一个闺蜜为了孩子马上要上小学而在学校附近找房子，找了很久。每次问她，最近在忙什么呢？答案都是在找房子。她动用了几乎所有的中介公司，把学校附近方圆几里的小区的房子都看了。最后锁定一个小区的一栋楼的某两个单元，而且是全南向的，而且还提了楼层、室内布局等要求。然后就开始等，她告诉中介公司，除非满足了上述所有的条件再叫她看，否则就别给她打电话。

最近突然有一天收到她的一条消息，说终于等到了她中意的房子，完全满足她所有的要求。找房子的任务还真就在孩子入学前给搞定了。她笑嘻嘻地说，亲，咱们可以约饭了。

见了面我就迫不及待地问了她关于找房子的事情。“不就是租个房子吗？怎么这决心下得跟要找个老公似的？”她依旧是笑嘻嘻的，不过语气倒是不容置疑地肯定：“你还别说，真就跟找老公是一样的，那当然不能凑合了！每天生活起居，处在一个你不喜欢的环境里，那不是给自己找罪受吗？人这一辈子一共才几年啊，干吗不让自己舒舒服服的？”

我又问：“你提了那么多具体而苛刻的要求，你就不怕到最后真找不着啊？不是有一篇文章说了吗？就像捡麦穗，看见差不多的就赶紧收了吧，省得总贪心后面有更大的，到最后反而收获一个不怎么样的。”

闺蜜立马拍桌子：“就这篇文章最坑人！很多事情都不是用一个维度来衡量的，单纯比大小就能比出哪个最好吗？天下哪有那么简单的事？说到底还是没有想清楚自己想要的是什么。如果自己知道那个心仪的麦穗是什么样的，是金黄的还是微微泛绿的、是多高多矮的，甚至麦芒是张扬的还是收敛的等等等等，只要她清楚她想要的那个麦穗是什么样的，她就一定能看见那个属于她的麦穗。生命中重要的东西不是比较出来的，而是，那个就是你的，其他的跟你没关系，又有什么好比的？”

我不禁要为闺蜜的此番言论鼓掌喝彩了！想起马云有句话：“也许别人是因为看见而相信，但我们一直是因为相信而看见。”

是的，“我知道你会来，所以我等”。

我曾经参加过一些心理学的活动，其中有一个环节我觉得特别有意思。面对一面墙上林林总总的大大小小形状不一的模型，沉浸在你的情绪里，然后带着那种情绪去找，最后都能一眼看到那个模型，你会觉得就是 TA 就是 TA！或许是一个兴奋的小女孩儿，或许是一个委屈无助的哭泣的美人鱼，或许是一个愤怒地挥舞着拳头的武士。总之，你真的会在那些林林总总中一眼就看到 TA，那个你此时内心深处的样子。还真是像闺蜜所说，其他的都跟你没关系，属于你的那个就是你的，真的没啥好比的。

通过闺蜜这件事情，我相信了一个道理：“只要知道自己想要的是什么，然后坚持，最后都能遇见，不管是什么样的方式。”而有些人可能就更多地活在对未来不可知的恐惧中吧，不敢去相信会找到或者等到或者通过自己的努力获得到那个自己想要的结果。差不多的时候就放弃了最初的坚持，还自我安慰：“这世上哪有那么完美的事情？算了，差不多就这样吧！”

我有个师妹，博士毕业之前在规划未来的工作的时候特别中意去高校当老师，可是找着找着就慌了神儿，有些企业，甚至是有些不怎么样的公司她都想“算了算了，就这样吧！”我问她，当初为何要读博士？她说硕士毕业的时候找工作比较随意，自己很痛苦，所以换个环境，她想去高校当老师，只有读博才有可能。我说那现在你如果再一次“比较随意”地去一家不喜欢的公司上班，跟你当初继续留在那个你不喜欢的工作里，又有什么区别？师妹问我，那万一找不到呢？我只是告诉她，只要相信，并且坚持，就一定会有。从师妹一点点坚定下来的眼神中，似乎已经看见了她在高校中上班的样子。

我还有一个研究生同学，毕业后进了一家二流外企，从刚进去就开始抱怨，各种吐槽，我们每次聚会她的话题都是换工作。不过十年过去了，她依然没换，并且依然还在抱怨。我问她为什么不尝试着换换看，她说越来越没勇气，年龄也大了，而且在她现在那家公司做了那么久，好像只会做她现在的工作，不知道出去了还能做什么。说白了，待在眼前的舒适区里不敢跨出去，即便是对现状有不满有怨言，但时间久了，也就习惯了、麻木了，渐渐地甚至不愿意去相信还有自己中意的事情、还能做自己中意的事情。

而我另外一个高中同学，北大才女，在一家很不错的体制内单位刚刚晋升到一个新职位时，毅然决然离职到一家企业就职。我问她为什么会有这么大的勇气，她笑笑说，既然很清楚目前做的事情不是自己最喜欢的事情，又很明白什么是自己想要做的事情，那当机会来了，就果断抓住。

对于婚姻，也是一样。

我有一个小妹妹，年龄也不小了，跟男朋友临去领结婚证的路上，仔细想想，觉得无法与这样的爱人共度一生，想想后面漫长的人生路跟这样一个挑剔而又妈宝的男生一起度过就觉得了无生趣。越靠近民政局心里越抗拒，最后一刻，她做了“落跑新娘”。任凭七大姑八大姨挨个儿过来数落，她都认了。有些事情还是凑合不得，宁可一个人前行，除非遇见那个自己真心想要一起同行的人。

而到了我这个年纪，身边出现很多“婚姻里的独居者”。深究原因，其实有很多都是结婚之初就有点“凑凑合合”的意思。“哪会有那么合心意的？差不多就算了。先过着再说吧，都老大不小了。”的确没有完美的人，但你有没有想过哪些品性是你最在意的？而又有哪些是虽不如意但你是可以接纳的？“先过着再说”的结果就是越过越闹心，越过越没了生活的生气和风趣。慢慢地，就只剩下躲在婚姻的“壳”里，做一个“独居者”。甚至“独居者”都算是好的，至少不用被太多损耗。而有些被闹腾得鸡飞狗跳、一地鸡毛，真是生无可恋。她们还在为当初的“懒惰”和“胆怯”买单。

“跟这个分了，后面还能遇见比这个更好的吗？”

“再开始一段新感情不是还要彼此磨合？”

“谁知道那个对的人什么时候出现？我会不会就此孤独终老？”

即便意识到了婚姻里的问题，她们依然会选择继续“说服”或者“催眠”

自己。

“算了算了，孩子都这么大了。”

“条条蛇咬人，没这问题有那问题。”

“刚又吵过一架，他答应会改，再等等看。”

于是，日子继续。也许就这样到老。

其实，生活无非是求得自己心安，只要你觉得怎样是让自己舒服的就好，也无所谓对错。凑合的人，做什么都凑合，自己觉得挺好，也就挺好。愿意坚持追求自己想要的人，相信有就一定会有，最终把梦想都变成了现实，走在自己曾经的梦想里，自己对自己一百二地满意，也很酷。

换句话说，就像鲁迅先生描述的那个黑屋。沉睡的人，有种麻木的幸福；而清醒的人分两种。一种是有勇气有力量一脚踹开了屋门走出去，接受外面的阳光雨露，同时承担风吹雨淋，有种酣畅淋漓的幸福，觉得此生没白活。另一种是纠结的痛苦，一方面已经清醒了就无法再装作睡去，一方面又犹豫害怕外面的不可预知，不敢踹开那扇门。于是不能心安，就陷入某种循环。被刺痛了，就难受难受，也想着要改变；但又不敢尝试，于是就又妥协于眼前的舒适区，再等等看；貌似平静地过上一阵子，又一轮的刺痛来袭，再难受……于是轮回。

再说回我这个找房子的闺蜜，她的老公是自己当初“征友”征来的，是她的“男四号”。闺蜜曾在我们学校论坛上发表过鼎鼎有名的十大热帖之一“征友三十四条”，详细描述了她的“Mr. Right”所要符合的“三十四条”要求。正如同她说的，那个只属于她的“麦穗”是什么样子的，她特别明白自己想要的是什么，然后坚持。我们宿舍的女生陆陆续续几乎都结婚了，有的都已经有了孩子了，她还在不慌不忙地坚持。她也去尝试，发现不对就果断放弃。她也会伤心，但对未来依然充满希望。终于，她还是等来了。她说起她老公的时候，眼睛会笑得眯成一条线。她说有些她自己都快忘掉的梦想她老公还帮她记得；她说她喜欢旅行，她老公全力支持，每次她出差，她老公都说，你放心去吧，玩儿够了再回来，家里有我。她说起老公对她的在意与呵护，那种灵魂深处的尊重与欣赏，都会几欲哽咽，然后感恩遇见。她说她老公也很感激她的坚持，坚持到遇见他，坚持到让他遇见珍贵的她。

生活真的很公平，你配得上什么样的生活，首先决定于你是什么样的人。

人间四月天

早上早早醒来，在晨光中静静躺了一会儿，听到窗外叽叽喳喳的鸟鸣，就再也舍不得睡去。

起身来到小区花园，刚刚一点点春雨过后，空气中都是润润的清新。突然意识到今天是“谷雨”,时间过得好快,已是春天最后一个节气了。所谓“清明断雪，谷雨断霜”，谷雨之后，柳絮纷飞，杜鹃夜啼，樱桃红熟。我深深吸了一口气，也深深地感恩这所有的美好。

同样的时节，想起心境截然不同的两首诗来。

一首是李白的《闻王昌龄左迁龙标遥有此寄》:“杨花落尽子规啼，闻道龙标过五溪。我寄愁心与明月，随风直到夜郎西。”在这谷雨时节，杨花落完子规啼鸣的时候，李白听说好友王昌龄被贬为龙标尉，而龙标地处偏远还要经过五溪。所以愁肠百结，只好把这份放不下的忧思遥寄给明暖的月亮，希望它能随着春风一直陪着好友到夜郎以西。这是一首哀伤的诗，所以看到暮春的景象也觉得是悲情的。

而另一首北宋秦观的《三月晦日偶题》:“节物相催各自新，痴心儿女挽留春。芳菲歇去何须恨，夏木阴阴正可人。”“三月晦日”，即暮春三月的最后一天，过了这天，意味着时令进入夏季。“节物相催”，是自然规律，非人力所能为。但那些“痴心儿女”却想“挽留春”，不欲春归去。不过又能怎样呢？繁花似锦“芳菲歇”了,那还有“阴阴”的“夏木”同样“可人”呢！是的呀，春天有春天的美好，夏天有夏天的可爱，都很美，只是不一样。

而这人间四月天，尤其美、着实美。

前两天在上海出差，工作进行得比较顺利，提前结束之后意外空出些时间。我看时间还早，离高铁站也不是很远，暮春的上海街头绿意渐浓、阳光明艳，我的行李不多，就一路骑行过去。时不时为街边雅致的景色驻足流连，心头涌动着淡淡的、甜美的喜悦，像这人间四月的春风与阳光。

刚刚拜访过一位客户，初次见面却总觉得在哪里见过，一见如故，相谈甚欢。不仅仅谈了业务合作，对一些事情的认知和感悟也很一致，像是相识已久的故友。拜访结束之后，我很感激他的热情接待和坦诚以对，就发微信以表谢意，并感念有缘相识。他回复对我的评价说："才华横溢，身无骄态。"我非常感动，虽是工作之由，但总能因此结识一些有趣的朋友，这对于我来说可能是比工作的结果更重要的事情了。即便是偶尔一次的事情没能合作起来，但情分就此还是会留下的。

一位像妈妈一样亲切的领导教导我说，一个人不管在位的时候做过什么事情，过后大家可能都不太能记得了，但你的为人，每个人心里一定会有个评价，所以你能留下的只有你的"德行"。老领导很久之前还告诉我另一句话："有多大胸怀，成多大事业。"这些话都深深刻在我心里，并时刻影响着我。

是的，做什么事儿并不重要，重要的是我们由此成为一个什么样的人。是不是一个善良的人、一个温暖的人；一个坚强的人、一个坚持的人；一个乐观的人、一个有担当的人……

最近还见到了一位好久没联系的老朋友，中间虽然好多年没见，微信也没有，但坐下来很快就可以聊到内心深处。我们当初都只是初入职场的小兵，业务上有交集，工作之余会在一起聊天。记得那时候朋友就比较有危机感，他跟我说，他总在思考，如果有一天自己不得不走出去、如果没有这个平台，那自己还能做什么？我倒是没怎么考虑过这个问题，今天反而已经走出去、已经离开这个平台半年之久了。朋友非常能干，年少有为，很早就被提拔到重要的岗位，做得很是不错。

聊得久了，才知道，他也经历过一些磨砺心智的阶段，也一样感激那些带给自己成长的人和事。在他最艰难的时候，他开始修养身心。他从 2012

年开始坚持每天两遍八段锦，如果实在是来不及至少也认认真真做一遍，直到今天从未间断。他从 2015 年开始坚持每天至少读二十页书，其实一旦坐下来每次都会看三四十页。这么多年以来，极少数的几天实在是来不及看，其他的都坚持得很好。所以，这几年积累下来，他看了几百本书。他给我指了指身后的书架，基本上都是他看过的书，他还给每一本看过的书打分，写一段简单的评语，特别好的书他列了一张表，推荐给有需要的朋友。难怪虽然这么多年没见，他却保养得非常好，几乎没什么变化，而且更有一份沉静和儒雅。他还跟儿子每天一起背古诗，探讨诗词表达的意境。儿子已经积累了四五百首诗词烂熟于胸，写作文的时候经常引经据典，所以非常有成就感，现在也越来越有兴致背诗词了。而他本人经过诗词的熏陶，越来越沉醉，经常会触景生情，信手拈来，从古人的智慧中汲取养分和向上的力量。

我特别佩服他的坚持，这么多年来做得这么好。他说他从这些坚持中收益良多，首先身体好了；其次读书让自己眼界开阔、内心安宁、越来越有底气，自己以为过不去的坎儿，其实别人很早之前就遇到过了。我也有这样的感受，每当我迷惑或者痛苦的时候，我就会有一段时间嗜书如命，一本接一本地看，而且最后总能从书里找到我想要的答案。朋友发了我一个被他评为四星以上的书单列表，并当场送了我两本他喜欢的书。实在是一份不错的礼物！

真是对朋友刮目相看了！一种发自内心的欢喜，为有这样的朋友，为有这样深入灵魂的交流，为有这样的相互信任和彼此欣赏。回酒店的路上，我怀着无比的喜悦看到这人间四月明媚的春色禁不住一路轻声歌唱。

前一阵找了个周末回了趟老家，家乡的四月一如记忆中的那样明丽、透亮。山还在那里，水还在那里。杏花落了，青青的杏儿已挂满枝头。紫桐花开了，槐花也开了，空气里都是浓郁的香气。樱桃红了，草莓也红了。短短的两天时间，见了老朋友，吃了记忆中的美食。恋恋不舍地离开的时候，收到一起长大的小伙伴的一句话：你们就是那人间四月天！

也许这一句话最能表达我此刻的心境吧！如此美好的一切，正如这美好的人间四月天！深深感恩！感恩如此美好的时节遇见如此美好的景、如此美好的事、如此美好的人、如此美好的所有！

优雅地独处

春节过后，我和先生返回北京上班，孩子还没开学，就跟老人一起在老家再多待几日。于是，每天我和先生两人都为“宇宙级难题”所困扰：“今天晚上吃什么？明天早上吃什么？”亏得午餐都各自在公司凑合了，否则难题还得再升级。

两个被人伺候惯了的懒虫，尤其是我这个打小做家务超级不灵光的笨笨球，只有两个人吃饭，实在是懒得做啊！就为了吃一点东西，要去买菜、择菜、洗菜；再翻炒；还要熬粥；吃完了还得锅碗瓢盆、灶台、厨房一顿收拾……别说做了，光想想我就头疼。于是乎，早上就凑合煮速冻的馄饨或是饺子，晚上就周边小店应付了事，自己还美其名曰“节省时间”。可是也不觉得时间宽裕出来都干了些啥，照样洗洗睡下的时候已经不早了。

直到有一天收到一位好友的微信图片，一盘菜、一碗饭；一双筷、一把勺。朋友跟我说，他刚从外面跑步回来，自己做了一个人的晚餐。想起之前他一个人的早餐，也是蛮丰盛的，有手抓饼、煎鸡蛋、自己熬的粥。朋友一个人生活，平时工作挺忙的，我曾替他担心过，不过人家是把日子照顾得很体面，我倒是灰头土脸的。收到朋友晚餐图片的时候，我和先生刚刚在外面小店凑合吃了一碗米线，从超市买了速冻饺子准备应付第二天的早餐。那一刻，我开始反省。

之前我跟朋友聊天，赞叹他对生活的态度，连早餐——一个人的早餐——都做得这么丰盛，难道就不怕麻烦吗？他笑着说：“其实很简单啊！手抓饼从超市买来，煎一下就好了；炒鸡蛋也很简单；粥，前一天晚上电饭煲定好时间，早上就自动开始煮了。”但我这懒人听上去再想想那些步骤，依然觉得——太复杂了！毕竟还得买啊、煎啊、炒啊、煮啊……我，我头疼！

年前有次机会，我去看他，盛情邀请我去他家里做客，丰盛的晚餐至今我还记忆犹新，尤其是排骨做得超级赞，我毫无悬念地吃撑了，虽然已经很晚了也不得不顶风冒雨在楼下溜达消食儿。我有幸参观了——仅仅是参观，无法参与，因为我完全搭不上手——他准备晚餐的过程，非常讲究。“硬菜”几乎都是半成品，因为朋友从前一天就开始准备了。他告诉我那些食材的准备过程，比如排骨一定要到哪家去买，而且要早早地去，都是当地家养的刚出的新鲜的等等。

我真的挺感动的。一方面是为如此隆重被款待，另一方面更重要的是为朋友如此精致而认真的生活态度。家里收拾得特别整洁，还很温馨。朋友喜欢旅行和摄影，家里的墙上挂满了女友和各地采风的照片。女友生活在另一个城市，两人时常一起出去旅行。朋友说他们两个在一起的时候就开开心心，分开的时候就各自照顾好自己。网上看到一句话：“分则各自为王，合则天下无双。”不在一起的时候就各自精彩，在一起的时候又亲密无间。真心觉得好！

我的反省在于，我好像一直没太学会一个人独处，或者说优雅地独处。对待生活，总是有些懒散、有些凑合、有些漠不关心，总缺那么一点热腾腾的烟火气。我看孙姐姐一个人在斐济、在库克的生活，每天都有亮色，每天都充满着那种对生活的热情和生气。我也真心觉得好！

想起另一个朋友娜娜，丽江休养的时候我住的客栈老板娘。老公不在的时候，她一个人打理整个客栈。每天忙碌地工作，早晨打扫院落的时候也不耽误给自己的脸上敷上面膜；跑来跑去收拾房间、迎来送往的时候，偶尔路过院子里的镜子也要过去看一眼，拢一拢头发、正一正发卡上的蝴蝶结；连二月二这样的节日她都能轰轰烈烈、隆隆重重地庆贺一番……

我实在是太喜欢她了！而我那个时候总是灰灰的、懒懒的、颓颓的……虽然现在好了很多，可我依然还没能像他们那样一个人也可以优雅地独处。

有人说，保持独立是我们行走在这世间的铠甲，也是我们进退自如的潇洒。是的，不论是谁，不论曾经有多亲密，最终这个世界还是你一个人怎么来怎么去。这世间，再疼宠儿女的父母也会老去；再情深的手足也会各自成家；再亲密的爱人，人生末途也总会有人先走；再孝顺的儿女也会有羽翼丰满、飞出巢穴的那天。是的，最后你会发现，还是得你自己。

杨绛先生在《我们仨》一书中化用了白居易的诗写道:“世间好物不坚牢，彩云易散琉璃脆。”杨绛先生在女儿钱瑗去世的时候，八十多岁的高龄，怀着丧女之痛,还要每日去医院照看重病在床的钱锺书。爱人钱锺书走了之后，她又一个人生活了十七年。在这十七年里，她翻译《斐多》，在清华大学设立奖学金,还出版《我们仨》《从丙午到流亡》《走到人生边上》等多本图书。她一个人走过了优雅而精彩的最后一段路。

不管是在杨绛先生身上，还是在我的那些朋友们身上，我都看到一种态度:在爱的时候，学会相互依靠，学会柔软;在一个人的时候，也能心存爱意，漂亮生活。真心觉得特别好!

支 点

偶尔有机会走进一个朋友的办公室。桌子上“物质极大丰富”，“琳琅满目”“错落有致”“应有尽有”，典型的理工男风格。可是，抬头看见一幅挂在旁边的风景油画，繁繁点点中，写意的小屋、树林、小路、芳草地……方才粗放狼藉的画风一下子就转变为清丽纯净了。

朋友看出了我眼中的惊讶，就笑着解释说，那幅画是他南方农村老家的样子。一出家门就会看到的村落房屋、乡间小路，还有屋后的一片树林。他拍了照片，请一位画家朋友画了挂在这里。再一次细细打量那幅饱含着故土温情的油画，想起朋友之前说过的一些话语，突然读懂了很多东西。

这位朋友是一位创业很成功的业内人士，而且公司目前发展势头非常好，他宏大的理想是通过云计算帮助梦想者推动人类进步。我有幸参加他的新品发布会，听到他在台上跟大家说，他们公司没有背景没有资源，走到今天，是他一直把客户当成自己的衣食父母。

确实，一个农村走出来的技术理工男，选择了创业，选择了拥抱“推动人类进步”的伟大梦想，这一路的艰辛坎坷不难想象。他也曾半开玩笑地跟我说过，其实他也很喜欢写文字，偶尔悲伤偶尔低落，会写一点感性的东西。只是，别人看了会误解会猜测，哎呀，是不是最近公司发展遇到问题了等等。为了避免不必要的负面影响，后来只好搁置不提。

可是成功的人就不能有悲伤、有低落吗？他只是现在看来爬到了一个相对来说比较高的山头，大家看到他现在的光鲜，看到他现在被簇拥。可是一路爬行的路上就没有伤痛和孤独吗？那些艰难的时刻，肯定有不少。而且未来还有更远的路要走，有更险的坡要爬，可能还会有更多。

有人说："谁不是一次次被击倒，又一次次被点亮？"当内心有一个想要撬动地球的梦想，即便是手里紧握刻着"拼搏、坚持、才华"长而坚固的杠杆，也总得找到一个支点来承载吧！如此才能在"一次次被击倒"之后，还能"一次次被点亮"，然后继续做梦，直到可以撬动地球的那一天。

我也说不清楚那一幅饱含故土温情的油画究竟代表着什么，但我相信它一定代表着什么。

也许代表着一种柔软。当不得不顶着厚重坚硬的铠甲在外披荆斩棘到疲惫的时候，偶尔需要安放一些柔软。从而得以喘息，再获取重新去披荆斩棘的那些坚定的力量。

也许代表着一种出口。当拥有这份柔软，自己才是可以被允许悲伤，才是可以被允许低落的。

也许代表着一种提醒。面对故土，面对生命的最初，告诉自己不忘初心、莫失根本，不要悔；告诉自己本就一无所有，不要惧。

总之，我想，它应该就是撬动梦想的所谓"支点"的其中一部分。

两种生命的对望

我一直默默地欣赏、羡慕着妹妹敏。

敏是一个姨妈家的独生女。总是听姨妈说起敏，非常优秀，高中毕业就拿到了全奖去美国读大学。第一次见到敏的照片，是在姨妈的办公室里。精干的短发，戴一副眼镜，斯斯文文的模样，姨妈说那是敏在宾大的毕业照。当时敏刚结束了在香港的工作，去哥大继续读 MBA。全都是常春藤名校光鲜无比的履历，映衬我土土的国内的高校学历。

敏回国后，我们联系多了起来。敏在高大上的金融街上班，做的是动辄上亿美金的投资工作，满世界飞；而我一直在体制内做着刻板的技术工作。敏结婚的时候，房子、车子都是现成的。生了孩子，保姆早早地就找好了。而我，毕业后很多年才还清了大学和研究生期间的助学贷款。在我的印象里，敏满足了我对一个优秀、完美的女孩儿所有的想象：家境优越、父母正直成功、自身又努力优秀。

为了庆祝我博士答辩通过，姨妈请我吃饭，还送了我礼物，是一个施华洛世奇的天鹅。我当时都叫不出这个品牌的名字，是第一次知道。姨妈很诧异，说这个牌子敏从小就用，她的饰品基本上都是这个品牌。

我就是这样默默地羡慕着妹妹敏。

其实我最羡慕的是敏有那么好的父母，倒不是因为物质上，而是精神层面的。姨妈大气、睿智、正直、诚恳，对我关怀呵护，在我心底，一直像妈妈一样亲切。而我最感激的是，我们是可以沟通的。工作、生活、思想，姨妈可以给我指点，给我讲道理，对我帮助非常大。我的父母，也很伟大，在那个年代的农村，肯供一个女儿读书已经是相当了不起了。

我在家排行老二，用弟弟的话说“亲大爱小”，老二通常是爹不疼娘不爱的那种类型。《红楼梦》里的四姐妹中排行老二的贾迎春，就被张爱玲刻薄地称为“二木头”。每当别人提起我，问爸妈怎么培养闺女的，爸妈都会说，从小就没管过我。他们说这话还真不是谦虚。记得我上小学的时候有一次放学跟同学一起去玩儿，结果太远了就没回来，在外面过了一夜。第二天我战战兢兢回家，爸妈却连提都没提这回事儿，估计我一晚上没回家他们也没发现。

我和敏，是两种太不一样的生命。我远远地，欣赏、羡慕，真心为敏拥有的所有美好而感恩。像爱极了的一捧花儿，放在那儿，我可以靠近、欣赏，就已经是满满的开心了。没想到，有一次深聊，敏说她特别羡慕我。她羡慕我，可以不受那么多关注，自由地生长。我一开始很惊讶，聊到后来我就慢慢理解了，尤其是她当初为什么要回国。

我和敏，两种生命，彼此凝视对望。

我又无端地想起《红楼梦》里的贾母和刘姥姥。同游大观园的时候，一个坐在众人簇拥的轿子上，一个卑微得连石板路都怕弄脏只肯走在泥土里。刘姥姥羡慕着贾母的锦衣玉食，贾母羡慕着刘姥姥滑了一跤还能一骨碌爬起来的硬朗身体。

两种不一样的生命，在某一时刻，彼此对望。其实，也许无所谓哪个更好，只是不一样而已。

想起安妮宝贝的《七月与安生》，亦舒的《我的前半生》。两对同学兼闺蜜，七月与安生、子君与唐晶，彼此迥异的生活、生命轨迹，两种太不一样的生命之河，在某些时刻交汇、交融，分享、分担彼此的欢乐、悲伤，甚至参与彼此的喜怒哀乐，成为相互生命中的一部分。

我依然默默地欣赏、羡慕着妹妹敏，如同她原来也曾默默地羡慕着我一样。我们依然为彼此拥有的美好而诚挚地祝福、感恩，分享、分担彼此的欢乐、悲伤。感恩遇见！感恩这一切！

滴水人生

Life is too short to
worry about stupid
things. Have fun. Fall in
love. Regret nothing
and don't let people
bring you down.

自己的节奏

在外出差的间隙，天桥上偶遇一个摆地摊的“国际友人”，明亮而清澈的笑容似是抖落了一地的阳光。凑近了细看，不由得心头一动，内心深处仿佛被触动了什么。

地上摆满了精美的照片，旁边立着一个纸牌子，上面写着：“我销售我自己的照片来支撑我未来的旅途，照片的价格由你来定，想付多少钱都可以。”落款是“Danil”。那一张张照片真的是美得让人窒息，更让人心动的是每一张上面都印着一句话“Step to Dream”。

Danil 见我蹲下来翻看他的照片，便立马热情地跟我介绍起来，说这些照片都是在旅途中他自己拍摄的。每当没有路费的时候，他便选出一些他最得意的拿出来兜售，凑够了钱便去往下一站。真是一个有意思的人！于是我便跟他攀谈起来。

我听他英文的发音有点特别，便问他是哪个国家的，原来是来自乌克兰东南部的扎波罗热州。他三年前跟女友一起开始了旅程，女友中途由于其他原因回去了，他就一个人继续“Step to Dream”。三年的时间一共去过了九个国家，现在来到中国，目前因为没钱了在上海稍作停留，等筹够了路费他想去杭州等南方城市，他还想去香港和台湾。

我问他未来打算还要走多久，他说他也不知道，只要自己还是很享受在路上的感觉，他就会一直走下去，而不会因为别的外部的原因而改变，甚至比如女友离开他还是选择了继续坚持；如果有一天他觉得想回去了，那就回去好了。我又问他，当初又是为何而上路的。这个大男孩灿烂地笑了笑，说也没什么特别的理由，只是不想像周围的人那样仅仅是例行地每天不知道为了什么而机械地工作到老，于是想趁着自己还没结婚、还没孩子，一个人多去看看，用自己的眼睛来记录这个世界的美。

我的眼睛落在那一张张精美绝伦的照片上面。Danil 指给我看，这是柬埔寨的一个小村庄的树林，那是缅甸的寺庙等等，还有中国的长城和故宫。我问他最喜欢哪个地方？他耸了耸肩笑了笑说，都很喜欢，每个地方都不一样，都很棒。末了，又补充了一句，说他的家乡也很棒，他随时准备着哪一天一觉醒来，觉得想回去了，没有遗憾了，他就立马返回家乡。

脑海中浮现出《日瓦戈医生》中的一段话："仿佛有生以来就像个孩子似的让人牵着手走，如今骤然把手放开，要自己学着迈步了。周围既没有亲人，也没有权威人士。于是便想着依赖最主要的东西，即生活的力量、美和真理，而不是让人类打破了的各种法规来支配你，使你过一种比以往那种平静、熟悉、安逸的生活更加充实、毫无遗憾的生活。"我觉得眼前的这个灿烂的大男孩儿已经是"自己在迈步了"，他已经活得可以脱离了亲人、权威人士等各种法规的支配，而只是依赖那些"最主要的东西，即生活的力量、美和真理"，主动摒弃了"以往那种平静、熟悉、安逸的生活"，而勇敢地选择了"更加充实、毫无遗憾的生活"。

特别棒！

另一个喜欢冒险的朋友有一次从珠峰回来曾跟我说起她的体会。"要不要往前走？没有人可以替你决定，最终只有你能决定。继续爬升不见得就是勇敢，转身下撤也不意味着懦弱。一旦身体发生严重的高原反应，一定要第一时间下撤。只有你自己最清楚自己的身体状况，而不自知是最危险的。"

我想 Danil 在自己的旅途中一定也遇到过无数个那样需要抉择的时刻，比如此时，没有了钱，还要不要继续往前走？比如之前，女友返乡，要不要跟她一起回去？

被现实和世俗捆绑的人们大都会希望看到一个为了梦想而勇敢追逐的故事情节。此时的 Danil 还有对前方未知旅途的好奇心，即便是没有了路费，即便是女友的离开，他依然遵从内心的声音，选择了继续前行。有自己的梦想，克服一切困难勇敢去追逐，这已经非常了不起了。而我觉得他更了不起的是，没有被任何既有的“七七八八”的“法规”所绑架或者“支配”，没有要“非怎样不可”，而是依然会听从自己内心的声音，有一天想回去了，就即刻返乡。并不是厌恶自己的家乡才被迫去别的地方，而是知道自己的家乡也很美，只是想去更多的地方看到其他不一样的美。家乡的美，时刻在自己的心里，总有一天会回去，只不过此刻，依然还想在路上看别处的风景。Danil 一直知道自己内心真实的想法，并忠实地按照自己的节奏践行着，不为外界的声音所打扰，诚实地做着自己。这在我看来是更可贵又可爱的。

虽然相识不深，不过我想我是懂 Danil 的。因为我们都走着自己的路，也就有可能更懂得对方。我们都笃定地走在自己的路上，笃定地踏着自己的节奏。

只问深情，无问西东

受高中母校校长的邀请，想让我给现在高中学校的孩子们讲点啥，鼓励青少年好好学习。挺好的一件事情,我就满口答应了。但随着日子越来越近，我却越来越不安起来。因为我在一遍一遍思考，到底给孩子们讲点啥？越来越觉得我想要表达的观点跟现行的应试教育制度其实是不太合拍的。尤其是在翻看了之前学校请回去演讲的优秀的校友们演讲的情况，大都鼓励同学们要努力学习、决战高考、“清华、北大离你们很近”……我就更加不安起来。

我不否认，在现有国情下高考制度的合理性和公平性。更不否认，我本人就是高考制度的既得利益者。但这并不表示，我对现有应试教育制度之外的否定和忽视。相反，工作十年之久，却越来越认知到应试教育制度之外的勃勃生机与五彩斑斓。处于高中的孩子们，年龄在十六岁到十八岁之间，花季少年，正是对世界怀有强烈好奇心的年龄，正是人生观、世界观、价值观形成的年龄。相对于填鸭式地灌输多少现成的所谓“知识”，我觉得更重要的是要教会他们对这个世界应该采取一种什么态度。

在此,我想讲述一个故事,电影《无问西东》中陈楚生饰演的一个角色——清华大学的学生吴岭澜，如何从迷茫走向真实。

吴岭澜是 20 世纪 20 年代清华大学的一名学生，一次考试结果出来后，他的实科（相当于理工科）属于不列（相当于不及格），而文科全部满分。这时候时为清华大学教务处主任的梅贻琦（后来是清华大学的校长）把吴岭澜叫到办公室，他们之间有这样一段对话。

梅贻琦问："求学的目的是什么？"

吴岭澜迷茫地答道："只知读书是对的。"

梅贻琦又问："你英文国文都是满分，物理却在不列，为何选实科，而不选文科？"

吴岭澜答："只觉得实科更有用些。不过，我哪管学什么，只要是在学习，把自己交给书本，就有种踏实。"（可见即便学霸如吴岭澜，对于前程也有迷茫懵懂的时候。）

梅贻琦说："人把自己置身于忙碌当中，有一种麻木的踏实，但丧失了真实，你的青春也不过只有这些日子。"

吴岭澜不解地问："什么是真实？"

梅贻琦语重心长地说："你看到什么、听到什么、做什么、和谁在一起，有一种从心灵深处满溢出来的不懊悔也不羞耻的平和与喜悦，那便是真实。"

1924年，泰戈尔访问中国，来到清华大学，吴岭澜有幸听到了泰戈尔的演讲，大师在台上慷慨激昂地倡导大家不要走错路、不要惶惑、不要忘记自己的天职、不要理会那些无目的的营利的诱惑等等。由此吴岭澜坚定了对"真实"的认知，他终于明白自己想要的是什么，也最终完成了弃理从文的抉择。

多年以后，吴岭澜成了西南联大的教授，他对生命的思索，在西南联大将这份"真实"照亮了正在迷茫中的沈光耀。吴岭澜回忆往昔，他说："当我在你们这个年纪，有段时间，远离人群，独自思索，我的人生到底应该怎样度过？某日，我偶然去图书馆，听到泰戈尔的演讲，而陪同在泰戈尔身边的人，是当时最卓越的一群人：梁思成、林徽因、梁启超、梅贻琦、王国维、徐志摩，这些人站在那里，自信而笃定，那种从容让我十分羡慕，而泰戈尔正在讲'对自己的真实'有多么重要。那一刻，我从思索生命意义的羞耻感中释放出来，原来这些卓越的人物，也认为花时间思考这些、谈论这些，是重要的。今天，我把泰戈尔的诗介绍给你们，希望你们在今后的岁月里，不要放弃对生命的思索、对自己的真实！"

这就是一个青年人面对人生抉择时应该有的态度："认识自己，忠于自身，交付真心。"

而我们现在的教育体系，包括家长的教育可能更多地都只是在教大家如何功利，如何上好大学、找好工作、做一个精致的利己主义者，而少了一些对自身生命价值更深层次上的思考以及对社会的一种担当。

曾经有一次老家很好的一个朋友让我帮忙给一个刚大学毕业的小姑娘找工作。其实是这个朋友的朋友家里的女儿，父母让回县城找一个安稳的工作，守着爸妈，在当地找个对象，过安稳的一生。而我这个朋友因为看着这个小姑娘从小长大，觉得很有灵气，不应该在小县城就这样消磨大好的青春和才华，好不容易考了一个那么好的大学，为什么不留在北京好好见识一下大天大地而要回来过什么“安稳”？我理解我这个好朋友的善意，但是我说，咱俩的想法是为小姑娘好，可是也得问问人家小姑娘自己的意思吧，想要做什么呀？于是我就给这个小姑娘打了个电话，打完了我这心情也完了。我完全没感觉到这个小姑娘的“灵气”。一个在北京还算不错的大学毕业的年轻人，没有任何自己独立的思考，凡事都是“我爸妈说怎样怎样”。我问那你自己是怎么想的呀？她说：“我也不知道。”最后，她觉得听爸妈的是对的，她也愿意回老家过“安稳的生活”，毕竟在北京买房什么的太辛苦了。后来我就跟我这位好朋友沟通了一下电话的内容，她很诧异，说不应该呀，小时候特别有灵气的一个小姑娘怎么会成了这样子？后来朋友不死心，亲自打电话又问了问，这才跟我说，哎！可惜、可惜了！

这确实是目前青年人的一个现状，缺乏一种思考、缺少一种担当。

不过我觉得，迷茫，大多人都会有，不过有早有晚而已。尤其是年少时期，对未来会有很多未知的迷茫和惶恐，虽然也有憧憬。有一种人，很早就洞悉了自己内心的想法，然后坚定地走下去，那么这种人很幸福。而更多的人，边走边思考，看见哪里有光就往哪里去，进行很多的尝试。这种人会多走些路，会更辛苦一些，知道自己内心真正的向往会更晚一些，不过人生也会更丰富些。但不管是哪种人，最终明白自身生命的价值、交付自己的真心，拥有那种溢满了平和与喜悦的“真实”，他都是幸福的。

拿我个人的经历和感悟而言，也经历了长长久久的迷茫、痛苦、磨砺和思考，对认知自我、对忠于自身、对交付真心，至今我还依然在路上。不过近几年的磨炼确实让我更加开阔，内心更加平和，越来越看到这个世界更多的可能性、合理性，越来越包容，也越来越从容，越来越认同“宽容，不是一种美德，而是一种认知”。当你的认知达到一定的高度和广度，认识到事物的本质就是这个样子，你就不会轻易责难，也不会轻易赞美，只会越来越淡定、平和、从容。从而，坚持你该坚持的，看淡你该看淡的。

所幸，历经泥泞，我并没有迷失于泥泞，反而更加珍惜和懂得清爽和洁净的珍贵。我更加相信善良和奋斗的意义，更加坚持传播爱和温暖的力量，更加坚定地要做一个温暖而有力量感的人，更加坚定地要给大家搭建一个可以承载我们青春梦想和奋斗汗水的舞台……

最后，我想同样用电影《无问西东》中的一段台词送给每一位“珍贵的你”：

“如果提前了解了你们要面对的人生，不知道你们是否还有勇气前来？世俗是这样强大，强大到生不出改变它的念头。愿你被打击时，坚持你的珍贵，抵抗恶意；愿你在迷茫时，记住你的珍贵，爱你所爱，行你所行，听从你心，无问西东。”

愿你历尽千帆，归来却依旧是少年！

愿你永远年轻，永远热泪盈眶！

愿你只问深情，无问西东！

尊贵的生命之“锦”

今天一大早回京的路上，彩霞漫天，红红的朝阳穿过路边的树梢一路追随，让我这个离乡之人心里也暖暖的。回想昨天上午，去跟学弟学妹们约会见面的路上，飘着雪花。昨天还那么糟糕的天气，可是今天就已经这么好了，不是么？春天已经要来了，你看大地万物都一派欣欣向荣，一切都又生机勃勃了，不是么？

今年春节回来过年，偶然听到爸爸跟我叹息说高中又有一个孩子跳楼了，就在离过年没剩几天的时候。后来见到我原来高中的老师，也提起这件事，据说男孩跳楼的原因是向一个女孩表白遭拒绝，于是便写好遗书后从楼上一跃而下。再后来陆陆续续从一些学弟学妹们口中得知，大家私下里议论，其实很多同学都有多多少少的厌世情绪，只是没有那个同学的勇气，不敢往下跳而已。

花儿一样的少年，原本应该是对未来充满美好憧憬的时候，正是编织着彩色梦想的年龄，内心却承受着如此沉重的、灰色的绝望……那一跃而下前的一刻，那个孩子该是有多痛苦、对这个世界该是有多失望啊！我的心疼……难以言表。好想伸手去抱抱那个孩子，好想伸手去抱抱那些同样正在痛苦和绝望中的孩子们！

去年春天，应高中母校郭校长的邀请，我回来跟大家做了一次交流。也许是因为我的真诚，交流之后有不少的同学愿意跟我一直保持联系，倾诉他们的困惑。其中一个小妹妹微信里告诉我，本来她已经给妈妈写好了遗书，听完了我的报告，她回去把遗书撕了，又重新拿起书本。那次对我的冲击特别大。回想那天交流结束，我被大家的热情围住，有些小妹妹说很想抱抱我，我疼惜地拥抱每一个人，微笑着真诚地鼓励她们。没想到我这么简单的举动，现场有好多女孩子一直在流眼泪。想想也是，十六岁、十七岁、十八岁的花季少年，正是晶莹剔透的年龄，清澈也脆弱。

所以我一直小心地呵护着这一群“晶莹剔透”。但平时微信、短信交流毕竟有限，于是今年春节期间我便邀请大家小聚，跟大家面对面地谈谈心、聊聊天。昨天天气不好，所以非常感激冒雪而来的同学们！也希望你们作为一个个使者，把温暖传递。

昨天我们一共聊了三个话题：遇见爱情；如何度过大学时光；如何自信。后面两个话题，我曾经写过相关的文字，也因为比较“主旋律”，我在一些场合说得比较多了，就不再赘述。第一个话题，大家普遍感兴趣，也因为不方便在大的场合讲，所以也是大家昨天反应最积极的一个话题，那我就重点把大家关于“遇见爱情”的讨论在此做一个简单的整理。

爱情，是这个世上最美、最浓烈的感情之一。亲密关系也是所有的人际关系中最重要的。心理学家萨提亚说过：“这世上是有人间天堂的，那个天堂就是一段和谐的亲密关系。”我想，爱情，之所以迷人、之所以是古今中外艺术永恒表达的主题，或许就是因为如此。

但我觉得咱们国内对爱、对性的教育是相对缺失的，没有合理的引导。而且因为升学率的压力、对“标准答案”的迷信，学生时代——尤其是高中时代——对爱情或者叫“早恋”几乎是“谈爱色变”，大家普遍觉得是羞耻的，甚至是罪恶的。学生时代被逼着只能一门心思“学习”，其他的任何想法都是洪水猛兽；等一毕业就又开始逼着相亲、结婚。每个人都必须活成机器一样，按照程序，什么阶段做什么事，每个人都必须活成标配人生，否则就是不正常的、就是有问题的、就是失败的、就是必须要被修正的……可是如果真的这样，那人生该多无趣啊……

我个人的观点，还是要尊重“人性”本身。爱，爱别人、被别人爱，是作为一个“人”最尊贵、最美好的情感体验。而爱又是可遇不可求的，每个人遇见爱情的时机就像不同的花有不同的花期一样，有早有晚。来了就来了，尊重真实的情感需求。任何一段好的关系都是对自身成长的一种修复，一定会让彼此成为一个更好的自己。我们该警惕的是那些“假爱情”，借着爱的名义来放纵自己、控制对方。

我一个很好的朋友是一所知名大学的教授，她女儿是人大附的学霸，在高考前期她突然发现女儿有了一个“小男朋友”。但她不是以一种忧心忡忡的状态跟我说的，而是特别开心的样子告诉我的。她说，不管未来如何，至少这个小男生可以陪女儿走过一段特别晦涩而艰难的路，这就是意义所在。我说你这个妈倒是挺想得开的，未来女婿啥样子不好奇吗？她立马反驳我：“谁说谈恋爱就一定要结婚的？谁说开了花儿就一定要结果的？”“一切以结婚为目的的谈恋爱都是耍流氓！”这句话是这位酷妈告诉我的。是的，我和她的观点比较一致。婚姻制度在某种意义上其实是一种私有制的财产分配制度，也是一种维系生产生活的方式，所以有责任、有义务，带有更多的社会属性。

在青春期，对社会还没有一个认知的情况下，透过早期的爱情就去锁定婚姻，刚刚碰到一个心动的人就决定一生一世、非 TA 不可，是不是太草率了？未来的路还很长，你还会遇到更多的人。我和那个酷妈的观点是，谈恋爱的时候就好好谈恋爱，多接触几个，选一个自己最适合的共度余生，到那时再考虑婚姻、再考虑一生一世也不晚。

有个刚读大一的女孩子问我，有男生对她很好，这个男生样样都好，大家都说他好，只是自己没感觉，问我该怎么办。我说，一只珍贵的大熊猫过来递给你一枝竹子，可你是一只猴子，你想吃的是香蕉。大熊猫很好，谁都说他好，可是你要抱着竹子过一辈子吗？那种生活你能想象吗？我个人的建议是，如果不合适，还是放彼此自由吧！但前提是你需要对自己有个清醒的认知，你已经清晰地意识到你是一只猴子，那就去找你心仪的猴子好了，你们彼此相互捉虱子都是快乐的；另外，你也不能活在别人的价值评判体系里，别人都说熊猫好，你就纠结了，反而觉得自己出了问题，那就不好了，你自己要有认知、有定力才行。

换一个角度思考问题，比如你是那只熊猫，对方是猴子，你递上你心爱的竹子，就希望对方一定要接受，否则对方拒绝了你就“一跃而下”，是不是也有点不合适呢？你遇见了让你心动的人，你遇见了你的爱情，可这仅仅是你的爱情，对方并没有动心，这不是人家的爱情，别人是不是也有拒绝的权利呢？我觉得我们是不是可以再给自己多一点的耐心呢？把这份美好的感情放在心里，去等待自己生命里的那只大熊猫出现，一起去享受你们共同珍贵的竹子。

所以我总说“真实”,有些同学说不理解什么是“真实”,我理解的“真实”就是这样的。是什么就是什么，不违背自己的意愿。喜欢就是喜欢，不排斥、不否定；不喜欢就是不喜欢，任谁说什么，忠于自己的内心，还是不喜欢。

“遇见爱情”，遇见了就是遇见了，尊重、善待，保护好自己，还要做好自己该做的事，不能打着“爱情”的旗号放纵自己，让自己的成绩一落千丈，其他的也什么都不管不顾了。好的关系，一定是互相滋养的，一定是互相促进、彼此成全，让对方都成长为一个更好的自己。如果在一段关系里任何一方是被损耗的、是往下坠的，那是应该要去警惕的，应该去审视，是否要及时止损。或者，一个故事的开始是美好的，大家都不否认，后来出现了问题，也要“真实”地去面对。游戏的规则应该是，两情相悦才可以一起往前走；否则任何一方提出退出，另一方都应该尊重。爱情来了，感恩又大方地说一声“你好！”爱情走了，同样也要感恩而大方地说一声“谢谢！再见！”转身又是另一种精彩。

没有遇见就是没有遇见，不强求、不刻意，怀揣一份美好耐心等待，总会在某个转角遇见爱情。但不管任何时候，都要忠于自己的内心。

再说，爱情虽然非常美好、非常重要，但它也不是我们活在这世上唯一的事情，我们还有其他非常美好、非常重要的事情。

我有一个好朋友，跳舞跳得非常好，她曾经陷入一段很艰难的亲密关系困境当中。她说有一次跟一位朋友跳舞，那个朋友德高望重，也有很大的成就。中间休息的时候她就跟朋友说了她自己的困惑，她朋友笑着拍拍她的肩膀反问她：“你来到这个世上难道就为了这一件事儿吗？”她那一刻突然就醒悟了：“是呀！我还有好多其他想要做的事情呢！”她对舞蹈的狂热、她刚刚起步的事业；她可爱的儿子、她可敬的父母；她还想去南极看企鹅、去非洲看动物大迁徙……她跟我说，那一刻抱着朋友哭了很久，那是一种突然走出一个狭窄的隧道看到出口的豁然重生般的感动。

是的，我们来到这个世界上会体验很多的美好，爱情只是其中一个，除了爱情，还有很多其他美好又重要的事情。有时候我们会陷入某一个死角，一时找不到出口，被眼前的“一叶”而“障目”，其实出口一直都在。生命是一条长长的河，在某一刻与另一条河交汇，也许就又各自奔赴各自的河道。那曾经你以为的、所谓的“刻骨铭心”，相信我，会在后面的时光里你也许连想都想不起来。但我们并不否认曾经带给我们生命的美好，TA 在我们的生命中曾是如此重要过。就像那位酷妈教授所说“曾陪我们走过一段路”，仅此一点就该感恩生命的赐予！

有一个学妹问我生命的意义。说实话我觉得这是一个太宏大的主题，以我目前的修为还不足以去回答。不过我可以简单谈一下我当下对生命有限的认知。

首先，生命是无比尊贵的。自己的、别人的，都是应该被尊重、被珍视的。在这样的基础上才可以去谈其他，爱情、亲情，事业、爱好，理想、情怀……所谓“锦上添花”，尊贵的生命永远是那个“锦”、那个底色，其他的都只是“锦”上的“花”而已。福原爱在退役的时候说了一句话：“不是乒乓球里才有人生，而是人生里有乒乓球。”是的，你的生命永远是那个承载那些“花”的“锦”，那些“花”好不好甚至有没有都不重要，重要的是，你要做好那个无比尊贵的“锦”，否则其他的都没意义。

再说，活着，本身就非常美好。一朵开在沙漠里的花，不需要别人欣赏，她自己努力绽放的姿态、那种对生命本身尊重的态度就已经很美、很美了，不是吗？你用力奔跑的样子、你热气腾腾的样子；你专注的样子、你投入的样子；你大声欢笑的样子、你失声痛哭的样子；你心动的样子、你心痛的样子；你勇敢的样子、你胆怯的样子；你憧憬的样子、你失落的样子；你爱自己的样子、你爱别人的样子……都很美，你知道吗？那是作为一个“人”活生生的“生气”，那是最动人的“烟火气”，那是一个真实的“人”该有的样子，本身就很美。

《西游记》一开篇，猴子从石缝里蹦出来，看到山下熙熙攘攘的人群就忍不住“泪流满面”，决心要去走一遭。《红楼梦》里三生石畔的绛珠草和神瑛侍者也要到那人世间走一遭，所以就有了黛玉要用一生的眼泪还宝玉的甘露灌溉之恩的故事。眼泪，是一个人内心情绪比较强烈的一种表达方式。所以，人世、眼泪，我浅薄的理解应该是人活一世，还是应该用情、用心去体会吧！

生命应该是鲜活的、生动的、真实的；应该是竭力绽放的、尽情尽兴的；应该是五彩斑斓的、流光溢彩的；应该是像维特根斯坦临去世的时候骄傲地说："告诉他们，我，度过了幸福的一生！"

在自己身上，克服这个时代

今年春天，我曾在高中母校跟学弟学妹们做了一次交流，后来就一直有青春期的小朋友们跟我联系。有分享收获和快乐的，更多的是表达迷茫和痛苦的，尤其是对新开始的大学生活，有人充满欣喜，有人满是失望。

最近见了几个旧日同学。有乐观派的，总是把日子过得一片欣欣向荣的样子，好像刚从《新闻联播》里走出来似的。也有悲观派的，抱怨社会无望、工作无趣，从刚毕业的时候就喊着要换工作，但一直到现在还在第一家公司待着。

这段时间也陆陆续续见了一些朋友，不同年龄的、不同行业的、不同职务的。我也发现一个同样有趣的现象，虽然是同一个地球、同一个社会，不同性格的人看到的却是完全不同的世界。同样是一枝玫瑰，积极的人看到的是虽然有刺，但刺上的花娇艳欲滴；消极的人看到的是虽然有花，但花下的刺面目狰狞。

“这是一个最好的时代，这是一个最坏的时代。”任何时候、任何一个时代好像都可以用这句话来描述。不可否认，当下的社会，经历了一个长时间的发展，有成绩，也有沉淀下来的问题，这都很正常。我们每一个人都处于时代的变革当中，潮水来了，谁都无法让自己保持干爽。但面对潮水的态度，是主动拥抱变化、踩在浪尖上，还是被动抗拒改变、被浪拍在水下，则是两种完全不同的姿势。

从系统论的视角来看，人类社会的进化发展遵循着“萌芽、生长、衰败、新生”的基本模式。在这样的社会发展模式中，社会系统的基本秩序、制度与文化也在一个不断的“成、住、坏、空”中循环。我们只是处于这个循环中的某一个环节，或者是某两个环节的交叉点上。

好像陷入了一个集体焦虑的时代，大多数的组织和个人都有紧张、不满的情绪，却又不知道问题出在哪儿，更不知道未来路在何方。青年人要面对就业机会的匮乏，老年人要面对单薄的社会保障；穷人抱怨越来越高的物价，富人抱怨越来越匮乏的安全感；普通老百姓面对日益升高的房价和稀缺的医疗教育资源，生活压力倍增，幸福感降低；政府官员则既要应对逐渐复杂严苛的工作要求，又要面对公众的监督和挑战，重压之下紧张和抑郁成为情绪主流。大家的神经绷得越来越紧，也越来越脆弱。我们的道德环境也越来越恶化。

听闻一个故事，很是让人唏嘘。一个儿科医生，医术高明，早几年用药不贵，却总能手到病除。但这两年却不是这样了，他的挂号费很贵，为了“黏住”病号，他的药开始“神奇”起来。比如很常见的小儿咳嗽，他的药，一用就好、一停就咳，所以，还得反复来他的诊所看病。

我一个同学，家里祖传的膏药秘方，对治疗腰腿疼有奇效，我曾经也受过益，我们老家那边四里八乡的村民都去求医。我同学后来就想把这个膏药的事情做大，让更多的人受益。他谈了几家医院后，结果让他吃惊又气愤。医院都不愿意跟他合作，理由竟然是“你都把病人治好了，那谁还来我们这儿看病啊？”有些医院甚至开出条件：“合作也可以，但药的用量要控制，不能一下子就治彻底了，最好是一用就好、一停就疼，而且越用药量要越多。”这是不是另一种“客户黏性”的理解？可问题是这种“黏性”经得起良知的拷问吗？后来，我这位同学就放弃跟医院合作，索性自己做好了。

我另一个在医院工作的朋友，也经常听到他说的“纠结”。一方面是自己的良心，另一方面是医院各种指标考核的压力。不过，每次他还是顶住压力，按照自己一个医生救死扶伤的天职给病人看病拿药。不但如此，他还成立了一个慈善组织，每个周六，带着跟他志同道合的从医人员，走到乡村，为那些没有经济能力的空巢老人和孩子免费看病、开药。

从时间的纵向维度来看，也许，不仅是现在，历史上任何一个时代，包括未来的任何一个时代，都会存在这样、那样的问题，它总是不会那样完美。从组织的横向维度来看，大到一个社会，小到一个企业，都是一样的，也会在不同的方面存在不同的问题。那如何破局呢？我想真正的出路唯有自我修炼——不断提升自己。像尼采在一百多年前说的那样："在自己身上，克服这个时代。"

都说这是一个刻薄的时代，不过我们还是时常会被一些事情温暖到。

我新入职的这家公司，有一项规定，就是应届毕业生第一个月发双倍薪水。这项规定的来由是 CEO 季昕华同学当年毕业刚工作时，特别想把第一个月的薪水奉献给自己的爸爸妈妈，以报答他们的养育之恩。无奈除去吃喝拉撒睡之外所剩无几，所以当他有能力回馈社会的时候，他采用这种方式让他的员工有机会向养育了自己的父母表达自己的感恩，告诉员工多出来的一个月工资是孝敬自己爸妈的。这家公司不仅给员工体检，还给所有员工的父母体检。每年的重阳节，HR 的同学都会提醒小伙伴们要懂得感恩，要关心自己日益衰老的父母，带着他们去体检。

"不管世界如何艰难，总有你可以做，并且能做好的事情。"我那位医生朋友还有我的老板，他们的行动，都为这句话做了很好的注解。他们都在自己的身上，克服着这个时代。

连雨不知春去，一晴方觉夏深

前些日子，收到子寒写给我的一篇文字，美朝会晤引发了他旧日在河内的一些记忆。他十年前在河内的游记我之前看过，于是也记住了一个好听的女孩的名字，“红幸”，子寒还跟人家相约十年后再去河内。

子寒给我的文字题目很有意思，《游手好闲的“苦涩”与“光荣”》，我一口气看完，掩卷而思，不由感慨：我的子寒是不是真的开始老了？我们是不是都已经开始老了？

子寒追忆十年前自己“还算年轻”的时光，他说那是他个人的黄金时代，喜欢由着性子乱逛，几乎每年都要出几次远门，短则半月、长则一两个月。那时的子寒自嘲为“游手好闲的人”，或者精神上的流浪汉、漫游者，他既不是为了工作和生存，也不是为了跟时间赛跑或证明自己，更不是为了发表文字或途中艳遇……仅仅是随心所欲地从一个地方到另一个地方，自由、快乐、单纯，没有催逼、没有追赶、没有计划……子寒自己都说“那是一段单纯而美好的时光”。甚至让十年后的自己重新再读那些文字，依旧可以感觉到当时“浓烈的青檬般的生涩感”。

然而，现如今的子寒，十年后的子寒除了觉得当时的“游手好闲”很“光荣”之外，更多的是开始反省，开始觉得“苦涩”了，开始觉察出随性的散漫而带来的“不小的副作用”了。

老实说，自从看完子寒“深刻”的“自我批评”，我内心一直涌动着难以名状的复杂情绪。带给我的冲击或是思考，甚至有种价值观重构的痛楚。

子寒曾经一直是我活在现实中的理想，他的随性、他的率性、他的热烈奔放、他的真实不妥协……曾像信仰一样感召着我，让我觉得此生我也可以努力活出那个样子。然而，十年后，子寒却开始对这样的日子开始“反思”，开始觉得“苦涩”，开始觉察出“不小的副作用”了……我一下子突然有种失重感……子寒什么时候开始这样的变化，我不曾察觉；从他的字里行间来看，他也很“莫名”，甚至自己也在反问“我是不是开始苍老了？”

还有一个质疑自己苍老的人是我的爸爸。

月初我按照惯例给爸妈的银行卡里打生活费，晚上打电话的时候跟爸爸提了一句说钱到账了让他用的时候去取。老爸说白天下雨，琳琳（我弟媳）冒着大雨去医院给妈妈拿药，他在家带孩子。现在他也没有了工作，什么也做不了，不仅不能为子女分担还要花我们的钱成为大家的负担……说着说着居然哽咽着说不下去了，最后丢下一句“曾经觉得自己是力大无穷的一条龙，可现在每天被困在家里成了一条虫”，就把电话挂了。

一种深深的悲凉将我钉在原地，我竟找不出一句可以安慰的话。曾经的老爸，也算是我们村里的“首富”。早年当兵回老家，开了一家木工厂，聪明、勤奋，定期出去看看，新型的家具多看几眼回来琢磨琢磨就做出来了。最红火的时候，县城里几个司局办公室里陈列的都是我家做的办公桌椅。

我家盖了我们前后几个村第一栋二层小楼，有了第一台电视机、第一台洗衣机、第一台冰箱、第一部电话机……我的第一块手表、第一台爱华随身听，老爸甚至因为我爱运动给我在家门口做了一个乒乓球桌，更甚至平了一块空地置了一个篮球架，每天早上陪我打篮球……在我印象里没有什么是老爸搞不定的。记得冬天下晚自习，爸爸骑车来接我，我坐在自行车后座上，钻到爸爸大大、暖暖的军大衣里面，我就觉得外面的风雪都跟我无关了。

可是居然也有一天，爸爸苍老到不能做任何事情了，只能在家里看看孩子做做饭，从一条无所不能的“龙”到一条无可奈何的“虫”，其中的酸涩我可以体会。谁都会有那一天，这是个自然规律，道理都懂，也都会以为离自己还很远。可不知不觉中，等这一天突然摆在眼前的时候，我们还是不能接受。

时光在走，每一个人都在岁月的刀下被雕刻着，我们都在悄悄地改变着模样，只是身处其中不自知罢了。“连雨不知春去，一晴方觉夏深。”只是突然有一天，才醒悟，那些都只能是“曾经”了，春已去、夏方至。

而我却时常犯这样的傻，固执地揪着过往不肯放手，想要大家都还是过去的模样。

还记得多年前在上海外滩深夜的街头，我一个人听流浪歌手唱歌到凌晨，乐队都要收队了我还是不肯走。那天也是被“伤了心”，曾经很默契的朋友突然发现已不像原来那么默契了，我们一起傻傻地听歌、傻傻地唱歌的日子已经不再有了，大家都各自有了新的生活方式。简短地吃过晚饭，朋友要送我回酒店，我还不想走，但他又执意要送我。最后石头剪刀布，三局两胜，我赢了，于是我就自己留下来听歌。现在还记得当时的鬼样子，拎着鞋赤脚走在外滩的草坪上，一遍一遍，哼着一起唱过的歌，祭奠不知何时走散的青春。

多年后的今天居然再一次犯傻，以自己的刻度要求别人跟我对标，稍微不符合自己的预期就觉得“被伤了心”，不依不饶地“穷追猛打”。直到朋友说“逼迫感”，我才幡然醒悟。是的，大家都有新的工作和生活模式，包括我自己都在变，为什么逼着人家非要保持跟过去一样呢？亏得朋友不跟我计较，那么忙，还好言好语给我一顿解释。像极了初识的时候，未曾谋面我们电话里就吵了几个来回，等碰面了彼此互通了真实的情况，就“一笑泯恩仇”了。甚至“不打不相识”，由此收获一位至交好友。

永远感激，在我最艰难的时候他给过我的关切、安慰和勇气；永远感激他小心翼翼却真真切切的牵挂和担忧。还好，走过一段艰难的历程，自己经历了蜕变和成长，我越来越是自己满意的样子。静下心来反思，上苍还是厚爱我的，只是我自己有点“任性”。坦诚来讲，我们之间那份真诚真实的情感还在，我可以感知也可以分辨，所以自己才有恃无恐地“撒泼”、任性地耍小脾气，若非如此，我连讲都不会讲了。

即便如此，心头还是有些怅然难遣。是啊，不管怎样，时光在走，我们都在被推着往前走。那些日子，像子寒说的，“苦涩”也好“光荣”也罢，都已是过往了。按照他和红幸的十年之约，今年应该是他重返河内的日子，然而他已经跟红幸失联很久了。今天是朋友的生日，岁月的雕刻刀又刻上了一轮。不知不觉中，我们都在岁月的河里往前漂着，在一个又一个“春去”“夏深”的轮回里轮回着。如此，生命又会沉淀、呈现给我们什么呢？

也许，这是我下一次见到子寒要讨论的话题。如此一想，心里突然增了几许亮色。朋友之约，来日可期，既美又好。

主动选择

又一个朋友最近在考虑工作的变动，想让我给点建议。

其实她现在的工作，在别人看来也光鲜无比。只是她自己觉得很吃力，不喜欢。所以想另辟一个出路，尝试尝试，万一成功了呢？处于现在这个年近不惑的阶段，眼看着人生的上半场快落下帷幕了；再不好好筹划一把，下半场很快也就稀里哗啦上场了。好像爬一座山，正好来到了半山腰。回头看看来时的路，已经往上爬了好一段了；再抬头看看后面的路，也还不短呢。会有不甘心的，觉得再不折腾就来不及了。

我没有什么更好的建议，只是一点，问问自己的内心，是不是深思熟虑后的“主动选择”？有没有那么一点点“冲动”或者热血上涌后的“不管不顾”？有没有那么一点点对现实不满后的“逃避”或者“不得不”？

有时候我们看到别人转型后的成功，会有很多自己的想象，而并不是真相本身。宁远，最初是一家电台的节目主持人，同时还是一名高校的老师，都是事业单位的“铁饭碗”。但她后来离开媒体、离开高校，成为一名自由撰稿人，成为一个做衣服的人，开了一家叫“远远的阳光房”的服装店。在一次见面会上就有人问她，这些转型都需要很大的勇气，她是怎样做到“不管不顾”的？宁远就笑着回答说：“我根本就不是一个不管不顾的人，这是最大的误解。离开媒体和高校的时候，我自问已经可以强大到应付最坏的结果，也做到了让身边人（尤其是父母）放心。辞职的时候我已经出版了一本书，也常年在报纸杂志写专栏，我想的是：如果做衣服做不好，我就专职写作也是可以的。”

你看，人家离职的时候并不像很多人想象的那么“冲动”，而是做了充分的准备，是“心中有底”的。更重要的是，她特别明白自己想要的是什么，不是因为目前的不够好而“不得不”“逃避”，而是清晰地知道虽然也不错，但这不是自己想要的。而自己想要的，可以为此拼搏、努力，并且自己已经强大到可以应付任何坏的结果。

所以，这是一个“主动选择”。既不是“被动所迫”，也不是冒冒失失只是尝试“新鲜”，而是经过深思熟虑、充分准备后的“主动选择”。

我的建议，只此一个，其他的都不重要。

如何“听话”

带老妈在商场里买衣服，发现了一个有趣的现象。

老妈想买一件“像点样的、能出门的”衣服，言外之意肯定不能是地摊儿货，所以我就带她去大的购物商场。看来看去，目标锁定毛呢大衣。

在我和老爸逛到快绝望的时候，老妈终于在一家店里试到一件大衣，非常合体，款式、颜色都比较合老妈的意。我心想，谢天谢地，赶紧吧，就这件了！老妈在试衣镜前左看右看的时候，问卖衣服的小姑娘：“这件大衣多少钱啊？”还没等我给小姑娘递眼色，小姑娘就飞快地说：“阿姨，这个不贵，打完折也就两千多吧！”我心想，完了！

果不其然，老爸首先就不干了，说这在我们县城最多也就两百多，不行！老妈也面露难色，嘴上说着太贵了；即便自己心里想要，但老爸又说了一堆我生活压力大、还要还房贷之类的话，老妈也不好显得那么“不懂事”。总之，这事儿就这么黄了。

所以，我和老爸就只好陪着她继续逛。我也继续做他俩的工作，在这种地方，不可能有咱们县城里那样的价格，再说质量也不一样是不是？再说，辛辛苦苦一辈子，穿一件好点的衣服怎么就不行了？

总算老天开眼，又遇到一家店，老妈一眼就看中了跟上一家店差不多款式的一件毛呢大衣。服务员取了一个老妈能穿的号让老妈去试衣服了，回头便跟我商量，等会儿老人家问衣服价格的时候，咱就先不让她知道？我连忙说好啊、好啊！

等老妈从试衣间出来，果然，第一句话就开口问："这件衣服多少钱？"服务员笑容可掬地回答："阿姨，您先看衣服喜不喜欢、合不合适，这价钱我现在也还不知道呢，待会儿我得扫码，在电脑里才能看得到。"我在一边向服务员伸了个大拇哥，她会意一笑。

老爸在一边说："这不便宜吧，少说也得三四百吧？"服务员依然笑呵呵地说："叔叔您放心，我们全国统一价，不贵！"老妈左看右看，觉得很中意，我说就这件了吧。老妈开心的眼神放着光芒。于是，我刷卡、签字一气呵成，索性连吊牌也给剪下来了，造成"不能反悔"的样子。服务员在一边笑容可掬地跟爸妈聊天，说您看您二老多有福气啊，女儿这么孝顺云云，老爸老妈瞬间觉得腰杆儿都挺直了不少。

其实这件衣服跟上一家那件的价格差不多,但是整个过程却是非常愉快。老爸老妈后来还跟我讲，北京就是北京，连卖衣服的服务员素质都高，买件衣服心里也是开心的。

回来的路上，我不禁回头想这两家店。论品牌、论质量、论价格，不管从哪个角度看，第一家都丝毫不输第二家。可是最后的结果相差那么大，就在对一句问话的处理上。但站在第一家服务员的立场上来看，她也没有错，"上帝"问话第一时间热情、真挚地回答，她很"听话"，并没有什么不合适的地方。而问题就出在这个"太听话"上，没有自己的思考。第二家的服务员，依然是面对"上帝"的问话，却巧妙地做了回应，她也没有说谎，只是没那么"直直"地把答案丢出去。她还是有自己的技巧，迂回了一下，结果宾主尽欢。

于是，我就在思考一个问题。有些员工也很努力、也很"听话"，但事情依然做不好，貌似跟这个故事有几分相似的道理。"领导的话"，怎么"听"，也是有艺术的。不是说"不听""对着干"，也不是说"撒谎""阳奉阴违"，而是在接到"命令"后，如何加上自己的思想和判断，使事情达到一个理想的目标。要站在一个更高的层次上考虑问题，不是针对某一句话、某一个局部的"点"，而是要放眼"全局"、要达成的某一件事。

老妈问衣服的价格，其实并不是真的只是要知道衣服的价格，我们更大的目标是想买一件合适的衣服。所以，不能单纯地只是针对她的那句问话考虑问题。而且，老人往往会因为价格而放弃，哪怕是自己中意的衣服，这也是大概率事件，作为一名优秀的销售人员，这点起码的意识还是应该具备的。所以，第二家的服务员就很好地把握住了这一点。衣服满不满意，老人说了算；价格不是她要关心的事情，所以就没必要让老人知道，而且还要尽量避开让老人知道，悄悄告诉我就可以了。

瞄准达成买卖衣服这件事情的大目标，就不要去纠缠老人那句问话是否要第一时间告诉她实情，那并不重要。

“马粪”与“汽车”

马云在一次讲话中说：“汽车”被研发了，“马粪”也就不是问题了。仔细想想确实有道理，解决问题的视角和维度不同，果真会带来很不一样的效果。

这是一个很有意思的故事。一百多年前的伦敦、纽约这些全世界最发达、最时髦的大都市，最先进的交通工具就是“马车”。当时，伦敦有约三十万匹马，每天有五万匹马支撑着城市的交通系统。纽约至少有十五万匹马在维持整个城市的运转。马太多了，问题很快就来了。那就是，各种马尿、马粪……整个城市犹如一个大型的马桶。

伦敦这些马每天能产生三千吨马粪，三十万升的马尿……大街小巷的马粪只能堆在一些空地。夏天的时候，这些马粪被晒成粉末，四处吹散；下雨天这些马粪就变成泥浆……

整个城市臭味熏天，到处都是苍蝇。当时很多大城市陷入“马粪危机”，预言家们宣称：马粪将成为全世界所有城市的噩梦。纽约的预言家表示，1930 年，曼哈顿的马粪将满到人们三楼的窗户。1894 年，《泰晤士报》预测，在接下来的五十年里，伦敦将被高达九英尺的马粪淹没。大量的马粪，带来大量的苍蝇，最终很有可能造成严重的疾病传播。

面对如此棘手的问题，各国终于坐不住了，1889 年，他们在纽约召开了国际会议，主要就是讨论如何解决当前存在的“马粪问题”。不过，大家各种舌战之后，还是没有找到什么解决方法。

然而，到了20世纪初，问题突然就迎刃而解了！因为汽车出现了！汽车更容易驾驶，也更快捷方便，很快马车就被淘汰了，马粪危机也就这么跟着消失了。

之前看过梁冬做的一期节目《生命》，其中北大刘丰教授所讲的生命的维度，也让我脑洞大开。他举了个简单的例子。在一维空间里，是一条线。假如一只小蚂蚁要从线的这一端到另一端，在一条线上，遇到任何阻碍，小蚂蚁就过不去了。在二维空间里，是一个平面，那么小蚂蚁可以绕过线上的障碍点，曲线救国，到达那个点。

在三维空间里，是立体的，直接把那个平面卷起来，小蚂蚁呆在原地动都不要动，就可以直接到达那个目的地点。

“马粪”和“汽车”的故事，很多人讲“前瞻性研究的重要性”，我觉得也没错。不过我觉得同时也给我们提供了一个思考问题、解决问题的新视角、新思路、新维度。

有时候，不能只盯着问题本身，陷到一个“牛角尖”里，越钻研越绝望，反而一筹莫展。如果能跳出来，从另一个视角、另一个维度来分析、来解决，有可能就迎刃而解了，就像那个在三维世界里动都不要动的小蚂蚁，分分钟就两点重合到达目的地了。

如果我陷在一种绝望里，那么我会跳出来提醒自己:我是不是只盯着“马粪”了？有没有“汽车”的解决途径呢？我是不是那只在困境中的小蚂蚁？还有没有更高维度的空间里已经存在着解决方案呢？

我们离真正的“创业团队”还有多远？
——写给同事们的一封信

题记：

2015 年 5 月我开始兼任一家大型国企事业部的总经理，经营企业的过程中，带给我很多思考和成长。非常感谢整个团队上上下下两百多名同事三年多的时间里对我的包容和支持！也非常怀念我们一起并肩作战、那些充实而快乐的日子！同样感激领导对我的信任、指导、包容和帮助！

深夜醒来，辗转反侧，久不能寐。

昨天跟客户汇报的周例会上的情形在我脑海中不停反复，而我内心也不停翻腾着各种想法。最终一个质疑的声音越来越清晰：我，离真正的“乙方”还有多远？我们，离真正的“创业团队”还有多远？

在昨天的周例会上，面对客户新提出的需求以及管理方面的要求，实现起来应该是有些困难的。我们的第一反应是解释，甚至我本人向客户坦言有可能做不到。看到客户的反应不太对，我马上意识到了问题，及时进行了调整。

回来之后，我们还是认真研究了客户提出的需求，做了一份详细的实际执行方案，以供客户参考。客户提的需求是站在他们业务管理的视角，跟一线的实际情况有偏差，这是可以理解的。但我们作为服务提供方，第一反应不是“怎样去解决问题”，而是“解释”、是“我做不到”，这是不合适的。

事情是暂时这样处理了,但带给我的思考才刚开始。我进行了几点反思,跟大家分享。

首先,我一直说“多内观,少外看”,遇到问题,大多数人容易向外找原因,其实要想真正解决问题，一定是要先把目光拉回自己身上；内观自己，向内求解，才是王道。虽然我总这么说，但在这件事情的处理上，我发现自己并没有做好。

仔细想想，做人、做事、做企业，道理都是相通的。

李开复罹患了癌症之后经过长长的思考坦言：“改变世界”这句话本身就透着傲慢。心理学上讲，任何想要改变他人、改变外界的想法都是不可能的，只能改变自己；而由于自己的改变让他人、让外界多少受点影响，就已经很不错了。

是的，作为乙方、作为服务提供方，我们要想改变甲方、改变客户，我觉得不现实。我们只能改变自己，努力向客户提供更优质、更可靠的服务。

上次在听了第一事业部的李总给他们部门中层管理者做的管理培训后我说，“任何不付诸实践的认知都是假认知”。在此，我做个检讨！通过这件事情，我意识到自己在几个方面是存在“假认知”的，在“知行合一”上还存在不小的差距。

第一，“位”。

没有完全彻底地进行角色转化，没有把自己完全放在“乙方”“服务提供方”的位置上去认识、思考。认真反思，不得不承认偶尔还有点某处长身份的错觉。

第二，“感恩”。

说着简单，但做得并不到位。我们所服务的客户有多个，不同的客户做事风格不同。我们太容易把人家对我们的“情分”看作“本分”，把标杆拉到最高，觉得那样才是“应该的”，达不到这个标准的，我们就不开心了。实际上是不合适的，应该反过来，把标杆拉到最低，甚至是应该我们自己定个更低的，而让所有的客户觉得得到的服务和价值“物超所值”、高于客户的付出。

第三，“忠恕”。

尽力为人谋，中人之心，故为“忠”。平心而论，我们“尽力为人谋”了没有？其实站在客户的角度，确实是因为我们某些方面的缺失，导致客户不得不进行特别精细化的管理和要求，比如对岗位职级的考核等等，说实话这应该是我们企业打造人才队伍、是我们自己应该做的事情。正是因为我们某些方面管理不到位，才使得客户形成了对细节精细化要求的一贯传统，这也怪不得人家。我们反过来应该感恩，而不应该把这些视为压力和束缚。当然，我们会根据实际情况，逐步去改善，最终达到可以引导用户需求的程度。

推己及人，如人之心，故为“恕”。扪心自问，如果我自己还是原来的“甲方”而非今天的“乙方”，我也很有可能做这样的任务下达，提这样的需求和要求。站在客户角度来考虑，他们的做法也是可以理解的。再一次自问：我“如人之心”了吗？不客气地说，做得远远不够。

所以，除了“内观外看”之外，我思考的第二个问题，作为团队的负责人，如何带领大家转型？

在上周的务虚会上，大家的心气儿和热情，对部门未来的信心和思考，都让我感动。那么我们想要走出去，想要做一个优质服务提供商，想要实现“二次创业”的胜利，我们离真正的“创业团队”还有多远？

首先作为管理者要做彻底的思维转型，才能带动大家更好地转型；但更重要的是大家也都要做好思维转型，这样我们才能步调一致，才能形成合力。而我们现在最最重要的就是把“服务客户”扎根心底。

我很欣赏的一位创业成功的企业家，他们 2012 年创业，到今天五年时间，市值一百多亿。他们一直强调：服务好你的客户，其他一切纷至沓来。这位企业家还有一句名言：只有当你的脸朝向客户的时候，你的屁股后面才能有投资商跟着。再看看马云、任正非等人的理念，如出一辙。还有我们身边的餐饮服务业，西贝、海底捞，公认的极致的客户体验。某种意义上来说，我们也是服务提供商，“以客户为核心”的理念是一样的。

最近我在喜马拉雅上听一本书，讨论商业成功的秘诀和几大法则。第一点就是“给予”。你想有所得，必定要先考虑你可以给予别人什么。第二是“价值”。你所能取得的成功取决于你提供的价值在多大程度上超出了客户的付出，也就是说有多好的用户体验。第三是“影响”。你能赚多少钱取决于你的产品和服务影响了多少人，也就是说有多大的客户规模。

我本人非常认同以上的观点。纵观大大小小的企业，尤其是现在互联网经济时代的历史背景，做得好的一定是以上几点做得好，做得不好的也一定是以上几点没做到位。看到别人脸上的泥点很容易，看到自己脸上的污点比较难。所以，我们需要借鉴、需要镜子、需要自省。未来我们能走多远，也同样取决于以上几点我们能做多好。

李总曾提出他们的团队文化："创业心态、学习激情、工匠精神、补位意识"，我觉得非常好，对我们同样适用，不妨就"拿来主义"当作我们现阶段的精神纲领。全心全意为客户着想的队伍，一定会得到客户的尊重。

我们对"创业心态"的理解都还需上升一个层次；不论管理知识还是业务技能，我们还有很多要学习的东西，要有"学习激情"；我们要对我们所提供的服务有"工匠精神"；未来部门所服务客户越来越多、范围越来越大，在工作当中我们要有"补位意识"。所以我觉得这四条对我们非常适用，大家要时不时拿出来作为标尺，衡量一下自己有没有做到位？有了价值输出，然后再来谈自己的所得。

我一个正在创业中的同学得知我身份切换也开始做企业管理之后，曾有一次问我，有没有半夜醒来背后一身冷汗？我说没有啊，还劝他要放轻松些，不要太疲惫了。今天我就切身体会了一次"半夜惊醒一身冷汗"的经历，看来我之前对"创业心态"的角色感体会得还不到位，还"入戏不深"。

那么也想请大家自问一声："我，入戏了没有？我，做好创业的准备了吗？"

以上就是我夜半思索的内容，简单梳理，跟大家做个交流分享。写完之后，我感觉内心又重新扬起了帆，并且被风吹得鼓鼓的。

首先我还是乐观的，能意识到问题、能深刻意识到问题，这本身就成功了一半。其次我感觉俯下身，重心更稳，找到了那个自己可以发力的位置和姿势。最后我觉得我们未来的目标很清晰，这让我充满力量和勇气。

"只要你知道去哪儿，全世界都会为你让路。"就像电影《冈仁波齐》一样，每一个内心想着去冈仁波齐并勇敢踏上征途的人，最终都可以抵达。没有白走的路，每一步，都算数！一起努力！与大家共勉！

北京 2017 年夏天 凌晨

帮了一个忙……

最近在反思一件事情：什么样的忙能帮，什么样的忙不能帮？

在我自己的事情还都是满头包的情况下，还得去为之前“帮”的一个还没结束的“忙”去张罗、去推进，我觉得自己的脑袋当时一定是被门给挤了……

关键是我在反思，到底自己是帮了“正忙”，还是帮了“倒忙”？如果没有我当时的“不忍”和所谓的“热心”，人家是不是会解决得更好？

事情是这样的。去年年底的时候，意外旁观了一场一个技术大专家和一个企业老总的“口水大战”，两个人都觉得自己很冤，都很激动。从晚上八点争到夜里十二点，还没有结论，送大专家回酒店，在房间里继续吵，到凌晨两点多，我被迫跟着一直听，一直陪着，才是冤大头！

我从一开始只是听，到后来听懂了些眉目试着轻微地劝，到最后实在受不了他们从来都没在一个频道却一直吵得不可开交的“架”，最终跳出来说：“这样吧，我来！”

这时，我看到大专家一丝狡猾的笑意，即便是当时我已经困成木头的脑袋也禁不住打了个激灵：呃……估计是中了圈套了！大专家特意只让我一个人来，谁都不让带，一个晚上就我们仨，故意把我揪过去让我听他们俩吵。估计他早就料到我会不忍，最后自己跳出来说要帮忙。事后我跟他求证，果然是一开始他就打算好的。哎！可惜为时已晚！

不过我确实不忍。一个是鼎鼎有名、有情怀、有才华的大专家，孜孜以求，十多年的心血，想看到成果，想造福一方。一个是勤勤恳恳、十年磨一剑的女企业家，从一个简单的念想到现在十个多亿的高科技公司，我看到她一路走来非常不容易。其实大家都想把事情做好，但苦于他们的对话根本没在一个语系里，一个讲技术，一个讲市场，谁都不能让自己的思想进入到对方的脑子里。各自强调各自的那几句话，翻来覆去地讲了几个小时，我无辜地被迫听了几个小时，我真是要疯……

等我完全弄明白了之后，用我的话跟他们分别解析翻译了一下，双方都频频点头。症结找到了，他们都用期待的眼光看着我……一个是忘年交的老朋友、老领导，一个是十多年的好姐们儿。哎！好吧，我来！谁让我又做过技术又管过企业呢？

于是，我就此接手了一个本来跟我八竿子打不着的事情，关键还要打通很多环节。一开始，我信心满满，找资源、组团队；捋思路、定目标，并分解落地到每个月的执行细节。但是，具体推进的过程当中，毕竟很多事情是隔着几层在做，有时候还是有种无处发力的感觉。进度一推再推，后来我自己的事情也都是铺天盖地的，慢慢地也就疲了。

直到前几天，其中一个比较负责的合作方反馈了些执行中的问题，我再来推进这件事情的时候，跟美女老总姐姐沟通，姐姐就在电话里要急出火来，冲我一顿喊。我耐着性子听完，心里一百个问号：我图啥？

不过，静下心来想想，反思自己在这个事情的处理上还是存在一些问题的。

首先，一开始真的只是当日情感上一时的不忍，就答应揽下了一个自己没有经过客观评估的事情。太草率，对事情的复杂性和困难度没有足够的认识，尤其是执行过程中自己并没有控制力，参与的哪一方都没有听我话的责任和义务。

其次，在推进的过程中，没有把注意力完全集中在做事上，而是考虑了一些外围的流程、甚至是情面等因素。由于某些链条上某些环节的拖延，导致了整个结果的滞后。这一点，我深刻反省！我能充分理解美女老总姐姐在电话里的怒火，换作是我，我也会发飙，估计会发更大的飙。“真正想做事的人，不是这么做事的！”这句话我记住了！我最看中、也是最擅长的执行力，这一次反而成了这件事最短的短板。我反思！

最后，是对结果没有强烈的渴望。有意无意地从心底接受了有些声音，他们说我最初设定的时间点和结果没有可能，向我列了很多客观的困难，我就慢慢地被催眠，潜意识中接受了。甚至在推进事情的过程中也有意无意地有所懈怠，这个跟我之前的作风也是有差别的。我也要反思。美女老总姐姐在电话里也说，不好意思催我，时间节点已经过了，但还没有结果。我对自己这个“费力不讨好”的行为真的是要认真反思！也许如果当初不是我揽下这档子差事，还真说不定人家通过其他途径已经很好地解决了呢？哎！这个“忙”帮得真是够累的！我累，估计人家也累，只是不好意思跟我说罢了！

不过，转念一想，也有收获。不仅仅是对于我个人的，在企业经营、战略部署、技术市场的深层次关系等方面有了更深刻的体会和认识，还有，也确实帮到了他们一些，在此就不细说了。另外，也整合了一些资源，促成了一些合作，在产学研用的结合上多少也做出了一点努力。所以，自我安慰一下，事情可能也没那么坏。

不管怎么说，这是一件不很 Perfect 的事情，在我心里大小是个结。我还在努力往前推进，希望尽快能有个说得过去的结果。调整好思路，调整好心态，继续撸起袖子加油干！

说什么都没用，直到开花结果的那一天，我这“忙”才算是“帮”彻底了。我才能拍拍自己肩膀说：“嗨，鸽子，你可以歇歇了！”

那些自以为是的“为你好”

我的一个闺蜜是一个躲着母亲的人。

闺蜜在大学工作，知书达理，温文尔雅。有了孩子之后一直自己带，妈妈在老家闲着无事，也曾多次提出要来给她带孩子，但她一直没有同意。不仅如此，妈妈有时候打来电话，她也很犹豫，有时候干脆就不接。

不是说女儿是爸妈的贴身小棉袄吗？但她和妈妈之间却像是隔着冰川。她说，面对妈妈时，是很复杂的情绪。所以就选择逃避，能不面对就不面对。

再细细地琢磨这种“复杂”，其实是理性和感性两部分。理性的部分，是觉得父母也不容易，而且，父母终归是父母，怪罪他们，好像不道德。但感性的部分，内心深处是抗拒的，甚至是厌恶的，是不愿意原谅的。所以，就远远地躲着。

闺蜜的早年经历非常痛苦，父母长期处于厮打的状态。父亲想逃离，母亲牢牢抓住不放。又一次的满地狼藉之后，她鼓起勇气跟哭泣的妈妈说：“妈，要不你们就离婚吧！”没想到，妈妈瞪着她，上来就是一记狠狠的耳光，声嘶力竭地喊：“你是不是巴不得你爸给你找个新妈？我不离婚还不都是为了你？……”

闺蜜说她曾无数次想用各种方法结束自己的生命，有一次甚至都要付诸行动了。可是她不敢，为了父母，她不得不活着。她从来没有觉得自己是在为自己活着，她一直活在妈妈的道德绑架里。直到今天，妈妈随时还是一副居高临下的姿势：“我还不都是为了你？这么多年辛辛苦苦……”这样的话随时在静的耳边响起，把她瞬间拉回到早年记忆的噩梦。

“可是，你口口声声说为我好，问过我的意见吗？”闺蜜提起往事，声泪俱下。“你自己不去追求自己的幸福，把大家都绑在痛苦中，凭什么还能总是一副施恩者的姿态在我面前继续让我痛苦？”所以，她只能远远地躲着。

和解，需要一个过程。跟母亲的和解，更是跟自己的和解。

电影《最好的我》里面的故事情节。

年轻而美好的阿曼达和道森，深深相爱。可是道森在一次纠纷中因误杀自己最好的朋友而入狱了。在狱期间，阿曼达一直坚持前往监狱去看望道森，但道森不想伤害阿曼达，所以提出分手，并拒绝见她。阿曼达坚持了很久，可是一次一次被道森拒绝，最终只能忍痛离开。但他们在心中彼此深爱。

21 年后，一份遗嘱让两人再次相遇。往昔的一切仿佛昨日重现，两颗破碎的心重新合在一起。道森向阿曼达道歉，说当初他的拒绝一切都是为了她好，为了不伤害她。可是阿曼达不能接受，甚至是悲痛而愤怒的：“我讨厌你自以为是的为了我好！你问过我吗？你可知道，我最大的幸福就是陪你一起度过困难！而对我最大的伤害就是你把我推开！”

是的，那些自以为是的为你好，你问过别人的意见吗？事实和结果真的就像自己想的那样好吗？

有没有类似的事情正在或者即将发生呢？

其实，每个人都只能为自己的人生负责。把自己照顾好才是根本，否则，你的“为你好”，就只会是一厢情愿。而且，对于对方来说也是不公平的，甚至反而是伤害。

道德绑架的压力太大。越想抓住的，越是抓不住的。不如我们都诚实做自己，先把自己照顾好，这样大家都轻松。请在为别人好之前，先问问人家的意见好吗？

“缺”是一种病

1

朋友家的孩子八岁之前从来没有吃过糖。因为怕有蛀牙，爸爸妈妈一直骗孩子说那个不能吃，是药，很苦。所以他们家即便桌子上经常放糖果，但孩子从来没有动过要吃糖的念头。

直到有一天，朋友带着孩子参加同事的婚礼。偶然间孩子吃到了第一颗巧克力，完蛋了！孩子惊呆了：天下居然有这么好吃的东西！而这些东西每天都在家里的桌子上，自己却从来不知道！

后来孩子像发了疯一样想吃巧克力，家里桌子上再也不敢随便放糖果了。不仅如此，孩子到处找，找到了就使劲吃。或者从哪儿自己得了些糖果就藏起来偷偷吃。

牙终究还是给吃坏了，而且是已经换了的新牙。孩子心理也多少有点阴影，觉得父母的话都是骗人的。越是爸爸妈妈不让他做的事情，他反而越是觉得那个事情非做不可，因为有可能不是“苦”的而是那么那么“甜”的。

朋友很懊悔，早知道这样，何必当初辛辛苦苦骗了孩子那么些年？

2

明曾经是一个堪称完美的成功者。从小成绩优异，“双清”——清华的本科、清华的硕士——毕业以后申请到欧洲的牛校读博。去欧洲前夕的舞会上，相识了自己的妻子，一个美丽大方的北大研究生。第一次谈恋爱，双方父母都很满意，恋爱不久就结婚了。

然而，到了欧洲后，明的世界就变了。从小被父母管教甚严，不让打游戏、不让看动画片、不让“浪费时间”、不让谈恋爱，一切都得奔着“有用的事情”去做。

从小优秀习惯了，从小都没有让人失望过，从小一根神经紧绷。到了宽松的欧洲以后，明发现没有那些管束的日子好舒服！他突然觉得自己成长的过程中缺失太多，自己是委屈的。于是，疯狂打游戏，疯狂看动画片，就是不想学习。博士毕业的事情一拖再拖，眼看遥遥无期。明在国内的妻子很是着急，一狠心，放弃所有跟着去了欧洲。在妻子的督促下，明才勉勉强强混得博士毕业。又是在妻子的督促下找的工作，极不情愿地工作了两年，明就辞职了，失业在家。任凭谁说，就是不想工作。好在欧洲的优厚福利制度，靠两个孩子的补助，加上失业金，方可勉强度日。

但一直引以为傲的家人不能接受啊！一个家族的骄傲啊！堂堂的清华高材生，堂堂欧洲牛校的博士，怎么能失业在家呢？当然不能怪优秀的儿子了，要怪也要怪儿子老婆没有管教好老公啊！于是一家人轮番上阵指责是明的妻子太不能干了，怎么就不能自己带两个孩子，非得把明“拉下水”不工作在家也陪着带孩子？怎么就没本事管好自己的老公管好家？直男癌不是最可怕的，直男癌的直男癌父母更可怕！

《人民的名义》开篇，赵大处长衣着朴素，坐在满墙、满床的钞票堆儿里哭着说：他们家世代农民，穷怕了！他一分钱都不敢花，只是喜欢那个味儿。闻着钱的味儿，就好像闻到了麦田里的麦香。

“缺”是一种病。如果不能很好地疏导，太过于缺失，那部分被压抑的东西会在体内越积越多，终究会以更凶猛的方式来报复。该吃糖的时候就适当吃一点；该看动画片的时候就适当看一些；该谈恋爱的时候就去谈恋爱啊，想结婚的时候自然会去结婚的。

匮乏就会无力，无力就会恐惧，恐惧就会绝望。富足才会有选择，有选择才会有尊严，有尊严才会有力量。匮乏与富足，当然是相对的。“缺”是一种病，能治愈的，唯有“爱”和“光”。

有一种责任感叫“自恋”

最近一段时间，本是很开朗的婆婆心情沉重，今天尤其严重，中午吃饭的时候，面色忧郁，胃口也不好。

没等我开口问，婆婆便不好意思地说，昨天一个不小心就把几只碟子给摔碎了。我说:“小事儿啊,没关系没关系的,碎碎平安啊！”然后又安慰她说：“只有干活儿的人才会犯错,像我这种不进厨房的懒人才没这种机会。”但是，依旧没有让婆婆紧锁的眉头舒展开来，她还是在自责。从自己笨手笨脚数落到自己不成事净坏事，后来焦点又落在儿子受伤的脚上，接着就是一声一声的叹息，说自己最近都为此睡不好觉。

六一节，我们单位组织亲子活动，邀请老人孩子来单位玩儿。那天儿子从一个不是很高的地方跳下来意外扭伤了脚。当时是婆婆陪着，扭到脚后，婆婆便给我打电话非常紧张地详细描述了儿子怎么跳、怎么扭到等细节。我放下手中的工作，跑过去看到儿子还在兴致勃勃地玩儿就没太在意，但婆婆还是非常紧张，非要去医院看看。带去积水潭医院一看，还真有点轻微骨折，医生给儿子脚上打了石膏。

我给儿子讲了塞翁失马的故事，他很快听懂了，开开心心地接受了这份意外，并觉得这也是一种体验，说不定后面有什么好事儿等着自己呢。这沉沉的石膏反倒像是打在婆婆心里了，她总觉得是自己没把孩子看好，为什么就没拦着他不让他跳呢？我跟婆婆说，小孩子都会有这样那样的意外，不是有谁看着就一点状况都不应该出，这些都是正常的，完全不用自责，您已经很小心了。我用了很多种办法去疏导，但均不奏效，婆婆依然一把揽过很多责任放在自己肩上，压得自己喘不过气，也不能往下卸一点。

这让我想起去年春节在老家跟表弟的一场谈话。表弟仪表堂堂、踏实努力、能干又顾家，上得厅堂下得厨房，小小年纪有车有房有事业，一直是大家夸奖的对象，我也一直觉得他什么都挺好的。直到那天晚上我们玩儿到很晚要散场了，他面色凝重地跟我说想跟姐姐聊聊天。虽然我很困了，但还是强打精神说好啊。然后听了他的陈述，我就睡意全无了。

那么小的年龄，却背负了那么多沉重的包袱。他说了很多，每说完一件事都要强调一点，他晚上都睡不着觉。后来我慢慢听明白了，他就是把很多不应该自己担负的责任强行扛在自己肩上，然后觉得这就是一个男人应该有的“责任感”。

比如，表弟给我讲述的一件事情，是关于他给自己设定的其中一个目标：一定要在未来一年存够四十万的存款。我问，为什么啊？他说他有两边四个老人要照顾，每人得有十万存款的“救命钱”。我不解，为什么是正好十万的救命钱？

他给我讲了个故事。刚刚过去的那年秋天，他岳父住院抢救，亏得他能拿出十万块钱才保住了岳父的性命，而跟岳父同样病的几个病友都先后抢救无效去世了。从此，他对金钱的看法就改变了，觉得有钱就能救命。

我就问，那其他去世的人是都拿不出这笔钱吗？表弟想了想，说也不是，也有拿得出但还是去世了的。我又问，没有你这四十万“救命钱”是不是这四位老人分分钟就不行了啊，他们都不能高寿吗？表弟笑了，说也不是，没准儿都不得病，可以好好地颐养天年。我接着问，万一某一位老人突然得了其他更严重的病，一个人就得八十万，而你总共才只有四十万，你是不是觉得自己要为此负责而愧疚一辈子啊？表弟表情严肃地说，那是自己没能力，他肯定会自责。

我就笑了。说得好听点，这叫“责任感”；说得难听点，对此，心理学上有个专门的名词，叫“自恋”。就是过分地夸大了自己的作用，把很多不是自己的责任强行扛在自己肩上。

试想，按照表弟的逻辑，他要负责四个老人的生命安危。天哪！这是多么大的“责任”啊！其实，真的是这样吗？那十万块钱，对于岳父的生命，仅仅是个必要非充分条件。有很多的巧合凑成了抢救的成功，比如医生的医术，比如岳父本身的身体素质，再比如抢救送达的时机，等等，能拿得出急救的钱只是其中一个因素。然而由此，表弟内心却推演固化出一个公式：十万块钱必然可以保住老人的生命；而能拿出十万块钱是他的责任；最后得出，他必须有四十万存款才足以对四位老人的生命负责。所以，他就觉得压力山大了，就焦虑了。

不仅是这一件事情，表弟对家庭、对工作都有类似的心理模式。难怪他一开始就把头伸到我面前，愁苦地说：“姐，你看我的白头发都多了很多，我整天都睡不着觉。”

婆婆和表弟，其实他们都是很好的人，尽心尽力想要把事情做好，这个没问题。有责任心本是件好事，但要分清边界。该自己负责的，该自己扛的责任，必须要担负起来；那些超出自己能力范围的责任，要知道轻轻放下。

难道婆婆每天守着孩子就一点都不应该磕磕碰碰吗？她能够对孩子成长过程中的所有安全问题负责吗？难道表弟有了四十万就能保证了四个老人的身体健康、生命安危吗？他能够对老人的晚年安全负责吗？

显然都不能。但还是要把那些超出自己能力范围的责任一把揽过来扛在肩上，生生制造出一个自己很有“责任感”的样子，感动别人也感动自己，不断给自己加压，直到郁郁寡欢，直到焦虑无眠。其实，毫无裨益。

进而想到，有好多事情恐怕都是这样。，那些我无力改变的，就不自取烦恼了。就我自己能做到的来说，遇到事情，我会分清楚边界。我应该担负的责任，我能做到的，我会尽力而为。那些我无法掌控的，就随喜随缘吧。

“又能怎样？你想怎样？”这是一个智慧的朋友送我的八字箴言。如此，便好。

“变”与“不变”

陪儿子一起上美式橄榄球课。下课的时候儿子飞一样地跑到我身边，兴奋得小脸儿都涨红了，眼睛都是发亮的。

问我:“妈妈、妈妈,你猜我今天撕下了谁的腰旗？”我被他的兴奋感染，亲了一口小红脸儿，说：“莫非是你们班最厉害的那个第一名？”儿子立马原地跳跃、打转儿，拍着双手喊着：“是的！是的！妈妈、妈妈，这是我第一次撕掉他的腰旗，而且今天我连着成功了三回，我终于找到了对付他的方法！”

“哦？是吗？”这倒让我很意外了，“还有方法？不是凭侥幸？”要知道他们班的那个总是“第一名”的小男孩儿，跑得特别快。别说他们班的小朋友了，就是偶尔家长也可以参加的“撕腰旗”游戏，身手敏捷的男家长们也从来抓不住他，每次他抱着橄榄球风一样地就跑掉了。家长们都乐了，跟教练说：“这个真没放水哈，这个是真抓不住、撕不掉啊！”

这倒很让我好奇了，拉过来还在“旋转、跳跃、闭着眼”的儿子，问他：“跟妈妈分享一下呗，什么方法啊？让妈妈下次也能撕掉他的腰旗！”儿子兴奋地开始在我面前一边比画一边说：“他跑得特别快，以前我总是追着他跑，根本没办法靠近他。可是妈妈，后来我发现他有个致命的缺点，那就是，他从来不改变路线。所以，这次训练课我就改变了我原来的做法，我就不跟着他跑了，而是原地不动，提前判断好他过来的路线，就在那儿等着他。果然每次都被我猜中，我就守在原地，等他过来了，有一次我闭着眼睛，凭感觉也能撕掉他的腰旗！”

厉害了，我的儿！听完儿子一席话，真是瞬间让为娘的刮目相看了！想想我六岁多的时候还在干吗呢？有这样的智慧么？我不由得竖起大拇哥，由衷地赞叹儿子。小朋友居然特淡定地说：“妈妈，其实我也有一个致命的缺点。”

“哦，什么缺点？”

“我跑得不够快。”

“哦，是吗？可是妈妈觉得你已经跑得很快、很快了呀！”

“但是，不是足够的快！”好吧，用词还挺严谨的。“一旦对手发现了我守他路线的方法，以后变化路线的话，那就很难说了。”儿子还一脸沉思的样子。“所以，妈妈，最保险的办法就是我得又聪明、又跑得快。这样的话，不管他变不变路线，都休想逃掉！”儿子的眼睛又亮着光了。

这真是一件挺有意思的事情，尤其是对六岁多的孩子，都能自己琢磨明白“变”与“不变”的区别。于是我也开始思考“变”与“不变”的那些事儿。

有一次跟朋友聊天，他有一个观点让我觉得耳目一新。他说不见得总是“变”就一定好，有些“不变”的东西会让人安心。比如自从每天早上听新闻取代了祷告，人们就变得容易焦虑了。那些宗教的东西，内容都是不变的。那些传统的、那些重复的东西会有一种让人心安的力量。

想想也是。每一次回到农村老家，看到村头的皂角树还屹立在那个池塘边，一如记忆中的模样，心里就有种说不出的踏实。每年过春节，都重复着一样的流程，就连大年初几去哪家串亲戚都是固定的。大家像约定好的一样，固定的时间就会出现在相同的地方，不知不觉中已然形成了一种家族传统。在那样的守旧中，内心会生长出让人安定的情愫。

有一次看到罗振宇的一篇文章，题目就叫《不变化，有价值吗？》，里面讲述了一个广告界著名的对话。两个在生意上合作了五十年的老伙伴，一个是广告商，一个是花钱做广告的广告主。这一天，这位客户就问广告公司老板：“哥儿们，咱俩合作五十年了，也就是说我付了你五十年钱了。但是，刚才我回顾了一下，发现你除了第一次提案以外，后面四十九年没给我做任何新创意啊！”广告公司老板回答说：“对啊！我这后面四十九年，一直在全力阻止你们做创新啊！”确实，好的广告，不是创意新奇的广告，而是一次定下来，传播上几十年的那种广告。最后，罗振宇自己也说，作为创业者，在创业之前，他觉得创业凭借的是别人没想到的东西。但创业几年之后，他才知道，创业凭的是别人没有坚持住而你坚持下来的那些不变的东西。

所以，我在想，“好”与“坏”，并不在于“变”与“不变”。有些东西是要变的，否则就会被动，比如像儿子橄榄球班里的那个从来不改变路线的小朋友，会被对手制约。而有些东西，是不宜变的，相反更应该坚持，比如那些传承和信念。

其实很多事情的“好”与“坏”，都不在于“一定要怎样”与“一定不要怎样”，而是在于如何判断，什么情况“一定要怎样”，而什么情况“一定不要怎样”。

是否要改变，是否要坚持。这是一种智慧，有时候也是一种情怀。

只有一种人生是值得过的

前几天在亲戚家串门，几个孩子在一起疯玩儿，都是满头汗。尤其是一个小男孩儿，衣服明显穿得有点多了，妈妈在一旁一直追着说要把衣服脱下来一件，但孩子不同意，哭着喊着护着自己的衣服就是不让脱非得要穿着。说了几次也没脱成，后来奶奶也一起上阵，两个大人摁着一个孩子，在孩子的嘶喊声中终于把衣服给扒下来了。最后还是大人赢了，衣服给扒下来了，但孩子很是哭闹了一阵子。

这让我想起前不久跟儿子同样也是关于穿衣服的一场较量。他们学校每周一要穿校服，前一阵北京初春的天气还是比较冷的，我建议校服外面再穿个羽绒马甲。儿子倒是接受了我的这个建议，但他要穿在里面。我还是建议穿在外面，我的理由是，第一穿里面鼓鼓囊囊不好看，第二穿在外面以方便热的时候随时可以脱掉。但儿子坚持要穿在里面，他的理由是这样外面看上去就只是校服，比较符合学校的要求。我还是建议穿在外面，我跟他解释说，学校只是那么要求，没有那么严格的，穿在外面没关系的，我见很多别的小朋友就是那样穿的，没问题啊！但儿子依然不同意，还是坚持穿在里面，还反驳我：“妈妈你不是说不要看别人怎样就怎样吗？凭什么别人那么穿我就得也那么穿？我就是不喜欢穿在外面！”

好好好！我看说不过他，索性就让事实来说话。我让他自己试试两种穿法，自己体会，自己做决定。因为我知道他自小就不喜欢里面鼓鼓囊囊的穿法，以为他就会就此罢休了。没想到，试了试之后他依然坚持要穿在里面。不过真是不好看，我就又劝他要穿在外面。这回儿子怒了，大声跟我喊：“妈妈，你都不尊重我的意见！你看看都快迟到了，我就要这么穿！我就要这么穿！”

这一下突然就把我给喊醒了。是呀，我好像真的没有尊重儿子的意见。穿衣服是他自己的事情，连怎么穿衣服自己都决定不了，是挺让人沮丧的。于是，我赶紧跟儿子道了歉，完全尊重他的意见，就那么穿，收拾好东西就赶紧出门了。

从那次以后，我再也没有干涉过儿子关于要穿什么衣服的事情。今年北京春天的天气真可谓琢磨不透，忽冷忽热的，而且反反复复。每天早上，我只是告诉儿子今天的天气有可能是怎样，天气预报是多少温度，跟昨天相比会怎样，等等，至于穿什么，让他自己决定。

有一次，前一天还挺冷的，第二天就突然变得温度比较高，儿子出门要穿他那件羽绒服，奶奶不让，说太热了，穿多了会上火，人家也会笑话你。我只是告诉他今天温度会比昨天高很多，反正妈妈今天肯定会穿得比昨天少，至于你自己要穿什么，自己看着办。儿子想了想，还是坚持自己要穿那件羽绒服，奶奶还在劝说，后来我也是尊重了儿子的意见，最后，我穿了件薄外套、儿子穿了件羽绒服出门了。走的时候奶奶还在念叨，“大人都知道穿少点了，让孩子穿那么多，别人会怎么看啊？”那我也没管，还是牵着儿子的手出门了。

还有一回正好相反，前一天很热第二天突然降温。我也一样告诉了儿子天气变化，至于穿什么，你自己做决定。最后他选择穿了件比较薄的外套出门，而且也没穿秋裤。这回奶奶不干了，一定要再加一件厚外套，说这样出门会感冒的、会冻坏的。我还是完全尊重了儿子的意见，我穿得厚厚的，他穿得很少，我们就出门了。奶奶还是念叨同样的话：“大人都知道冷了穿多了，让孩子穿那么少，别人会怎么看啊？”别人爱怎么看就怎么看呗！不过走在路上，儿子说他觉得好冷，尤其是腿上好像没穿裤子一样。我说现在有两个选择：一个是现在回家换衣服，不过风险是会迟到；另一个是你坚持一下，就这样。儿子想了想说还是不换了，也许中午就暖和了。

经过这样几次的锻炼，儿子现在出门穿衣服我就完全不用管了，他自己挑选自己穿，我反倒省心了不少，他越来越知道什么时候该增还是该减衣服。当然，我们也付出了一些代价，比如上火，比如感冒，这个春天确实也闹腾过两次。不过我还是觉得非常值得的，关键是他觉得自己受到了尊重，他自己的事情自己可以做主。再说了，哪个孩子还不生点小病啊？即便是都听大人的，也未必就能躲过所有的流感。所以，即便是儿子因为自己的决定没穿对衣服生病的时候，我也没有责怪他，只是告诉他这都是正常的，你自己体会到了知道下一次该怎么调整了就好。

还想起有一次听婆婆和另一位阿姨在一起聊天，说起带孩子的事情。那位阿姨说她带孩子带得很是辛苦，孩子吃饭都得喂，就这还不好好吃，得哄着，讲笑话之类的，等孩子张开嘴笑的时候赶紧往嘴里塞一口。早上起床也是一件特别费力的工程，每次都是孩子闭着眼睛，这位奶奶把衣服给穿了，再半推半抱地塞到车里给送学校去。后来我带儿子去他们家玩儿还真见过一回，硬生生往嘴里塞东西，孩子说话间隙，奶奶趁一个不注意就是一口，还不许吐出来，必须得给咽了。我和儿子看着那个孩子吃饭吃得真是辛苦啊！喂饭的累，吃饭的更累！

如果说，“有一种冷，叫‘妈妈觉得我冷’”，那么，“也有一种饿，叫‘奶奶觉得我饿’”。这种连最起码的穿衣、吃饭都不能自己做主的孩子，我觉得生活对于他们来说确实是没什么乐趣可言的，给他们再多的玩具又能怎样呢？

有一次听心理学家武志红老师的演讲，主题是说原生家庭是怎样塑造，或者说怎样影响一个人的性格的。里面有很多观点，我都非常认同。其中说到“听话”，武志红老师说：“听话，是一场代代相传的骗局。”“听话”，就意味着“顺从”，本身就跟“自由意志”和“创造力”是相违背的。大人只是强调“听话”、强调“权威”，而不是“规则”、不是“遵守”，更不是在“规则”中勇敢“尝试”。中国向来是一个强调集体意志、忽略个体意志的社会，而中国的家庭也非常有意思，强调“光宗耀祖”，而不是“实现自我价值”。武志红老师在演讲的最后说，如果只有一种人生是值得过的人生，那便是有自由意志的人生、是自己说了算的人生、是自己想要过的人生。对于这个说法，我个人觉得不能同意更多。

我身边就有很多例子，悲剧的例子。表面上看，都是有着硕大的光环，高学历、高薪水、高职位，但是无比光鲜的外表下面却都是各种各样的千疮百孔。他们活得非常痛苦，或者说非常拧巴。追溯其原生家庭，无一例外都有个强势的父辈或者强势的祖辈，有个憋屈而不得不顺从的童年。这样虽然确实是在一定程度上逼着他们成为一个“优秀”的人，有了一定的社会地位和社会财富，但他们大多都从事着自己不喜欢的职业，他们的内心更是贫穷如乞丐。他们既不会爱别人，也不会爱自己，无法享受亲密关系，包括跟自己的爱人，包括跟自己的父母，也包括跟自己的孩子。他们活得非常没有自我，甚至不知道存在的意义是什么，不知道什么是生命的热情，没有那种被什么东西点亮的神采，而仅仅是“活着”，为了父母或者是谁而“体面地活着”，从来没有为自己而活着。这样的人生真的是挺没劲的，没一点味道。没有期待，没有欲望，所谓“生无可恋”，也不过如此。

而那些在“爱”和“关注”下被注视、被尊重、被呵护着长大的孩子，他们成年以后，也大都取得一定的成绩，而且是自己喜欢的事情。即便暂时遇到些磨难，他们也会在凛冽的寒风中绽放出快乐的花朵，乐观地看待日子，对未来仍然充满最真挚的向往和期待。他们大多数都有非常好的亲密关系，疼宠、尊重自己的另一半，对父母很好，跟自己的孩子也有很好的沟通，你什么时候见到他们都是一副岁月静好的样子，仿佛怎样的日子都是活色生香的，都是他们所能享受的“刚刚好”。

所以真的是，如果说只有一种人生是值得过的，确实是唯有自由意志的人生、自己说了算的人生，是自己想要过的人生。这样的人生是乔达摩·悉达多王子舍弃王位而在菩提树下顿悟的人生，是维特根斯坦临终时对身旁的人说：“告诉他们，我，度过了幸福的一生！”

“最优”干扰

早上儿子很早就醒来，麻利儿地穿衣服，麻利儿地刷牙、洗脸，麻利儿地坐在书桌前开始补写作业。原来昨天晚上他太困了，睡得早，还没来得及写完作业就上床睡觉了。而我昨晚被一点事情缠住回家得也晚，回去的时候儿子已经睡了，所以我也不知道都发生了什么。

儿子喊妈妈，说需要我的帮忙，他昨天忘了带抄书本，所以语文课上没能听写生词，需要我给他念，他来写，今天补交给老师。我就走过去帮他，发现他正在语文书上写着什么。

我问这是在干吗呢？他说昨天他拿错了语文书，把上学期的书给带上了，这学期的书倒是落在家里了，所以课上老师讲的都没来得及在书上标出来；不过还好做了笔记，现在把它们补上。等补完听写、补完一页生字，又拿来一张数学试卷让爸爸给签了字，时间已经有点晚了。儿子又麻利儿地收拾好书包，麻利儿地去洗手，麻利儿地坐下来吃饭。

吃饭的时候，才告诉我，老师昨天说今天有数学测验，7:40 必须到校。我瞟了一眼墙上的钟表，时间已经很紧张了。儿子接着说：“偶尔迟到一次也没关系，又不是天天迟到。再说老师说了是看情况，也有可能不考试。”真是比我还淡定，好吧。

送儿子去学校的路上，我很好奇，就问他，昨天拿错了书，当时你什么心情啊？儿子先是用典型的北京口音叹了口气，说：“哎！别提了！气死我了！同学们都笑我，我恨不得把他们都拍成肉饼！”不过接着又说：“可是生气有什么用？周瑜不是被诸葛亮给活活气死了吗？后来我就不生气了，也不理他们了，我赶紧记我的笔记，回来补呗！嘿！结果他们看我不生气了，他们反倒给气着了，哈哈哈……”我真是太佩服这小子了！不由得给儿子竖了竖大拇哥，好样的！

想起上学期末的时候，有一次家长会，他们语文老师跟我说，辰辰小朋友学期中间的时候有一次把抄书本给丢了，上面已经有过好多次听写记录了，而且老师都已经批改过了。不过后来他很快就又交上来一本新的，而且把之前听写的内容都给补上了，老师也都重新帮他批改了一遍，所以老师也就没再跟我沟通。末了，老师问我，辰辰妈妈知道这件事情吗？我只能如实说，还真不知道。老师还挺诧异，觉得这是挺大一件事儿，当妈的居然都不知道。于是家长会后我就这件事问了问儿子："有这么回事儿吗？"儿子说："对呀！"我问："那为什么不告诉妈妈呢？"儿子冲我一笑，说："我觉得自己能处理呀！"非常好！真的非常好！

我又想起一件事儿，也是上学期的事情，有一次在路上跟儿子聊天，他说他们班有个同学脾气特别爆，跟班里每个同学都打过架。我问："那跟你打过吗？"他说："打过呀！"我一惊，立马问："什么时候啊？"然后儿子一五一十描述了一下当时的场景，哪一天、在哪儿、怎样你一拳我一掌的，反正是那个同学先挑事儿，后来被儿子打哭了之后又跑到老师那里告状，不过儿子去跟老师解释了，老师还是"公平"地裁决了。我这才长舒一口气。最后也是这样的对话。我问："那为什么不告诉妈妈呢？"儿子冲我一笑，说："我觉得我自己已经搞定了呀！"然后他就又叽叽喳喳说起别的话题了，看来打架那件事情在他心里真的不算什么大事儿。

我特别特别喜欢儿子这一点，遇到问题不害怕，自己去处理，妥妥地不来麻烦我。再往前追溯，很多迹象都能看出来，儿子还是非常独立的。

比如很小的时候，应该是刚上幼儿园吧，我们一起爬山，都是自己爬，不让背。这也就算了，牛的是，如果有石子什么的进鞋里了，他会很自然地坐下来，自己把鞋脱了，把石子弄出来，自己穿上再继续走，根本就没有喊妈妈帮忙的念头。我远远地看着一个小人儿，很认真地在鞋子里面找石子，觉得真是有意思。

再小一点，还没上幼儿园的时候，有一次我们都坐在饭桌上吃饭，辰辰小朋友突然就从椅子上跳下去，跑到厨房里。不一会儿我听到还有水龙头哗啦哗啦响的声音，接着就关掉了。然后就看到小不点儿跑出来，手里拿一只勺子。原来是喝汤需要勺子，他自己跑厨房里去拿，还知道打开水龙头给冲一冲，从头到尾都没有叫别人帮忙的意思。我这个“懒妈”在一边吃饭，也从头到尾没有停下去插手帮他的意思。

这么如此想来，我心甚慰啊！并且再一次坚定了我继续把“懒妈”政策贯彻到底的决心！

记得给儿子读的故事书里其中有一个故事让我印象特别深刻。有一个士兵偶尔路过丛林，看到一只美丽的蝴蝶正在茧子口那个地方痛苦地挣扎。他看了许久，实在不忍心看那只蝴蝶那么辛苦，出于好心，就用剪刀把蝴蝶给“拯救”出来了。但蝴蝶的翅膀其实还没有长好，出来之后，扑腾几下，很快就死掉了。这时候，士兵才开始懊悔，其实蝴蝶是需要通过“挣扎”才能完成自我成长，它要通过自己的努力来习得在这个世界活下来的本领。士兵对蝴蝶自我完善的“干扰”，实际上是剥夺了蝴蝶获取能力的机会，也剥夺了它还没来得及绽放就枯萎掉的生命。前几天在一本关于教育的书上也看到类似的观点，要放手，不要去“干扰”孩子成长过程中所必须的“挣扎”。

但是还有一种声音是说，原生家庭对一个人性格等方面有可能是一生的影响，如果孩子真遇到了困难，却得不到及时的响应和帮助，对孩子的心理会造成很大的伤害，他们会没有安全感、缺乏自信、对爱匮乏等等。

那么问题来了，到底应该在什么时候去加以援手而又应该在什么时候做一个旁观者呢？换句话说，这个“干扰”的介入到底在什么时候才是“最优”的呢？如果能用人工智能的手段来给出“最优解”那真的就太好了！可惜那是不可能的。

我自己的理解是根据具体情况具体对待，首先是要尊重孩子自己的意愿，问问他需不需要帮忙。不得不承认，我是一个彻彻底底的“懒妈”，儿子很小很小的时候，他做任何事情我都只是在一旁“冷眼旁观”。哪怕他已经很吃力了，甚至有时候眼神里分明透露出来要我帮忙的意思，但他只要不是亲口说出来“妈妈请帮帮我”，我都会假装看不懂而“无动于衷”。即便是他说“妈妈请帮帮我”，我也不会直接上去一步到位把事情帮他做了，而是会帮他分析你遇到了一件什么样的事情、你的困难在哪儿、自己可以先进行哪些尝试而又有哪些是你暂时没办法做到的，那么只有最后一点妈妈才可以帮你做，等你自己也可以做这部分事情的时候妈妈就不帮你了，因为都是你自己应该做而且可以做到的，妈妈相信你会自己做得很好。其他的，只要是他能做的，哪怕他来哭着求我，我都不会去帮他做。

有时候他会跟我“较量”，就是不做，比如该收的玩具不收，就放在那儿。没关系，你不收是吧，妈妈也不收，其他人谁都不准帮着收。等到他自己被玩具绊倒，或者是过来过往的人把玩具踩坏，依然是不会有人帮他收，最后他自己就乖乖把玩具收好了。

从幼儿园开始，自己的书包自己整理，妈妈又不知道你在学校里需要什么，老师说的话你要认真听。出去玩儿，自己要带的书、玩具和吃的，自己整理，穿的衣服大家一起商量，妈妈只负责帮着带。上小学以后更是如此，书包自己整理，需要什么自己要记清楚，否则后果自负，比如拿错了书，那就拿错了呗，也怪不得别人，下次就长记性了。作业，自己记清楚了，否则，完不成就完不成了，老师批评两次自然就记住了。

总之，妈妈不是不帮忙，妈妈也很爱你、很关注你，但是妈妈能帮忙的事情很少，主要还是得靠你自己。“哭有什么用？”“生气有什么用？”最后时间浪费了，心情不好了，事情还得自己做。这些观点都已经深刻地印在儿子的意识里了，所以他遇到问题第一时间是先考虑自己能不能处理，自己解决了就不会想着来麻烦我。而我和儿子的亲密关系没有受到一丝影响，他有什么开心、不开心的事情也都会第一时间跟我分享。我给出我的赞誉，还有我的看法和建议，我们一起讨论。

最近还看到一种说法，每个人先天的材质是一定的，后天的养育当中不要试图按家长的意愿去“塑造”、去“改变”，只需顺着那个“纹路”去打磨就好了，让他成长为他本来的样子。

这两天被吵得沸沸扬扬的摩拜被美团收购的事件，胡玮炜被记者问及这三年自己最大的感触是什么？胡玮炜说是对人性的认知，“不要去考验人性，而是去认知人性”。我本人深以为然，的确如此。再看看那些大牛们，尤其是数学和物理学领域的，那些伟大的科学家们，他们最伟大的地方不是发明了什么，而是“发现”了什么。比如牛顿发现了万有引力，是大自然中本来就存在的规律，只是被发现了而已，但这已经是足够足够伟大了，包括哲学层面也有很多类似的认知。

最近在接触一点中医的知识，中医里面更是到处充满了这种敬畏感的观点。不去自以为是地要消灭什么，而是尊重人体自身的自愈能量，只是帮助你发现钟摆为何停摆的那个原因，帮你拨一下，真的摆动起来，还是要靠自身的能量。心理学中更是如此，对情绪的认知、对自身意愿的尊重，让你了解自身，从而去实现自我。

这些观点不仅仅适用于对孩子的教育，我觉得适用于方方面面的事情，包括工作、生活，甚至自己的认知层面。

打　分

参加一个亲子主题的活动。

会场上，老师随机问了几个家长对自己孩子的评价，并让家长给孩子打分。如果满分是10分，你会为你的孩子打多少分？有一个妈妈说，自己的孩子做作业的时候总是不专心，怎么说都改不掉，每天晚上做作业到很晚，真是头疼。她给自己孩子打了4分。有一个爸爸说，他们家孩子胆子太小，别人欺负他都不敢还手，回来也不敢跟家里人说，真是窝囊啊！他给自己孩子打了5分。还有其他几位家长都是面露焦急之色，说起自己的孩子，毛病都是一堆一堆的，打的分数也都不高，7、8分的都算是多的。

我看了看自己随手写下对儿子的评价：正直、善良；有责任心、有创造力；积极、活泼；独立、有思想，肯坚持又肯努力，充满好奇心。我给儿子打的分数是：9.9。说实话，我是很想给儿子10分满分的，只是觉得还是应该稍微谦虚那么一点点，所以预留了0.1的空间，未来总得要继续进步啊，是不是？如果要说问题的话，我还真得好好想想，因为我真的觉得儿子做得挺好的。于是我又继续写：再强壮一点。我希望他再吃得多些，再长得结实一点。除此之外，我真的觉得儿子已经相当不错了。我总是无比感恩地跟别人讲：“我的儿子，满足了我对一个‘儿子’所有的想象。”

这个环节过去，老师又问了一个问题：如果让孩子评价家长，你觉得孩子会怎么评价？满分也是10分，孩子会给你打多少分？最后通过举手统计了一下，5分以下的很少，大概都在7、8分的样子。大家普遍感觉都是，自己为孩子付出了很多，孩子应该能感觉得到。但孩子对爸爸妈妈应该还是不是很满意的，因为管教嘛，束缚他们了，肯定会有怨言的，所以不会是满分。

只有一个妈妈说孩子会给她打10分。老师问，你怎么知道？这位妈妈说，因为曾经有一次她问过女儿，女儿毫不犹豫地说“妈妈最棒，给妈妈打满分10分”。我看看自己的答案。我觉得儿子应该给我9分吧。我自认为还是一个非常开放、民主、平等的妈妈，跟儿子相处得也很开心。但还是没自信到儿子对我那么满意，毕竟有时候我也会批评，偶尔我也会发脾气，而且我经常工作忙，有时候周末都陪不了他。满分啊？不敢想。

后来老师给我们看了一个视频，一样的两个方向的问题。视频里家长跟我们现场家长的反应如出一辙，家长眼里的孩子，都是一堆一堆的毛病，家长们都是满脸的焦虑，说着说着就上火。当然，打的分数也不高，大多5分上下吧。视频里的孩子们一个个天真烂漫，提起自己的爸爸妈妈，都是满脸的骄傲。

“我的妈妈是世界上最美丽的妈妈！我给妈妈打十分！”

“我的爸爸特别神气，他什么都能修好！我给爸爸打一百分！”

“我的妈妈特别温柔，给我读故事的声音是世界上最动听的声音！我给妈妈打一万分！”

所有的孩子给爸爸妈妈打的分数都是满分，或者超过满分。视频里的爸爸妈妈们看了孩子们对自己的评价，先是满脸惊讶，再是觉得愧疚，最后都泪流满面。而我们现场也鸦雀无声，不少家长都流泪了。说实话，我也觉得很意外，也特别感动。孩子一颗童心，真的是晶莹剔透。

那天回到家里，吃完晚饭，我特意问了问儿子，如果你给妈妈打分，满分10分，你会给妈妈打多少分。儿子一只手搂着我的脖子，另一只手挥舞着：“我要给妈妈打一百万分！”我还能说什么呢？使劲儿亲吧！

正如那位老师所说，家长对孩子，就像面对一张白纸上的那个黑点，眼睛很容易只盯着那个黑点而忽略了周围那么大片空白。一张口就都是问题，一开始讲就都是焦虑，孩子永远是人家的好。而孩子对家长，是完全的信任和依赖，爸爸妈妈永远都是自己的最好。

这给我上了很好的一课。其实，不仅仅是亲子关系，很多其他的关系我们是不是都可以用这样的视角来给彼此打打分？你看到的是对方的那个黑点，还是那片空白？

通往对岸的桥

儿子咳嗽了很久，朋友推荐了位中医开了些中药。都是同仁堂的，说实话我都觉得苦。之前喝惯了糖浆之类的甜药，相比之下橘红丸这样的苦药，对于小朋友来说确实难以下咽。

小朋友倒是很配合，每每鼓起勇气尝试了一下。水倒是咽了，可那些苦到死的药丸儿每次都完胜地卡在嘴巴里，然后再吐出来。儿子哭丧着脸无奈地喊着:“妈妈，太苦了！”于是，娃和娃他娘面对着一堆还未进行的药丸儿，一筹莫展。

其实，我从小也是一个吃药困难户，有时候宁可打针都不愿意吃药。我到现在吃药喝水的顺序都是跟常人相反的。别人都是一大把药先放嘴里，然后喝一点水,咕咚一下就咽下去了。我一点都无法忍受药触碰到舌头的感觉，只能是先喝水，然后再放一点点的药，再咕咚一下全部咽下去，根本不给药接触到嘴巴里任何部位的机会。当然，也会遇到水咽了，但药卡在嘴巴里的时候。所以，每次吃药除了配合着要喝好多水喝到撑之外，还得忍受偶尔被药卡在嘴巴里生不如死的感觉。因此,吃药对于我来说同样是个巨大的困难。娃完美地继承了娃他娘这一点，不得不佩服基因的强大。

可是，不管怎么沮丧，药还是得吃的，毕竟还得治病不是？于是，娃他娘开始开动脑筋想办法。

先用鼓励之策。

男子汉、蜘蛛侠、奥特曼、动感超人、Mr. Incredible 等英雄也一个个在一次次被吐出来的药丸面前败下阵来。

宇航员、赛车手、和谐号火车司机、足球明星、围棋高手等梦想的光环也不足以帮助娃跨越苦药丸的障碍。

再用引诱之策。

吃了这个药，妈妈允许你看一集动画片。噢！两集！三集！

快快地吃完药，妈妈带你去你一直想去的汽车博物馆！

吃了药，妈妈送你一个礼物作为奖励！

统！统！不！好！使！

最后用威逼之策。

吃还是不吃？！

这么大了，怎么吃个药就这么费劲啊？

良药苦口利于病啊！不吃药，病怎么能好呢？你是不是要一直咳嗽下去啊？

…………

一个小时过去了。药还是药，一筹莫展的娃和娃他娘更加一筹莫展。哎！我只能安慰自己，从吃药这方面的素质上看，娃绝对是自己亲生的，医生绝对没给我抱错！我也就不用担心以后再认亲啥的麻烦事儿了。

中场休息吧！上半场完败。

先让娃去玩玩具，娃他娘也再冷静地思考一下下半场怎么扳回胜局。突然觉得这种沮丧感很熟悉。仔细想想，我的天！居然是当年写博士大论文那段不堪回首的日子。

我是一边工作一边读博。博一修完学分，刚开始要考虑开题方向的时候，博二开学没多久就发现孕育了小生命。说实话心中一阵窃喜，嗯，冠冕堂皇的理由可以把博士论文的事情往后放了，哈哈！生完娃，休完产假回来发现，跟自己同级的同学们都开始忙着答辩找工作了。而我，一篇小论文还没发呢！更可怕的是还没思路呢！延期毕业是肯定的了，可是要延期多久，我实在是不知道啊！

焦虑啊！一边上班，一边喂奶，一边写论文。回想起来，斑斑血泪！晚上早早把娃哄睡，每天凌晨四点爬起来写论文写到六点半再收拾收拾去上班。有时候半夜凌晨一两点起来喂奶，孩子睡了之后回复工作邮件。我也是够拼的！

但这些都还好，小论文很快也就发够了。真正的困难在于大论文！也许是强弩之末，前面连续一年多的高强度写作已经让我精疲力尽。也许是工作的担子不断加码，让我越来越难以保持精力去做这么一件高难度的事情。也或许是，博士大论文本身就是一件挺难的事情，总之，跟之前写小论文完全不是一个概念。

我也经历了像儿子吃药的整个过程。鼓励、诱惑、威逼，然而，写不下去就是写不下去。

记得无数个早起的清晨，我对着电脑，看着一堆堆的公式，理不出个头绪。脑袋里蹦出那些念想：

先打气：你是最棒的！

再引诱：你写完大论文，就奖励你去录音棚再录制一张专辑！

最后威逼：你这样对得起党、对得起国、对得起家、对得起谁？

统！统！不！好！使！

那种沮丧啊！像是被戳破的气球，滋……的一声，瘪到底。导师和实验室的老师们同学们都很帮忙，但我就是提不起勇气去面对，一次次被卡在梳理思路上。就像儿子喊“太苦了！”我也是觉得“太难了！”

事情的转机出现在一个博士留校的同学，鼓励我，“你已经有很好的基础了”；跟我一起慢慢讨论大论文的框架结构。如何阐述大论文的观点，怎么讲圆这个故事，是层层递进不断精细化解决，还是一个问题分多方面解决等等。他让我把目光专注于事情本身，而不是其他的附加部分。在我无法跨越的鸿沟面前，他没有在沟的对岸画饼，也不是在沟的这岸扬鞭子，只是针对这个沟，教我如何搭桥。他让我有勇气去相信我是可以通过哪些具体的步骤就能搭一座通往对岸的桥，甚至都不用跟我讲怎么从桥上过去。

就这样，我用了十个多月的凌晨写完了我的博士大论文，终于在博士第五个年头以不菲的成绩通过了盲审并顺利答辩毕业。也由此完成了别人到现在都津津乐道的一个神话：一边生娃、一边晋升、一边读博。可是只有我自己知道其中滋味，到现在我依然早醒，就是读博留下的后遗症。

回望了博士毕业的整个历程，我就明白了怎么解决儿子吃药的问题。一样的道理：关注于事情本身，跟其他的附加部分没关系！怎样帮助儿子把药咽下去，提供切实可行的方法，才是眼下最有效的。

好了，中场休息结束，回到下半场。

我把儿子叫过来，我们一起商量怎样的方法可以让这些苦苦的药丸咽到肚子里面，其他的一概不提。我提出了两种方案。第一，用我小时候的方法，把药丸弄小点，塞到香蕉里面去，然后一起咽下去。第二，还有些稠糊糊的南瓜粥，可以把药丸埋到粥里面，然后一起咽下去。

儿子接受了我的建议，两个都尝试了一下，发现第二种更好用。后来甚至觉得像个游戏，乐此不疲。不到十分钟，完美收官。儿子由此还提升了巨大的自信心，非常有成就感。好像一个英勇的战士爬上一个山坡，胜利地站在山顶骄傲地俯视脚下："妈妈，我确实长大了，都能吃这么苦的药了！那这个甜的药，小菜一碟！"娃他娘赶紧表扬："嗯嗯，我儿威武！比妈妈当年强多了！"甚至后来出门看到很好的天气，从来不屑于我喜欢赞美花花草草的儿子，居然张开双臂："啊！青青的草地、清清的小河；蓝蓝的天空、白白的云朵！"我觉得也是他战胜了苦苦药丸之后的一种胜利喜悦的延续。就像我当年走过那段痛苦不堪的博士毕业之路，再面对其他困难的事情，我也更有信心和底气一样。

成长的道理大抵是相通的，而与年龄无关。没有什么比养一个孩子更能帮助自己看清自己、完善自己了。孩子真的是上帝赐予我们的最珍贵的礼物。

我也更加清楚了，不管是儿子还是我自己，未来的路上一定还有这样那样的、或深或浅的沟壑需要跨越。但，我相信，我们都会越来越有力量去搭建一个又一个通往对岸的桥。

拥抱“坏情绪”

一个平常的下午，我正在开会，突然接到家里老人的电话。我本能地吃了一惊，不知道是什么事情要这么着急给我打电话。急急忙忙从会场出来，忐忑中接通了电话。老人说觉得孩子今天放学显得不太高兴，担心是在学校里发生了什么。等我回到家,见到儿子,他已经在做作业了。见我回来了,“妈妈、妈妈”跑过来跟我拥抱,叽叽喳喳说着一些事情,跟平时并没有什么不同。

晚饭过后，我问儿子，是不是白天在学校里发生了什么，放学的时候是不高兴了吗?

儿子说，没有发生什么呀，只是累了呀，没有什么不高兴的。孩子奶奶特别注重孙子的情绪，天天都得是开开心心、嘻嘻哈哈的，才觉得是正常。孩子稍微有点安静，奶奶就要紧张。担心是不是有什么不高兴的事儿啊？是不是哪儿不舒服啊？更别提如果真的是有啥痛哭流涕的事情了。

奶奶特别不能接受不好的情绪，总是像防瘟疫一样提防着，甚至是刚刚有苗头都恨不得要立马打压下去。当然，老人的心情可以理解。不过我觉得适当的安静，甚至是某些“坏情绪”也没什么不好。不光是孩子，成人世界里也大多有“坏情绪”的时候。很多人会采用压制、否定、排斥的方式，觉得一定要把自己弄得“笑”起来才好。其实，没有必要。

允许自己的坏情绪存在，接纳不开心的自己，让那种“不开心”安静地从身体中“流”过去，采用拥抱和疏导的方式，对身心的成长才是最有益的。

其实，那些“坏情绪”会让你更懂自己。“恐惧”和“难过”会让你知道什么对你是最重要的，重要到面对或者失去的时候，你会害怕或者伤心。比如面对爱人的离去，我们会伤心流泪，会对离别心生恐惧。“愤怒”会让你知道什么是自己的边界，并且要靠“发怒”来维持它不受侵犯。比如当你受到不公平对待或者被冒犯的时候，你会大发雷霆，用愤怒来表达反抗。

一位心理学家说：“生气、难过、害怕，这些都是不受欢迎的坏情绪。但恰恰是它们，能够确认我们的存在，帮助我们抵抗潜意识里对孤独和死亡最根本的焦虑。”而我的理解是，正是这些“坏情绪”才成就了独一无二的你，才让你显得这么“不一样”，“你”才是“你”。

所以，我坦然地面对孩子以及我自己的坏情绪。当不想说话的时候，那就安安静静地待着吧；当伤心的时候，流流眼泪又何妨？开心是自己的一部分，不开心同样也是自己的一部分。不管哪个自己，都应该去温柔地拥抱。

最后以鲁米的话作为结尾：

人就像一所客栈，每个早晨都有新的旅客光临。不管来者是“恶毒”“羞惭”还是“怨怼”，你都当站在门口，笑脸相迎，邀他们入内。对任何来客都要心存感念，因为他们每一个，都是另一世界派来指引你的向导。

迁　怒

儿子放学回家，一直紧绷着小脸儿。跟他说个什么事儿，不是心不在焉，就是很容易发脾气。我自己也累了一天，看着他在奶奶面前没事儿找事儿欠揍的样子，真是气得我“浑身上下都胃疼”。

要吃晚饭的时间，他自己不上桌吃饭，也不让奶奶去吃饭，非得要奶奶看他跳绳。他又很急躁，总是跳不了几下就卡住了。然后就咆哮：“奶奶、奶奶，你再看我跳！你再帮我数！”我强忍着怒气，跟他讲怎样才能跳得稳、跳得好。他根本就不听，还冲我喊：“我知道了！我知道了！”越着急越跳不好，越跳不好越着急。儿子大喊大叫的声音也越来越大。

终于，我的忍耐到了极点，一把将他拎了出去。真是恨不得揉成一把再揣回到我肚子里，重新还这个世界一个清净。好吧，跳吧！为娘的给你数数！跳不到我满意就别想回去吃饭！儿子开始跳，依然是急躁的，甚至有点愤怒、有点耻辱。他一遍一遍地开始、一遍一遍地结束，我在那些起起落落的跳起、落下里，慢慢读懂了一件事情：迁怒。

儿子较劲儿的根源不在跳绳上，应该另有原因。在他又一次挫败发脾气时，我平静了自己的情绪，走过去轻轻揽他在怀里，告诉他：“你的难过妈妈知道了，也感觉到了，妈妈也很难过。”这时候，儿子已经开始安静了。“能告诉妈妈在幼儿园里发生了什么吗？有什么事情让你不开心了吗？”我看着他的眼睛轻声问。

儿子嘟着小嘴儿终于说出了实情。原来是今天他们班进行自创宇航服的展示表演，我和他一起前一天晚上做好的超酷宇航服很受追捧，他很得意。唯独班里的一个小朋友说他的帽子不是宇航帽而是工程帽。那个帽子确实是用一个工地上的安全帽改装的，制作的那天晚上儿子就有点怀疑："妈妈，这个帽子好像跟宇航帽不太一样。"我说，宇航帽也有很多种啊，这也是其中一种。于是儿子就接受了。

估计是原本自己对这个帽子就不自信，正好被人说中，内心就有点小崩溃了。在幼儿园自信心受到打击后，回到家里急于在别的地方找补回来。所以，就特别想把绳跳好，又想找出口、发脾气，把在幼儿园受的委屈和怨气发泄出来。由此我便知道了，我又做了相应的安慰和疏导，很快，小脸儿就恢复了阳光灿烂，开开心心去吃饭了。

上个周末，北京的小学现场报名，我和儿子排在长长的队伍里，突然被前面一个妈妈教训孩子的声音给吓到了。那位年轻漂亮的妈妈怒容满面，歇斯底里地吼着，言语之狠毒令周围的人侧目。听来听去，无非只是孩子吃了妈妈不允许吃的东西。孩子被当众骂得号啕大哭，妈妈继续"威严"而愤怒地咆哮着，甚至开始推打。孩子被推搡得趔趔趄趄，慢慢地哭也不敢哭了。

母子俩都穿得光鲜时尚，我相信那位妈妈不会仅仅是因为那么小的一块吃的东西就大为火光，甚至到失控。我在想，会不会是为了什么别的事情愤怒郁结，又没有办法找到合适的出口发泄出去，恰好孩子触动了那个导火索，成了无辜的最后那根稻草。可怜的孩子并不知道，他只是妈妈迁怒的一个牺牲品。

我无意谴责那个妈妈，或许她被某些东西逼到了一个情绪的临界点，才有如此举动。她也可能自己知道这样不对，只是无法自控。甚至，更可怜一些，她还不自知自己的迁怒。

于是，我开始审视自己，有没有在儿子身上犯相同的错误？进而，有没有在别的地方存在类似的问题？细思极恐。还真有，而且还不少。人总是很容易看到别人身上的问题，却不容易自省自觉。又很容易为自己找借口。

人寄于世，谁心里没憋着一丝委屈和愤怒呢？谁能保证自己不会把情绪发泄到无辜的人身上呢？而通常这个"无辜的人"就是我们身边最亲的人。孩子不能把控，大人也一样。只是，孩子很快就能重新阳光灿烂了，而大人恐怕很难从那种沉重而沮丧的阴郁中走出来。

如何破局？有人说，快乐的人，是沿路把委屈扔掉了的。他心里有个强大的垃圾处理器，无论遭遇了什么，基本上都能及时化解，所以没有太多地积压易燃易爆的危险情绪，故而能够自控，也能保持着阳光健康的面貌。而不快乐的人，是一直背负那些委屈和怨愤艰难行走的。想扔扔不掉，又无处安放，只能堆在心里，变成怨气和戾气。他自己也成了一颗随时可能引爆的炸弹，时刻威胁着自己和周围人的安全。一个对自己负责的人，会时刻对不好的遭遇和负面的情绪保持警惕，要懂得疏导自己，及时地排解掉心中的愤和恨。谁能及时修复坏情绪，谁就能保护灵魂的健康和安宁。

我们不再是小孩子，我们应该有警醒的意识和能力。当自己忍不住要爆发时，不妨让另一个声音跳出来问一句："我是不是在迁怒？"然后，像妈妈抱着孩子那样抱着自己，轻声地说："你的难过我看到了，也感知到了，我也很难过。"最后，仔细看看，冷静地问问自己："我愤怒的真正原因是什么？"不急，慢慢来，不用对自己要求太苛刻。

这个世界，没有哪个人能真正活得得心应手、游刃有余，就算达官显贵，也有要极力讨好和全力对抗的人和事,何况平凡的我们。但一定要持续努力，否则，一旦崩溃，之前的种种隐忍都将毫无意义，之后的种种美好也会遥遥无期。

“起跑线”与“目的地”

我觉得最害国人的其中一句话就是“不能让孩子输在起跑线上”。有位教育家就反问：“都说不能让孩子输在起跑线上，却没有人说目的地是哪儿。你们想让孩子们跑到什么地方去啊？”

最近看到一篇文章，挺受触动的。一年夏天，林志颖带着儿子小小志到法国旅游，恰好赶上读书节。为了鼓励孩子们读书，当地最大的市立图书馆开展了一项活动——两周内，谁读书最多，将有一份大礼物送给他。林志颖和其他家长一样，赶紧给孩子报了名。小小志也跟别的孩子一样，在图书馆人员的安排下领到了要读的书。

但不一样的事情发生了。小小志十分刻苦，放弃了一切活动，专心读书，一周后就读了三本书。而其他的法国孩子，日常之外，慢慢地读书，很多孩子一本也没读完。林志颖看着孩子成绩遥遥领先十分高兴,对孩子频频鼓励，让他再接再厉，抓住剩下一周的时间，争取创纪录给老爸争光。

这时,图书馆工作人员来了,带着一份要给第一名的礼物对林志颖说:“希望你的孩子放弃这次读书活动,礼物可以先发给你。”林志颖很惊讶地问:“还有一周呢，为什么提前发礼物？又为什么要让我孩子退出？”工作人员说：“因为你的孩子为了读书而读书，只想争第一，而不理解内容，没有体会到读书的乐趣。读书不是比赛，没有功利性，他这样疯狂地读书，如果最后得了第一名而受到奖励，会给其他孩子做出不好的榜样。所以，我们提前发给你礼物，他退出了，别的孩子就没有忧虑感，才会用心去感受读书的快乐。”

林志颖原本有些愤怒，但听完工作人员的话，不由连连点头，最后连礼物也没要，很诚恳地主动让儿子退出了活动。后来林志颖对朋友感慨："我们教育孩子读书，目的都不纯粹，规定了目标，好像是为了完成任务。这次法国之行让我明白，读书就是放松，就是享受，孩子读书仅仅因为读书很快乐。就这么简单。"

想起我读高中的时候，我们班一个男生，很虔诚地问我怎样能提高语文成绩。我老实告诉他，我没有刻意的方法，只是平时"打着看世界名著的旗号看故事情节"的方式还真是看了不少书。于是他很虔诚地让我给他开了一个书单，他也很认真，立马去买了两本回来，然后还制定了严格的读书计划。但随后他的语文成绩并没有提高，他又来找我，我也很疑惑。

后来我才发现，他跟我读名著的方式是那么不同。我拿到书以后，恨不得一口气读完，里面优美的句子或者让人遐想的场景剧情，都让我不由得回味。而我这位同学，拿到书后，像是要完成一项艰巨的任务，先打算多久读完，然后根据总的页数除以天数得出每天要读几页。他读《飘》，计算每天读七页，读到规定的第七页后折上书角，长长出一口气，好像今天的任务终于完成了。我翻看了他读过的书，真的是很均匀，每七页折一次角。我真的很佩服他是怎么做到的，比如剧情到了高潮，怎么就能忍住到了第七页果断折上书角合上书本就是不往下看了？

我读书，是因为真心喜欢，沉浸其中，好像就是另一个世界。至于顺便提升了语文成绩，那只是个不经意的副产品。而我这位同学读书，是为了提高语文成绩，为了读书而读书，功利心太强，不但没有体会到读书的乐趣，反而将读书当成了包袱，最后也没怎么提升语文成绩。

再回到最初的那个话题，"起跑线"与"目的地"。仔细想想，什么是"起跑线"，什么是"目的地"呢？我们为了什么而出发呢？又准备去往哪里呢？从小被规定甚至是强制读书的国人，在长大后继续保持读书习惯的人很少。而从小享受读书乐趣的法国人，很多都将阅读的习惯保持终生。火车上、地铁里、机场……眼光所及之处的法国人，很多都是手拿一本书、一份报纸或是一部 kindle 旁若无人专心致志地阅读。

两周内多读几本书是目的吗？不是，那只是图书馆鼓励孩子们体会阅读乐趣的一个载体，让孩子们享受读书的快乐才是目的。语文成绩是最终的目的吗？也不是，学习语文也只是让国人体会中华文化的一个载体，让大家在这个璀璨的宝库中享受中文之美才是目的。

是的，正如这位教育家所说，我们的教育，考上大学就是终极目标了吗？不是，上了大学之后的几十年也是孩子的人生，难道就不用考虑了吗？让孩子拥有一个健康、积极的心态，乐观、从容地享受生命之美，才是每个孩子该去往的“目的地”。

再说，每个孩子都是不同的生命，每个人的人生道路都不同，又有什么可比较的？为什么不管什么都要比呢？又为什么一定要“跑”呢，慢慢走不可以吗？

选择，也是放弃

题记：

整理旧物，翻出2008年写的一篇日记。一口气读完，还是蛮同意当时的想法的。

其实生活中到处都是选择题，小到一顿饭吃什么，大到比如这两天的国考、未来要去哪所大学、选择怎样的人生道路。选择，其实也意味着放弃。选择了吃这个，就意味着放弃了吃其他的；选择了这所大学，就意味着放弃了其他的大学。“取”与“舍”，永远是光与影。你选择的，就是你看重的，其实是你的价值观。

附上当年的日记，还原一个热爱网球、朝气蓬勃、热血沸腾的运动女青年。

世界网球的顶级赛事之一——上海大师杯已经接近尾声，刚刚看完两场半决赛的直播赛事。一场是塞尔维亚小天王德约科维奇对阵法国新秀西蒙，一场是英国小将穆雷对阵俄罗斯“劳模”达维登科。小德2:1胜出，穆雷却以0:2输球。同样是以小组第一的身份出线，而且穆雷还是以三战全胜的战绩出线；同样是出生于1987年的少年天才，而且两个人还是好朋友，结局却相去甚远。感慨颇多，忍不住立马记录一下此时的心情。

不可否认，在昨晚穆雷对费德勒的那场较量之中，穆雷展现了极高的职业素养。在之前两战全胜确定已经可以小组出线的情况下，依然拼尽全力，为观众奉献了一场精彩绝伦的视觉盛宴。连解说员都说，那一场球是这几天的比赛里最精彩的一场，从观众席发出的一阵阵欢呼声中也可以看出大家确实非常享受。昨天全力拼了三个多小时，而今天又要立即打半决赛。从体力上看，这本身就不是一个很好的安排。对费德勒的比赛，即便是输了，也不会影响他晋级半决赛；而半决赛是淘汰赛，如果输掉，那么上海之行就此终止。孰重孰轻啊！

今天对阵达维登科，第一盘一上来就被破发，虽然立马回敬给对方一个破发，但是紧跟着在随后的比赛中很快就感觉到了穆雷脚步的沉重，一脸的倦意。很明显，受昨天体力透支的影响，今天还没有完全恢复。而达维登科肯定是很清楚这一点，左右大角度地吊球，尽量让穆雷疲于奔跑，直到跑不动为止，即便是猜到球的下一个落点也只能眼看着球落地而脚下无法到位，望球兴叹！达维登科一直将这种战术贯彻到底，最后一个赛点直接一记内角ACES，穆雷完全不像昨天对费德勒每分拼死争抢，而是待在原地，几乎无力奔跑。达维登科也因此闯进了个人职业生涯中第一次大师杯的决赛，他应该感谢费德勒，更应该感谢穆雷的年轻气盛、少不更事。真是应了中国的一句古话：鹬蚌相争，渔翁得利！

而另一场半决赛的主角，德约科维奇，虽跟穆雷同龄，但是他的表现却比穆雷成熟得多。先不说他半主动放弃式地输掉小组赛中跟法国另一新科特松加的那场比赛，单说他小组赛第二场对阵达维登科的那场。第一盘，通过抢七艰难险胜耗费了很多体力；第二盘，在自己先失利被破发了之后，索性就放弃了，0:6，成为“吞蛋第一人”。但是人家通过第二盘的调整，第三盘再次爆发，从而整场比赛以 2:1 胜出。小组赛以两战全胜的战绩锁定出线资格后，第三战对法国球手特松加，明显有所保留，输掉就输掉了，反正进半决赛了，那才是更重要的赛事。果然，今天对西蒙，状态依然保持神勇，已经杀入决赛。而且，我感觉他还是有所保留，明天的决赛才是最重要的。

由此我想到了林丹。在奥运夺冠后，央视对他的一个采访中，林丹说了一件事情让我印象深刻。林丹与印尼的陶菲克之间的“陶林大战”一直备受球迷关注，而之前我的印象里面觉得林丹非常有责任心，每场必争。而陶菲克打球略显随意，他很随性，感觉就是高兴了就好好打，不高兴了就随便打，输了就输了，而不像林丹那样把每一次交锋、把荣誉看得很重。但是那次他说了那件事情之后就改变了我的这个看法。林丹说他在一次分量不是很重的比赛里面很轻松地赢了陶菲克，而随即很快又在另一场分量非常重的比赛中输给了他。从那次以后，林丹明白了，其实，比赛不是一场一场来准备的，而是要有更长远的规划，自己要很清楚哪些比赛是必争的。所以从那以后，我觉得陶菲克其实远远不像我之前认为的那样大大咧咧，而是一个挺有想法策略的人。

再比如说这次纳达尔因伤缺席上海大师杯，其实还有部分原因是为了不缺席接下来更重要的巴黎之行——四大满贯之一的法网。而费德勒也表示，2009 年他会有所选择地参加一些他比较看重的赛事。

从体育的角度，再说得小一点，从小球类体育的角度来看，从赛事的选择、从场次的选择、从一场球里盘局的选择，其实都存在着“取”和“舍”。因为人的精力、体力是有限的，总要分清轻重，有“舍”才有“得”。

推广来讲，其实很多事情都是如此。生活中处处充满抉择，“要”与“不要”,要看自己如何看待如何取舍。看自己更看重什么,也许从来都没有对错。也许穆雷更看重与费天王的较量，或者更看重职业素养，即使最后因此而拿不到大师杯冠军也无所谓。这也未可知，那他的选择就是对的，就是跟自己的价值取向相一致的，他就是快乐的，而没有遗憾和抱怨。

以后做事情的时候，也应该多问自己一句，是不是应该做，该怎样做？符不符合自己近期的或是长远的规划和目标？你选择的，其实是你的价值观。

喜欢体育，不仅因为它张扬的热情活力能带给我激情，而且，它总在一些不经意之间带给我思考和感悟。爱生活，爱体育！不管怎样，健康地生活！身心健康地活着！

暴走鹫峰

题记：

下班的路上，偶尔听到一首音乐：《Secret Garden》里的《Steps》。瞬间内心的某个角落被唤醒，仿佛一下子回到了那个热气腾腾的早上。

十年前，刚工作。小慧和我，阳光正好，花开正艳，青春正美。我们站在鹫峰公园的门口，一切都将要刚刚开始的美好模样。忍不住翻出当年青涩的记忆，略做修改，放在这里，重温那段冒着傻气和生气的日子。再读一遍，突然发现：喜欢探索、喜欢未知、喜欢尝试，并始终坚信美好，原来自己一开始就是这个样子。那颗坚定而不安分的心，一直都在。

看着那时的自己，走过去打个招呼：嗨！我很喜欢你！一起前行吧！

在此，十分感谢何木木同学！何木木同学在阳春三月的某个周末组织了一次鹫峰一日游，并在我司内网上提供了详细的时间安排和路线图，相当周全。非常非常遗憾的是，本人那次未能如愿成行，故赶在清明节放假这一天赶紧补了下遗憾。时间和路线基本上是参考何木木同学在我司内网上提供的详尽资料，我们本来是要按照“自虐”路线走的，可后来一不小心，走了条“超自虐”路线，并差点将之发挥成“自残”路线。不过还好，凭借着本人超水平发挥的体能和智慧，最终有惊无险，保证了我和同伴的完整归来。并且还有不少意外收获，发现了一些估计是鲜为人知的风景。现将这一路线及一路上的轶闻趣事简单记录在此，以博诸位轻松一笑，抑或作为下次鹫峰一日游的路线参考。

言归正传，按照何木木同学制定的时间计划，8:30 我和我的同伴张小慧在颐和园准时乘坐 346 路公交前往鹫峰公园。

车上的人超多，路上的车也超多，我们在上面挤，车子在下面挪。还好，我们旁边挤着若干个青春飞扬的学生娃，校内校外、国内国际的搞笑事件点评了一路，稚气又自信的谈吐不禁让我追忆起了自己年轻时候的美好时光，他们兴奋快乐的神采让我觉得车速进行得似乎还不算太缓慢。

我们快下车的时候，小慧悄悄告诉我："这帮小孩儿叽叽喳喳的样子，一看就是刚来的大一新生！"为了验证小慧的猜测，我问旁边的一个男生："你们是大几的呀？""大一的。"我和小慧相视一笑。"你们也是大一的吗？"那个男生很认真地问我。嗯？我和小慧诧异又暗自得意地交换了下眼神，莫非自己还显得很年轻？难道是今天头发束高了一点点？莫非是今天的发卡可爱了一些些？"啊？你怎么这么认为？"我窃喜却还佯装认真地追问。

"哦，不是都说嘛，大一土，大二洋，大三不要忘了爹和娘，大四……"我在心里忍不住恨恨地骂道："你才大一的呢！你们全家都大一的！"那孩子估计是看到我越来越难看的脸色，声音也由激昂到"声渐悄"了。

这个破车慢得要死，摇摇晃晃了将近一个半小时，快 10:00 的样子，终于到了北安河西口，我愤愤地下了车。下车又走了 N 久才到鹫峰公园门口。景色还算不错，是桃花还是杏花我也分不清楚，反正粉粉的样子开得很热闹，有风吹过，还会"落英缤纷"，还蛮诗意的样子，不得不承认，我是很喜欢浪漫的人。

公园内设置的喇叭里放着动听的音乐，很熟悉的旋律，仔细一听，是《Secret Garden》里的一首，应该是《Steps》，明亮轻快的调子，让我的心情、脚步也不由自主地跟着轻快了起来。在门口逗留片刻，大概 10:30 的样子，我们开始往上走。

刚一开始的一段都很好走，因为路相对平整，体力也最好。除了在"秀峰古刹"稍作停留外，我们一直往上爬，直到一个所谓的"消债寺"。其实就是一个用两根木棍就着岩壁搭起来的一个木棚，旧旧的样子。刚开始我还很不屑，切！这也敢叫"寺"！旁边有说明，大概意思是，古代欠了债的先人们在此拜祭之后就能消除债务的困扰。看完说明，我立马就地拜了三拜，那是相当虔诚！我万分期待以后买房的时候能够显现灵通！如果三拜不够，我还可以再补，补多少都没问题！

消债寺后面有一处比较险的地方，一块大石头凸出来，站在上面可以俯瞰下面的景色，风也比较大。旁边有家长大声呵斥孩子，千万不能去，太危险！这种地方一般都是我必去的，我带着小慧一直走到大石头的最顶端。我们开始第一个兴奋点：把手拢起来大声叫喊。小慧“嗨、喂、啊”完了以后仍意犹未尽，居然又喊我的名字“朱春鸽——”我晕死！

我赶紧说：“别喊了，别喊了！我的名字太傻，关键是不响亮，我要改一个响亮的名字！”

然后，我听到小慧又认真地喊“朱响亮——”我差点没从石头上一头戳下去！这个无知者无畏的家伙！看来我要给她点颜色看看才行！于是我又大声喊“慧慧——”果然立马就听到小慧认真地喊“鸽鸽（哥哥）——”我连忙应声答应“哎！哎！”这时小慧同学才知道上了当，哇咔咔！占了便宜我立马主动背起重重的背包奋然前行。

非常轻松，很快到了鹫峰主峰。按照何木木同学的资料，鹫峰公园门口海拔 112 米，鹫峰主峰海拔 465 米，我们绝对海拔也就走了 350 米。FB（腐败）队就此原路返回，以下的望京塔（海拔 720 米）、北尖（海拔 1120 米）、大觉寺垭口等才是自虐队的项目。我觉得这个路线还不够挑战，非常想尝试一把何木木所说的他们曾经暴走过的从北尖到凤凰岭的路线，不过该设想由于后来的种种原因未遂。

在鹫峰主峰上暴吃一顿，又享受了一会儿惬意的春风日光浴，11:50 我们开始朝望京塔进发。再往上走，已经没有成形台阶路可走，游人也明显少了许多，有的在坚持的也明显很勉强。我们前面有两个小朋友，正蹒跚地走着，突然一下子坐了下来。他们的大人立马喊：“坐旁边，别挡道儿！”那个小朋友头上有亮晶晶的汗在闪，脸颊绯红，冲我翻翻白眼，气喘吁吁地说：“姐姐，我动不了了，你从我身上轧过去得了！”“哈！你也太小瞧姐姐的吨位了吧！”看在他没有叫我“阿姨”而叫“姐姐”的分儿上，我选择了从旁边的道儿绕过去。小慧体力也有明显下降，我负重前行，还要经常停下来等她，我的表现似乎还挺“MAN”。

路上还碰到了绿野网站上的一个组织，在半道儿一处视野很开阔的地方休息的时候，对其中一个看上去很专业的人，我一手叉腰，一手指着右前方绵延的山脉意气风发地问：“那儿是凤凰岭吗？我要到那儿去！”那人把墨镜往下摘了摘看了看我，说：“小姑娘，你吓到我了！”然后跟我分析了好多我不能去的原因，总之，说只有两个女生很危险。然后小慧动摇了。从后来的结果上来看，我们没去应该是对的。

12:40 到达望京塔。再往下看去，可以得出两个结论：一、高度不一样视野果然就不一样！二、北京空气污染还真是严重！下面灰蒙蒙一片，而抬头，却是湛蓝的天空，的确比在下面看到的天空要蓝很多！在望京塔上，买水的时候，顺便问了问路。那位大叔给我指了去北尖的路，然后要从北尖往回走到一个有水塔样子建筑的山脊往南行一段距离，到快到水塔的地方的一个路口，下去到大觉寺。还好我 1.5 的视力，可以看到那条下山的路。

短暂休息后，继续前行。路更难走，人也更少了。慢慢地，乌鸦的叫声从头顶转移到脚下。爬了一个小时后，13:50，我们到达北尖。再往下看，望京塔和鹫峰主峰显得更渺小了；往上看，天也更蓝了。我得意，我很得意！

这时有三条路可选，一个是从北边的一条路撤下去，下面就有车站；还有就是大叔说的，也是很多人会走的，原路返回一段，到那个山脊去大觉寺；最后还有就是，往南走，找一个能下去的地方往东走到那个山脊。南边是我们没有走过的，也几乎没有人去走。最后我们选择了后者，因为我相信，往前走，肯定有下山的路。

在山脊上行走的感觉超级棒！荆棘丛生，我们从中穿行！一路上，我们前面有三个男生，而且离我们很远，再就是我和小慧，没有别人了，除了我们的脚步声，就是松涛声了。那三个男生的身影越来越远，我开始心里发紧，步子不由得加快。这时，突然听后面小慧“啊呀”一声，她扭到脚了，我“嗡”地一下头大起来。还好，我强作镇静帮她慢慢活动了几下后没什么大碍，我才长舒了口气。万一真扭伤了，我可怎么背她下去啊！我看她的鞋不够专业，要给她秀我专业的登山鞋，正示范着呢，只听我一声惨叫，还有石子的“哗啦哗啦”，我来了个完美的劈叉。虽然没有扬科维奇救球的时候劈叉来得优雅，但我自认为还是相当优美的。小慧来救我的时候，我大喊：“屁股、屁股！”原来不知什么时候，搭在腰间的衣服上粘了根荆棘，戳到我了。越慌就越容易出问题，我告诫自己！

小慧见识了我的专业登山鞋把我救起来后，我们就彻底看不到那三个男生了，扫视周围只有我们两个人。我们继续往前追赶，一路上也留意着下山的路。下山的路一直没有出现，但终于在一个转弯的地方追上了停下来拍照的那三个男生。他们说，前面应该也没有可以下去的路，他们准备往回走了。

我们已经从北尖过来暴走了四十多分钟，要回去路也不近。我想了想剩下的食物和水还不算少，时间也还不算晚（大概 14:40），从他们对我冷淡的反应程度来看我的长相还算安全（丑女也有丑女的好处），另外，小慧无意中带的削苹果的水果刀我看了看还在（这给了我胆量），最后，我决定，继续前行！因为，我坚信，前面肯定有下山的路！小慧坚信我是正确的，她向来都听我的，呵呵！

撇开那三个原来被我视作希望的男生，我们继续南行！只要我能往东看到那个水塔样子的建筑我就不怕迷失方向，那是我的目标：水塔的北边路口，我们就可以下山了！又暴走了长长一段路，没有看时间，也不知道走了多久，只觉得走得快崩溃了，而且要命的是，山脊往西走了一点，我看不到了东边的那个水塔。就在我马上要崩溃，在犹豫要不要继续往前走了的时候，我们看到一片少有的平整的空地。我像押赌注一样，心想，就再走这一段，如果不行，我就回去。走到平地的头儿，我激动地叫了起来，终于看到了一条路，一条可以下去的路！其实也不是什么真正的路，只是没有了树枝有石头。而且可以看到下面也有一条小路向东边延伸。最令我激动的是，往东看，又看到了那个水塔！

终于，长长松了口气！这时候才有心情欣赏美景。在这里看到的是我认为整个鹫峰所能看到的最美的景致！这个地方非常适合滑翔，平地可以助跑，而下面的山坡非常陡峭（我们走下去往回看，简直不敢相信是从那个地方下来的），风力也很好。站在山坡上，看到的风景像极了水墨画。远处的山峰躲在云雾里，只显现了顶部绵延的轮廓，像是涂了层淡淡的水彩；而稍近些的山，山谷、山脊依稀可见，好像是水墨画里那苍劲的笔锋。最美的还是那满山遍野的花儿，各种层次的粉色的云团，一簇一簇，壮观极了！

可是，可是，我们居然没有带相机！但是我们的心情依旧是非常之好啊！因为没有人，我们可以放纵地大喊大叫、放纵地摆各种pose，真是太开心了！旅行的乐趣莫过于此！

几近疯狂地发泄之后，我们小心翼翼地下山，然后沿着小路往东进发。又是一顿暴走，那个水塔时不时会从我的视线消失，不过我坚信方向是对的，因为我发现离它越来越近了！

大概走了有40分钟的样子，终于我们爬上了那个山脊，就是水塔所在的山脊！从我在望京塔上看到的下山到大觉寺的路口和水塔的距离上来判断，我决定还要往南走，事实再次证明我是对的！当我们看到写着“大觉寺”标识的路口时，那种兴奋难以言表！

打开我的索爱音乐手机，我们边听音乐边慢慢下山，心想顶多也就半个小时就下去了。这时已经16:00了。为了给小慧信心，看到一个往上走的男生，我问是不是快到大觉寺了？那个男生推了推近视眼镜，很惊诧地说：“至少还要70分钟，至少！”小慧当场就要崩溃！我安慰她要挺住，世界还是很美好的！我心里怪那个男生也不少说点，给人家个信心嘛！后来才知道，那位仁兄已经少说了不少。

当走了无穷无尽的台阶后，终于看到了水泥路面，小慧一下子欢呼了起来，可是马上发现，又陷入了无穷无尽的水泥路中！小慧再次崩溃！为了燃起她走路的欲望，我拿我们喝完的两个空矿泉水瓶子当滚筒，看谁滚得远，就这样边走边踢瓶子。又走了长长一段，看到一个牌子“大觉寺1.5km”，小慧连踢空瓶子都懒得踢了。

不过，还好，一切顺利，我们走到车站差不多18:00的样子。上了车我居然还彪悍到可以抢到座位，虽然只有一个，而且在最后一排，但也异常宝贵，我知道小慧的脚快要报废了。更美好的是小慧的旁边依偎着一对恋人，男帅女靓，很干净很纯的那种，非常之赏心悦目，关键是他们的手一直牵在一起，无限温馨的感觉。我是俯视，他们也看不到我看他们，我就一直在看，吼吼！这样的场景让我想起了韩剧《冬季恋歌》中一开始崔智友和裴勇俊的一出对手戏，也是在公交车的最后一排，也是这两个位子，也是这样的依偎，哎呀，裴勇俊实在是太帅了！其实韩剧里的男主角都很帅，尤其是男二号，帅也就算了，还那么有钱！有钱也就算了，还那么有品位！有品位也就算了，还那么痴情！一般痴情也就算了，还都痴情到死！唉！我决定了！我要再写一篇关于韩剧的点评，敬请期待！

总之，今天很美好！活着很美好！健康地活着真的非常地美好！

行走的意义

高晓松曾说："你都没有见过世界，哪儿来的世界观？"我在心里也只是一笑了之，觉得也未免太过绝对。不是说"行万里路，读万卷书"吗？不是说身体到不了的地方，读书可以帮我们抵达吗？直到最近，才越来越体会到，有很多书本不能帮我们抵达的地方，必须身体才可以。

有一次公司组织党性教育活动，爬狼牙山。同行的有一位老家是四川的同事，他跟我讲，之前他一直不能理解，狼牙山五壮士为什么要跳悬崖？他说："我就不明白，山里到处是树林、到处是山洞，随便那么一躲一藏，敌人怎么可能找得到？"直到他来到北方，见到了北方光秃秃、全是石头和泥土的山，才终于明白了。他原来概念里的山，就是南方郁郁葱葱的山，但他没见过北方的山，所以无法想象那种一览无余、无处藏身。

这点我也有过体会。

很久之前看曾子墨的自传《墨迹》，她在去凤凰卫视之前，曾经放空自己，在西藏有过一段时间的停留。她说，她在西藏总有种莫名的熟悉，好像曾经在那里生活过。当时我心想："哼！你就吹吧！怎么可能？"直到我走过那片神奇的土地。我一点高原反应都没有，哪怕在五千多米的米拉山口，哪怕在那拉根垭口，我兴奋地冲上去看到让人陶醉的纳木措，我都没有一丁点的不适。我在八廓街、在巴松措湖心岛宁玛派古寺、在风景迤逦的318国道……真的在某个不经意的瞬间，心底会涌起一种深到骨髓的亲切感，觉得这个地方好熟悉，仿佛曾经在这里生活过。有时候甚至会有种想哭的冲动，好像有个声音在对我说：你终于回来了！

于是，我相信了曾子墨的话。原来，这个世界上，也有人跟我是一样的，我是有同伴的。虽然，我们并没有见过彼此，但我们的身体和灵魂抵达过同样的地方。

每年夏天，我们“天使在人间”慈善公益活动的伙伴儿们都会去山区看望那里的孩子们。有一次大家提议，适逢暑假，可以带城里的孩子们一起过去看看山区孩子们的生活。

有位朋友，在去山区的路上问他女儿：“展开你的想象，你觉得那里的人们生活有多穷？”小姑娘眨眨眼睛说:“再怎么着，燃气和冰箱应该有吧！否则他们吃什么呀？电脑应该有吧，顶多破旧一些、落后一些呗！否则平时他们都玩什么呀？”朋友听了之后哭笑不得，跟小姑娘讲那里什么都没有，有的一家四口挤在一间破旧的窑洞里，吃饭、睡觉…… 所有的事情都在一间窑洞里。小姑娘怎么都不相信，也无法想象。直到她自己站在那里，看到那里的一切，见识过真正的什么叫“家徒四壁”“一贫如洗”……张大的嘴巴和不可思议的眼神，她才终于知道了，原来世界上还真有这样落后、贫瘠的地方存在，原来并不是所有的人都像她那样生活。

曾有朋友说：“什么都不信，可能是见识太少。”是的，理性和智慧，不代表要质疑一切。有了一些经历以后，我也发现，在越来越难以相信的成人世界，见识越多的人，反倒越容易相信。他们相信，这世界上有人过着与众不同的人生。行走得越多，见识得越多，反而会对这个世界有种敬畏和谦卑，进而生发出温柔的力量。

我想，这也许就是那些书本不能代替我们抵达的地方，也正是行走的意义吧。也正如高晓松所说的：“见遍大千世界，心中才有世界观。”

朕要翻牌了

今天开会的时候我把一个同事小姑娘给说哭了。众看官先不要急着鄙视我啊，不是批评她，是表扬她，她是被自己给感动哭了！我对灯发誓，我说的每一个字都是真的，是真的！

她是一个很单纯、很上进、很负责的小姑娘，是帮我订好出差的票后还会发信息提醒我出发时间的靠谱小姑娘（此处赞美的话省略1200字……），所以今天为了逗她开心，我就讲了些我不开心的事情让她开心开心。没想到我还没讲到我高段位的糗事，她就笑得眼泪都要出来了。泪点这么低，怎么混社会啊！

好吧，既然形象已然不顾了，那索性就好事做到底，独乐乐不如众乐乐，说点不开心的事让大家开心开心吧！想起一位好友，初次见面的时候我们约在了一个高档的餐厅，他之前读我的文字，觉得我应该是一个文艺范儿女神，怎么着也得吃鹅肝、牛排吧？！可是，我们见面后聊了一会儿，他就果断点了麻辣小龙虾了……

我要不要这么接地气啊……不过，讲真，麻小的确是最爱！的确这个世界上没有什么是一顿麻小不能解决的。如果真有，那就——两顿！

好了，言归正传，说好的不开心的呢？

来啦！需要说明的是，这只是我众多糗事里的沧海一粟，我就拿发生在机场和车站的这一个分支让大家开开心好了。如果你开心完了，心眼没那么邪恶的人，可以考虑排队请我吃麻辣小龙虾了哈！

1

有一次去南方出差，对方有帅哥接机，下了飞机要直奔会场开会，我特意穿得体面了些，少有地坐飞机也得瑟着穿了高跟鞋。预留了路上堵车的时间，结果却一路畅通，很快到了机场，本小姐心情大好。我悠哉悠哉地在高大上的首都机场 T3 航站楼转悠，四处瞅我的航班信息，怎么都找不着，不由地急躁了起来。

我婀娜地踏着高跟鞋气定神闲地踱到咨询台，声辞严厉地质问美丽的地勤：“请问，为什么找不到我的航班信息？”美丽的地勤非常客气地向我询问了航班号，说会尽快帮我查询。我强忍着烦躁，用不耐烦的口气给她报了航班号。不一会儿，美丽的地勤温柔的声音传来：“小姐您好！感谢您久等了！您的航班在 T2 航站楼！”

妈呀！

你、你、你说什么？

我、我、我……

我赶紧扯着行李箱、踩着高跟鞋一路狂跑去赶摆渡车……

故事的结局还算好，走了紧急通道，赶在最后一分钟狂奔进了机舱门。花容失色啊！好心疼我的脚，更心疼我的高跟鞋啊！

2

有一次去车站接一位远道而来的领导。得知嫂夫人也一同而来，我早早地备好了一捧花儿，一路上畅想着领导及嫂夫人看到花儿后种种惊讶又感动的表情，肯定在心里手动为我点一百个赞了，各种赞美我的语句……

一路哼着小曲儿我就到了北京南站。领导的随从跟我联系说车已经到站了，他们在某个广场的某个门口等我。嗯，好嘞，我已经到了，等我来哈！

可是，任凭我的车子在南站绕到死都找不到他说的某广场的某门口。我在心里恨恨地想，这厮智商还能行么？感情也是博士毕业？最后我真的是快要崩溃了，就让对方发个位置信息给我。我一看就傻眼了……

你等会儿！莲花桥……什么情况啊？是北京西站啊！

可是，广州过来的车，而且是高铁，为什么会是西站？难道不应该天然是南站吗？

来不及照顾心头奔腾而过的千万匹马，赶快收起我的悲伤和愤慨，调转车头！

居然还下雨……

一路堵……

中间走错路……

我真是把全年的霉运配额全用光了！什么什么都被我遇见了！

等我到的时候，哎！花儿都要蔫了……我的心里泪雨磅礴啊！心想哭死我算了！不过领导果然是领导，涵养真是很到位，居然没怎么说我……我都替他担心啊！估计都要憋出内伤了吧！

3

某年底的一天晚上，我跟随两位领导，某处和某局前往长沙某军校参加一个课题的年终总结会。下飞机的过程中还遇见同课题组的北大的一位教授，他跟我说，会务组安排他跟我们同一个接机的车辆回宾馆。教授很开心，说一路上有个伴儿还挺好的。我开玩笑说，那我们就忍痛让你沾个光吧！

一路上大家有说有笑，走出大厅，没有暖气的南方真的一点都不可爱，好么？在冷飕飕的寒风中，我赶紧跟对方的联系人打电话。电话刚响起振铃声，就看到不远处一个人站在车门口热情地向我挥手，还指了指手里的电话。于是我们双方都微笑、会意地把电话挂断了，我心里暗自庆幸运气还不错，虽然天黑风大，不过一出门就可以钻车里了。

那位司机哥哥，也算是帅男一枚，笑容可掬地跑过来热情地接过我们手里的大包小包放进后备厢。大家谈笑风生地落座，车里还有淡淡的轻音乐，我们心情愉悦地缓缓驶出冬夜里的机场。一路上大家聊天聊地，欢声笑语，好不开心！

不知道走了多久，突然某处问了司机哥哥一个问题，大概是关于他们军校的某领导的事情。司机哥哥莫名其妙，大声惊叹："啊？难道你们不是新加坡来的那个投资团？"这回轮到我们莫名其妙了："啊？难道你不是某军校的某某某老师？”然后大家才想起来对对表……

我赶紧跟之前的那个联系人打电话，把一开始没接通的电话继续打完。原来真正前来接我们的解放军叔叔还在机场苦苦地等我们呢……我这才注意到人家刚刚已经给我打了无数个电话，只是我一直沉浸在谈笑风生中，没有听见……而这位司机哥哥要接的财神爷，来自新加坡的投资天团，凑巧也是三男一女。只能说明我们看起来也很有钱的样子……

啊？啊？啊？……

我是该哭呢？

还是该哭呢？

那种感觉好像置身于恐怖片现场，你知道吗？好凌乱……

问清楚了情况之后，司机哥哥毫不犹豫地靠路边停车，把我们连人带行李都给卸了下来，让我们在冬夜的寒风中立在高速路边等车来……

某局先说话了：“我早就感觉到不对了！一开始我就觉得奇怪，怎么不是军牌车呢？不过我当时心里想，可能这次参会的人多，军车不够用，所以人家动用了私家车。”

北大教授也开始分析了：“我就说嘛，我们合作了这么多年，这位来接机的老师从来没有见过，也没有像往常一样给我们简单介绍一下明天的日程安排。不过我想可能是课题组老师事情多忙不过来，让别的老师过来帮忙也是有可能的。”

某处最有成就感了：“我就觉察到司机的那句话不对，但又不好意思直接问人家，所以试探性地问了另一个老师，果然就问出了问题！”

只有我！只有我！只有我无话可说啊！是我！是我！是我把大家领上贼车的！而大家都自带解释系统把一个个疑问自己都在肚子里消化了，只有我觉得这个司机很好呀，没有一点毛病啊！

不管怎样，四个高知，清一色名校博士，一个北大教授，两个处级、一个局级干部，就这样瑟瑟发抖地站在冬夜寒风中的长沙机场高速路边吃土。想象一下那个画面……是不是很开心？大领导咬牙切齿地喊着我的名字，说，此生都不会忘了我干的好事儿。

哎！我找谁恨去呀？我还穿着高跟鞋呢，好么？估计那位北大教授是不是悔得肠子都要青了？怎么会碰到我们，跟我们一起遭这个罪？屋漏偏逢连阴雨！来接我们的解放军叔叔居然还走错了高速路口，又是一顿好等啊！再次心疼我的脚，更心疼我的鞋！而且，好冷！真的是饥寒交迫啊！

望眼欲穿中，解放军叔叔终于来了，我们都快被冻僵了，恨不得身体不打弯儿横着上了车。解放军叔叔说，这条路他走了无数遍，从来没走错过，今天算是中了邪了！哎！不说了，都是泪！

到了酒店已经很晚很晚很晚……很晚了！大家顾不得吃什么东西就匆匆收拾收拾睡了。

第二天的会场，大家猜到什么是热议的话题了吧？前一晚的奇葩经历风头一度盖过了会议主题！

往事不堪回首！这个笑话一直被圈儿里的朋友笑了好久，至今想起来，所有的情节还历历在目！血泪啊！

好了，你开心了吗？我的麻辣小龙虾呢？你们队形都排好了么？朕要翻牌了！

两只吃货的自黑

昨天自爆了一些糗事之后，有几个良心未泯的小主，或公开或私信，决心要排队请我吃麻辣小龙虾。哎！朕真的可以有牌可翻了！哇咔咔！我先躲一边自己笑够了再回来。

话说自黑会上瘾啊！昨天只是选了我在机场和车站的一点点“辉煌事迹”，就有那么多麻小在等我了。说到吃啊，作为一名资深吃货，两眼就放光。好吧今天就来说说饭桌上的事情吧。依然是“沧海一粟法则”，我就选跟另一个吃货孙姐姐的故事好了。孙姐姐看了不要隔着书打我哈，有本事下次回国来请我吃饭的时候再动手。

话说孙姐姐我俩都一直深陷在“每次以减十斤为目标、以增五斤为结局”的旋涡中不能自拔，但我们不气馁，屡战屡败、屡败屡战，乐此不疲。我俩患了同款的病，就是“胃亏肉”，真真一个“无肉不欢”“无肉不成酒席”。每每想要装一把“素食主义”者，但无法欺骗自己、无法掩盖内心真实的声音：“还是肉好吃！”现在孙姐姐已经把我们的吃货精神漂洋过海，发展到南太明珠的大斐济去了。近期窥探其动态，大有“胖罐子胖摔”的觉悟，居然觉得“世界豁然开朗了”！而且一天天还只活在美图秀秀里意淫自己是一个瘦子……

我都要爱死她了！

我也要向她学习！

我是认真的！

麻小们，我来了！

1

有一次我俩慕名来到一家规格很高的创意菜餐厅，非常雅致、非常有情调。我们选了阳光玻璃房里视野最好的位置坐下来，窗外树影婆娑，抬头可以看到天上的月亮。真是太浪漫了！我禁不住要拿起桌上精致的小茶杯“举杯邀明月”了！

美丽端庄的服务员小姐笑容可掬地过来让我们点菜，孙姐姐埋头兴奋地一个个报着菜名，什么牛舌、牛排、牛蛙、清蒸鱼、虾球……美丽端庄的服务员小姐实在是看不下去了，忍不住微笑着提醒我们：“对不起，女士！你们点的都是荤菜,要不要考虑搭配些素菜？”孙姐姐抬起深埋在菜单里的头，很无辜地跟美丽端庄的服务员小姐娇嗔道：“我们俩就是要吃肉的呀！”美丽端庄的服务员小姐诧异地看着我俩。

我差点把刚“邀明月”喝下去的茶水给喷出来。等我缓缓神儿，急忙解释：“其实我们点的是有素菜的！”孙姐姐立马说：“对呀对呀，你看看，我们不是还点了肉炒牛肝菌嘛！”我也赶紧附和：“是的呀是的呀！不是有菌类嘛！”

是的，我们是认真的！肉炒牛肝菌在我俩的概念里绝对是素菜，只有黑椒牛排这种纯肉的才是荤菜。

最后，美丽端庄的服务员小姐满脸惊讶地走掉了……到现在我都忘不了那个惊讶的表情。不要猜我们吃完了没，你的这种质疑本身就是对两个重症的“胃亏肉”患者的巨大不尊重！

2

两年前我在丽江病休的时候，有一天，良心发现，突然决心要去吃素。走到半路，收到孙姐姐发来的微信图片，满满一锅水煮肉片！真是不厚道啊！太诱惑了！她说她正在植物园里踏青，在曹雪芹故居吃饭，旁边有人弹古筝，而她在一旁大口大口地嚼水煮肉片，还大呼过瘾。末了，她说回去要写篇学术文章《论一个吃货焚琴煮鹤式的春游》。从头到尾，赤裸裸的诱惑啊！虽远隔万里，我也深深感觉到了吃货姐姐强大的气场。

怀着对吃货姐姐深深的思念，我那颗刚刚坚定了去吃素的心立马就动摇了，火速调转方向，直奔那家非常有名的“阿妈腊排骨”火锅店。老板热情地招呼着我，问几个人，我说就我一个。老板说那最小的锅我一个人也是吃不完的，还好心地建议说可以改天跟朋友一起来吃。我没理会他，要了一份土鸡和排骨各一半的那种锅底。不一会儿，冒着香气的火锅就上来了。

哇！全是肉好不好，看得我好开心！可是吃了一会儿我觉得怎么着出门的时候是要去吃素的，是不是应该点些青菜来涮呀？于是就开心地一下子点了四样。不过吃了不到一半儿，就要歇了，真心干不动了！完全有失水准啊，看来不仅谈话需要对手，吃饭也是需要吃友的！这次算是败笔。

3

等我从丽江休假回来，跟孙姐姐描述了我那次有失水准的发挥，姐姐坦言她也有遗憾，觉得那次的“焚琴煮鹤”有失雅致。于是我俩一拍即合，决意择日一同再去一次植物园，去看看郁金香和牡丹，顺便再去吃顿饭（其实是顺便去看花儿的，好么？）。

一个风和日丽的上午，我俩早早来到植物园里的曹雪芹故居，选一处树荫下的位子坐定，杨柳依依、湖光山影，真好！我们的后面还有一桌，两男一女，中年偏旧，看着有点艺术范儿。他们也是好兴致，居然自己背了全套讲究的茶具，边吃边饮。谈笑风生，说到高兴处，还自带了吉他，一人弹奏三人齐唱，虽然都是些老歌，但唱得好开心的样子。

依然是孙姐姐深埋在菜单里点菜。为了弥补上次的遗憾，孙姐姐这次决心点些看着“风雅”些的，什么西芹百合、核桃仁椿芽之类的看上去好看些的菜。一共点了五六个吧，吃完了，我俩你看看我、我看看你，“好像没吃饱！”我们叫来服务员把刚才满满一桌子的空盘子全收走，再拿来菜单重新点，就当刚才什么都没发生过！

为了跟刚才被我们吃过的东西完全划清界限，我俩不惜换个位子，从刚才视野开阔的台子上换到了下面，正好跟那一桌又喝又唱的文艺中老年朋友平行了。弹吉他的大哥哥留着一点点胡须，看我们下去了还觉得奇怪，问我们咋换地方了，我们能说为了再重新吃一顿吗？

当然不能！我机智地回答：“为了获取更好的视角来欣赏您！”留着一点点胡须的大哥哥显然被感动到了，笑得胡须乱颤，指着我俩说：“我早就看出来了啊！整个植物园，就你俩，最有品位！”我和姐姐相视一笑，哇咔咔！装得我自己都要看不下去了！

不一会儿，我们的第二桌纯肉菜都上来了，水煮肉啊、红烧鱼啊……这才算吃饱了。末了，我俩心满意足“葛优瘫”。回忆着我俩的两桌菜，孙姐姐说：“我一个人的时候只吃了一个水煮肉，怎么你一来就多出来六七个菜？”天地良心，她、她、她一点都没比我少吃好么！但她描述的又是事实，怎么解？我也无话可说了。

还好孙姐姐后来自己良心发现，说她家姑娘不在家的时候她和她家老爷也就一两个菜，她家姑娘一回来就满桌子的菜。有一次她在朋友圈里这么说了一下，姑娘就不乐意了，在下面酸溜溜地留言：“说得好像我多能吃似的！天地良心我并没有吃多少！”孙姐姐就瞬间理解我了。

嗯，虽然是一只胖子，但也是一只真实善良的胖子！我都要爱死她了！

有风有阳光，心满意足“葛优瘫”中还有音乐可欣赏。他们一首一首地唱，我们一首一首地听。每首曲终，我们都热情真挚地鼓掌欢呼，兴起时还彼此举杯遥祝，开心得不亦乐乎。留着一点点胡须的大哥哥最后对我们再次评定：“我看出来了，你们俩是全北京城最有品位的！”哈哈！我觉得也是！

什么牡丹、什么郁金香，就这么躺着吹风听曲，任云卷云舒，时间就这样静止了。说到这儿，好怀念远在南太岛国依然活色生香的孙姐姐。你等着哈！你说的，海钓管够儿！隔着书，姐姐你感觉到我阴险的笑了么？

最后，自黑上瘾的一只吃货，貌似也拉着另一只吃货顺便给黑了一把。开心啊！过瘾了，就好像又一起吃了顿肉一样。哇咔咔！

天使在人间

——写于2012年第一次吕梁慈善行

有人说，每个孩子都是折断了翅膀散落在人间的天使。如果，把受伤的天使捧在手心，鲜红的伤口在你眼前一览无余。那一刻，该是怎样的酸楚和震撼呢？我以为自己做好了充分的思想准备。

8月3号周六的清晨，带着对见到孩子们种种情形的想象，踏上了前往太原的火车。“天使在人间”基金会的活动，我一直在关注，跟联络人钱班长也会偶尔交换一下关于公益活动的建议和想法。当得知基金会近期要组织上海朋友们前去山西吕梁看望那些受捐助的孩子们的活动后，远在北京的我内心就萌发了强烈的要同去的念头。

尽管，最近工作压力很大，尽管，这几天家里事情很多，可是，可是，山西吕梁这个遥远的本来陌生的名字开始变得对我如此吸引。所以，终于我放下手头的一切事物，奔你而来了！

按照计划，上海的朋友们8月2号下午从上海启程，我3号上午从北京出发,我们在3号中午13:00左右在太原站会合后一同前往吕梁市方山县。一切如同计划完美进行,大家为同样的爱心走到一起。虽然之前从不曾相见，但彼此却仿佛似曾相识。没有一丝生分，却如同故友相遇。

经过长途跋涉、一路颠簸，终于来到了方山县麻地会乡。当晚，我们见到了李校长和高老师。从她们的描述中，我想象着孩子们的模样，甚至，在设计着见到他们时我该是怎样的表情和言语。

越是贫困的孩子，越是有一颗敏感而脆弱的心，我生怕自己某一个不经意的愚蠢带给孩子们不可原谅的伤害。我们同行几人达成一致，我们绝不是以施舍者的身份高高在上的姿态来收获感激的表情和话语，而是以长辈或者朋友平等的身份来看望大家。我们要向所有的孩子们表达一个意思："叔叔阿姨并不是因为你可怜而来捐助你，而是因为你很棒，我们对未来的你充满信心，相信将来的你会有能力去帮助更多需要帮助的人，才来帮助暂时有困难的你。所以，一定不要自卑，也无需自卑。要挺胸抬头，微笑着面对生活。"

种种的准备工作做足了之后，终于在4号的上午来到了麻地会乡的明德小学，见到了在此等候的孩子们。我们在李校长的带领下，先后看了孩子们上课、吃饭、睡觉的地方。老实说，比我们想象的要好一些，这让我们心里多少有些安慰。最后又看了图书室，图书的藏书和借阅情况都不是很理想。同行的几个上海小朋友们踊跃表示回上海等开学以后要搞小型图书募捐活动，把筹来的书籍尽快邮递过来。我们为小宝贝们的出色表现鼓掌！也很欣慰地看到我们的公益事业后续的爱心希望。

参观完学校后，在孩子们的指引下我们开始依次走访学生的家。

第一个是许飞玲同学的家，她的家在一个半山坡的窑洞里，还没进去，只是站在门外，我们就已经被眼前的景象震住了。几根木棍捆绑在一起就算是大门了，凌乱拥挤的小院堆满了木柴和一些破旧的杂物。小飞玲的妈妈常年生病，我们进去的时候，妈妈正在卧床休息。这间不足二十平方米的黑漆漆的窑洞里，集合了一家四口睡觉、做饭、吃饭等几乎所有的功能，拥挤破败不堪。然而，满墙壁的金黄色的奖状格外耀眼，似乎要把这黑漆漆的小洞照得通亮。小飞玲的爸爸说，小飞玲除了要做些家务以外，还要担负起照顾妈妈的任务，但成绩依然能这么好，要感谢大家的帮忙。

小飞玲的对口资助人卓姐看到这样的情形几度哽咽，她拿自己的经历不断鼓励小飞玲，反复拍着小女孩的肩膀说，要好好学习，要对生活充满信心；女孩子还是要把自己打扮得漂漂亮亮的等等。我们送上了衣物和学习用品等礼物，另外，还对有些没能成行的朋友的善款进行了转赠。然后，带着小飞玲一直略带沉重的面容，心里沉甸甸地向着下一家出发了。

接下来的三个小同学家境都比我们想象的要好许多。后来，我们商议有可能下一步要调整一下资助的策略。综合前面几位的情况，第一个小飞玲家最困难，在去往最后一个同学家之前，我们又专程到小飞玲家补赠了部分钱和衣物。

最后一个同学叫陈侠，名字挺豪气，却是一个心事很重的女孩，从见到她开始，眼睛里就一直噙着泪花。因为穷，妈妈在她三岁的时候出走了，再也没回来,现在跟爸爸一起生活,没有自己的家,寄居在别人家里。即便这样，看出来小姑娘很懂事，屋子里收拾得很整洁。我们商量了一下，虽然今年陈侠已经小学毕业，开学后就是中学生了，我们依然对她继续进行资助，而且力度可能会更大些。

以上就是原来已有资助的几个学生的情况了。我们此行的目的，一是来看望孩子们，同时也是想实地考察一下受资助对象的实际情况，力争把有限的资源最大限度地发挥作用；二是，还想再考察几个学生的情况，扩大一下资助范围。所以，上午看望几个已受资助的孩子们后，下午，我们又在李校长的指引下走访了两家未来有可能需要资助的家庭。

第一家，说实在的，几乎已经达到了小康水平，冰箱、电脑、太阳能一应俱全。我们事后感慨，幸亏来看一下，像这样的家庭，实在是没有受捐助的必要。

我们怀着疑惑的心情来到第二家，远远地看到一个衣衫褴褛的小男孩站在一位老奶奶身旁，裤子的口袋和前面裤腿都破着口，但孩子的面色很从容。李校长介绍，小男孩的妈妈离婚后走了，爸爸在监狱里，现在跟奶奶生活。我当时脑袋“嗡”的一下，心里不自觉地惊呼“天啊！”这孩子整天得背多重的包袱啊，他心里该有多难过！小飞玲的妈妈虽然有病，可她还有妈妈。而这个小朋友不仅没有了妈妈，还暂时没有爸爸，而且连没有的理由都有点难以启齿。我的心情一下子暗淡一片。

但就在这时，不知谁讲了句简单的玩笑，小男孩儿居然开心地笑了，那样纯净灿烂的笑容，瞬间照亮了我本来阴沉沉的内心，照亮了整个房间，也照亮了在场的所有人。我们毫不吝啬自己的赞美，所有人都在夸奖小男孩儿的笑容。小家伙很喜欢我们带来的衣服，立马换了一件色彩亮丽的T恤衫，好一个帅气的小伙儿啊，连带那笑容也越发帅气了。李校长介绍，这孩子聪明懂事成绩优异。

这是怎样的一个小男孩啊！当生活给他涂抹如此沉闷的阴暗，他却还以生活这样轻快的明亮！那样纯净灿烂的笑容让我在模糊的泪眼中看到了天使最美的纯真。我心里被一种强大的尊敬和慰藉填得满满的。经跟钱班长确认，今后由我来做小男孩儿的对口资助人。

美丽的小天使，请允许我小心地捧起你折断的翅膀，好吗？当捧你在手心，我预见了你鲜红的伤口在我眼前的一览无余，却没料想，你不经意地抬头，绽放在我眼前如此纯真灿烂的笑脸，透着那样的坚毅和乐观。这一刻，带给我的不仅仅是直入心扉的酸楚和震撼，更有甜美的鼓励和希望！

孩子们，你们本来就很美，你们真的很棒，你们就是散落在人间最美的天使！

尽己初心，微光成阳

去年此时，跟一个朋友去到吕梁麻地会乡的希望小学，看望那里的孩子们，跟老师和孩子们共度六一。也许是性格使然，我一直有意无意地关注并深切同情弱势群体。尤其是孩子，尤其尤其是困难中的孩子。也曾经陆陆续续参与过一些志愿活动、慈善活动。但大多是不能持久的，身边唯一能坚持下来的，就是与山西吕梁麻地会寄宿制小学的公益活动了。

说来也很有意思，我从2012年开始关注这个基金会的事情，那年夏天是抱着“打酱油”的心态来参与第一次活动，到现在，四年多过去了，我却成了最坚定的一分子。一路走来，说实话，“把好事做好”也不是一件很容易的事。有质疑、有困惑，这其中有别人给的，更有自己给的。

有时也在思考，为什么要做这件事情？目的是什么？当初又是为了什么而启程的？我在为什么而坚持？这么多年，那片初心，它变了吗？

小时候曾一度疑惑为什么《红楼梦》这样一部讲述姑姑婆婆啰啰唆唆的小说会成为中国这样文化大国的经典之作，随着年龄的增长才越来越能体会《红楼梦》的伟大。看懂了《红楼梦》才知道，原来那么厚的一部巨著，其实通篇都只是在讲述一个“情”字。黛玉是“情情”，而宝玉是“情不情”。年龄越大，越爱这二人。

黛玉的洁净和对洁净的坚守让我心生敬意，她只在意她在意的人。她的眼泪只会为她在意的人而落，其他不入她眼的，黛玉根本不会介怀，她宁可临窗听雨也不会为其所扰。而宝玉是博爱的，对世间的一切生命充满爱意。

这位怡红公子有颗真正的“佛心”，他的爱和慈悲没有分别心。黛玉和宝玉是前世的仙缘，一个是西方灵河岸上三生石畔的绛珠草，一个是赤瑕宫神瑛侍者，是“木石前盟”。而宝钗和宝玉是现世的因缘，是“金玉良缘”。一木一石，一金一玉。相比较而言，我更喜欢木石这些更本真的东西。

蒋勋有篇文章里讲述“人的原点”，他说，当我们失去了人的原点，谈所有的美都是假的。他一个朋友问他现在五岁的女儿将来该学钢琴还是小提琴。但蒋勋建议晚上十一点下班的他多抱抱女儿比较重要，因为所有的艺术讲的都是人的故事，一个孩子如果不记得父亲的体温，她将来看画、听音乐都没有感动。如果没有人的记忆和情感,所有艺术对她而言都只是卖弄而已。我特别赞同蒋勋的观点。

是的，我也是一个很看重“情”的人，我觉得那是一个人最起码的部分。像黛玉和宝玉那样，能够看见花开花落，能够有感触和感动，如此，我们的生命才会是敏感的而不是麻木的，才会是有温度的。只有内心柔软才可以看到美；只有有了感触和感动，才会觉得这个世界是值得活下去的。

其实，世人都是这样的。当时光平平仄仄走过漫长的路途，你会发现，那些能够在世间沉淀下来的东西都是包含着“情”的，都是有温度的。哪怕当初只是那样微弱的一点的光亮，到最后，居然也微光成阳。

在日本京都，有一处赏红叶的圣地，禅林寺永观堂。禅林寺依山而建，最早是日本文人藤原关雄的私人邸所。藤原去世，这一处雅致的庄院就由五十六代清和天皇敕赐为禅林寺。藤原是平安时代日本权力核心的世族，清和天皇的皇后藤原高子就出身于这个家族。清和天皇去世后,阳成天皇即位，也由天皇的舅父藤原基经摄政。权倾天下的世家，豪门的富贵，加上关雄文人雅士的向往，这所寺院的品格可见一斑。清和天皇贞观五年（863 年），敕赐禅林院题额，使这一所寺院成为镇护国家的重要道场，全名“圣众来迎山无量寿院禅林寺”。

然而，这所历经天皇敕封的护国禅寺一直不太为世人所知。直到第七世主持永观律师，做了几件对大众有影响的事，才被世俗大众通称为永观堂，才成了家喻户晓的著名寺院。

永观律师据说身体孱弱，自己长年病痛，因此特别能体会为疾病所苦的大众吧。他在1097年于禅林寺中设立药王院，以汤药济度众生。也就因为如此，使一所由天皇赐额、原来很皇家贵族气派的寺院，转变成了贩夫走卒平民百姓都可以来此求药拜佛还愿的寺庙。禅林寺的名字逐渐被淡忘，大家都以永观师父的名字来称呼这所寺院了。

每次提及永观堂，我都会为之感动。永观师父最初的一点善愿，因为坚持，微光成阳，他的光芒甚至使历经天皇敕封的护国禅寺失色。我感动的不仅仅是永观师父的善心和真诚，更感动于世人的温暖和明理。

在永观堂还有一件传奇的故事，是永观律师在阿弥陀佛堂上念诵，或许一时心不专一，就看到阿弥陀佛显身，回头向他说：永观，你迟了。这一流传久远的故事，使禅林寺因此创作了世间唯一一尊回头的阿弥陀佛像，以作纪念。佛与菩萨不同，已入涅槃，不受后有，因此应该是不会回头的了。但永观堂的阿弥陀佛意外回头了，成为传世唯一一尊回头的佛像，而原因是提醒：永观，你迟了。

想来真是很有意思。世人的包容和温暖，真真切切。哪有那么完美的人？善如永观师父，偶尔也有差池的时候，但那又如何呢？也许唯有这样有点小瑕疵，才更为真实而动人。而世人用这样的方式，成全了一个更为美丽动人的传说。甚好！

所以，我相信，尽己初心，微光成阳；予人玫瑰，手留余香。

特别赞同马云所说的，做公益，改变的其实是我们自己。我们自己改变了，这个世界才会因为我们的改变而有了改变，才会变得越来越好。而做这些事情，说实话，我一点也讲不出什么高大上的口号来，我觉得只是出于本心，出于人性最原始本真的那部分“情”而已，只是“人的原点”。也许这些就是那点初心，特别简单，也特别纯净。而令我欣慰的是，她从来都没有变过，依然朴实如初。每次跟孩子们在一起，那种纯净和感动，触动心灵深处而无以言表。

未来，我想我依然会坚持。也许会遇到这样那样的困难或困惑，但我相信，世人还是宽容而明理的，就像对待永观师父那样，温暖而善意地包容那些小瑕疵。太阳也有斑点，但她如此美丽的光芒，谁又会去在意那些斑点呢？只要我们坚守那份简单而纯净的初心，微光也成阳！

埋下一粒种子

从 2012 年第一次参与“天使在人间”慈善活动，第一次来山西吕梁麻地会乡，到今年是第六个年头。当初来，我只是一个打酱油的，到今天却成为最坚定的一分子。

六年了，我每年都来，每次都有新的感动和收获。六年了，眼看着一个个小姑娘、小男孩，从小学到初中，甚至有的已经到了高中。曾经羞涩的、自卑的、弱小的小孩子们，慢慢地出落得大方、自信、坚强。内心满满的欣慰，我觉得所有的付出和坚持都是值得的。

小飞玲，第一次见这个小女孩儿我都惊呆了。从没见过那样贫困的家，门口几根棍子捆起来就是大门了。妈妈常年病卧在床，精神也不是很正常；爸爸体弱多病，大热天也穿得很厚。院子里又脏又乱，几乎没有下脚的地方。一间局促的窑洞，一家四口吃喝拉撒睡都在其中。什么叫一贫如洗，我算是见识了。但是，满墙的奖状金晃晃的，照亮了本是昏暗的屋子。第一次见飞玲，不会笑的，总是低着头，怯怯的、苦苦的。第二年、第三年，依然是不会笑的，有时候眼里还会有眼泪。第四年，慢慢地，悄悄长大的小姑娘变得爱美了，脸上也开始有了红晕。我们每年都会给小飞玲带漂亮的裙子，告诉她，一个烂漫的年龄是应该有笑容和憧憬的，你很美，值得被好好爱。第五年，飞玲爱笑了。今年第六年，她开始很勇敢地表达了，告诉我她的选择，告诉我她的梦想和坚持……我内心满满的感动和欣慰。

崔家四千金，除了正在上学的三姐妹外，还有一个小妹妹。爸爸妈妈都常年体弱多病，还有老人要照顾，崔爸爸不堪重负。但一家人积极向上，热情善良，懂得感恩、懂得珍惜。我们资助了已经上学的姐妹三个，不仅仅是物质上的，更有精神上的。我有时候会给她们打电话，她们也会给我写信，给我寄自己手工做的卡片。我鼓励她们，跟她们谈心，我们成了很好的朋友。三个姐妹花，眼看着一点点明亮、舒展，越来越美。崔爸爸每次都略带颤抖的声音表达着庆幸和感恩，我们带给他的希望、力量和实实在在的物质上的帮助，才使得三个姐妹都可以安安心心地上学。

秦家两姐妹，跟爷爷奶奶一起生活，我们一开始资助的时候她们都只是小学生。六年后，姐姐今年以 620 的高分全县前十名的成绩被高中录取。妹妹也在一家初中读书，成绩也还可以，两姐妹的资助人表示会一直资助学费。如果没有基金会的资助，两个女孩儿，在这样的山区，爷爷奶奶根本没有经济能力，会是怎样的命运，估计也很难说。

小逸飞，腿有残疾，平时需要轮椅出行。妈妈出走了，爸爸外出打工，跟爷爷奶奶生活。但他一直都很爱笑，爱唱歌，学习也很好。去年六一节来看他们，他和同有残疾的小强强还一起说了段相声，非常有才。

小强强，上面一个哥哥一个姐姐都夭折了，而他是小儿麻痹症，走路都只能扶着一个凳子慢慢移动。但他也很乐观，爱看书，梦想是发明太阳能的新能源汽车，我们有朋友送了他一些科普的书，他很喜欢。去年来看强强的时候，他身体很差，吃得也少，我心里还挺难受的。今年来看他，感觉明显好了很多，还有力气用双手支撑起上身给我看，他努力冲我笑的那一刻我真的有点热泪盈眶了。

这只是我们资助的其中一部分孩子，他们的成长让我感动。我也曾经动摇和质疑过，觉得我们的方式太单一，资助的面不够大，拓展的方式不够多等等。也有朋友觉得每年都是这些形式和步骤，差不多还都是这些人，顶多再考察一些新的被资助对象，觉得不够好。可是，我今天看到这些孩子们这几年的变化，我觉得，哪怕简单哪怕简陋，哪怕只是能影响这么几个十几个二十几个人，于我，已足够成为我坚持的意义。

而我觉得最值得欣慰的，是六年来我们坚持的做法：让上不起学的孩子有学上；让有资质上学的孩子上好学。我们的观点是：我们是平等的；你是值得被好好爱的。并不是因为你贫穷我们才资助你，而是因为你本身就很棒，我们只是帮助暂时有困难的你，相信未来的你有能力去帮助更多的人。我们不是高高在上来收获感激和赞美的，也不是趾高气扬来施舍怜悯的。我们是平等的，是平视的，我们是朋友，我们只是来拉一把暂时有困难的你。

退一步讲，培养一个正能量的孩子就为社会挽救一个问题少年。而一个家庭能走出来一个孩子，就有可能改写一个家庭的命运。所以，我更相信这几年持续的坚持是有意义的。

今天我给小朋友们讲了一个 PPT，主旨是用知识来提升认知，用自信来争取自己未来的幸福，用爱和感恩获取更宽阔的生命境界，最终认识自己并长成自己喜欢的样子。我相信，善良、乐观、勇敢，内向探求自我实现的人，总是有好运的。不知道我今天讲的大大小小的孩子们能听懂多少，但我觉得至少给他们埋下一粒种子，在幼小的心灵里，在相对贫瘠和困顿的生命里，有一束温暖明亮的光照进来，可以被滋养，重新燃起对美好未来的憧憬和去奔赴实现的力量。那颗小小的种子，会慢慢发芽、长大，成为朝向阳光的生命活力。

六年来，我们都在不断地撒播着这些种子，并力所能及去践行。每一次，他们也都会带给我感动，净化我的灵魂。他们用自己的成长让我觉得自己付出和坚持的意义，让我快乐而感动。是的，他们也在给我埋下种子，让我越来越坚信美好的力量，并愿意为之继续付出和坚持。

孩子们，你们就是撒落在人间的天使，你们本来就很美。我爱你们，不仅仅是因为你们的样子，也因为跟你们在一起时，我的样子。

他山之石

读书明理

最近看了南怀瑾先生的一篇文章，讲了读书的目的是为了“明理”，而非“谋生”。一口气看完，如醍醐灌顶，曾经的诸多疑惑瞬间豁然开朗。

原国家图书馆馆长任继愈先生曾经讲过一个故事来比喻读书对于一个人的意义。任老先生说他小时候，爷爷让他背书，他背了又忘、忘了再背，时间久了他就不耐烦了。他问爷爷，反正也记不住，为什么还要反复背呢？爷爷没有说话，而是让他用一个曾经提过煤的篮子去打水。小任继愈不论跑得多快，大部分的水还是在路上漏掉了，最后能打回来的水非常少。跑了很多趟也没能存下来多少水，他当然很沮丧。这时候爷爷笑着发话了，说，你看看这个篮子。小任继愈这时候才发现,原来脏兮兮的篮子已经变得很干净了。爷爷说，读书也是一样。可能你最终记下来的东西很少，但实际上潜移默化当中已经净化了你的心灵。这就是读书的意义。

这与南怀瑾先生所说的，中国传统中对“为什么要读书”最正确的答案“读书明理”是一个道理。本人深以为然。

“明理”就是要先明白做人的道理。

读书是为了“明理”,而非“生存”。所以南先生说,教育的第一要义,是“做人”，而非“生活”。“生活”的意义，是人要“生存”在这个世界上，怎样设法来维持自己的生命。这都是在“明理”之后，因为“智慧”，就更容易懂得“谋生”的“技术”。明白了“人伦”之道以后，这是必然之事。

但让人很遗憾的是，现代人都本末倒置了，认为教育的基本目的只是为了“谋生”。我们现在所接受的教育到处都充斥着“功利心”：上好小学、上好中学、上好大学、找好工作……各种兴趣班、特长班大家最关心的不是孩子适不适合、喜不喜欢，而是考试能加分吗？据说最近新出台的中招政策美术、音乐可以加分，所以这方面的一些机构又火了一把。选的专业第一出发点不是兴趣、不是志向，而是热门、赚钱。

纵观中国几千年都是私人办教育，孔子三千弟子，七十二贤人；王阳明创办心学时，一边指挥部队攻打宁王朱宸濠的叛军，一边给弟子讲学。而现在是公办学校，很多都是标准化、一刀切。已经有越来越多的人看到目前教育的种种问题，但身在其中，只能是在现有条件下，尽自己努力实现对孩子教育的理念，减少不必要的伤害，增进有益的养分。

孔子的心法弟子曾参著有《大学》，即大人之学，是讲修身养性的。王阳明曾解释：“所谓‘大人’，就是以天地万物为一体的那种人。”《大学》所言：“大学之道在明明德，在亲民，在止于至善。”这就是身心修养的“三纲”。”这就是身心修养的“三纲”。最后南先生借用《大学》中的话作为结尾：“自天子以至于庶人，一是皆以修身为本。”身心修养是做一个人的根本。

什么是教育的目的？先教做人。做人从什么时候开始？从心性修养开始。

从“三季虫”看自我反省

有一个故事，叫《子贡问时》，大意是这样的：

一天早上子贡在门前洒扫，有位客人来了，说有关于季节时令的问题要请教孔子。子贡说这个问题不用去打扰先生了，他就可以作答。那客人就问一年有几个季节？子贡笑答：“四季也。”客人却很笃定地说：“三季。”他们讨论不止，过午未休，最后还是去求教了孔子。子贡问夫子，夫子并不急着给答案，而是仔细观察了之后才说：“三季也。”客人笑辞了子贡和孔子而去。这时子贡再问夫子，子曰：“四季也。”子贡很疑惑。夫子就说：“此时非彼时，客碧服苍颜，田间蚱尔，生于春而亡于秋，何见冬也？子与之论时，三日不绝也。”子贡才恍然大悟。

这个“三季虫”的故事被演绎成很多版本。其中有关子贡和绿衣客争执不下去求教孔夫子的桥段，有的版本是两人打赌，谁输了就向对方磕头。也有的版本是如果子贡输了就给绿衣客磕头，如果绿衣客输了就自己把脑袋给割下来。孔子听了他们的讲述后自是答曰“三季”而让子贡磕了头，但孔子还另有教导：你输了仅仅是磕个头，而他输了是要赔脑袋的。你就暂且磕个头又有何妨？我本人更喜欢后面的版本，觉得有更大的悲悯和大度在里面。

也曾听台湾文人曾仕强讲到过这个故事，他的解读是：“人生当中会遇到很多三季人，何必总是要争得面红耳赤？其实毫无意义。因为并非一个世界的人，又如何会有个对错？ 这就是教人豁达。”

《庄子》中《外篇·秋水》也有记载：“井蛙不可以语于海者，拘于虚也；

夏虫不可以语于冰者，笃于时也。”《资治通鉴·晋纪五·惠帝》中有个故事：“时天下荒馑，百姓饿死，帝闻之曰：‘何不食肉糜？’”

我想这个“三季虫”的故事，估计很多人都跟曾老先生一样的态度：不跟没有见过冬天的蚂蚱谈论四季谈论冰，没有意义；实则也是教人站在孔子和子贡的角度，教人豁达。但我却时常从“三季虫”这里看到许多反省，会经常自问，我是否充当了那个无知而自负的“绿衣客”的角色？

我在很多场合都向朋友真诚地表达过自己的感激，发自内心地感激对我的包容和支持。因为我自知，也许并不是我本人真的做得有多对、有多好，而他们才是孔夫子、是子贡，只是基于一种更大的悲悯和大度而不与我计较罢了，甚至还善意地给予我肯定和鼓励。人家大度那是人家的气量，但我自己要有清醒的自知。

记得我初到一家国企任职的时候，对企业运营还没有太多的了解。有一次在公司的工作例会结束之后回到自己的座位上对会上领导的讲话和同事们的发言深深地思考了很久，对一些问题和事情的认识从各个方面进行重新考量。那次对我的触动很大，所以至今印象深刻。也更加促使我在做决策的时候，或者在思考问题的时候，多一些慎重和反省：“我有没有‘三季虫’的盲区？还有没有我不曾或者不能看到的、体会到的、领悟到的部分？我所掌握的信息是不是足够客观、足够全面？我的看法或者决策是否能经得起多角度的考验？”

很多时候觉得做事情就是寻求多方面的平衡，而最终进行选择。尽管每一个“当时”都是尽可能地去周全思考了，但难免在后面某个时刻回头看，发现有不合适的地方，觉察到因为这样那样的原因而处在“当时”自己所无法看到的“三季虫”的盲区。

我想我们也不能因此而犹豫不决、举步不前。不作为、不担当、不决策，可能是更大的渎职了。只要我们一心为公、不存私心，每一个“当时”都是基于那个“当时”我们最大的可能去努力了，结果怎样，我想都是可以坦然的。佛学里有个说法：“心无慈悲，其笑也恶；心怀慈悲，其怒也善。”我觉得是一个道理。所以，无须纠结。而且我相信，这样思考问题、决策问题，大多数的结果都会是好的。

但其实我也纠结过，而且纠结了很久，现在慢慢好多了。我觉得凡事都有个过程，记得曾经看过一篇文章，题目叫《等它慢慢熟》。是的，所有的事情都有其固有的节奏，我们要等它慢慢熟，对一些事情的体会和认知也得有个过程。有时候不是我们多投入些精力、引起足够重视就能瞬间达到某种状态的，得有个接受和消化的过程，到了一定程度后才会有感觉。但这个过程中我们应该多些清醒、多些思考也才会更有效。

现在回想我刚毕业参加工作的时候，凡事都想追求完美。当时不觉得是在追求完美，只是觉得这件事情做得起码得过得了自己这一关吧。而“自己这一关”的标准和要求总在上浮，所以总觉得还没做好、还是不够好。哪怕一件事情都过去好久了，偶尔回头看，突然发现某个地方不够好的时候，就会陷入深深的自责和挫败感中。

后来有一次跟一个我很敬重的领导聊天，说起一件事情的时候我就自己察觉到有些地方做得不够好而突然陷入深深的自责中，甚至情绪一下子就低落下来。这位领导就跟我分享了她的成长历程，还很坦诚地说一些她自己的糗事。最后哈哈一笑说，鸽子，你得学会“翻篇儿”。事情过去了就过去了，经验教训可以记牢，但不能因为已经过去的事情而太过于束手束脚。

于是我慢慢学着“翻篇儿”。有一次看到一个对战地医生的采访，这位医生说他不能有情绪，上一台手术失败了，马上就是下一个，不能因为上一个的失败对下一个手术产生影响。是的，手术的时候、思考和决策的时候，是应该专注而谨慎，但手术之后、决策之后，对结果都应该坦然。经过不断地手术、不断地思考和决策，会有经验、有教训，更会有技能和认识的提升，这些才是最重要的，也是我们的成长。而不应该在思考的时候草率自负，出了问题又自责胆怯、裹足不前。

这就是我的一点体会。经常站在“三季虫”的角度进行自我反省。尽可能地看清看全看透之后，该认错的认错、该改进的改进、该坚持的坚持，然后继续奋然前行。

“香菱学诗”之美

在《红楼梦》浩瀚的故事情节里，“香菱学诗”是我比较喜欢的一个。

这个故事发生之前，是平儿跟宝钗的叙述。讲了贾雨村想要讨好贾赦，为了几把扇子而设圈套弄得石呆子家破人亡的事情。听了这么一件龌龊冰冷的事情，再看黛玉教香菱学诗这么美好温暖的故事，多少让人对这个险恶的世道生起些许的憧憬和信心。

整个“香菱学诗”的过程都充满了善意的温暖，它的美也是很丰富的。

先说“师父”黛玉之美。我是极爱黛玉的，而且年龄越大越是喜爱。黛玉并不像世俗认为的那样小气，她反而是极大气的一个人，这个故事里就能看出一些来。

香菱因为薛蟠外出跟着老家人学做生意，经宝钗向薛姨妈提议而随了宝钗进了大观园这个美丽的青春王国，算是机缘巧合。宝钗也很会作诗，但香菱却跟着黛玉学诗而没跟宝钗学。因为宝钗觉得女子无才便是德，学那些有的没的用的做什么。而在香菱一度学到痴迷的时候，宝钗也常常叹气：“都是颦儿（黛玉）给惹的！”而黛玉这么一个目下无尘的人，尽管香菱只是个买来的侍妾，只是个丫头，尽管香菱不太识字，但黛玉看到了香菱的热情，出于对一个“人”的尊重和呵护，没有一丝的嫌弃，尽心尽力，倾其所有帮香菱学诗。而且教导有方，很快就让香菱学会了作诗，最后还被探春她们应允加入了“海棠诗社”。这些在那样一个等级森严的社会，是多么难得也多么让人感动！

黛玉教香菱学诗，一开始就明确说了，“第一是立意要紧”，“要‘不以词害意'"。香菱说喜欢陆放翁的一对"重帘不卷留香久，古砚微凹聚墨多"。黛玉立马就制止了："断不可看这样的诗。""一入了这个格局，是再也学不出来的。"然后她告诉香菱，你先熟读王摩诘五言律诗一百首，然后读老杜七言律诗一百首，再读李青莲七言绝句一百首。肚子里先有这三个人的诗作底子，再把陶渊明等人的诗看一看，自然就会作诗了。

我对黛玉这个教法极为推崇。不管作诗还是做事，立意和格局都是第一要紧的，其次才是具体的技巧。而且黛玉也提到："若意趣真了，连词句不用修饰，自是好的。"黛玉提到的前面三个人也是历史上极为推崇的大家。

首先是王维，被尊称为"诗佛"，他的诗，开阔大气，尤其是经历了安史之乱，后期王维的作品，生命中有种历练后的豁达和超越。"行到水穷处，坐看云起时。""大漠孤烟直，长河落日圆。"二是杜甫，被称为"诗圣"，忧国忧民，他的诗非常厚重、沉郁。三是李白，被称为"诗仙"，潇洒奔放，他的诗极具浪漫主义色彩。而黛玉告诉香菱的是,要先学他们的立意和格局，切不可一开始就被那些小情小性玩弄技巧的小格局给局限住了。

我本人深以为然。我觉得不仅仅是写作，其实在做人做事上都是一样的道理，胸怀气度、立意格局都是最重要的。而具体怎样做，那些技巧性的东西反而是其次的，而且都是可以慢慢学会的。同样，做人做事，切不可先被小情小性的小格局限制住。我们的生命中，总会出现那些大气而开阔的人，他们是我们最好的老师。而当我们带下属、带新员工的时候，当我们有机会成为老师的时候，我们是不是也可以考虑以这样的方式去"带徒弟"呢？

再说"徒弟"香菱之美。

香菱是让我特别感动的一个人，虽然生命有那样巨大的残缺，但她本人却从来没有放弃过对生命圆满的追求，这种追求美好的姿势本身就是极美的。香菱是贵族甄士隐的独女，五岁时跟随仆人霍启看花灯不幸被拐子拐跑，从此失去家人的疼爱而备受拐子打骂。好不容易遇上一个决意要对她真心的冯子渊,却又被呆霸王薛蟠给打死了。香菱不仅面容姣好而且气度不凡，连薛姨妈都自是另一番态度善待她，此生却要嫁给薛蟠这么一个不堪的丈夫……香菱的生命是这样地残缺和残酷。

但她并没有怨天尤人，更没有自我放弃，她的生命中依然保留着纯真和善良，依然有对圆满和美好的最真切质朴的向往和追求。她喜欢写诗，并有幸拜黛玉为师，她虔诚而努力，一度到了痴迷的状态。每次我都会为她沉迷的样子而感动鼓舞，也会从中汲取力量和勇气，有信心在任何艰难的处境下依然坚持对美好的憧憬和努力。

香菱是一个很乖巧的好学生，很用功、肯思考，非常积极主动。她按照黛玉的要求认认真真地仔细研读了三位大诗人的诗，并且勤于跟黛玉请教交流心得，长进很快。后来主动提出让黛玉给她出“命题诗”，在黛玉的指导下，以“月色”为题香菱一共学写了三首诗，我总会想起爱因斯坦的三个小板凳，一个比一个好。第一首，很明显有笨拙和粗浅的痕迹。宝钗先是看了虽然知道不好，但自己却不直说，只是让香菱去找黛玉。黛玉非常直爽而诚恳地指出：意思倒是有了，只是写法不好。香菱并不气馁，反复琢磨，连家都不舍得回，坐在池塘边细细思考，又作了一首。而这一首，写法是有了很大的提高，但是连宝玉也都看出来了，有点跑题了，写了“月亮”而非“月色”。香菱依然不气馁，一度痴迷到“走火入魔”，甚至闹了不少笑话。最后竟然在梦中得了八句，这第三首说来给黛玉听了，大家都觉得已经非常好了，所以探春她们要吸收她加入“海棠诗社”。香菱喜出望外，简直不敢相信。宝玉的一句评价我觉得很贴切：“老天终究还是公道的。”

这一段时常让我感动。也许我们的生命中也会有这样那样的不如意，或者是不完整，但这些都不重要，重要的是我们心中那份对美好的向往和坚持。而且，我相信正如宝玉所说，老天总还是公道的，终究会以某种方式来成全。

“香菱学诗”这个故事，不管是“师父”黛玉，还是“徒弟”香菱，甚至是“旁观者”探春、宝玉等，都让我由衷敬佩，他们都充满了对人性的体贴和悲悯，温暖而智慧，我也自觉从中学到了很多。而我们每个人，在不同的时刻，不管是工作中还是生活中，差不多都是这三种角色，要么是“老师”，要么是“徒弟”，要么是“旁观者”。

做“老师”的时候我们有没有做到尽心尽力、开阔大气？做“徒弟”的时候我们有没有做到全力以赴、忘我投入？做“旁观者”的时候有没有做到包容欣赏、肯定鼓励？我想这个是我们品味了“香菱学诗”之美后更应该认真思考的。

一半努力，一半因果

清明小长假，爸爸和妈妈回农村的老屋祭祖，爸爸在电话里跟我逐一说着需要祭奠的祖辈们。虽然对于我来说只有爷爷奶奶还有点印象之外其他的都几乎没有概念，但我还是用心地听着，并在心中默默虔诚地祈祷。末了，爸爸说他还有事要忙，这次回来又给村上的孩子们带了本子和笔，有人来我家领东西了，说完就听到爸爸热情地跟人打招呼的声音，夸孩子学习有进步之类的。

我真的很感动，也很骄傲。我们的村子很穷，爸爸早年做了点木材生意，我们家还算是村子上比较富裕的。从我记事起，爸爸就时不时给村里的孩子们买学习用具，经常拿些本子和笔送给孩子们。虽然事情不大，但爸爸坚持做了三十多年，直到今天。

我的爸爸妈妈，善良、大气、乐观、智慧。之前看到一篇文章，奥巴马谈起自己的妈妈时说："我认为，她是我所知道的最仁慈、拥有最高尚灵魂的人，我身上最好的东西都要归功于她。"对于我的爸爸妈妈，我想说的话同样如此。我身上最好的东西也都是他们赐予的，甚至是"福气"我觉得也是因他们而得的。我今天所获得的一切，一半是自己的努力，一半是方方面面的因果，包括父辈甚至是祖辈带给我的恩泽。

有一次参加一个讲座，老师问大家一个问题："你觉得跟祖辈有链接吗？你觉得自己的今天跟祖辈有关系吗？"有很多人都说，我就是一个人考上大学然后留在了城市，就是这样子啊，我不觉得跟他们有什么关系啊！而我在那一刻第一个想到的就是，特别感谢我的爸爸妈妈，没有他们，就没有我的今天。后来老师讲到，不管我们有没有意识到，我们承不承认，其实我们的现在都是在祖辈的“荫佑”里；这世上是有因果是有轮回的。

我非常认同老师的说法。

《红楼梦》里有好多这样的例子。王熙凤之女巧姐，第五回中的《红楼梦曲·留余庆》写道：“留余庆，留余庆，忽遇恩人。幸娘亲，幸娘亲，积得阴功。”贾家败落之前何其富有？宝玉出门都有小厮拿着大把的钱撒向路边，只是为了给宝玉求个平安。王熙凤何其有权势？借贾琏之手伪造个文书就白得三千两白银。就因为机缘巧合，贾家对一个乡下老妪动了一点点恻隐之心。王熙凤一生机关算尽、心狠手辣，但唯独给刘姥姥一点点顺手的小小恩惠，只这一点就给了自己的女儿巧姐生的希望。贾府败落之后，刘姥姥倾其所有救了巧姐逃离青楼。巧姐是《红楼梦》众多贵族子女中唯一一个自食其力的人，而这是母亲给她的恩泽——“幸娘亲，积得阴功”。而那首《红楼梦曲·留余庆》，名字本身就很有深意。前代为后代遗留下来的福泽叫“余庆”。《易·坤·文言》：“积善之家，必有余庆。”

我相信生命里冥冥中有更大的力量在起着作用。我们的今天，一半是努力，一半是因果。给我这样启示的，依然是我的爸爸。

记得小时候，每当爸爸生意上换回一点钱，就会买上本子和笔去送给村上的孩子们。爸爸经常说，我们所获得的财富，不单单是我们自己努力的结果，还有别人给予我们的。所以我们拿到了钱，要及时地散掉一些才对。

那时候我不理解，明明是爸爸妈妈很辛苦地去买树、做木材、再做成家具卖掉才换来的钱，为什么会跟别人有关？爸爸解释说，我们电锯的噪音会影响到村里的邻居；我们来来回回进进出出会用到村子里大家一起修起来的路；还有，军人出身的爸爸说我们生活在这个和平时代本身就是祖辈给我们最大的恩泽。

在我的成长过程中经常会想到爸爸的话，体会也越来越深刻。尤其是有一次有幸去福建龙岩参加党课学习，江维力教授讲述的鲜活而生动的历史，更让我觉得今天的生活一半是自己的努力，更大的一半是祖辈的恩泽。

清明，其实不是一个节日，而是一个感恩和祭奠的提醒。

求仁得仁

最近时常想起《红楼梦》里刘姥姥对她女婿狗儿说的一句话："咱们庄稼人，哪一个不是老老诚诚的，守着多大碗儿，吃多大碗的饭。"这是狗儿因为家里穷急气恼，唉声叹气的时候，刘姥姥看不惯，劝解的其中一句话。

"守多大碗儿，吃多大碗的饭。"朴朴实实的一句大实话，却充满了人生洒脱的智慧。

这个世界上大多是觉得自己手里的碗儿太小了——怀才不遇、不被器重。古时候的那些"贤士",即便是归隐也定要跑到终南山上,等着被"伯乐""三顾茅庐"，等待再次出山的机会。现在也有很多人，总觉得自己的职务和所得配不上自己的才华和能力，一句话：自己手里的碗儿太小了，整个世界都欠自己的。

可是，也有些人觉得自己手里的碗儿太大了，端起来吃力。比如某一任北京人民艺术剧院院长，也是一位知名的艺术家，其实他只是想好好搞艺术，并不擅长、也无心搞管理，但被组织上安排了院长一职，整天被职工分房、涨薪等事缠得痛苦不堪。最终抑郁而终的时候还在感慨：我只是想好好演戏!

我想，世上最好的安排就是求仁得仁吧。像刘姥姥说的，"老老诚诚，守多大碗儿吃多大碗的饭"，安安心心。

所以，还是先要把自己想要什么弄清楚。你是圆的，就去找圆的容器安放好了，否则放在方的器皿里面，大家都难受。你是一棵苹果树，就老老实实结出苹果好了，否则再怎么憧憬结出橘子也是不可能的。

想起作家宁远曾在一篇文章里写到，多年前她当主持人的时候，她和另一个同为主持人的同事的一次谈话。她喜欢宁静而文艺的生活，打算以后辞职去做衣服。而同事喜欢“学而优则仕”,以后打算做管理走仕途。多年以后，宁远如愿开办了自己的服装品牌“远远的阳光房”，而她的那位同事也如愿走上了电视台的领导岗位。这样就比较开心了，大家过的都是自己想要过的生活。其实无所谓对错、好坏，只有是否适合。关键是，能不能静下来观照自己的内心，仔细看看自己到底想要的是什么，然后勇敢地、诚实地做自己想要做的事情，而不是被外界的声音和评判标准所左右、所绑架。

最近越来越觉得发自内心的轻松和开心。终于，我可以勇敢地承认自己不喜欢、不擅长的那些事情，退掉外界给予的光环，诚实地遵照自己的内心，做一些自己喜欢、擅长的事情。

终于，我觉得这个世界是跟我有关系的，未来是有所期待的。终于，我诚实地做一棵苹果树，承认并接受自己结不出橘子的事实，并且期待结出苹果来。

上次跟研究生同寝室的姐妹约会，我们聊了几个同学目前的发展，发现大都还是按照之前设想的路在走。想出国的，已经在美国定居并且已经是高校博导了；想从政的，也已经身居要职了；想经商的，都在创业了。我们分手的时候，她轻轻地拥抱了我。她说，看到我脸上的光彩，真好！是的，我们都求仁得仁，真好！

也许，我们来到这一步，各自走过的路途不尽相同。但是，不管怎样，能“抵达”终究是好的。愿我们都能找到最适合自己的那个“碗儿”，求仁得仁！

和　解

宽容，不是一种美德，而是一种认知。当你认知到，事情本来就是那个样子，事情的本质如此，你也就不会轻易责难，也不会轻易赞美。在我心里拧巴了许多年的结，终于解开了。跟母亲的和解，或者说跟自己的和解，也源于这样的认知，或者说是源于对中国传统女性的认知。是因为《红楼梦》十二金钗中一个不起眼的角色，李纨。

李纨是一个典型的中国传统女性，遵循三从四德。闺阁中听父亲的，出嫁后听丈夫的,丈夫去世后听儿子的。她从小被教育,女子无才便是德,所以，虽出身名门却不曾识字。海棠诗社中，李纨只是组织者，她从来不写诗，也不想着学写诗。香菱，一个买来的丫头，一个薛呆子的侍妾，一个身份卑微的女子，还想着学学识字、学学写诗，可是李纨从来没有动过这个念想。她是一个被封建礼教“教育”得很彻底的女性。

李纨嫁给了贾宝玉的哥哥，贾珠。也可能曾经恩爱过，贾珠早逝，留下了遗腹子贾兰。

按照《红楼梦》里的年龄推断，林黛玉进贾府十三岁；贾宝玉大一些，十四岁；薛宝钗进京选秀，十五岁；王熙凤也就十七八岁的样子；住进大观园中年龄最大的李纨也就十八九岁光景。正是青春年少，本是像花儿一样五彩斑斓的生命，却要守寡，从此李纨的生命不再有颜色。她住的地方叫“稻香村”，不仅没有颜色，连味道都是淡的。而且，在通篇《红楼梦》中，李纨几乎都是没有声音的，就像一个可有可无的存在。

唯有一次例外。在写菊花诗的螃蟹宴尾声，整部《红楼梦》对李纨着墨最多的一处。王熙凤忙于公事没能参加聚会，派了平儿来拿螃蟹。众人拉了平儿想让她多留会儿，平儿不肯。这时候，李纨发声了："偏要你坐！"并且拉了平儿喝酒。平儿喝了要走，还是不肯："偏不许你去！显见得只有凤丫头，就不听我的话了。"说着又命人："先送了盒子去，就说我留下平儿了。"这是李纨极为少有的任性。

按道理说，李纨是长媳，是王熙凤的嫂嫂，是在王熙凤之上的。只是她不管事，荣国府是王熙凤在管家，这也符合清朝满族旗人少奶奶管家的习俗。这天或许是多吃了几杯酒，也或许是什么东西触动了她的思绪。李纨好像脱掉了平日里的灰装苦面，终于做了一回自己。她开始任性，开始想说什么说什么，想做什么做什么。

李纨是很喜欢平儿的。她平日里极少评价谁，这天她夸平儿"好体面模样儿"，她替平儿惋惜"命却平常"。她一边说还一边在平儿身上摸，曹雪芹只是淡淡的一笔，平儿回头笑道："奶奶，别只管摸的我怪痒痒的。"一种生命的荒芜，一览无余。李纨的孤独和荒凉，让人心疼。李纨继续说："我成日家和人说笑，有个唐僧取经，就有个白马来驼他；刘智远打天下，就有个瓜精来送盔甲；有个凤丫头，就有个你（平儿）。"是的，李纨，什么都没有。她只有回忆"想当初，你珠大爷在日……"

李纨，她完全没有自我。她的存在，只是依附于别人，只能是某某之女、某某之妻、某某之母……她没有自己。"珠大爷"不存在了，她也就不存在了。

中国的传统文化，历来都是强调集体意识，从来都没有把自我摆出来，女性就更没有自我了。李纨只是一个典型，一个缩影。我的母亲，一个中国农村的普通传统女性，也是一样的。没有接受现代的教育，没有自我意识的觉醒。她有她的局限性，农村妇女有的愚钝，她都有。她有她的可爱，农村妇女有的淳朴，她也都有。"其积也厚，其陋也厚。"不就是这样吗？

那些原来不能释怀的东西，突然就这样散掉了。那些在我心里拧巴了许多年的结，就这样解开了。"宽容，不是一种美德，而是一种认知。"还有一句话："幸福，不是一种感觉，而是一种能力。"是的，当你内心生长出足够的力量，怎样都可以幸福。

情分各定，眼泪各得

热恋中的闺蜜发来一张心仪男友的照片，急切地问我：“你觉得怎么样？”我倒是一下子不知道该怎么回复了。说实话，对于我来说，只是一路人而已，根本谈不上有什么感觉。但若真这样讲了，又恐辜负了闺蜜其实是想从我这里得到些赞美的期待。

就像每个妈妈都觉得自己的孩子长得最好看一样。其实，不只是爱情，我想这世间所有的情分，用宝玉的话说“各人得各人的眼泪”——情分各定。是谁的，就是谁的。

第一次让宝玉知道自己不是宇宙中心的人，是戏子龄官。龄官不仅长得跟黛玉相像，内在秉性也跟黛玉如出一辙。龄官第一次亮相，是为元春省亲唱戏，元妃很喜欢她，叫太监赏了她。“龄官最好，再作两出”，当时担任戏班领班的贾蔷要她做《游园》《惊梦》二出。她因不是本角的戏，不肯做，定要做《相约》《相骂》。贾蔷扭不过她，只好依了她。贾蔷与龄官，彼时初识。贾妃看了，“甚喜”，说“不可为难这女孩子，好生教习”，又赏她东西。龄官极有个性，哪怕是贵妃、哪怕是领班，她也不给面子，原因是不串行当。

关于龄官，还有一个很有名的故事就是“龄官画蔷”。一个夏日，赤日当空，树荫合地，满耳蝉声，静无人语。宝玉远远地看到蔷薇花架下，一个女孩子蹲在地上，眉蹙春山，手里拿着根绾头的簪子在地下抠土，细看才发现只是在不停地画着一个字，“蔷”。因为太投入，以致被雨淋了都不自知。

这个袅袅婷婷娇娇弱弱的女孩儿就是爱上了戏班领班贾蔷的龄官。

又过了几日，宝玉听说梨香院的龄官戏唱得漂亮，于是来找龄官，没想到却处处碰壁。先是他到了梨香院，龄官独自倒在枕上，见他进来，竟然纹风不动。要知道宝玉在整个贾府，到哪儿都是被众人追着捧着，哪有不搭理的？但宝玉还是在她身旁坐下，央她起来唱《袅晴丝》。龄官见他坐下，却忙抬身起来，正色说道："嗓子哑了。前儿娘娘传我们进去，我还没有唱呢。"言外之意，你算老几？宝玉从未经过这番被人弃厌，只得出来了。

另一个伶人宝官对宝玉说道："只略等一等，蔷二爷来了叫她唱，是必唱的。"又过了一会儿，贾蔷从外头回来了，手里提着个雀儿笼子，上面扎着个小戏台，里面装一个会衔旗串戏的雀儿。这是贾蔷怕龄官闷，特意费了一番心思花了一两八钱得来的。当时赵姨娘每月的月钱也就二两银子，小丫头每月的月钱有的还不足一两。没想到龄官不喜欢，贾蔷就将雀儿放了，将笼子拆了。一两八钱银子，打了水漂。贾蔷忙要去给龄官请大夫看病，龄官又叫："站住，这会子大毒日头底下，你赌气去请了来，我也不看的。"骂过之后，露出爱来。

他们之间的情感，宝玉似曾相识，因为宝玉跟黛玉也是如此。故而"贾宝玉见了这般景况，不觉痴了"。宝玉回到怡红院就对袭人说："昨夜说你们的眼泪单葬我，这就错了。我竟不能全得了。从此后只各人得各人的眼泪。"这是龄官让宝玉悟到的。

是啊！黛玉的眼泪只为宝玉一人而落，她本来就是那株绛珠仙草到人世间来还宝玉前世眼泪的。后面宝玉也说："任凭弱水三千，我只取一瓢饮。"如此，便足矣。

龄官之于贾蔷，黛玉之于宝玉。情分各定，眼泪各得。是谁的，就是谁的。你的就是你的，又何必去在意他人眼中的界定？

其实人生亦是如此。霸气地说一句：过好自己的，爱谁谁！

历　劫

张爱玲有一篇文章，《非走不可的弯路》。“在青春的路口，曾经有那么一条小路若隐若现，召唤着我。母亲拦住我：‘那条路走不得。’我不信。‘我就是从那条路上走过来的，你还有什么不信？’‘既然你能从那条路上过来，我为什么不能？’‘我不想让你走弯路。’‘但是我喜欢，而且我不怕。’母亲心疼地看我好久，然后叹口气说：‘好吧，你这个倔强的孩子，那条路很难走，一路小心。’”

等上路后，她发现母亲说的没错，那的确是条弯路。碰壁、摔跟头，有时甚至头破血流。但她不停地走，终于也走过来了。有意思的是，在她坐下来喘息的时候，眼看着她年轻的朋友，正站在她当年那个路口，于是她忍不住喊：“那条路走不得。”当然，年轻的朋友也不信。于是，上面她和母亲的话，又在她和更年轻的朋友之间完完整整地发生了一遍。最后，她也笑了笑，送上祝福：“一路小心。”

也许，在人生的路口，有一条路每个人非走不可，也就是年轻时候所谓的“弯路”。

但我一直很感动那句话：“但是我喜欢，而且我不怕。”所以，其实也没有所谓的什么“弯路”吧。不管怎样，都是一种经历。不去走一走，如何能尝到个中滋味？

《红楼梦》第一回，甄士隐梦到，一僧一道正要把幻化为通灵宝玉的女娲补天那一块余石拿到太虚幻境警幻仙姑那里挂号，让警幻仙姑将它夹带到“一干风流孽鬼”当中，让它下凡“历劫”。甄士隐在梦中跟着一僧一道到了太虚幻境的大牌坊下他就过不去了。“士隐意欲也跟了过去，方举步时，忽听得一声霹雳，有若山崩地陷。”士隐大叫一声，“定睛一看，只见烈日炎炎，芭蕉冉冉”，原来只是一梦。过了一会儿，还真来了一僧一道，“见甄士隐抱着英莲，那僧便大哭起来，又向士隐道：‘施主，你把这有命无运、累及爹娘之物，抱在怀里作甚？舍我罢，舍我罢！’”此时的甄士隐，还不能听懂。就像他在梦里过不去那个太虚幻境的大牌坊一样，他也有未经历的劫数，还不能跨越。直到后来，先是爱女英莲意外走丢，再是一场焚家大火，最后是岳父的冷眼与暗算，一步一步把原本的一个中产阶级贵族逼到物质与精神都窘迫的境地。终于历经劫数，也终于听懂了跛足道人的《好了歌》，并随之而去了。当初，同样执迷于幻象的当然还有动了凡心的“蠢物”顽石宝玉，以及想要用一世眼泪还债的那株绛珠草黛玉，都要“意欲下凡造历幻缘”。

也许，有些路“非走不可”，有些劫“非经历不可”。不去走一遭，不去经历一番，任凭谁说、任凭谁劝，可能都是“我不信”，或是听不懂，那个太虚幻境的大牌坊是怎么都跨越不过去的。

如此，那就坦然、欣然去“历劫”吧！仰起头说一句：“我喜欢，我不怕。”总会有一个声音跟你说：“一路小心。”

何尝不是一种度化

最近身边发生的一些事情，总让我想起《红楼梦》里的薛蟠和柳湘莲。

薛蟠这个呆霸王，人其实并不坏，只是从小被妈妈给宠坏了。薛蟠是薛家的“独根独种”，父亲早逝，寡母溺爱纵容，以致从小就“性情奢侈，言语傲慢”。薛家是皇商，负责整个皇家的采买，何等的有钱有势？宝钗说，一条街的当铺都是他们家的。

薛蟠长大后依靠家里的权势，虽也上过学，不过略识几字，终日唯有斗鸡走马，游山玩水而已。“虽是皇商，一应经济世事，全然不知，不过赖祖父之旧情分，户部挂虚名，支领钱粮，其余事体，自有伙计老家人等措办。”换句话说，其实他什么都不会做，全都得依仗老家人。

由于薛姨妈的宠爱，薛蟠从小，要什么有什么。但他也只是想“要”，得到后其实也并不知道珍惜。比如他对待女子，也只是喜其美貌而已。他跟宝玉对女性的呵护和尊重完全不同。薛蟠喜欢香菱“生的不俗”，就不惜打死冯渊抢了来。而带到家中后，却不见珍惜。香菱体态类似黛玉，内心亦是一片诗情画意，而薛蟠却不能与她相识相赏。甚至后来在夏金桂的挑拨下，毒打香菱。在薛蟠的人生逻辑里，只要他想要，就一定能得到。哪怕为此打死人也没什么大不了，他自己根本就不用担心，后面自会有人帮他打点好一切。

其实，薛蟠这样的人，现在也不少。有些家长捶胸顿足指责孩子种种的不懂事、不成事，像薛姨妈最后气得大骂：“不争气的孽障！狗都比你体面些。”可是，有什么用呢？为时已晚啊！我们有没有回头审视一下自己，作为家长，是不是像薛姨妈那样，包办得太多了？有没有给孩子去懂事、去成事的机会？

不过，薛蟠还真办成过一件事，跟随老家人去做了一次生意。是因为一个人，就是柳湘莲。

在赖大家的酒席上，薛蟠见到风流俊伟的柳湘莲后，误将他认作风月子弟，于是便和他调情。薛蟠色迷心窍，又愚蠢之极，柳湘莲便生计要整他。薛蟠信以为真，随柳湘莲之后去“赴约”，实则被骗到北门外的苇子坑给打了个半死。“衣衫零碎，面目肿破，没头没脸，遍身内外滚得似个泥猪一般。又被逼着喝了脏水，躺在苇坑里呻吟。”后被贾蓉寻见，众人嘲笑，“羞得薛蟠只恨没地缝儿，钻不进去”。薛蟠此生何时受过这样的羞辱？首先，“要”而不得，本身就不曾有过，更别提这样的被打、被嘲讽了。想起一位朋友说过的话：“家庭教育缺失的，社会迟早会给补上。”是的，薛姨妈没有教会薛蟠的，柳湘莲帮忙给教育了。我想，这何尝不是一种度化？

薛蟠养病的日子里，不知道具体都思考了什么。总之，他居然提出来要外出学做生意了。薛姨妈还是不放心，宝钗倒是很支持，最终如愿成行。好巧不巧，在回程的路上，薛蟠一行遭遇抢匪，柳湘莲恰好路过，又搭手相救。所以，我总觉得在某种意义上来说，柳湘莲成就了第二个薛蟠。

从另一方面讲，薛蟠对柳湘莲也是真性情的。因为柳湘莲的毁约，尤三姐悲愤之下“揉碎桃花红满地”自刎而亡。柳湘莲也因此截发出家，随了一名道士飘然而去了。薛姨妈跟宝钗说起这件事，宝钗的反应非常冷淡：“俗话说的得好，‘天有不测风云，人有旦夕祸福’。这也是他们前生命定。前日妈妈为他救了哥哥，商量着替他料理，如今已经死的死了，走的走了，依我说，也只好由他罢了。妈妈也不必为他们伤感了。倒是自从哥哥打江南回来了一二十日，贩了来的货物，想来也该发完了，那同伴去的伙计们辛辛苦苦的，回来几个月了，妈妈和哥哥商议商议，也该请一请，酬谢酬谢才是。别叫人家看着无理似的。”你看，人命关天的大事，宝钗却轻描淡写，一笔带过。没有同情，反而是想着赶紧请客，做足自家的面子。面对别人的不幸，完全无动于衷。

而对比薛蟠，却是有情有义的。这时，薛蟠进门，“眼中尚有泪痕”。一进门来，便向他母亲拍手说道：“妈妈可知道柳二哥尤三姐的事么？”知道柳湘莲不见了，薛蟠一听见这个信儿，就连忙带了小厮们在各处寻找。第二天，请伙计们吃饭，也没精打采，众人知道缘由后都问：“那时难道你知道了也没找寻他去？”薛蟠说：“城里城外，那里没有找到？不怕你们笑话，我找不着他，还哭了一场呢。”说完，长吁短叹，不像往日高兴，饭也吃得无味。由此可见，薛蟠之“哭”，是真心难过。

也许这一世，你命中注定会遇见某一个人，像柳湘莲之于薛蟠。在某个时刻，曾经也会让你难受、让你痛苦。可是，从另一个角度来看，这何尝不是一种度化？给你不曾有过的视角和体验，甚至是磨砺、甚至是蜕变。也或许，在下一个转角，他还会“搭手相救”。也可能他不知道什么原因就在某一个时刻从你的生命中自此消失了。总之，他最终成为你生命中念念不能忘的那个人。

顺势而为

龙场悟道后没过几年，王阳明到江西剿匪，当时他创建的心学已经门徒众多。有弟子问他：“尧舜那样伟大的圣人为什么不制作礼乐，非要等到周公呢？”王阳明回答：“圣人的心是面明镜，物来则照，物不来也不去强求。尧舜没有制作礼乐，只是因为他们那个时代还不需要，没有这件事来找他们。周公制作礼乐，只是因为礼乐这件事情刻不容缓，来找周公了。”

用今天的话来说，就是“时势造英雄”。这也是我见过的对“顺势而为”最好的注解了：“心如明镜，物来则照，物不来也不强求。”我自己对“顺势而为”的理解就是：“根据当下的形势，做自己最想做、最合适做的事情。”

我曾经很想出国留学。大学的时候，有一个去美国一所高校做交换生的机会，我便很想去。但需要支付一部分额外的费用，这对一个农村家庭来说是一笔不小的负担，何况当时姐姐、弟弟还都在上学。我简单跟家里说了一下，也听出了父母的为难，于是从此不再提起。

尽管学院老师很为我惋惜，因为符合条件的同学极少。我也只能表面上笑笑，心里头哭哭罢了。研究生的时候，再次想出国深造。跟我们同寝室的两个妹妹一起考了托福、考了GRE，但最后因为找到了一份自己比较喜欢的工作而放弃了。另外两个妹妹后来都如愿申请到了自己心仪的学校，拿了全奖出去了，她们现在都留在了美国生活。博士毕业后，再次动了想出去的念头，想去做访问学者。没有特别的目的，只是想补一下遗憾，想去国外生活、体验一下。当时跟一个姐姐聊天谈起此事，被她一顿臭骂。她说，人家都是工作或者生活遇到了瓶颈，在原来的路上暂时走不通，才想着出国缓解一下再回来；你这丫头现在工作生活一切都顺风顺水的样子，瞎折腾什么？但我不死心，后来还是折腾了折腾。不过很巧工作上有新的兴奋点更吸引我，所以后来也就不再提起了。

想想那个姐姐说得也对，“运”和“势”都是有“气”的。“气”通畅的时候，最好还是不要打断的好；“气”暂时不通畅的时候，再考虑改变。要“顺势而为”，不要拧巴做事。现在回头看，关于“出国深造”这个情结，在每个阶段，虽然都是很想做的事情，但平心而论，在当时那个特定的时刻，都不是最想做的事情，其实还有其他我更想做的事情、更适合做的事情。

有时候觉得人生的轨迹其实跟大学物理课本上讲的，物体在外力作用下的运动轨迹是一样的。一个物体不同的时刻受到不同的若干个外力的作用，所有的外力在那一个时刻都可以合成一个“合力”，而物体运动的方向就受这个总的“合力”的作用。所有时刻运动方向连接起来，就是物体在外力作用下的运动轨迹。

人生的轨迹也是一样的。在不同的时刻，有若干股力量在起作用，而你最终做出选择的，是综合考虑各方面因素后得出最合适、最想做的那一个。其实也是在一种各方力量的“合力”的作用下走出的轨迹。你没迈出的那一步，说明在那个方向上的力量还不是足够强大，还有其他方向上更强大的力量在起作用。所以，真的也没什么好遗憾、好后悔的。每一个当下，“顺势而为”，“心如明镜，物来则照，物不来也不强求”。

这世上一切的发生，都是最好的安排。愿我们每一次遇见，都如《花样年华》：等待一树花开，守候一个微笑，而你恰好路过。

不可则止

王阳明身上有很多闪光的品质，而最让我佩服的是“不可则止”的坚决和洒脱。

王阳明的前半生在辞章、道教、佛教上的付出“如海洋般深沉”，在这三方面的造诣几乎是他前半生的心血。然而，他一旦想明白了，这些对于他毕生追求的理想无益，便说放就放，连个犹豫的眼神都没有。

王阳明自小聪慧异常，言辞文章更是引经据典、出口成章。有一天，他在推敲一个句子时，猛地扔下笔，说：“我怎么可以把有限的精力浪费到这无用的虚文上！”他心中的“第一等事”是“成为圣贤”，而当时大明朝所有的文人都视通过辞章科举进入仕途为毕生追求。王阳明想通了“辞章于成为圣贤无益”这件事后，就断然和辞章说再见。一点也不理会当时的社会大风气，也没有为自己前半生在这方面的付出而犹豫。

对于佛教和道教，王阳明一样，前半生付出了极大的热情和心血，想从中探究“成圣之志”的途径。但是后来他意识到，无论多么宏大渊深的宗教，在人性面前都要俯首称臣。王阳明在佛教领域多年浸染和探究，终于在最被人忽视的人性上看穿了佛教的弊端。他创建心学后说，“佛教是逃兵的避难所”。佛教徒之所以出家，就是想逃避君臣、父子、兄弟、夫妻、朋友这五伦中他们本应该尽的责任和义务。道教说能让人成仙，佛家说能让人成佛。即便它们真的能让人成仙成佛，付出的代价却是抛弃人伦，这种仙佛，王阳明觉得，不成也罢。于是，他和佛道也一刀两断，为此还举行了一个仪式。

王阳明用他的实际行动诠释了什么是“洒脱”：不可则止，该放手时就放手，不必计较付出多少。王阳明与辞章、佛道的一刀两断也指出了一条心法：只有放弃，才有日后的得到。如果你在付出的人和事上得不到快乐和人生价值的答案，那么它就是一个包袱，甚至是五行山。只有放下它，才能轻松上路，继续你的前程。

“未经审视的人生不值得过。”王阳明认真审视自己的人生，该坚持的坚持，该放弃的果断放弃。王阳明在困惑的时候，对自己的前半生做了一次严肃的回顾和总结。此时，他内心越发坚定：只对自己的心和良知俯首听命。

王阳明“不可则止”的气度着实让我钦佩不已。只有特别明晰自己内心想要什么的人，才能明判什么是于自己理想无益的，才会有决心、有魄力与之一刀两断。你犹豫的根源,也许是你连什么是自己想要的都没有认真审视。不知何为“可”，何为“不可”，又怎会“止”？

有时候尽管知道了什么是“不可”，却没有勇气“止”，总觉得之前自己那么多的付出，放弃了太可惜，于是再继续投入。一边继续追加成本，一边继续感叹纠结。这确实不可取。

“不可则止”，今后努力的方向！保持清醒，保持气度，保持对生命质量的要求，不凑合，更不妥协。

吾性自足，不假外求

最近对王阳明的一些观点体会越来越深。难怪自古至今有那么多伟人推崇追随，曾国藩、康有为、孙中山、毛泽东都是他的拥护者。

王阳明所谓的“知行合一”的“知”，不是“知道”，也不是“知识”，而是“良知”，是每个人内心与生俱来的道德感和判断力。“知行合一”不是先学会、先知道后再实践，而是良知和行为本身就浑然一体，见父知孝、见兄知悌，见孺子入井自然知恻隐。如果每个人都找到并遵循内心的良知，那么复杂的外部世界就变得清晰明了，制胜决断，了然于心。这就是王阳明龙场悟道的“心学”的精髓，即:吾性自足，不假外求。用王阳明的解释就是，人人心中都有良知，良知无所不能，能解决一切问题，不需要任何外来帮助。

中医也有相似的理论，认为人本身与生俱来就百药齐全，很多疾病靠自身的调节就可以治愈，根本不需要太多外界的干预。其实，身心是一致的，治愈身体的也同样适用于内心。从这个角度看，王阳明所说的“吾性自足，不假外求”也是有道理的。

经历过一些事情之后慢慢觉得，真的是这样的。

孔夫子的话：己所不欲，勿施于人。一样的道理，自己都不愿意做的事情，就不要让别人去做。这是最起码的简单的良知，但在现在很多人却做不到。比如有一次去一个朋友开的小饭馆，坐下来吃饭，我想要放点醋，便拿起桌子上的醋瓶要倒，被朋友及时制止住了，说这是给外人用的，咱自己不用这个，再另外给你拿。当时我就觉得这饭馆开不长久，果然很快就关门了。

类似的事情还有很多，农民种的菜分卖给别人的和自家吃的等等。自己不愿意吃的东西，却要卖给别人吃，这就是连最起码的良知也没有了。

其实真的就像王阳明所说，人人心中都有良知，而良知的力量是不可小觑的。曾有个同学痴迷中医，业余时间就拜了一个我们当地的老中医为师，下班后去药店帮忙抓药。过了一段时间，老中医门庭若市，生意大好，老中医自是待他不薄。我有次问他，什么诀窍啊，进步这么神速？他淡淡一笑，说哪有什么诀窍，只不过他把那些中药材认真地做了处理。潮湿的就烘干，变质失效的就丢掉，师傅药方里开的分量都给够，就做了这些事情。他说，他只是简单地从两方面考虑。一个是那些病人，如果换作他自己，要吃那些药，会怎样？另一个是他师傅，病人吃了师傅开的药效果会怎样？所以他就认真对待那些药材，没想到效果会那么好。而这个就是良知的力量。

我们总是努力地向外求索那些在世间生存的学问和本领，其实也许最好的老师真的是我们自己：吾性自足，不假外求。说简单也简单，知行合一就好。说难也难，在一个逐渐复杂的环境下坚持自己的简单，本身也许就不简单。但是，我觉得，这是我们唯一可以做的，也是唯一的出路。

晴耕雨读

“晴耕雨读”，取自南阳诸葛:“乐躬耕于陇中，吾爱吾庐;聊寄傲于琴书，以待天时。”

仔细品味，便越发喜欢这四个字，充满了处世的哲学和智慧。既有陶渊明“采菊东篱下，悠然见南山”的诗意淡雅，又不乏积极做事的阳光心态。天晴了，正是劳动的好时光，那就去奋力耕种。下雨了，既然无法劳作，那就索性泡一杯茶，读一读书好了。不是消极地抱怨或是一味等待，而是陶冶情操，“寄傲于琴书”，是为了“以待天时”。换句话说就是，可以奔跑的时候就拼尽全力奔跑，不浪费好时光；不能奔跑的时候，就停下来休养生息、韬光养晦。这实在是一种宽广、淡然又不失热情和激情的态度。

王阳明的心学：“心如明镜，物来则照，物不来不强求，物去不勉强”，如出一辙。甚至更高一筹，更从容、更积极，更是“顺势而为”的做法。

人一生的轨迹，哪怕是心情轨迹，应该也是有波峰波谷的，不可能一直高歌猛进，也不可能一直死气沉沉。就像心脏的跳动曲线，有上有下才有生命，否则一条直线到底就该“挂掉”了。

所以，无论“晴”还是“雨”，都欣然接受，都是生命中的一种状态，要顺势而为。“晴”的时候，要能抓住大好时光，耕田播种，“撸起袖子加油干”；“雨”来了，那就捧起一本书，雨声墨香，滋养身心，韬光养晦。有些人“雨”后归来，更耀眼。比如车祸之后的胡歌，读书、思考，看似一场灾难却让他成为更好的自己，更成熟、更有分量，事业也再创新高。

但如果用不好“晴”与“雨”，也许就会徒生悲哀了。大晴天睡大觉，就会白白浪费了大好时光；或者一看天晴了，便欣喜若狂，甚至得意忘形，反而可能会误了农时。明明在下大雨，还要抱着“人定胜天”的偏执在雨中劳作，不仅对庄稼收成无益，更是会伤神、伤身。即便来日雨过天晴，恐怕也不会有更好的精力投入到本该热火朝天的劳作当中了。

凡事皆有规律，尊重、接纳，友好相处。“晴”是一种风景，“雨”也是一种风景。“耕”是一种状态,“读”也是一种状态。没有什么“好”或者“不好”，只是“不同”，而且都需要。

“最好”是“好”的敌人

《三国演义》中“空城计”是非常有名的一个桥段。

当年，蜀国丞相诸葛亮错用马谡，痛失街亭后，只有两千五百名军士驻守西城县。而司马懿引十五万大军，向西城蜂拥而来。此时，诸葛亮身边无一员大将，只有一班文官。后面的故事就是大家熟知的，诸葛亮下令大开四个城门。每个城门用二十个士兵扮作百姓，打扫街道。然后诸葛亮登上城头，披鹤氅、戴纶巾。左一个少年手捧宝剑，右一个少年手执麈尾，凭栏而坐，焚香抚琴。

司马懿见状，考虑到诸葛亮一向用兵谨慎，从不冒险。而如今城门大开，恐怕有重兵埋伏，故而下令退兵。诸葛亮见魏军远去，哈哈大笑，蜀国众官员也纷纷称赞丞相神机妙算。

其实古往今来，大家对“空城计”一出的评价大都跟蜀国官员是一样的，都是在称赞诸葛亮料事如神。不过赵玉平教授在《百家讲坛》里对“空城计”有过一个独特视角的解读，我本人深以为然。

赵玉平教授用管理学的理论分析了西城之下的司马懿该如何选择：进还是不进？

进，有两种可能：其一，城内没有埋伏，活捉诸葛亮，提前灭掉蜀国。这种做法是锦上添花、蜜里加糖、白金上面镶钻石。打一百分。其二，城内有埋伏，自己被活捉，白白断送大好局势。打零分。

不进，只有一种可能：蜀国元气大伤、气数已尽，诸葛亮已是囊中之物，只是时间的区别。打九十分。

所以，司马懿在西城之下仔仔细细算了一笔账。是拿冒着零分的危险去争取一百分，还是稳稳地拿九十分？最后他选择了后者。

此时，赵玉平教授给了一个管理学上的说法 ："最好是好的敌人。"他进一步解释说 ："做事情，没有百分之百的完美，只有百分之百的错误。"

其实细想，类似的例子还真是不少。

比如曾国藩,他一直强调"天下之至拙,能胜天下之至巧。"他的"笨拙"是出了名的，好多笨方法。才思敏捷的左宗棠一直特别看不上，人前人后多次表达过对曾国藩的不屑。但，曾国藩就是稳扎稳打，"又笨又慢平天下"。

再比如"石佛"李昌镐，韩国围棋的精神支柱。在胜负圈中摸爬滚打近三十年，其棋风沉稳、厚笃。他制胜的理念在一本书里体现得很充分，犹如书名 :《不得贪胜》。"在下棋过程中，如果我看到有机会去赢，哪怕是一个子的优势,我就会把优势稳稳守护到最后,而放弃另外一条赢二十目以上'好棋'的路。一次师傅在复盘的时候跟我说道，你只要走这一步，就能赢很多子了，为什么不下呢？我说，大胜的棋，也意味着冒大的风险。如果按照我的下法，能够保证赢一百盘棋，而且都是半目胜。"不求二十目胜，只求半目胜。"能赢便好，够赢便好。"这就是李昌镐的大智慧。

能"好"就已经很好了，何必非得去求"最好"呢？

本色做人，角色做事

曾国藩有句话："本色做人，角色做事。"仔细品味，在平时的工作和生活中给我很多的启示。

《太阳的后裔》中有两个情节，让我对"角色"有了更生动的认知。在战争硝烟弥漫、疾病蔓延的乌鲁克，女主角外科医生姜暮烟说，医生坚信的是，所有的生命都是平等的，没有任何理念和价值可以凌驾于生命的尊严之上；男主角联合国维和部队特种兵大尉柳时镇，他要用自己的生命，去保护别人的生命。他们在各自的"角色"里发着光。

第一个是救好人。

阿拉伯联盟议长身体出现症状，被迫在乌鲁克医疗中心停留。初到乌鲁克的医生姜暮烟认为议长需要尽快手术，而议长的保镖拒绝让韩国人对议长进行手术，特种兵大尉柳时镇的上级命令柳时镇不要管别国的事情。柳时镇向姜暮烟确认是否能救活议长，姜暮烟认为可以医治。这时柳时镇做了一个无比帅酷的动作，摘掉上级传达命令的耳机、举起枪与阿拉伯联盟的人进行对峙。他命令姜暮烟进行救治，并说作为医生，你做你该做的事，我作为军人，我做我该做的事。姜暮烟顺利完成手术，议长获救。

第二个是救坏人。

柳时镇与姜暮烟意外发现了一个得了麻疹传染病的当地儿童，并顺藤摸瓜，发现了由坏蛋头目阿古斯管理的一个贩卖战争遗孤的村子。阿古斯被一个红衣女孩儿意外击中，情况危急。姜暮烟要对他进行医治，遭到大家的反对，但柳时镇支持了她。柳时镇说，你作为医生，救人是你的事；我作为军人，有一天让这坏蛋倒在我的枪口下，那是我的事。姜暮烟救活了阿古斯，而故事的结尾阿古斯也确实倒在了柳时镇的枪下。

我个人非常欣赏对“角色”这样的诠释和践行。医生和军人，两种角色，他们都各自在自己的“角色”边界里做这个“角色”应该做的事情，而没有受到个人的情绪或者情感的干扰，非常理智、非常职业。

2016 年里约奥运会女子跆拳道冠军郑姝音，在她夺冠后的采访中说特别感谢自己的教练，平时的训练中职业化的要求在本次比赛中起到了决定性作用。她说平时训练中有时候身体不适或者情绪不佳的时候，教练还是严格要求进行训练，当时她觉得教练这种职业化的训练非常不近情理。但是这次决赛的时候恰逢她感冒身体不适，她仍然能非常轻松以 5∶1 的辉煌战绩战胜墨西哥选手埃斯皮诺萨强势夺金，这跟教练平时职业化的训练要求是分不开的。教练训练的时候，看到的只是“运动员选手”这“角色”，而不是“小女生”。我想这也是对“职业化”的很好的诠释和践行。

其实，“角色”感在生活中也同样重要。我们在生活中不停地扮演着不同的角色，在父母面前是子女，在孩子面前是父母；在岳父岳母面前是女婿，在公公婆婆面前是儿媳；在弟弟妹妹面前是兄长、是姐姐；等等。不同的角色、不同的身份，我们说话做事的方式都是不一样的。

而最重要的一点，是要区分开工作和生活。不管你在工作中是多么的位高权重、前簇后拥，回到家，你就不再是这个总、那个长，而只是孩子的爸妈、爸妈的孩子，该做饭做饭、该拖地拖地，该陪着做游戏做游戏、该做手工作业做手工作业。不管你在工作中怎样位卑言轻、无人待见，回到家，你都是爸妈的掌上明珠、心头肉，你都是孩子眼里的整个天空、无所不能。

回到家，脱掉职业装，就脱掉了工作中的角色，用温柔的内心来对待生活。同样，工作中，穿上工作装就要是工作中的角色，就要体现出职业化的素养来。尽可能做到，工作中的情绪不要带回家，而生活里的情绪不要影响到工作，要清醒而警惕地看到那些“角色”的“边界”。如果把握不好这个“边界”，两者混在一起，估计两方面都会出问题。把握好这个“边界”，工作和生活，其实在某种程度上也是可以兼顾的。我见到的做得很好的成功人士，大多是两者兼顾的。

把握好“角色”感的另一个好处就是便于我们换位思考，可以随时转换到不同的“角色”视角来思考问题。做事情，要守在自己“角色”的边界里，但思考问题，一定要多视角审视，尤其是在做决策的时候一定要把自己至少提升一格来考虑问题。

同时，还要至少放低一格来审视，从员工的视角、从部门技术组的视角等等，多角度思考和审视。决策前要慢，要谨慎，要听多方声音、多视角考虑，但决策后就要执行有力、落地有声，只有这样才有效力和效率。

思考问题要多视角，但在做事情的时候一定要守“边界”。该你做的一定要做到位，该担的责任一定要担负起来，该独当一面的时候就要独当一面。自己处理不了的，该请示请示、该汇报汇报，不能把问题握在自己手里。

有些同事，遇到事情大大小小自己不去思考不去处理就直接找上级，然后再把上级的话传递下去，仅仅起到一个传话筒的作用。这样做是不合适的。一方面起不到组织管理的作用，该在你这个层面处理掉的事情都跑到上级那里去了，加大了上级的工作量，降低了上级处理事情的效率。另一方面，你自己这个层面的作用和价值没有体现出来，也不利于你自己能力的提升和自身成长。

还有些同事正好相反，总是不爱去找上级，什么事情都爱自己担着。我也听到有时候有的同事跟我讲，看上级比较忙不忍心打扰，有些事情自己觉得能处理，所以就没找上级。其实，遇到这种情况，该冒泡的时候你还自己捂着，出了问题，上级是一点都不会领情的，还会觉得是你头脑不清晰、做事没规矩。遇到问题，自己处理不了，要及时一层一层向上反馈，反馈到上级那儿，该上级做的、上级能做的，上级当义不容辞；上级解决不了的，也会及时反馈到更上层那里。

“到位而不越位”，“小事不在乎、大事不含糊”，祝愿我们都能在自己的岗位角色里做到这一点。祝我们大家不管工作还是生活，都能在不同的“角色”里体会美好，都能在各自的“角色”里，发着光。

一切的发生都是最好的安排

曾听说过一个故事。一个老天使和一个小天使，这天小天使跟着老天使第一次来到人间。

第一晚他们投宿在一个富人家。富人很冷漠地接待了他们，安排他们住在一间潮湿阴暗的小房间，给他们吃又冷又少的饭菜。第二天离开的时候，老天使发现房间的墙上有个破洞，就给补上了。小天使很疑惑，但也没问为什么。

第二晚他们投宿在一个贫穷的牧师家里。牧师一家热情地接待了他们，倾其所有给他们做了一顿热腾腾丰盛的晚餐，还把最好的房间给他们住。第二天离开的时候，小天使听到牧师的老婆在号啕痛哭。原来是牧师家的奶牛死掉了，而奶牛是牧师一家唯一的经济来源。

小天使这次愤怒了！他质问老天使：富人已经很富有了，又那么刻薄，为什么还要帮他补墙上的破洞？牧师已经很贫穷了，又那么善良，为什么还要他们的奶牛死去？老天使呵呵一笑：正是因为富人刻薄，所以才要补上破洞。因为破洞里面有个宝藏，破洞补上了，富人就看不到了；正是因为牧师善良,所以才要奶牛死去。因为其实那天早晨死神是向牧师的爱人来索命的，是老天使让奶牛代替了牧师的爱人死去的。小天使听了，才恍然大悟。

这个故事的本意：你看到的未必是事情的真相。而我对这个故事却有另外一个理解。

当有好事接二连三到来，或者某件事情莫名其妙顺利的时候，我就会不安。我总会想起那个被老天使补起来的破洞，觉得在这些看似“好事”的后面，是不是错过了更大的“宝藏”。所以，即便外人看来很值得高兴的事情，我也不会特别得意忘形。除非是经过我自己的努力，结果一如我预见的那样，我才会有发自内心的那种踏踏实实的开心。而当有倒霉的事一件接着一件来临，总会到某一件“坏事”的时候，我反而心安了：“就是它了，最坏也就这样了！后面就会好起来了！”我会觉得这些倒霉的事就像那头代替牧师的爱人死去的奶牛，化解我看不到的那些更不好的事情。

有一个我非常敬重的朋友，人生遭遇了很多大不幸，妻子、孩子都相继感染重病。但他本人却极为坚强和乐观，事业做得风生水起，为人侠肝义胆。他说很多朋友都替他愤慨，觉得老天怎么这么不公平，他这么好的一个人怎么就摊上了这么多糟心事儿？我说是啊，我也很替你愤慨！他却笑了笑，说，这个事情他早想通了，他觉得可能是他前世有太重的业障要他这一世来还。他继续笑笑说，不过也好，他这辈子还清了，还多做好事，那下辈子，或者这辈子的下半辈子，也许就都是福报了。

是的，破洞与奶牛，甚至不仅仅是现世的因果，也有可能是跨越轮回的。

最近还有朋友跟我聊他这些年所经历的一些事情，世事无常，大起大落，利害得失。朋友说很多东西他还是比较纠结，理不清、想不通更放不下。我想说的是，也许很多事情，本身就很难说是好是坏，是利是害，是得是失。我们所能做的，就是做好自己。其他的事情，破洞还是奶牛，老天自有安排。

不管之前怎样，是好是坏，发生了就发生了，我们都无力改变。但接下来怎样，我们却是可以选择的。在每一个当下，做好自己总是没错的。

只管耕耘，莫问收获；但行好事，莫问前程。一切的发生都是最好的安排。

如果时间倒流

作家刘墉曾讲过一件事情。

他的一个朋友，找他哭诉，追悔莫及。朋友的妻子被查出癌症，手术需要一大笔费用。朋友明知道自己手里的股票肯定会大涨，但思索再三，还是把暂时还在亏损的股票给卖了，给妻子治病。但后来，妻子的癌症被证实是误诊，而他卖掉的股票却果然大涨，所以朋友追悔莫及。

这时候，刘墉问他一句话："如果时间倒流，再让你回到那一刻，你会如何选择？"朋友思考了很久，最后说，还是会把股票卖了给妻子治病。刘墉就笑了："那还有什么好后悔的？既然即便时间倒流，你依然会那么做，就说明当时那是你能做的最合适的决定。那又有什么好后悔的？"

这个故事后来也成为我的一个行事准则：如果时间倒流，还有没有别的更好的选择？如果我已经尽力了，做了我所能做的所有努力;即便时间倒流，我也还是只能做那么多。那么，不管结果怎样，我都是坦然的。也许当时有这样那样的局限性，也许当时有这样那样的不得已。事情过去，回头看，好像当时的决定不是最优解。就像刘墉的那位朋友，回头看，妻子误诊，股票受损,貌似卖掉股票给妻子治病是一个不明智的决定。可是还原当时的场景，时间倒流，站在那个点，那时的你也依然只能做那样的选择，这就是那个时刻的最优解。那又有什么可后悔的？

如果时间倒流，"我当初如果再加把劲儿就好了……""我当初连尝试的勇气都没有就放弃了……""我当初就是太犹豫了，其实不管哪个决定下了决心就好了……”如果为那一刻没有倾尽全力、胆怯退却或者犹豫不决而懊悔，这些的确是需要反思的。

如果在那一刻，你已经做到了你能做到的最好，那不管结果如何，你都可以拍拍自己的肩膀坦然地说：嘿，伙计，就这样吧！

以最舒服的状态活着

朋友给我讲过一个小故事：一个不太懂拒绝的人，暂且叫“甲”；一个喜欢让别人帮忙的人，暂且叫“乙”。甲和乙俩人是朋友。乙经常去找甲帮忙，甲其实内心不痛快，但最后还是会去帮乙。每次帮完乙，心里不爽的甲就发誓：再也不帮乙了。但等到下一次乙再来找甲帮忙的时候，甲还是会去帮乙。甲就很痛苦，而且牢骚满腹，但好像就是打不破这个魔咒。

其实甲和乙两个人，我的这位朋友都认识。甲来找他痛诉自己的苦恼，他就哈哈笑了。他让甲想象一下，拒绝乙之后是什么感觉。甲想了一会儿之后说，好像会更不安。拒绝乙，他的愧疚和自责带给他的不适，要远大于帮助了乙带来的不爽。所以，甲才会一次又一次无法拒绝去帮乙。

换句话说就是，帮了乙甲不舒服，不帮乙甲更不舒服。相比之下，甲还是选了一种让自己更舒服的做法。最后这个朋友说，其实每个人都以自己最舒服的状态活着。

有一期《奇葩说》的话题是“奋斗的城市空气越来越差，要不要离开？”大家众说纷纭，展开激烈的讨论。选择“要离开”的辩手，从健康的重要性、从信息时代哪里都可以继续自己的事业、从国民的尊严等角度去阐述自己要离开的理由。然而，到最后队长总结陈词的时候，选择“不离开”的辩论队队长罗胖，连站起来都懒得站起来。他说这是一个不对等的命题，根本不屑于站起来说话。他说：“没有付诸行动的认知都是假认知。”他就问对方辩友：“你们说得这么高兴，但你们真的离开了吗？”在行动面前，语言都是苍白的。

所以，他才不屑地说这个命题根本就是不对等的。

天！瞬间就被戳中命门了！谁不是内心站在“坚决要离开”阵营而身体长在“离不开”阵营的？一个离开北京去大理的朋友说,最近询问她“逃离”北京后过得怎么样的朋友忽然又多了起来。她说，像这样被以前的朋友集中问候，一般发生在两种情况下：一是雾霾持续一周后，二是新一轮“逃离北上广”又来的时候。但是，大部分也只是问问，真正要离开的人少之又少。

“逃离，究竟在逃什么？逃得如此热闹，隔一阵儿就叫嚣一通的人，你看吧，还在原地。”唯一可以安抚自己的，也许就是那位朋友说的，“其实每个人都以自己最舒服的状态活着”。

如果你是留下来的大多数，有两种选择：其一，你对现实的种种不满和指责，终究会稀释在对现实的种种无奈和妥协之中。在谩骂和憧憬之后，抹一抹嘴角的吐沫星子，收一收美好的遐想，然后该干吗干吗。其二，仔细丈量一下离开梦想的高度,看一看、试一试、跳一跳能不能够得着。如果还不行，继续积攒力量，直到可以离开的那一刻。

如果你已经在行动的路上了，你已经离开了，或者正在离开中，那就接受改变带来的其他方面的代价。罗胖还有句话：“行动是要付出代价的，选择并承担代价。”

确实是，我们每一个人，都以自己最舒服的状态活着。你肯妥协的，一定是为了你更在意的东西。你肯坚持的，也一定是你最在意的东西。徐静蕾最后说，问问自己，自己想要什么样的生活，什么是最重要的，什么可以让自己心安。让自己心安的，就是那种自己觉得“最舒服的状态”。心安即是归处。没有任何选择是完美的，只要它是自己想要的就好。

时光切片

在一万米的高空，灯光柔和，捧书静读。一段入心的文字，掩卷而思，突然想通了一件事情，瞬间胸中一阵汹涌，几乎要热泪盈眶了。

苏芒，时尚集团总裁，《时尚芭莎》总编辑。一个工作不分昼夜、追求完美、坚信可以“又忙又美丽”、不服输不放弃的现代“女英雄”，在冯小刚眼里总是“一副紧锣密鼓、马不停蹄、激动人心”的样子；在一次意外的病痛来袭时忍不住失声痛哭，第一次想到：“如果没有明天”，自己还要不要这么忙？

她在剧痛中想“如果生命只有最后一年，我该怎么活？”“和家人一起去环球旅行；和最爱的人天涯海角疯狂做爱；花光所有的钱做尽开心的事；毅然决然跑到最心爱的人那里，管他什么道德规矩……罗列所有期望之后，我们忽然看到了自己作为一个自然人的真心，其实不过是和相爱的人，做爱做的事，哪管名利浮云？”

可是病痛终究会过去，生活依然是之前的日常。当自己重新回归了忙碌，此时想法跟彼时的想法已迥然不同。“可是，人又哪里会只活一年呢？所谓苦短的一生也有茫茫数十年。父母恩情、事业责任、自己的雄心、儿女情长，哪一个都不能抛弃，这不是欲望那么简单。”

于是，对比前后两者的差别，苏芒终于领悟到了，“困扰我们的其实是长短的问题”。“每当我们放长眼光规划人生，爱情不纯粹了，人际变复杂了，患得患失的心凭空生出无数的烦恼和忧虑来。”

的确，一念地狱，一念天堂，只是考量的时间长短维度不同。我也终于想明白了多年不解的困惑，真的，我真的是喜极而泣了！

有多少人，有多少鸡汤文章，都在试图“把每一天都当成最后一天来活”。可是，在现实中可能完全不打折扣地做到吗？无论任何事、物，每一个生命周期都是“春发、夏长、秋收、冬藏”。如果每一天都当成最后一天，只是停留在最后的一瞬间，那如何有希望，如何有成长，如何有收获，又如何有传承呢？生命的活力和意义又何在呢？是的，人生怎么可能只有一年、只有最后一天？但如果把时间的轴拉长，放眼人生真实的数十年，总在计较和盘算“以后”“未来”“长久”，就像苏芒说的，患得患失的心就会凭空生出许多的烦恼和忧虑来。

我想起高等数学里面的微积分，似乎有着相通的哲理。因为我的数学成绩一直非常好，曾经在一个公开的场合被学弟学妹问及经验。当时我对微积分的学习心得总结了两点：“在无限小的局部，以直代曲、以静代动。”

真实的世界里是没有绝对的直线的，放大了来看，都是曲线。如何求得长度？在一个无限小、无限小的小片段里，就可以把它近似看成是直线，然后再把一个又一个“取直”了的小片段累加起来就是整个曲线的长度。这就是一维积分，求长度。二维积分可以求面积，三维积分可以求体积，再加上密度维度，四维积分就可以求质量了。

真实的世界里也没有绝对的静止，都是在运动变化的。如何求一个变速运动体所走过的距离？同样的，在一个无限小、无限小的时间切片里，就可以把物体近似看作静止，它的速度就是匀速的，速度乘以无限小的时间长度就是在那个时间切片里物体走过的距离。然后把这些一个又一个“取静”了求出的距离片段累加起来就是物体整个走过的总距离。

所以，整个微积分的精华，我个人认为都在于“取极限”。在一个无限小、无限小的理想的时间切片里，在一种“极限”情况的假设之下，一切都是美好的、纯净的、理想的。然后再把时间维度拉长，把一个又一个小切片累加起来，就可以还原一个近似现实的样子。

让我喜极而泣的就是这样的“时光切片”。我终于想明白了，为什么会在某些时刻，比如苏芒的剧痛、比如自己某一刻极度的绝望或者极度的希望，那些超乎现实的想象和向往，在放入现实的大环境下考量之后就不得不烟消云散了。然后在又一个那样的时刻来临的时候，被更大一波的想象和向往冲击着……如此，像钟摆的两极，在一停一摆之间，眼看着就过完了前半生。

是的，我曾经疑惑、纠结的就是没有看清楚那些时刻都只是理想而完美的“时光切片”而已。我没有看到其实还是需要与现实连接的，还需要有相应的表达函数求积分把它们累加起来，才变成了现实世界里的曲线和距离。以前我只看到了两端，要么是理想中的切片，要么是现实中的曲线，我不知道，其实还需要有中间的求积分的过程。那才是连接两端、连接理想和现实的纽带，那才是求解的方法。

我终于可以释然了，终于可以不用再拧巴了。所谓“专注当下”，也不过是投入当下这段“时光切片”中的生活。“可积分”的生活，必定是“连续”的生活，相对平滑和平稳。那些激情的，太过跳跃和断裂的，那就“分段求解”吧。

无论怎样，都可以，关键是你自己想要过哪一种生活。要自己弄清楚自己人生的“表达函数”是什么，才可能把那些“时光切片”成功地连接起来，最终“积”出自己独一无二的人生。

那，就是你的样子，映射在每一个“时光切片”里。

边界感

《人民的名义》里欧阳菁在狱中审讯的片段让我印象深刻。

欧阳菁说，她的一生都毁在了一袋海蛎子上。欧阳菁年轻的时候，很多人追，李达康也是其中的一位。一个星期天的早晨，李达康一身泥巴，打了一袋海蛎子给欧阳菁。只是听说她爱吃，所以挖了一个晚上。欧阳菁从小没有父亲，一直想找一个如兄如父的爱人宠爱一生。那一袋海蛎子，让她觉得她找到了，她是这个世界上最幸福的女人。

一个很美的故事的开头。但婚后发现，李达康是“自私”的，“他太爱惜自己的羽毛了！”当年欧阳菁的亲弟弟需要安排工作，李达康时任市委书记秘书。欧阳菁认为也就一句话的事儿，可李达康就是不开口、不帮忙。不光是不帮她娘家人，她发现李达康也不帮其他的亲戚朋友，也越来越不关心她们母女了。所以，矛盾就此产生，两个人越走越远，最终只能离婚。而离婚之前，欧阳菁还在跟李达康谈判：要离婚可以，但得把光明峰的项目给王大路的大路集团来做；尽管其实王大路根本没有让欧阳菁帮这个忙。而果然也如她所料，李达康断然拒绝：人民的书记不跟任何商人做交易！

其实悲剧的根源是，李达康的边界亮得很清楚，只是欧阳菁不懂得尊重。她既没有尊重李达康，也没有尊重自己。

在那段欧阳菁狱中审讯的同时，导演还同步剪辑了几个其他的镜头，都颇有深意。

一个镜头是陆亦可和侯亮平的评价。欧阳菁说结婚之初她还是挺满意的，李达康家务活儿全包，工资如数上交。虽然这个人挺无趣的，但是她觉得只要对她好就可以了。但后来她提的诸如安排自己弟弟工作等要求李达康没有满足，她就觉得失望了。陆亦可说：“这是典型的小女人心态。就觉得男人理所应当地为她们付出，付出所有，付出一切，也不管合不合理。如若不然，立刻对男人、对世界充满了失望。”侯亮平说，女人嘛就是哄哄就可以了。陆亦可说，女人也应该独立自强，自己的事情自己处理，凭什么要让男人哄？哈，很有意思，这是典型的“大女人心态”。

另一个镜头是王大路和李达康的评价。欧阳菁认为如果不是那一袋海蛎子，她会选择另外一个人王大路，会拥有另一个人生。真的是这样吗？王大路跟李达康说：“欧阳的失败完全在于拒绝成熟、拒绝长大。有些品性在少不更事的少女身上，很可爱；可是在中年妇女身上就有些可悲了，甚至是可笑了。”李达康深表赞同，同时，他也很佩服王大路，看透了欧阳，还有心情陪她周旋。王大路说，这就是他和李达康的不同，当亲人的脚步跟不上自己的步伐的时候，也不应该抛弃她。王大路跟欧阳菁也一直恪守一个朋友的边界。

在欧阳菁看来，在每一个她需要帮助的时刻，王大路都及时地出现在自己面前。这是她所遗憾的所谓的她可能拥有的另一个人生。这是欧阳菁对另一个人的边界的误解。所以，欧阳菁的悲剧确实是王大路说的拒绝成熟、拒绝长大，而成熟和长大的一个标志就是：边界感。

你既要亮出自己的边界，也要看清楚别人的边界。你要清楚哪些是该做的，哪些是不该做的。既要尊重别人的边界，更要尊重自己的边界。欧阳菁完全没有意识到这一点，她是一个毫无边界感的人。

首先，她自己是没有边界的。她甚至不清楚自己应该要什么、不能要什么。其次，她也看不到别人的边界。她对李达康的要求是全方位的，只是家务活儿全包、工资如数上交，都还不够；她要李达康突破底线去做跟他价值取向有巨大冲突的事情。她对王大路是有幻想的，时常在王大路的别墅里一脸哀怨寻求安慰；把王大路界定在友情范畴里的事情幻想成自己错失的“另一个人生”。

李达康是一个有远大政治抱负的人，他把自己的政治羽翼看得比自己的生命还重要。所以欧阳菁非要在这个方面验证“他是不是爱我”，无疑是幼稚可笑的。王大路是一个重情分的人，当年为了金山县一百二十万人民的福祉而替李达康顶了雷，辞去金山县副县长而从商下海，他对欧阳只是出于一种情义。李达康和王大路，性格和品性不同，边界也不同。只是欧阳菁，既没有自己的边界，也没有看到别人的边界，悲剧在所难免。

当一个人越有边界感，越能得到别人的尊重，也就活得越高贵。说到底，其实是你如何看待自己。

宁静的热情

如果你能在秋季到来，
我会用掸子把夏季掸掉，
一半轻蔑，一半含笑。

站在2018的最后一天眺望2019，想起美国诗人艾米莉的这一首诗:《如果你能在秋季到来》，突然觉得我终于懂了她的后半生。

其实，我原本只是喜欢艾米莉早期的诗，天真烂漫，又有着藏而不露的哀伤。

等待一小时，太久。
如果爱，恰好在那之后，
等一万年，不长。
如果，有爱恰巧作为补偿。

这是情窦初开的少女遇见爱情时的笃定和奋不顾身。

心啊，我们将把他忘记。
你要忘却他所给的温暖，
我则要忘记他给的光明。

无奈，只可惜不是在合适的时间遇见了那个合适的人，一场爱情无疾而终。艾米莉感情受挫后的自我疗愈里，透着坚强和果敢，逼着自己就此一夜长大。

我本可以容忍黑暗，
如果我不曾见过太阳。
然而阳光已使我的荒凉，
成为更新的荒凉。

在我也处于那个“为赋新词强说愁”的年少时期，曾无比迷恋艾米莉早期这些散发着浓重忧郁气质的句子，却读不懂她后半生那些孤独的自由，比如如何才能“一半轻蔑，一半含笑”地掸落那整个夏季的热闹和繁华。

艾米莉在自己人生的秋季，在她47岁时同她父亲的朋友，65岁的洛德法官两情相悦了，但她却拒绝了洛德的求婚，因为她深知婚姻的诸多束缚。所以，最后，她还是追求活成自由自在的自己，做自己喜欢的事，种自己喜欢的花，写自己喜欢的诗，过自己喜欢的日子。在爱情中受伤后开始离群索居的艾米莉，经过时光的打磨，活得越来越知性、越来越通透、越来越自由、越来越安然。只是我现在才慢慢读懂她人生的后半程，才开始看见她内心里那一片宁静的热情。不过还好，不算太晚。

即将要过去的2018年，对我来说，是一场蜕变，也貌似人生夏季到秋季的转场。春生、夏长、秋收、冬藏。人生四季亦然。经过了春天的生发和夏季的生长，我感觉到了即将要来临的那个秋季，她的收敛和澄净。内心那种笃定的、安然的，同时又不乏温度和热情的平和与喜悦。不同于年少时张狂的热闹，而是一种宁静的热情。

感恩岁月如金，千锤百炼！

上周去跟一家单位谈合作，对方具体负责的小姑娘，觉得她们领导给了一件“不可能完成的任务”。她说她接到领导的电话是在高铁上，刚参加完闺蜜的婚礼，还沉浸在当伴娘的喜悦中。听完领导布置的任务，当时着急得嘴上就起了一个大泡。看着她的样子，就好像看到了当初的自己，我就笑了。我气定神闲地安慰她："既然你也反馈了风险，领导依然如此笃定地坚持他的目标，你放心那个目标就是一定可以抵达的。你需要做的就是盯着那个目标就好了，分解好步骤、理清楚双方的边界，把要求和时间点提清楚，把控好节奏，做好你该做的，其他的就交给领导的智慧就可以了，不用着急上火的。"小姑娘听完，依然是半信半疑，我还可以感知到她的惴惴不安。

在后面跟进整个事情的过程中，也遇到了一些麻烦，有意料之中的，也有意料之外的。而且，除了这件事情，我需要同步处理的还有其他几项也颇为紧迫和棘手的工作。如果换作是之前的我，也必定是那个小姑娘满头包、一嘴泡的样子和一灰到底的心境。而现在，我能感觉到自己内心的安定，就像那次在杭州木梵老师教我们的那样，任外界千军万马，我也能如如不动、安住自己中心的那份安然和踏实。没有恐惧、没有惊慌，更没有抱怨、没有疑惑。那些繁杂，意料中的、意料外的，来了我就接住，走了我也不纠缠。关注的重心还在我自己，但同时我也觉察外界的存在，不卑不亢地与这个世界进行连接，踏实做我自己就好了。

杨绛先生曾翻译英国诗人兰德的那首《生与死》：

我和谁都不争，
和谁争我都不屑；
我爱大自然，其次是艺术；
我双手烤着，生命之火取暖；
火萎了，我也准备走了。

我似乎也看见了艾米莉"一半轻蔑，一半含笑"的样子。

对即将扑面而来的2019年，我想最好的姿态应该是，怀揣一份宁静的热情，凉薄而热烈地活着。

后　记

温暖的能指：照亮自我，也照亮他人

按眼下流行的“斜杠青年”的说法，鸽子一定会被描述成这样的人：博士／美女作家／歌者／旅行达人／科技精英／企业高管／成功人士……人们好奇的目光将在她众多的“斜杠”之间逡巡，如同聚光灯总是追逐舞台上最光鲜的部分。然而，鸽子有自己的飞翔轨迹，她不但亲手拉断电闸、屏蔽光环，而且手捧烛火，素面走到人群中间，和大家倾心交谈。鸽子想要展示给人们的，不是只能远观的那个形象，而是还原之后的真实自我。鸽子想要的不是掌声，而是通过讲述自己的故事，来传递善意和温暖。像“微光成阳”这个诗意的书名一样，曾被鸽子捂热、擦亮、点燃的光亮，现在又被她带到了我们面前。曾经照亮过她的，她希望也能照亮我们……

有人说，写作是“失败”的事业。即便不是专业写作者，这句话也同样适用于鸽子。这本书里几乎每篇文章，都有一个痛点，都和某种意义上的“失败”有关——身体的病痛，学业的不易，职场的压力，情感的折磨，精神的苦闷……是的，人被还原之后，就会触及生命的真相。而真相往往都是灰暗、痛苦，甚至是残忍的。在真相面前，多数人选择了逃避或顺从，成了真正的失败者。只有少数人能将生命内在的痛苦转化为心灵的智慧和创造的喜悦，从失败处聚拢起向上攀升的新的生命力，并以此自我砥砺，自我超越。鸽子无疑是这少数中的一员。

激情和理想都有失灵的时候。心灵的成熟必经磨炼。印象中，鸽子也曾是“迷惘的一代”，也有过漫长的“青春期”和“最坏的年代”。有一阵子鸽子很不开心，却找不到具体的原因，似乎自己做着的每一件事情都是“正确”的，可结果却导向了“错误”。经过一番自我折腾，鸽子终于给自己创造了一次真正的“错误”——病倒了！“伤痕累累”的鸽子逃离北京，跑到诗和远方的丽江疗伤去了。看来人生的正确和错误有时还真不好判断，但草率地下结论则多半是错误的。诗人鲁米说，“伤口是光照进内心的地方”。正是通过伤口，鸽子迎来了内心的第一缕“微光”，只不过这光是她自己擦亮的。

鸽子喜欢香菱，应该有一些自我投射的意味。然而鸽子没有意识到的是，她之所以总是把自己的姿态放得很低，除了天性谦抑、质朴的美德之外，还与她低估了自己的才华有关。鸽子的忧郁和自我怀疑证明了这一点。不过，忧郁和自我怀疑恰恰有利于身心健康和个人进步。忧郁总是和同情、理解、柔软连在一起的，野蛮人和自大狂从来不会忧郁。低估自己总比得意忘形要好。我希望鸽子能保持这种忧郁的能力，不要迷失在“斜杠”里，保持自己的本色，保持忧郁带来的敏锐和创造力。

事实上，我也是带着忧郁和自我怀疑写下这些话的。作为多年的老友，鸽子一直是我心里温暖的存在，我相信不会有人比我更能从她的文字里领会许多。然而，在这篇小文里，除了能真心表达对鸽子文集出版的祝贺和祝愿，还有一些更深、更复杂的体悟和心意我却一时难以诉诸文字，这又反过来加重了我的忧郁。真是抱歉啊鸽子。所幸，“好的文字会自动占有她的读者”，相信有缘人一定会遇见鸽子这份珍贵的礼物，并从中找到共鸣。

从现实生活中一点一滴积累起来的智慧最为坚实可靠。鸽子以切身体悟告诉我们，要做温暖而有力量的人。当代人过于崇尚物质、权力、地位等外部事物，却忽视心灵的内在品质，现实的严峻让很多人奋不顾身地变得坚硬，生怕露出一丁点的温暖。其实他们不知道，温暖本身就是一种力量，而且可能是一种最本质的力量。那些自我封闭、用力过猛或过于坚硬的人，首先要学会的便是柔软和温暖。温暖的心灵更有创造力，更利于自我的成长。温暖非但不会削弱力量，反而能提升自己的生命状态。温暖的人才是可爱的，才是“微光成阳”照映出的人性本来的样子。

感谢鸽子让我们懂得：每个人都能自我照亮，也照亮他人……

子寒

诗人

（《也许，火焰是存在的》作者）

图书在版编目（CIP）数据

微光成阳 / 朱春鸽著 .- 武汉：长江文艺出版社，
2019.12

ISBN 978-7-5702-1442-6

I. ①微… II. ①朱… III. ①随笔 - 作品集 - 中国 - 当代 IV. ① I267

中国版本图书馆 CIP 数据核字 (2019) 第 280561 号

微光成阳

朱春鸽　著

选题产品策划生产机构 | 北京长江新世纪文化传媒有限公司

选题策划 | 金丽红　黎　波

责任编辑 | 罗小洁　葛　钢　　装帧设计 | 郭　璐　　媒体运营 | 洪振宇

助理编辑 | 范秋明　　内文制作 | 张景莹　　责任印制 | 张志杰　王会利

法律顾问 | 梁　飞

总 发 行 | 北京长江新世纪文化传媒有限公司

电　　话 | 010-58678881　　传　　真 | 010-58677346

地　　址 | 北京市朝阳区曙光西里甲 6 号时间国际大厦 A 座 1905 室　　邮　　编 | 100028

出　　版 | 长江出版传媒 | 长江文艺出版社

地　　址 | 湖北省武汉市雄楚大街 268 号湖北出版文化城 B 座 9-11 楼　　邮　　编 | 430070

印　　刷 | 三河市百盛印装有限公司

开　　本 | 710 毫米 ×1000 毫米　1/16　　印　　张 | 21.5

版　　次 | 2019 年 12 月第 1 版　　印　　次 | 2019 年 12 月第 1 次印刷

字　　数 | 330 千字

定　　价 | 48.00 元